Jessica Alcott

Selbst wenn du mich belügst

Jessica Alcott

SELBST WENN DU MICH BELÜGST

Aus dem Englischen
von Eva Hierteis

cbt

Kinder- und Jugendbuchverlag
in der Verlagsgruppe Random House

MIX
Papier aus verantwortungsvollen Quellen
FSC® C014496

Verlagsgruppe Random House FSC® N001967
Das für dieses Buch verwendete FSC®-zertifizierte Papier
Super Snowbright liefert Hellefoss AS, Hokksund, Norwegen.

1. Auflage 2015

Die amerikanische Originalausgabe erschien 2015 unter dem Titel
»Even when you lie to me« bei Random House Children's Books, New York.
This translation published by arrangement with
Random House Children's Books, a division of Random House LLC.

Aus dem Englischen von Eva Hierteis
Lektorat: Frauke Heithecker
Umschlaggestaltung: Suse Kopp, Hamburg
Motiv: Plainpicture/Photo Alto/Sigrid Olsson
he · Herstellung: kw
Satz: Uhl + Massopust, Aalen
Druck und Bindung: GGP Media GmbH, Pößneck
ISBN: 978-3-570-16384-9
Printed in Germany

www.cbt-buecher.de

Für John –
für den Aufhänger
und für alles andere

Der Tag nach meinem achtzehnten Geburtstag war der Tag, an dem Mr Drummond wegging.

Ich war kein sonderlich hübsches Mädchen. Das schloss ich eher aus dem, was die Leute nicht sagten, als aus dem, was sie sagten. Sie bezeichneten mich nicht als schön. Sie sagten nicht, ich sei attraktiv oder sexy oder umwerfend. Sie sagten, ich sei klug. Sie sagten, dass ich schreiben könne. Das Thema Aussehen wurde totgeschwiegen, wie eine Zahnlücke, die auf eine Brücke wartete, sie aber nicht bekam. Es war, als wäre das irgendwie nicht okay von mir, als würden alle erwarten, dass ich den Kopf senkte und mich entschuldigte.

Drummond war der Einzige, der mir nicht dieses Gefühl vermittelte. Und ich war der Grund dafür, dass er ging.

AUGUST

1

Es war der letzte Tag des Sommers, und auch wenn ich den Sommer hasste, graute mir schon davor, dass er zu Ende ging. Genervt und verschwitzt lag ich im Bett – im Sommer war mir immer zu heiß. Wie eine glitschige Farbschicht klebten mir die Klamotten am Leib. Die Laken hatten sich um meine Beine gewickelt und ich strampelte sie ungeduldig weg. Vor lauter Nervosität wegen des ersten Schultags war ich schon zeitig aufgewacht und nun drehte sich unaufhaltsam das Gedankenkarussell in meinem Kopf. Je länger ich dalag, desto tiefer wurde ich in diesen Strudel hineingezogen.

Mein Handy klingelte. Es war Lila. »Schwimmbad?« Damit lag sie mir schon den ganzen Sommer in den Ohren.

»Kotz. Muss das sein?«

»Es ist unser letzter Tag in Freiheit und du bist genau *ein Mal* ins Schwimmbad mitgekommen. Ja, es muss sein.«

»Aber es ist so heiß draußen.«

»Das ist genau der springende Punkt, Charlie. Man geht ins Schwimmbad, wenn es heiß ist, um sich im Wasser abzukühlen.«

»Oder aber man bleibt drinnen, wo's klimatisiert ist, dann wird einem erst gar nicht heiß.«

»Ich lass dich nicht wieder in die Bibliothek. Du machst den Bibliothekaren Angst. Es ist so gedacht, dass man abends wieder geht, weißt du.«

»Dort gibt es Bücher umsonst und gemütliche Stühle und keinerlei Beschränkung, wie lange man bleiben darf, okay? Ich hab das abgecheckt.«

Lila seufzte.

»Na gut«, sagte ich, obwohl mein Puls anfing zu rasen.

»Danke. Wie wär's, wenn du Frida mitbringst?«

»Ins Schwimmbad? Ich glaube nicht, dass das erlaubt ist.«

»Wir könnten sie draußen am Tor anbinden und danach im Park laufen lassen. Ist gut, um Jungs aufzureißen.«

»Ich missbrauche meinen Hund nicht dafür, Männer zu ködern.«

»In zwanzig Minuten bin ich bei dir«, sagte sie.

Ich duschte schnell und spritzte Wasser auf meine zerzausten Haare, um mich schließlich doch geschlagen zu geben und sie straff zusammenzubinden. Ich würde sowieso wieder nass werden. Frida, die in meinem Zimmer geschlafen hatte, gab ein leises »Wuff« von sich. Sie war ein großer Hund, ein Malamut – mein Dad bezeichnete sie gerne als eine um hundertfünfzig Prozent vergrößerte Ausgabe eines Huskys –, aber sie hatte das Temperament eines Kuschelkissens im Halbschlaf.

»Tschüss, Dad«, rief ich. »Frida ist oben, falls du sie für ein Nickerchen brauchst.«

Er tauchte in der Diele auf. »Ziehst du mit Lila um die Häuser?«

»Ließ sich nicht vermeiden«, sagte ich. »Sicher, dass du heute keine Hilfe benötigst?«

»Ja, ich komme klar. Du solltest an deinem letzten freien Tag nicht bei Daddy im Keller schuften müssen.«

Ich war den Sommer über seine Assistentin gewesen: Er war Künstler und verkaufte die meisten seiner Werke übers Internet. Jahrelang hatte meine Mutter ihm dabei geholfen, aber direkt vor den Ferien hatte sie einen neuen Job angenommen. Sie war jetzt eine Art Bankmanagerin – die genaue Bezeichnung konnte ich mir nicht merken – und seitdem arbeitete sie fast jeden Tag bis spät abends.

Ich seufzte. »Hat Mom dir diesen Floh ins Ohr gesetzt?«

»Was für Flöhe hat Mom wohin gesetzt?« In Sportklamotten, die sich eng an ihren Körper schmiegten, kam meine Mutter aus der Küche, die Haare perfekt zu einem sonnengelben Pferdeschwanz hochgebunden. Ich selbst trug mit Farbe bekleckste Frotteeshorts und einen ausgeblichenen geblümten Badeanzug, bei dem ein Träger ausgeleiert war. Plötzlich registrierte ich, wie stramm das Ding am Bauch saß.

»Oh«, sagte ich, »ich dachte, du wärst schon bei der Arbeit.«

»Nein, ganz so leicht wirst du mich nicht los, Charlotte«, sagte sie in beschwingtem Tonfall. »Hast du Lust, mit mir laufen zu gehen? Noch mal ein bisschen das Energielevel heben, am letzten Tag?«

»Sehr witzig«, schnaubte ich.

»Wir können ganz langsam machen«, sagte sie. »Ein bisschen Bewegung würde dir guttun.« Ich merkte, wie sie mich taxierte, als würde sie einen Gebrauchtwagen auf Beulen und Kratzer untersuchen. »Du kannst dich auch erst noch umziehen, wenn du magst.«

Ich spürte, wie ich am Hals rot anlief, und wandte mich an meinen Dad. »Warum wirst *du* eigentlich nie gefragt, ob du mit zum Joggen gehst?«

»Bei mir hat deine Mom schon kapituliert, da warst du noch nicht mal auf der Welt«, erklärte er.

»Aber diese kurze Shorts hast du noch, oder?«, fragte ich. »Erst letztes Wochenende hab ich dich damit den Rasen mähen sehen.«

»Das war ein Wäschenotstand«, sagte er. »Aber ich entschuldige mich, falls ich irgendwelche bleibenden Netzhautschäden verursacht haben sollte.«

Meine Mutter sah uns zu, als würden wir ein Spiel spielen, dessen Regeln sie nicht verstand. »Okay, wenn das heißt, dass du nicht mitkommst, muss ich jetzt mal los«, meinte sie. Sie zog meinen Vater zu sich und küsste ihn. Ich guckte weg.

»Tschüss, Charlotte«, sagte sie. »Ich wünsch dir einen schönen letzten Ferientag.«

Ich wartete, bis sie weg war. Dann sagte ich: »Ich ziehe mich um.«

Als ich wieder nach unten kam, machte sich mein Dad gerade fertig, um mit Frida Gassi zu gehen. Einen Moment lang sah er mir schweigend zu, wie ich mir die Schuhe anzog, ehe er sagte: »Ich weiß, dass es manchmal schwer ist, meine Große, aber sie hat dich lieb.«

»Sie hat eine seltsame Art, es zu zeigen«, erwiderte ich.

»Diese Klamotten waren die Härte, oder? Sie sah aus, als wäre sie mit einer Kanonenladung Nike-Produkte bombardiert worden.«

Er fuhr sich mit den Händen durch die grau melierten Haare und versuchte, sich ein Lächeln zu verkneifen. »Nimm's ihr nicht übel.«

»Tu ich nicht«, sagte ich und stand auf. »Du brauchst mich definitiv nicht?«

»Definitiv.« Er grinste. »Und jetzt raus mit dir. Frida und ich haben einen straffen Zeitplan für unsere Nickerchen.«

Ich umarmte ihn. Wie immer roch er ein wenig nach den Zigaretten, die er angeblich gar nicht rauchte. »Ich komme wieder«, sagte ich.

»Das hoffe ich doch«, sagte er.

Draußen hupte Lila. »Okay, bis dann, tschüssi«, rief ich eilig, schlug die Tür hinter mir zu und rannte die Vordertreppe hinunter.

Wir wohnten im Dickicht der Vororte. Die meisten Gebäude in unserem Viertel waren restaurierte alte Häuser im Kolonialstil mit neuen Anstrichen in geschmackvollen Pastelltönen. Unseres war das kleinste in der Straße und wirkte irgendwie dazwischengequetscht, als müsste es um seinen Platz rangeln, und wenn wir uns ausstreckten, hatten wir das Gefühl, als würden unsere Arme und Beine zum Fenster rausstehen.

In Lilas Auto war es so kühl und trocken wie in einer Höhle. Zu meinem Missfallen sah sie an diesem Tag extrem hübsch aus: große braune Augen und volle Lippen. In ihren langen dunklen Haaren steckte eine überdimensionale weiße

Sonnenbrille. Ihre Flipflops hatte sie von sich gekickt und ihr nackter Fuß ruhte lässig auf dem Gaspedal.

»Wo ist Frida-Babe?«, fragte sie, als ich die Tür mit einem befriedigenden *Rums*, das nach teurem Wagen klang, zuschlug. Lilas Eltern waren gut bei Kasse.

»Hab dir doch gesagt, dass sie kein Männerlockmittel ist. Außerdem muss sie meinem Dad Gesellschaft leisten.«

Lila versuchte, in drei Zügen zu wenden, woraus dann neun wurden. »Dieses dumme Auto ist zu groß«, murmelte sie.

»Man sagt ja, Frauen könnten Abstände nicht gut einschätzen, aber das halte ich für Unfug.«

Sie funkelte mich an. »Sexistin.«

»Brems!«, schrie ich, als die Vorderreifen auf etwas Hartes trafen.

Lila fluchte und meinte dann: »Ich teste die Belastbarkeit der Stoßstange.«

»Und? Taugt sie was?«

»Wenn man bedenkt, wie oft ich schon getestet habe, ja.«

»Und der Briefkasten der Nachbarn?«

»Der Briefkasten der … Oh.« Sie sah ihn mit zusammengekniffenen Augen an. »Er hat die Form einer Kuh. Ich habe ihnen einen Gefallen getan.«

Sie grinste auf eine Art, die mich rasend machte – so dermaßen gewinnend und aufreizend, dass ich nicht anders konnte, als zurückzulächeln. Aber wenn ich mitbekam, wie sie diese Tour bei anderen einsetzte, verabscheute ich die Leute dafür, dass sie sich von ihr um den Finger wickeln ließen. Früher waren wir beide Außenseiter gewesen – sie zu laut und zu frech und ich zu still und zu schüchtern, wie ein zartes Negativ von ihr. Aber als sie sich im Lauf der Jahre besser in den Griff bekam, begannen die Leute sie zu mögen. Sie behielt ihr Lächeln, lernte jedoch, den Bogen nicht zu überspannen. Und ich – ich sah zu.

Wenn ich mit Lila unterwegs war, wurde mir immer vor Augen geführt, wie wenig Beachtung ich bekam: Ständig brachte ihr irgendein Kellner ein Getränke aufs Haus, ein Kassierer schrieb ihr seine Nummer auf die Rechnung oder ein Typ ließ an der Ampel sein Fenster runter und leckte seine ausgestreckten Finger. Sie taten, als würde sie ihnen was schulden, einfach nur weil sie ihnen gefiel. Danebenzustehen und zuzusehen, machte es mir unmöglich, mir vorzugaukeln, ich wäre attraktiv. Ich konnte spüren, wie die Blicke der anderen von mir abglitten, als wäre ich mit Vaseline eingeschmiert.

Lila schien in einem anderen Universum zu leben als ich, in dem sogar die banalste Begegnung mit sexueller Energie aufgeladen war. Es kam mir anstrengend vor. Aber trotzdem interessierten mich ihre Geschichten, wie sie im Kino mit irgendwelchen Jungs, die sie zufällig kennengelernt hatte, rummachte, irgendwie aus Eifersucht und aus Neugier. Ich hatte ja keine eigenen, mit denen ich mich beschäftigen konnte.

Lila schaltete das Radio ein, zappte durch die Sender und warf nur ab und an einen Blick auf die Straße, um sicherzugehen, dass wir nicht in den Gegenverkehr geraten waren.

Ich schob ihre Finger weg. »Langweilt dich Autofahren so? Ich setze mein Leben aufs Spiel, wenn ich in diesen Wagen steige.« Es kam ein DJ dran, den ich mochte, und ich lehnte mich zufrieden zurück.

»Die größten Kuschelrock-Hits der Achtziger, Neunziger

und von heute«, sagte Lila. »Deshalb finden uns alle so ultrahipp.« Aber sie ließ den Sender.

Als wir im Schwimmbad ankamen, war es bereits brechend voll, was meinen Magen in Aufruhr versetzte.

»Komm, du wirst schon nicht zerfließen.« Lila öffnete die Beifahrertür und ich stieg aus. Die Hitze senkte sich auf mich wie ein Bügeleisen.

»Ätzend!«, murmelte ich. »Sollte ich das hier nicht überleben, dann sag meiner Mutter bitte, dass ich froh bin, meinen letzten Ferientag nicht damit verschwendet zu haben, mit ihr joggen zu gehen und mich dabei über Schrittfrequenzen zu unterhalten.«

»Sie wäre bestimmt hocherfreut, das zu hören.« Lila hakte sich bei mir unter. Ich zögerte. Ich wusste nie, was ich mit mir anfangen sollte, wenn andere mich anfassten, nicht mal bei jemandem, den ich so gut kannte wie Lila. Es fühlte sich für mich immer an, als wollten sie sich etwas nehmen, was ich nicht bereit war zu geben. Aber Lila zog mich mit Nachdruck an sich und ich ließ es geschehen.

»Ich wäre es zumindest an ihrer Stelle«, erwiderte ich. »Okay, bringen wir's hinter uns.«

Als wir in die Umkleidekabine kamen, setzte ich mich auf eine Bank, während Lila ihren Bikini anzog.

»In diesen Klamotten wirst du kochen«, sagte sie und wies mit dem Kopf auf mein schwarzes T-Shirt und die dunkle Jeans. »Warum hast du deine ekelhaften, ollen Sneakers ins Schwimmbad angezogen?«

»Lieber gekocht werden als verbrennen. Und ich habe sie an, weil ich sie mag und sie ohne Ende cool sind.«

Lila seufzte. Mit einer fließenden Bewegung streifte sie ihre Shorts ab und drehte mir den Rücken zu, während sie ihr Shirt hob. Gegen meinen Willen musste ich gucken. Ihr Körper war einfach schön – eine nahtlose Aneinanderreihung von Sinuskurven. Meine Haut passte mir lange nicht so gut – sie warf Falten und hing an manchen Stellen über, als hätte derjenige, der mich zusammengeschraubt hatte – wer auch immer das war –, zu viel Gewebe gekauft.

Lila sah mich an, fing meinen Blick auf und wandte sich schnell wieder ab. Ich stand auf und begann hin und her zu tigern. In diesem Moment platzten Mädchenstimmen noch vor ihren eigentlichen Besitzerinnen in den Raum und prallten an den Fliesen ab wie Gewehrkugeln. Obwohl ich keine von ihnen kannte, verkrampfte ich mich. Ich sah zu, wie sie sich anrempelten und dabei kreischten und kicherten und quiekten und sich gegenseitig aufzogen.

»Bin fertig«, verkündete Lila. Sie sah, wie ich die Mädchen beobachtete, und guckte auch zu ihnen hinüber. »Reizend. Komm schon, lassen wir uns braten.«

Wir waren durch die Kabine hereingekommen. Obwohl ich wusste, wie überfüllt es im Schwimmbad immer war, trafen mich der Lärm und die Menschenmassen mit der Wucht eines Faustschlags. Aus einem Radio dröhnte blechern ein Top-40-Sender und Kleinkinder spitzten sich kreischend gegenseitig mit Wasser voll. Die Sonne war so grell weiß, dass die Menschen, die sich am Beckenrand drängten, beinahe gespenstisch aussahen. Ich konnte nicht umhin, nach Leuten

Ausschau zu halten, die wir kannten, aber noch entdeckte ich niemanden. Mein T-Shirt und meine Jeans kamen mir riesig und lächerlich vor. Ich zögerte an der Tür und suchte nach irgendeiner Ausrede, um drinnen zu bleiben.

Lila entdeckte zwei leere Sonnenliegen und sprintete hinüber, wobei ihr Handtuch sich hinter ihr bauschte wie eine Fahne. Als sie merkte, dass ich ihr nicht folgte, rief sie: »Charlie! Ich habe *Liegestühle* ergattert!«

Der Bademeister drehte sich um und sah erst sie und dann mich an. »Verdammt noch mal, Lila«, murmelte ich und zog mich in den Schatten zurück. Das war mir alles zu viel. Ich hasste die knarzenden, rostigen Liegen mit ihren ausgeleierten Gummilamellen, die sich wie klebrig-feuchte Kinderhände auf der Haut anfühlten. Ich hasste es, durch die öligen Pfützen auf dem Beton zu laufen, hasste den Krach und die Hitze und die gleißende Sonne. Ich konnte da nicht rausgehen.

»*Charlie!* Beweg deinen Arsch auf diese *Liege*.«

Jetzt glotzten noch mehr Leute, obwohl sie schnell das Interesse verloren, als ich mich nicht vom Fleck rührte. Teenager, die rumbrüllten, waren nichts Besonderes.

Lila winkte mir zu und hob die Hände in einer Geste, als wollte sie sagen: »Was soll der Scheiß?« Den Blick fest auf den Liegestuhl gerichtet, zwang ich mich, zu ihr zu gehen. Als ich bei ihr ankam, meinte sie: »Plötzlicher Anfall von Platzangst?«

»So was in der Art.« Ich setzte mich, während der Stuhl unter mir quietschte. »Dieses Ding ist ein Sicherheitsrisiko.«

»Alles okay damit«, sagte Lila und streckte sich aus. Ihr Handtuch rutschte nach unten und entblößte ihren flachen

Bauch. Sie nahm ihre Rieseninsekten-Sonnenbrille aus den Haaren und schob sie sich in die Stirn.

»Spielen wir nachher Canasta?«, fragte ich und deutete auf die Brille.

»Klappe, Jeansi. Solche hat man jetzt.« Sie zog die Brille weiter nach unten auf ihre Nase und zeigte mir den Stinkefinger.

Die Brille stand ihr, aber das hätte ich niemals zugegeben. Ich lehnte mich zurück und schloss die Augen gegen die intensiven Sonnenstrahlen.

»Boorman! Was zur Hölle tust du hier?«

Ich riss die Augen auf. Es war Jason Tierney, ein Typ aus unserer Jahrgangsstufe. Na toll.

Er beäugte Lila und grinste sie anzüglich an. Sein kariertes Hemd stand offen, und ich sah eine Muschelkette um seinen Hals, die zwischen ein paar versprengten goldgelockten Brusthaaren ruhte. In einer Hand hielt er eine verspiegelte Sonnenbrille und schnippte damit unruhig gegen seinen Oberschenkel.

Ich war entsetzt, als Lila ihm ihr bestes verführerisches Lächeln angedeihen ließ. »Hey, Jase! Will nur ein bisschen relaxen, bevor der ganze Scheiß morgen wieder losgeht.«

»Verstehe, verstehe«, sagte er und nickte übereifrig. »Ich hab versucht, ein paar Bahnen zu ziehen, aber bei all den verdammten Kids hier bin ich kaum durchgekommen.«

Lila lachte so ein tiefes, kehliges Lachen, das sie für Jungs reserviert hatte. »Das Schwimmbecken besteht sowieso vermutlich zur Hälfte aus Pisse. Und, wo warst du? Hab dich nicht oft zu Gesicht bekommen diesen Sommer.«

»Ich hab in der Stadt bei meinem Dad im Büro gearbeitet. Die Bezahlung war mies, aber ich konnte umsonst auf jede Menge Konzerte gehen.«

»Echt? Wen hast du denn alles gesehen?«

Er ratterte eine Liste von Namen herunter, von denen ich noch nie etwas gehört hatte, aber Lila nickte anerkennend. Mich hatte Jason keines einzigen Blickes gewürdigt.

Hinter ihm tauchten zwei weitere Kerle auf, die mir aus der Schule vage bekannt vorkamen. Sie waren ein Jahr unter uns. Einer mit nacktem Oberkörper und sich dezent abzeichnenden Bauchmuskeln war zugleich etwas pummelig, sodass jetzt schon abzusehen war, dass er in ein paar Jahren aus dem Leim gehen würde. Der andere trug ein gestreiftes Poloshirt, Khakishorts und Flipflops. Sein Body war so gut in Schuss wie der eines teuren Rennpferds. Mit jener lässigen Souveränität, die ahnen ließ, dass er lange Sommer im Ferienhaus seiner Familie weiter oben im Norden verbracht hatte, ließ er den Blick über das Areal schweifen, als würde er nach etwas suchen, was er beanstanden konnte. Die beiden hatten ebenfalls Muschelketten um. Vielleicht hatten sie sie gemeinsam erstanden, als widerliche Alternative zu Freundschaftsarmbändern.

Ich spürte meinen Herzschlag bis in die Fingerspitzen. Nicht mehr lange, dann würden sie mich bemerken. Ihr Blick war auf Lila gerichtet, doch es war offensichtlich, dass Jason sie bereits für sich beanspruchte. Und tatsächlich: Schon taxierte mich das Poloshirt von oben bis unten – nicht anerkennend, sondern eher amüsiert, wie mir schien. Trotz meiner Klamotten kam ich mir nackt vor. Allem Anschein nach war er gelangweilt, aber mich anzugaffen, war wohl immer noch weniger langweilig, als einfach ins Nichts zu starren.

»Cooles Outfit«, meinte er. »Kannst du dir keinen Badeanzug leisten?«

Wie ein riesiger Fleck überzog heiß die Röte mein Gesicht. »Wie es aussieht, nicht«, brachte ich schließlich hervor.

»Ernsthaft? Bist du arm oder was?« Jetzt war sein Interesse geweckt. Er beugte sich ein wenig vor und grinste.

»Nein, ich bin nicht arm. Ich schwimme nur nicht gern.«

»Du schwimmst nicht gern? Aber das mögen doch alle.« Der Kopf seines untersetzten Freundes drehte sich in meine Richtung. »Hast du das gehört, Mike? Sie schwimmt nicht gern.« Er lachte.

Meine Kehle war so trocken, dass mir die Worte im Hals stecken blieben, bis ich sie heraushustete. »Nein, ich eben nicht. Aber was kümmert's dich?«

Meine trotzige Haltung war ein Fehler. Sie stachelte ihn nur noch mehr an. Er setzte sich auf die Kante meiner Liege und entblößte grinsend seine geraden weißen Zähne.

»Warum sollte man in dem Outfit hierherkommen?«, sagte er. Als ich nicht antwortete, lachte er wieder. »Hast du einen Freund?«

Mein Herz schlug mir bis zum Hals. Ich richtete den Blick auf meine Hände und hoffte, dass er einfach verschwinden würde, wenn ich ihn nicht ansah. Meine Haut wirkte fast schon blau und ich konnte jede Falte meiner Fingerknöchel erkennen.

»Schätze mal, das ist ein Nein?« Er tippte mir mit seiner

Sonnenbrille ans Bein. »Weißt du, Mike ist auch solo. Das soll jetzt kein Wink sein oder so, aber vielleicht könntet ihr zwei euch ja gegenseitig aushelfen.«

Ich blickte nicht auf. Irgendwann würde er schon Leine ziehen. Musste er. Musste er.

»Austin …«, sagte Mike. Er sah mich an, guckte aber schnell wieder weg, ehe sich unsere Blicke trafen. Dann drehte er sich zum Becken um und fuhr sich mit der Hand durch die Haare.

»Sorry, wenn du lesbisch bist oder so. Ich meine, mit Lila als Freundin könnte ich dir das nicht verübeln. Aber es gibt nicht wirklich einen Ersatz für, du weißt schon« – er senkte die Stimme –, »für einen Schwanz, oder?« Ich zuckte zusammen. »Mike kennt sich damit ganz gut aus, oder, Mike?«

»Leck mich, Austin.« Mike hob ein Bein und trat ihm ungelenk ins Hinterteil.

Austin grinste und zeigte all seine großen weißen Zähne. »Ich glaube, er steht auf dich.«

»Komm schon, Alter«, sagte Mike.

Ich konnte nicht aufblicken. Sie mussten jetzt doch mal verschwinden, oder? Was machte Lila? Ich war mir sicher, dass uns alle angafften.

»Nicht?«, sagte Austin. »Das Mädchen hat voll Nachholbedarf. Jede Wette: Die ist so was von bereit.« Er beugte sich so nah zu mir, dass ich seinen Schatten auf meinen Beinen sehen konnte. »Was meinst du? Ich könnte mir vorstellen, dass sogar ein Bikini für dich dabei rausspringt.«

Ich war zu entsetzt, um die Wut zu spüren, die mich – wie ich wusste – später überkommen würde. Mit Typen wie ihm konnte ich nicht umgehen. Blieb nur, mich tot zu stellen, bis sie abzogen.

»Dann sehen wir uns morgen, Lila?« Jasons Stimme durchbrach die aufgeheizte Atmosphäre wie ein Orchester, das ein Stück anstimmt. »Wollen wir, Jungs?«

Austin klopfte mir mit den Fingerknöcheln ans Schienbein. »Denk über meinen Vorschlag nach, okay? Man sieht sich in der Schule.«

Ich holte erst Atem, als sie lachend und sich gegenseitig schubsend durch das Tor verschwunden waren.

Lila lehnte sich auf ihrer Liege zurück. »Jason ist echt süß. Eine Schande, dass er auf Bands wie Nickelback steht.«

Sie hatte nichts von dem Ganzen mitbekommen. Fast war ich dankbar dafür.

Ich sah sie an. »Fahr mich nach Hause. Jetzt gleich.«

2

An diesem Abend klopfte meine Mutter an meine Tür, die ich aus Versehen nur angelehnt hatte.

Als ich nicht reagierte, spähte sie durch den Spalt. »Darf ich reinkommen?«

»Mm«, machte ich. Ich wandte mich wieder der Buchseite zu, auf die ich gestarrt hatte. Mit den Füßen auf meinem Kissen, lag ich bäuchlings auf dem Bett und versteckte mein Gesicht hinter den Haaren.

»Hast du dir wieder ein neues Buch ausgeliehen?«, fragte sie. »Ist es gut?«

Ich zuckte mit den Schultern. Die Worte schwirrten mir vor den Augen herum wie ein Schwarm Stechmücken.

Im Kostüm kam sie herein. Sogar nach einem langen Arbeitstag war sie immer noch perfekt geschminkt, ihr Rock wirkte wie frisch gebügelt und kein Haar tanzte aus der Reihe. Sie war ja auch in einer Tour damit beschäftigt, Feuchtigkeitscreme aufzutragen, ihr Make-Up aufzufrischen und sich nachzuschminken, als wäre ihre Haut eine Maske, hinter der sich irgendeine schlimme Missbildung verbarg, die nur durch ihre permanente Wachsamkeit nicht offenbar wurde. Als ich klein war, hatte ich gedacht, dass ich mir eines Tages gern ihre Rituale aneignen würde, aber ich hatte es nie getan (was für einen Unterschied hätte es auch gemacht?), und inzwischen war klar, dass ich eine Enttäuschung für sie war. Sie wünschte sich eine Tochter, mit der sie auf dem Sofa kuscheln und ihr dabei die Haare flechten konnte, die mit ihr shoppen ging und beim Anblick ihres neuen Tops in Entzückungsrufe ausbrach, die sich mit ihr das Glätteisen teilte und Geschichten über Jungs austauschte. Je mehr ich spürte, wie gern sie es hätte, dass ich so wäre, desto stärker fühlte ich mich vom Schatten dieser Traumtochter niedergedrückt und herausgedrängt.

Beinahe ohne eine Mulde in den Laken zu hinterlassen, setzte Mom sich auf meine Bettkante. Eine Weile sagte keine von uns ein Wort, während sie mir gedankenverloren über die Haare streichelte.

»Ich wünschte, du würdest mir erlauben, dass ich sie dir schneide«, murmelte sie, und ich duckte mich weg und sagte: »Mir gefällt's aber so.« Sie hielt die Hände hoch und ließ sie dann in den Schoß sinken, als wolle sie sie davon abhalten, noch mehr Ärger an Land zu ziehen.

»Na, wie war dein Tag?«, fragte sie schließlich. Sie sah woandershin, während sie die Frage stellte, als befürchtete sie, ich würde ihr nicht antworten, wenn sie mich direkt anblickte.

Ich zuckte die Achseln. Ich hatte das Gefühl, jegliche Antwort würde mich bloßstellen, und ich würde anfangen zu weinen und könnte nicht mehr damit aufhören. Die Vorstellung, dass sie mich so sah, war mir zuwider.

»Du warst mit Lila unterwegs, oder?«

»Genau.«

Sie stockte und nahm noch einen Anlauf. »Und wie war's?«

»Gut.«

»Kannst du mir auch eine Antwort geben, die länger als ein Wort ist?«

»Nö.«

»Ich bin in ein Fettnäpfchen getreten, oder?«, sagte sie.

Seufzend drehte ich mich ein Stück zu ihr. »Mit Lila um die Häuser zu ziehen, ist einfach so …«

»So *was*?«

»So … ich weiß nicht. Na ja, *sie* war jedenfalls glücklich. Hat einen neuen Typen gefunden, an dem sie rumbaggern kann.«

»Ach?« Sie schlug die Beine übereinander, die noch immer in einer Feinstrumpfhose steckten. Ohne Schuhe sahen sie wie die Füße einer Schaufensterpuppe aus, die Zehen wie zusammengeschmolzen und der Saum des feinen Gewebes wie die Nahtstelle der Plastikgussform. »Und was ist mit dir? Und Jungs?«

Ich schüttelte den Kopf. Ich wagte nicht, etwas zu sagen.

»Weißt du«, setzte sie behutsam an.

»Nein«, sagte ich. »Verschon mich.« Tränen schossen mir in die Augen.

»Oh, mein Liebling, was ist denn los? Ist heute irgendwas passiert?«

»Nein, ich bin nur … Ich habe so was von keine Lust auf die Schule«, sagte ich. Ich setzte mich auf, um mich vom Weinen abzulenken, und schlug mir dabei den Kopf an dem Bücherboard an, das über meinem Bett an der Wand hing.

»Autsch«, sagte meine Mutter und zuckte zusammen, als hätte sie sich selbst gestoßen. Ihre Hand kehrte wieder zu meinem Kopf zurück und dann weinte ich, sehr. Ich ließ mich auf ihren Schoß sinken, und sie strich mir übers Haar, während ich schluchzte.

»Ist schon okay, wenn du nervös bist«, meinte sie nach einer Minute. »Dafür muss man sich nicht schämen.«

Als ich nichts erwiderte, sagte sie: »Ich erinnere mich noch an den Tag, als ich dich zum ersten Mal in den Kindergarten gebracht habe. Alles war bestens, bis ich gehen wollte. Doch als ich mich an der Tür noch einmal umgedreht habe, hast du mich angeguckt, als hätte ich einen schrecklichen Verrat begangen. Du hast angefangen zu weinen und wolltest zu mir rennen, aber deine Erzieherin hat dich auf den Arm genommen und mich fortgewinkt. Danach habe ich mich ins Auto gesetzt und geheult – keine Ahnung, wie lang. Es kam mir vor wie Stunden.«

Ich konnte mich an nichts davon erinnern. »Was hab ich gemacht, als du mich abgeholt hast?«

»Du hast mich angefleht, dich da nie wieder hinzubringen.«

»Und? Hast du?«

Sie zögerte. »Ja.«

»Warum?«

Sie schüttelte den Kopf. »Ich dachte, es müsste so sein.«

Wir schwiegen wieder. Ich ließ es zu, dass sie meine Kopfhaut massierte, und entspannte mich ein wenig, obwohl meine Augen von den Tränen verquollen waren. Ich fühlte mich angenehm leer vom Weinen.

»Charlie«, sagte sie schließlich auf so eine Art, dass ich schon wusste, dass sie sich auf eine unangenehme Reaktion von mir gefasst machte, »dein Dad und ich möchten, dass du dieses Jahr eine Arbeitsgemeinschaft wählst.«

»*Was?* Was denn?« Ich drehte mich, sodass ich sie besser ansehen konnte. In ihren Nasenlöchern war es düster.

»Na ja, ich kenne dich ja auch ein bisschen. Mir ist klar, dass ich nicht darauf hoffen kann, dass du dir was Sportliches aussuchst« – ihre Lippen verzogen sich zu einem halbherzigen Lächeln –, »aber was ist mit der Band? Du hast doch so gern Klarinette gespielt. Oder mit einem akademischen Klub?«

Ich setzte mich auf, mein Schädel pulsierte. »Du weißt doch, was ich von Blaskapellen halte, die durch die Gegend marschieren.«

»Zum einen sind Highschool-Marschkapellen nicht die Hitlerjugend …«

»Ist das wegen deines Jobs? Meinst du, ich müsste irgendwie mehr erreichen, oder was?«

»Nein, natürlich nicht«, sagte sie und betrachtete ihre Fingernägel. »Ich weiß, dass du und dein Dad euren kleinen Klub da unten genießt …«

»Unseren kleinen Klub? Was soll das denn schon wieder heißen?«

Sie verstummte, sah weg und setzte noch einmal neu an. »Dein Dad hat alles unter Kontrolle. Und ich denke, dass du einfach einen Schubs von mir brauchst. Ich glaube, das wäre gut für dich.«

»Meinst du wegen des Colleges? Ich dachte, wir wären uns

einig, dass ich mich für Oberlin bewerbe, also wird das jetzt keinen großen Unterschied machen.«

»Ich weiß. Das ist es nicht.« Sie sah mich fast schon herausfordernd an. »Charlotte, ich glaube einfach, es würde dir guttun, wenn du ein paar mehr Freunde hättest.«

»Ich hab Lila«, sagte ich.

»Lila ist nicht gerade ... Okay, aber meinst du nicht, es wäre schön, mehr als *eine* Freundin zu haben?«

»Wow«, sagte ich. »Danke auch.«

Sie schüttelte den Kopf. »Nein. Ich wollte dich nicht ... Du hängst nur so viel mit deinem Dad rum.«

»Super. Du hast es echt voll drauf, mir mit allem, was du sagst, ein noch mieseres Gefühl zu geben.«

»Es ist wundervoll, dass ihr zwei euch so nahesteht«, meinte sie. »Aber wenn du einfach ...«

»Meinst du, ich brauche einen Freund, oder was?«

»Natürlich nicht«, protestierte sie, aber ich hätte schwören können, dass sie das Gegenteil meinte.

»Ah«, machte ich. Wieder raubten mir Tränen die Sicht, und ich biss mir fest auf die Zunge, um ihnen nicht freien Lauf zu lassen. »Hatte Dad da wirklich seine Finger mit im Spiel? Ich werde mit ihm reden.« Ich machte Anstalten aufzustehen, doch sie hielt mich am Arm fest.

»Nicht«, sagte sie. »Ich habe es noch nicht mit ihm besprochen, aber ich weiß, dass er das befürworten wird.«

»Du hast also gedacht, ich würde es machen, wenn du behauptest, dass er auch dafür ist.«

Sie lächelte ein wenig, als hätte ich sie durchschaut, sagte aber nichts.

»Glaubst du, du kannst mich dazu zwingen, Freundschaften zu schließen?«, fragte ich.

»Auf jeden Fall kann ich niemanden dazu zwingen, *dich* zu mögen.« Erschrocken darüber, was ihr da herausgerutscht war, riss sie die Augen auf. Als sie weiterredete, war ihre Stimme sanfter. »Aber … aber ich finde, dass es nie verkehrt ist, neue Leute kennenzulernen und was Neues auszuprobieren.«

»Ich kenne schon alle an meiner Schule«, sagte ich. »Es gibt niemanden zum Kennenlernen. Und nur weil man was *Neues* mit irgendwem ausprobiert, macht einen das nicht automatisch zu Freunden, wenn man es bisher auch nicht war. Hast du mir nicht gerade noch erzählt, dass du es bereut hast, mich gezwungen zu haben, in den Kindergarten zu gehen, obwohl ich noch nicht so weit war?«

Sie sah wieder zu Boden. »Anfangs habe ich es bereut. Aber nach einer Woche hat es dir dort gut gefallen. Sogar besser als zu Hause.«

Ich lehnte mich zurück. »Hm, daran erinnere ich mich nicht. Könnte allerdings sein, dass die Dinge jetzt ein bisschen anders liegen, denn ich bin nicht mehr vier.«

»Natürlich. Aber ich glaube, manchmal muss ich dich antreiben, weil du selbst so zurückhaltend bist.«

Mein Kopf tat mir wieder weh, aber das kam nicht von dem Stoß vorhin. »Weißt du was? *Ich* glaube, *du* solltest dich jetzt mal *zurückhalten*.«

In ihre Augen trat dieses harte Funkeln, das ich so fürchtete. »Du wirst dieses Jahr bei einer Arbeitsgemeinschaft mitmachen«, sagte sie. »Ab morgen hast du eine Woche Zeit, dir was auszusuchen.«

»Und wenn nicht?«

»Kriegst du Hausarrest, bis du doch was findest. Und Lila darf dich nicht zur Schule mitnehmen. Du musst Bus fahren.«

Es hatte keinen Sinn, mit ihr zu diskutieren. Je mehr ich mich gegen sie zur Wehr setzte, desto höher würde die Bestrafung ausfallen. Natürlich konnte sie nicht verstehen, wie schlimm es in der Schule war. Sie war beliebt und hübsch gewesen. Ich hatte ihr Foto im Jahrbuch gesehen mit ihren ebenmäßigen weißen Zähnen und ihrem hohen blonden Pferdeschwanz. Wir hätten uns nicht ausstehen können. Oder zumindest hätte sie mich zum Kotzen gefunden.

Sie stand auf. »Gute Nacht, Charlie. Tut mir leid, dass es so gelaufen ist. Ich glaube, dass du mir am Ende aber dankbar sein wirst.«

»Ganz bestimmt«, murmelte ich, und sie tat, als hätte sie es nicht gehört, und zog die Tür hinter sich zu.

SEPTEMBER

3

Du hast recht, es ist Bullshit«, sagte Lila am nächsten Morgen, als ich meinen pochenden Kopf an meinen Stuhl lehnte. Dort, wo ich ihn mir am Abend zuvor angeschlagen hatte, prangte eine Beule. »Schließ dich einfach dem Cheerleader-Team an, dann hat sie den Salat.«

»Machst du Witze? Sie wäre hocherfreut.« Ich drückte meinen Rucksack an die Brust. »Was erfordert den geringsten Aufwand und ein Minimum an Sozialkontakten?«

»Du könntest in der Schulbücherei arbeiten, aber ich glaube, die haben da genauso viel Angst vor dir wie die aus der Stadtbibliothek«, überlegte Lila laut. »Ich will damit nicht sagen, dass du dir darauf was einbilden solltest, aber …«

»Sie haben keine *Angst* vor mir. Nur weil du Analphabetin bist, brauchst du dich nicht über Leute lustig zu machen, die des Lesens mächtig sind.«

»Einmal im Monat kommt die *Cosmo* raus. Das ist mehr als genug Lesestoff für mich«, gab sie zurück. »Aber hör mal, wir müssen uns auf meine Pläne dieses Jahr konzentrieren. Ich brauch was anderes, irgendwelche besseren Ziele, als mir die ganze Zeit den Kopf übers College zu zerbrechen. Und erzähl mir nicht, dass Chatham Valley immer nach frischem Blut Ausschau hält.« Chatham Valley war das hiesige Community College, das ihr dank des Geldes ihrer Eltern mit Sicherheit erspart bleiben würde, auch wenn ihre Noten nicht mehr ganz so herausragend waren wie früher. Lila spielte ihre schulischen Leistungen gerne herunter, aber sie war eine der Besten unseres Jahrgangs.

»Okay. Erstens: mich nicht mit in den Tod reißen, wenn du während der Fahrt mit 110 Sachen auf der Interstate nach deiner Haarbürste suchst.«

»Realistische Ziele.« Sie tippte jetzt Buchstaben in ihr Smartphone ein, wobei ihre Fingernägel klickende Geräusche auf dem Glas machten.

»Wem schreibst du?«, fragte ich und warf einen Blick auf die Uhr an der Wand. Noch zwei Minuten bis zum Morgengong. Ich drückte meine Hand gegen die Beule an meinem Kopf, als könnte ich dadurch verhindern, dass sie noch größer wurde.

»Was?«, sagte Lila und sah auf. »Ach, nur so einem Idioten, dem ich bei ShopRite meine Nummer gegeben habe.«

So was passierte Lila ständig. Über die Tatsache, dass mir so was nie passierte, sprachen wir nicht.

»Großartig. Was schreibt er?«

»Irgend so eine widerliche Anmache mit jeder Menge Ziffern und Abkürzungen. Ich sage ihm nur, dass er sich verpissen soll.« Der Gong ertönte. Stöhnend ließ Lila sich auf ihrem Stuhl nach hinten fallen. »Erste Stunde und gleich Analysis. Standford wird mit meiner Note nicht einverstanden sein. Die eine Vier oder Fünf sein wird.«

»Ich habe Mathe für Dummies bei der Morgan. Die hasst mich noch von der Studierstunde, wo *jemand* die Hälfte der Zeit einfach nicht die Klappe halten konnte.«

Lila sah mich mit zusammengekniffenen Augen an. »Wir besprechen meinen schrecklich schlechten Einfluss auf dich nachher im Literaturkurs, okay? Ich muss mich jetzt um den Kosinus kümmern.«

Ich stand auf und wappnete mich für den langen Weg zu meinem Kursraum. Der erste Tag nach den Ferien war immer riskant – ich könnte jemandem begegnen, den ich kannte, oder jemandem, dem ich flüchtig zulächeln konnte, ich könnte aber ebenso gut jemandem über den Weg laufen, der irgendetwas murmeln würde, was ich nicht richtig verstand, oder der seinen Freund mit dem Ellbogen anstieß und lachte. Ich gehörte nicht zu den übelsten Außenseitern – jenen, die in Jogginghose zur Schule kamen oder deren Blick von religiösem Eifer getrübt war, oder denen, die einen am Arm packten und nicht mehr losließen, wenn sie mit einem redeten. Das lag vor allem daran, dass ich Lila hatte. Doch während der Zeit, die ich in der Schule verbrachte, lauerte stets unterschwellig die Bedrohung, dass jemand was Fieses sagen und damit meine kleine Alltagsroutine zum Einsturz bringen könnte. Manchmal wünschte ich mir, ich würde an einem Ort leben, wo niemand wüsste, wer ich bin, und das auch keinen interessierte, und wo ich mal ohne gesenkten Kopf herumlaufen könnte und ohne mich immer umzuschauen.

Lila riss die Tür auf und der Lärm traf mich wie eine Explosion. Sie winkte und schnitt eine Grimasse und dann war sie weg. Jemand rempelte mich von hinten an und entschuldigte sich halbherzig mit einer Handbewegung. Schüler blieben unvermittelt stehen, schrien sich etwas zu und warfen mir einen flüchtigen Blick zu. Ein Pärchen klebte eng umschlungen an den Schließfächern wie Baumwurzeln, die ineinander verflochten waren. Ein Junge drängte sich an mir vorbei und drehte sich um, und als er mich sah, leuchteten seine Augen auf. »Hey, Porter«, sagte er, und ich fragte mich, woher ich ihn kannte. Sein Lächeln wirkte aufrichtig, doch in seinen Augen lag ein beunruhigendes Glitzern. Mein Herz schlug schneller und die Beule an meinem Kopf pulsierte im Takt dazu.

Schließlich schaffte ich es die Treppe hinauf und in mein Klassenzimmer. Ich war die Dritte, die es betrat. Will van der Hoff saß ganz vorne und las in einem Taschenbuch und Eric Bastian lümmelte in der Fensterreihe und schrieb jemandem eine SMS. Ich wusste, dass Mrs Morgan sich nicht in die Platzverteilung einmischte, also hatte ich die freie Wahl. Ich suchte mir einen Tisch am Rand aus, auf dem neben einem Peace-Zeichen das Wort *Titten* eingeritzt war.

Ein paar Schüler schlurften herein, während ich planlos in meinem Notizbuch herumkritzelte. In den meisten Fällen vermied ich Blickkontakt. Mrs Morgan war noch immer nicht aufgetaucht, was ungewöhnlich war. Ich hatte sie schon im Vorjahr in Algebra II gehabt, und sie hatte meistens schon vor Unterrichtsbeginn mit äußerst geradem Rücken hinter ihrem Pult gesessen, die milchigen Augen in die Ferne gerichtet, die Haare zu einem Knoten in der Farbe verwitterter Muschelschalen hochgesteckt.

Als der Gong läutete, nahmen die letzten Nachzügler hastig ihre Plätze ein. Ein kleiner, zierlicher Vogel von einer Frau mit schlechter Haut und kurzem schwarzen Haar kam durch die Tür und würdigte uns auf dem Weg zum Pult keines Blickes. Die Klasse verstummte kurz, doch als sie uns weiterhin nicht beachtete, nahmen alle ihre Gespräche wieder auf. Sie raschelte mit ein paar Blättern herum, schnappte sich eine Heftmappe und trat dann vor uns.

»Könnt ihr jetzt bitte zur Ruhe kommen«, sagte sie mit hoher, zaghafter Stimme. Sie sah jung aus und wirkte jetzt schon überfordert. Der Lärm ebbte wieder ab, aber ein Mädchen, das ich nicht kannte, telefonierte immer noch mit dem Handy, und ein Junge – Stephen Williams – schaute nach hinten und schlug lachend mit den Händen auf seinen Stuhl. Die Frau zögerte, dann wiederholte sie: »Bitte Ruhe jetzt, Kinder.«

Kinder war ihr erster Fehler. Sie wurden nicht gerne als *Kinder* bezeichnet.

»Wo ist die Morgan?«, rief jemand. Es war Sean Varniska, den die Möglichkeit, sie aus dem Konzept zu bringen, zu faszinieren schien.

»Mrs Morgan ist aufgrund gesundheitlicher Probleme für längere Zeit beurlaubt. Ich bin Ms Anders und werde euch auf absehbare Zeit in Trigonometrie unterrichten.« Sie schien an Sicherheit zu gewinnen, als sie das sagte, aber ihr Blick huschte weiter ziellos im Zimmer umher.

»Was hat sie denn?«, fragte Sean. Er saß mit weit gespreizten Beinen auf der Lehne seines Stuhls, als bräuchten seine Eier Belüftung.

»Das tut nichts zur Sache, oder?« Ms Anders sah Sean

noch immer nicht an. »Legen wir einfach mit dem Stoff für dieses Jahr los. Das ist nämlich eine ganze Menge.«

»Also, mich interessiert es schon, und ich glaube, die meisten anderen *Kinder* auch.« Sean sah sich zu ein paar anderen amüsierten Gesichtern um und wiegelte sie stumm gegen Ms Anders auf. Ich hielt den Kopf gesenkt und malte Kreise in mein Notizbuch. Wenn ich ihr in die Augen sähe, würde ich ihr nur ihre Demütigung bestätigen. Ich hasste sie dafür, dass sie sich so dämlich anstellte, dass sie nicht dazu in der Lage war, sich aus dem Schlamassel zu befreien.

Ms Anders umklammerte die Heftmappe. »Wie heißt du?«, fragte sie und blickte Sean endlich an.

Er betrachtete sie einen Moment lang prüfend, und es war offensichtlich, dass er überlegte, ob er lügen sollte. Schließlich entschied er sich für die Wahrheit. »Sean Varniska.«

»Sean, falls es dich wirklich interessiert, dann würde ich vorschlagen, dass du in deiner Freistunde zu Direktorin Crowley gehst und sie fragst.«

Sean zog die Luft ein. Ein verhaltenes »Ooh« ging durch die Klasse. »Wollen Sie damit sagen, dass es Ihnen egal ist, wie es meiner Lehrerin geht? Mir liegt ihre Gesundheit jedenfalls sehr am Herzen, und ich denke, der Rest von uns *Kindern* sieht das genauso.«

Ms Anders sah auf den Boden und dann an die Wand. Sie trat einen Schritt zurück, als hätte eine Welle sie getroffen, drehte sich dann um und schrieb etwas an die Tafel. »Okay, fangen wir mit ein paar Grundlagen an. Wer kann den Satz des Pythagoras erläutern?«

Doch es wurde wieder gemurmelt und Sean lachte jetzt.

»Ähm, Ms Anders, gibt es einen Grund dafür, dass Sie meine Frage nicht beantworten wollen? Hat Mrs Morgan irgendwelche Unterleibsprobleme?«

Das brachte das Fass zum Überlaufen und die Klasse brach in albernes Gelächter aus. Ein paar von uns hatten den Blick auf die Tischplatte gesenkt, um Ms Anders' verzweifelte Miene nicht ansehen zu müssen.

»Sean, sei bitte ruhig und setz dich hin«, sagte sie, doch ihre Stimme zitterte wieder. »Wir müssen dieses Thema jetzt abhaken und uns der Mathematik widmen.«

Sean grinste. »Ich denke, ich werde auf Ihren Vorschlag mit der Direktorin zurückkommen.«

»Sean«, sagte sie, doch es war eher ein Seufzen, das ihre Niederlage besiegelte.

Zufrieden ließ er sich auf die Sitzfläche seines Stuhls hinabplumpsen. Im Raum herrschte Stimmengewirr. Ms Anders ging zurück an die Tafel, aber da war es schon zu spät: Sie hatte uns verloren und das ließ sich nicht mehr rückgängig machen.

Ich warf einen Blick auf die Uhr an der Wand. Nur noch sechs Stunden.

Ich traf Lila auf dem Gang, als wir beide auf dem Weg zu unserem neuen Literaturkurs waren.

»Na, wie war's bislang?«, fragte ich und wich dem nächsten eng umschlungenen Pärchen bei den Schließfächern aus.

»Das Übliche«, sagte sie, während sie die Bücher auf ihrem Arm fester an sich drückte. »Auf der Positiv-Seite steht, dass ich ein paar nukleare Codes gelernt habe, wenn ich mich nicht irre. Und du?«

»Studierzeit und Geschichte waren gut, aber Trigonometrie war der Horror. Wir hatten eine Vertretung. Sean hat sie fast zum Heulen gebracht.«

»Autsch«, sagte Lila. »Was ist denn passiert?«

Wir hatten die Tür unseres Kursraums erreicht und Lila ging voran. Das Zimmer sah anders aus, als ich es in Erinnerung hatte. Die Wände waren kahl und statt der sonst üblichen Einzelplätze waren die Tische hufeisenförmig angeordnet. An einer Wand stand eine Reihe von Computern, schmierig und grau vom Anhusten und fettigen Fingern. Lila schnappte sich einen Stuhl in der Ecke und ich setzte mich neben sie.

»Allgemeine Anarchie«, sagte ich. »Schon nach ein paar Minuten ist es aus dem Ruder gelaufen und danach hat kein Mensch mehr aufgepasst. Am liebsten hätte ich ihr gesagt, dass sie aufhören soll, mit denen rumzudiskutieren, aber offensichtlich …«

»Offensichtlich«, sagte Lila, »ist das eine Schande.«

»Genau. Andererseits musste ich so kein Mathe lernen.«

»Von Vorteil.«

»Ja. Ich schätze mal, der wahre Verlierer war heute die Trigonometrie«, sagte ich und sah Lila mit hochgezogenen Augenbrauen an.

»Sieht so aus«, meinte sie und strich sich übers Kinn.

Ich hörte, wie sich jemand räusperte, und sah nach vorne zu der ramponierten Tafel. Ich hatte gedacht, wir wären die Ersten im Zimmer, aber der neue Literaturlehrer war bereits da und beugte sich über einen Stapel Unterlagen. Er lächelte, und es war offenkundig, dass er uns zuhörte, doch er blickte nicht auf.

Lila und ich hoben noch einmal die Augenbrauen.

Katie McManus kam herein, Frank Gowser und – oh, fantastisch – Sean aus meinem Mathekurs, ebenso wie ein paar neue Gesichter, die uns am Einführungstag vorgestellt worden waren: Asha Madhani und ihr Zwillingsbruder Dev. Ich lächelte sie an und Asha nahm ein paar Tische neben mir Platz und lächelte zurück. Die Glocke läutete, während noch mehr Schüler hereinströmten, und dann, nach einer Minute, stand unser Lehrer auf, schloss die Tür und setzte sich auf die Tischkante seines Pults. Ein paar Schüler unterhielten sich noch, verstummten jedoch, als sie merkten, dass alle anderen ihn aufmerksam ansahen.

»Hi Leute«, sagte er, als alle still waren. »Ich heiße Mr Drummond und bin euer neuer Lehrer für den Literatur-Intensivkurs. Erst mal werde ich überprüfen, ob wir vollständig sind und sich nicht haufenweise Leute reingeschmuggelt haben, die mit allen Mitteln versuchen, sich unerlaubterweise Zutritt zu diesem Kurs zu verschaffen. Lasst mich wissen, ob ihr mit eurem richtigen Namen angesprochen werden wollt oder lieber mit einem Spitznamen.« Seine Stimme klang selbstbewusst, doch das Papier, das er in der Hand hielt, zitterte leicht.

Als er bei meinem Namen ankam, fragte er: »Charlotte Porter?«

Ich hob die Hand. Lila stieß mich am Arm an und sagte: »*Charlie* tut's auch.«

Mr Drummond sah mich an. Ich lächelte, weil es das Einzige war, was mir einfiel. »Du siehst eher nach Chuck aus«, meinte er.

Die anderen lachten, und ich spürte, wie mein Gesicht zu glühen begann. Warum hatte er ausgerechnet mich herausgegriffen? Machte er sich über mich lustig?

Als er mit der Anwesenheitskontrolle fertig war, griff er in seine Tasche und zog ein dickes, altes Buch heraus, dessen Einband ganz abgegriffen war. Der Buchrücken hatte so viele Knicke, dass er fast völlig weiß wirkte.

»Ich werde gleich eine Literaturliste rumgehen lassen«, erklärte er, »aber erst möchte ich wissen, was eure Lieblingsbücher sind, und euch von meinem erzählen.«

Lila grinste. Mr Drummond wandte sich an sie. »Lila? Wolltest du was sagen?«

Lila sah ihm ins Gesicht. »Ich hab mich nur gefragt, worauf Ihre Wahl wohl gefallen ist.«

»Dazu kommen wir später«, erwiderte er. Er lehnte sich auf dem Pult zurück und stützte sich mit den Händen auf. »Was ist denn dein Lieblingsbuch?«

»Ähm, ich würde mal sagen *Ein Kater macht Theater*.«

Ein paar von uns lachten und mein Herz begann in meiner Brust zu randalieren. Es ging schon wieder los: Lila ritt ihn rein und in einer Minute würden alle anderen mitziehen. Im Stillen flehte ich sie an, den Mund zu halten.

»Also schön«, sagte Mr Drummond. »Gegen einen Klassiker kann ich nichts einwenden, vor allem nicht, wenn er im anapästischen Tetrameter abgefasst ist.«

»Was für ein Zufall!«, sagte Lila. »Genau deshalb mag ich das Buch so gern.«

»Das habe ich mir schon gedacht. Irgendwelche anderen Gründe – neben deiner Vorliebe für lyrisches Versmaß?«

»Ähm, wahrscheinlich weil es das letzte Buch ist, das ich zum Spaß gelesen habe.«

»Wirklich? Du hast nie Judy Blume oder J.K. Rowling oder *Merkwürdiges aus dem Frankweiler-Geheimarchiv* gelesen?«

»Okay, ein paar davon schon«, sagte Lila und hob die Hände, als wolle sie sich ergeben. »Aber grundsätzlich ist das meiste, was ich jetzt lese, für die Schule und nicht zum Vergnügen. Ich kann mich nicht erinnern, wann ich zuletzt ein Buch gelesen habe, weil ich Lust drauf hatte.« Auf einmal wurde mir klar, dass sie mit ihm flirtete. Ich musterte ihn: War er gut aussehend? Nicht wirklich, obwohl er für einen Lehrer ziemlich jung war. Tat sie es vielleicht einfach nur aus Langeweile?

Er stieg nicht auf ihren Flirtversuch ein, aber er wirkte auch nicht so, als würde ihn das aus der Fassung bringen. »Du hast Glück, Lila. Das ist genau das, worüber ich heute mit euch reden wollte. Aber erst mal wollen wir hören, welche Bücher die anderen so mögen.« Er wandte sich an mich. »Chuck?«

Die Klasse lachte erneut, und wieder war ich mir nicht sicher, ob sie über mich oder mit ihm lachten. Die Beule an meinem Kopf machte sich bemerkbar. »Äh … können Sie mich überspringen«, sagte ich. »Ich brauche noch eine Minute zum Überlegen.«

Er nickte und wandte sich an Asha.

Lila schob mir einen Zettel hin. *Ein Arschloch, aber irgendwie mag ich ihn*, hatte sie in großen, schwungvollen Buchstaben daraufgekritzelt.

Ich warf ihr einen mürrischen Blick zu, doch sie schien es nicht zu registrieren. Weitere Schüler verrieten ihm ihre Lieblingsbücher: *Harry Potter*, *1984*, *Futsch – mein Bruder hat einen Vogel*, *Shining*, *Der dunkle Schirm*, *Sakrileg* und drei Stimmen für *Der Fänger im Roggen*. Ich hasste den *Fänger im Roggen*.

Schließlich war ich wieder dran. Mr Drummond nickte mir noch einmal zu.

Mir fiel noch immer nichts ein. »Ähm … *Die Brüder Karamasow*?«, platzte ich heraus, obwohl ich es nie gelesen hatte. Ich wusste, dass es berühmt war, und hatte eine vage Vorstellung davon, dass es von Akrobaten im Russland der Jahrhundertwende handelte. Ich hatte es lediglich im Bücherregal meiner Eltern gesehen, mit einem Rücken so borkig wie die Rinde eines alten Baumes, fremdländisch und imposant.

»Tatsächlich?«, sagte Mr Drummond. Er wirkte nicht überzeugt. »Das ist schwere Kost.«

»Mm«, machte ich unbestimmt.

»Hast du es für die Schule gelesen oder zum … Vergnügen?«

»Äh, in den Sommerferien. Ich dachte, dass wir's vielleicht in der Schule durchnehmen, da wollte ich vorbereitet sein.«

»Ich bewundere deine Initiative.« Er zögerte, und ich betete, dass er nicht weiter darauf herumreiten würde. Stattdessen verschränkte er die Arme und legte den Kopf schief. »Welcher Teil hat dir besonders gut gefallen?«

Ich räusperte mich. »Der Teil in … Russland.«

Er versuchte, das Lachen zu unterdrücken, indem er die Faust an den Mund hob und vorgab zu husten, doch er konnte ein Lächeln nicht verbergen. Ich hatte mich jetzt schon blamiert. Wenn er mich vorher nicht für bescheuert gehalten hatte, dann ganz gewiss jetzt. Ich sah hinunter auf mein Notizbuch.

»Dagegen kann ich nicht argumentieren«, erwiderte er schließlich. »Okay, ich denke, es ist an der Zeit, dass ich das Geheimnis um *mein* Lieblingsbuch lüfte. Es ist dasjenige, das wir dieses Jahr als Erstes durchnehmen werden. Mir ist bewusst, dass das nicht sonderlich demokratisch von mir ist, aber es ist einer der wenigen Vorzüge des Lehrerberufs, abgesehen von der unglaublichen Bezahlung: Ich kann euch dazu zwingen, Sachen zu lesen, die mir gefallen.«

Er hielt das Buch hoch – *Catch 22*. Die Klasse war still. »Interessiert sich keiner dafür?«, fragte er. »Schweigen. In Ordnung. Also, dann erzähl ich euch mal, warum es mein Lieblingsbuch ist und warum ich euch in die unangenehme Situation gebracht habe, zugeben zu müssen, dass ihr nie was Besseres als *Ein Kater macht Theater* gelesen habt – oder vielleicht auch nur, dass sich eure Lesekompetenz seitdem nicht verbessert hat.«

Lila blieb der Mund offen stehen und sie schlug empört mit den Händen auf die Tischplatte. Ich zuckte zusammen. Das war genau die Art von Aufmerksamkeit, auf die sie abzielte. Mr Drummond warf ihr einen Blick zu, während ein schockiertes Lachen durch die Klasse ging, aber zum Glück fuhr er fort, ehe sie etwas sagen konnte.

»Zum ersten Mal hab ich das Buch als Zwölftklässler in der Highschool gelesen, so wie ihr jetzt. Ihr wisst schon, damals, als die Menschen die Zeit noch durch den Stand der Sonne ermittelten und Grunzlaute ausstießen. Auch davor hatte ich schon Bücher gemocht, aber ich hatte mich nie so verstanden gefühlt wie bei diesem. Es war, als würde jemand, dem ich nie begegnet war, mich kennen und etwas über die Welt sagen, das – wie ich gedacht hatte – nur mir aufgefallen war. Ich hoffe, ihr könnt auch was damit anfangen, aber falls nicht, dann macht euch keinen Kopf, denn ich möchte, dass ihr euch außerdem eines der Bücher aussucht, das jemand anders als sein Lieblingsbuch genannt hat. Ja, einschließlich *Futsch*« – er sah Frank mit gerunzelter Stirn an – »und *Die Brüder Karamasow*« – er schüttelte den Kopf über mich – »und sogar, Gott steh mir bei, *Sakrileg*.« Er warf Sean einen Blick zu, der die Achseln zuckte.

»Zwei Bücher auf einmal?«, fragte Katie ungläubig.

»Das Lieblingsbuch von jemand anderem könnt ihr einfach irgendwann dieses Semester lesen, wann es euch passt. Ich hoffe, das ermutigt euch dazu, auch welche von den dickeren Wälzern auszusuchen, aber wenn ihr euch alle auf *Ein Kater macht Theater* stürzt und einen hervorragenden zehnseitigen Aufsatz darüber schreibt« – er wartete einen Herzschlag, als wir stöhnten – »dann will ich euch nicht davon abhalten.«

Er legte das Buch auf sein Pult und verschränkte die Arme. »Jedes Buch ist eine Auseinandersetzung mit einer These. Was ich von euch will, ist, dass ihr euch auf diese Auseinandersetzung einlasst. Ein Buch zu mögen oder auch nicht, stellt einen guten Ausgangspunkt dar, aber es reicht nicht. Ich möchte, dass ihr lernt, eure eigenen Thesen aufzustellen und vorzutragen. Ich will eure Stimme hören. Ich will, dass ihr eure eigenen Geschichten erzählt.« Er sah mich an. »Viel Spaß also mit Dostojewski.«

4

Er heißt Tom«, sagte Lila, als ich an diesem Abend ans Handy ging.

Ich stutzte. »Wer soll das sein?«

»Charlie! Dieser Witz wird beim dreißigsten Mal auch nicht besser.«

Ich kraulte Frida zwischen den Augen, wo sie es besonders gern hatte. »*Du* bist doch der Scherzexperte«, gab ich zurück. »War es nur *Weird Al's Greatest Hits*, die du erst kürzlich für teures Geld erstanden hast, oder sein Gesamtwerk?«

»*Eat It* ist ein Klassiker – weißt du was, ich führe diese Diskussion nicht schon wieder mit dir. Also, ich hab's rausgefunden. Drummond heißt mit Vornamen Tom. Oder Thomas, schätze ich, aber die Sekretärin hat ihn *Tom* genannt.« So wie sie es sagte, klang es, als hätte die Sekretärin ein Auge auf ihn geworfen.

»Aha«, sagte ich. »Okay. Na ja, schön für ihn, dass er nicht Marvin heißt oder so.«

»Marv«, kicherte Lila. »Oder Ralph.«

»Und warum interessiert dich das dermaßen, dass du dafür sogar in die Verwaltung gelatscht bist?«

»Interessiert dich das *nicht*?«, meinte sie.

Ich wartete, ob sie näher darauf eingehen würde, aber Fehlanzeige. »Nicht so sonderlich. Will heißen, ich habe mir keine Gedanken darüber gemacht.«

»Obwohl er dich im Unterricht angeflirtet hat?«

»Stimmt doch gar nicht! Er hat sich über mich lustig gemacht.«

»Nein, hat er nicht, *Chuck*. Du hast ihm gefallen.«

»Genau das meine ich. Was sollte das mit diesem Spitznamen?«

»Er wollte damit andeuten, dass er dich witzig findet, du Dummi.«

»Er fand *dich* witzig. Und wenn ihm jemand gefallen hat, dann du.«

»Egal«, sagte sie. »Keine Ahnung, warum, aber irgendwie mag ich ihn. Nicht, dass er ein besonders scharfer Typ wäre – und dann hält er sich auch noch für einen coolen Lehrer. Und ein bisschen ein Arsch ist er auch. Ich hab's echt nicht gepackt, dass er mich so provoziert hat.«

»Du hast es doch nicht anders gewollt! Du hast es drauf angelegt.«

»Stimmt gar nicht! Ich wollte nur abchecken, wie er als Lehrer so ist.«

Ich seufzte. Mit ihr zu diskutieren, war sinnlos. »Okay, du hast dich jetzt also abartigerweise in einen Lehrer verguckt. Aber wie kommst du darauf, dass es *mir* genauso geht?«

»Seit wann fährst du *nicht* auf einen Lehrer ab? Ich dachte, er wäre genau dein Fall. Er hat ungefähr zwanzig Minuten darüber geschwafelt, wie großartig er *Catch 22* findet, und sich gar nicht mehr eingekriegt. Ich dachte, er hätte einen Bücher-Bonus bei dir.«

Sosehr es mir auch gegen den Strich ging, es zuzugeben – sie hatte recht. Seit der sechsten Klasse hatte ich immer wieder für Lehrer geschwärmt. Und Literaturlehrer waren die schlimmsten – sie mochten Bücher genauso gern wie ich und ich bekam bei ihnen eigentlich immer Einser. Aber diese Schwärmereien waren nichts Ernsthaftes, eher ein Gefühl der Dankbarkeit für das bisschen Freundlichkeit und Aufmerksamkeit, das sie mir entgegenbrachten.

»Tja, ist aber nicht so«, sagte ich. »Von dem Augenblick an, als wir das Zimmer betreten haben, war er fies zu mir.«

»Hörst du mir jetzt endlich mal zu? Er hat dich aufgezogen, weil er dich mochte!«

»Toll, dann ist er also ein Perversling.« Mir war klar, dass mein Scherz eher auf die Vorstellung abzielte, dass ein erwachsener Mann auf Teenager scharf ist. Ich musste mir keine Sorgen über Lehrer machen, die auf dumme Gedanken kamen. Es würde keinem von ihnen in den Sinn kommen, mich in dieser Weise in Betracht zu ziehen.

»Ich sage nicht, dass er ein Perversling ist. Aber er hat sich fast weggeschmissen, als du ihm vorgeschwindelt hast, du hättest *Die Brüder Karamasow* gelesen. Mutige Wahl übrigens.«

»Oh Gott, ich weiß auch nicht, was da in mich gefahren ist. Ich hab die Panik gekriegt. Es war das einzige Buch, das mir eingefallen ist. Von all den Massen an Büchern.«

Lila gab ein Schnauben von sich. »Ich hab mich für *Ein Kater macht Theater* entschieden. Deins hat wenigstens Kapitel.«

»Das war auch keine Glanzleistung von dir«, sagte ich.

»Das Schlimmste ist, dass ich's nicht lesen darf, weil ich es selbst ins Spiel gebracht habe. Vielleicht entscheide ich mich ja für *Futsch*.« Sie seufzte. »Ach, ich hab ganz vergessen, dir von Sport zu erzählen. Hattest du heute gar nicht, oder?«

»Nö.« Wir hatten nur drei Tage die Woche Sport und an den anderen zwei Tagen hatte ich Studierstunden.

»Okay«, sagte sie, »bring dir ein Kissen mit.«

5

Wenn ich etwas noch mehr verabscheute als Mathe, dann Sport. Es war mir ein Rätsel, dass andere dem Ball hinterherjagten, um ihn sich zu schnappen, statt lässig einen Schritt zurückzutreten, wenn das Spiel zu nahe an sie herankam, oder – wenn es gar nicht anders ging – allenfalls halbherzig hinterherzuhechten, bis jemand anders als Erster am Ball war.

Unsere Sportlehrerin Mrs Deloit beaufsichtigte uns mit den müden, wässrigen Augen einer Frau, die in ihrem Leben schon viel zu viele lustlose Squaredance-Kurse abgehalten hatte. »Dieses Jahr gibt es was Neues, Mädchen«, sagte sie. »Dieses Semester könnt ihr Yoga belegen. Es stehen nur zwanzig Plätze zur Verfügung, aber die sind ausschließlich den Mädchen vorbehalten.«

Ansonsten waren noch Basketball und Fußball im Angebot. Ich wusste, dass Lilas Warnung sich vermutlich aufs Yoga bezogen hatte, aber eine Sportart, die kein Schwitzen und keine Jungs bedeutete, konnte ich mir einfach nicht entgehen lassen. Als wir alle gewählt hatten, sagte Mrs Deloit: »Okay, erst laufen wir ein paar Runden, und dann können die

Mädchen, die sich für Yoga entschieden haben, mit mir kommen.«

Wir gingen nach draußen, wo die Jungs bereits auf der gegenüberliegenden Seite über die Aschenbahn trotteten. Ich joggte mit den anderen los und machte ein bisschen schneller als sonst, damit die Jungen, die als Erste fertig waren, nicht rumstehen würden und zusehen konnten, wie meine Brüste beim Rennen parabelartig auf- und abschwangen. Als ich am Ende der Bahn ankam, entdeckte ich zu meinem Entsetzen Mike aus dem Schwimmbad bei den Jungs. Er fing meinen Blick auf und zögerte kurz, dann machte er Anstalten, sich in meine Richtung zu bewegen. Ich erstarrte, aber da klopfte ein Junge ihm auf die Schulter und lenkte ihn von mir ab.

Ich hielt Ausschau nach jemandem zum Unterhalten, damit ich nicht ganz so verzweifelt wirkte. Auf keinen Fall sollte Mike Austin hinterher erzählen, wie wehrlos ich ohne Lila war. Ich entdeckte Dev und Asha aus meinem Literaturkurs, die miteinander sprachen. Doch als alle ihre Runden beendet hatten und die Jungs gegangen waren, stand Asha ebenfalls allein herum. Andererseits war unser Kontakt bislang nicht über ein »Hi« hinausgegangen, und den Gedanken, ein Gespräch anzufangen, nur um Zeit zu überbrücken, fand ich so blöd, dass ich mich dagegen entschied. Und warum sollte sie überhaupt mit mir reden wollen?

Als wir wieder drin waren, sagte Mrs Deloit: »Okay, Ladys. Nehmt euch alle eine Matte und dann geht's los.« Sie setzte sich auf einen Plastikstuhl und schaltete die Musik an. Sie sah schon jetzt erschöpft aus.

Jetzt verstand ich, weshalb Lila mich gewarnt hatte. Die

Aufnahme war uralt – vermutlich hatte Mrs Deloit sie bei einem Trödelmarkt abgegriffen. Vom Band kamen irgendwelche Entspannungsübungen, die ein Sprecher mit einem dezenten britischen Akzent vortrug, und dazu erklangen zittrige Panflöten. Ein paar Mädchen grinsten sich an, und während wir zu den Echos von Walgesängen den *herabschauenden Hund* turnten, war leises Kichern zu vernehmen. Als es an der Zeit für die Schlussentspannung war und der Sprecher sagte, wir sollten den Beckenboden schön locker lassen, brach schallendes Gelächter aus, aber da war Mrs Deloit schon im Halbschlaf.

Ich warf Asha auf der Matte neben mir einen Blick zu und sie deutete auf Mrs Deloits herabhängende Augenlider. Diese kleine Geste reichte aus, dass ich nickte und flüsterte: »Ihr Beckenboden muss wirklich total locker sein.«

Asha machte große Augen. »Hoffentlich nicht zu sehr, sonst stinkt's hier gleich noch schlimmer als sowieso schon.«

Erstaunt lachte ich über ihren Witz. Am Tag zuvor hatte sie im Unterricht kaum etwas gesagt und ich hatte sie für ziemlich schüchtern gehalten.

Die Musik hörte auf und einen Moment lang herrschte Stille. Ich merkte, dass ein paar Mädchen schwer atmeten. Es dauerte eine weitere Minute, bis Mrs Deloits Kopf hochschoss. Asha und ich kicherten.

»Okay, Mädchen«, sagte sie und blinzelte langsam. »Das war doch sehr erfrischend, oder? Wie ich sehe, waren ein paar von euch genauso tief entspannt wie ich. Zeit, sich wieder umzuziehen.«

Beim Rückweg zu den Umkleiden ging ich Asha absichtlich aus dem Weg. Durch den plötzlichen Druck, mit ihr reden zu müssen, konnte ich keinen klaren Gedanken fassen, und es war leichter, eine Unterhaltung komplett zu umschiffen. Doch als ich mich zu Mr Drummonds Klassenraum aufmachte, tauchte sie wie aus dem Nichts auf dem Gang auf.

»Wenn's nach meiner Mom ginge, dann dürfte man so was nicht als Yoga bezeichnen«, meinte sie.

»Das würden wahrscheinlich die meisten so sehen«, sagte ich und lächelte sie zaghaft an.

Ein paar Schritte lang schwieg sie, dann sagte sie: »Mr Drummond ist interessant.«

Ich lachte. »Ja, mit dieser Meinung scheinst du nicht allein zu sein.«

»Findest du nicht?«

»Kenne ihn noch nicht gut genug«, erwiderte ich. »Aber im Vergleich zu Mr Mickler ist er hoffentlich eine Steigerung.« Mr Mickler war das älteste Pferd im Stall der Literaturfachschaft gewesen, bis er letztes Jahr in Rente gegangen war.

»Ach der«, sagte sie. »Dev hat gehört, er hätte seinen Kurs letztes Jahr ständig Filme schauen lassen, während er selbst ein Nickerchen gemacht hat.«

»Da können wir nur hoffen, dass er nicht wieder aus dem Ruhestand zurückkehrt, was?«

Asha lachte. »Klingt unwahrscheinlich.«

Lila warf mir einen blasierten Blick zu, als wir unser Klassenzimmer betraten, und ich winkte Asha schnell zum Abschied zu, während sie zu ihrem Platz ging. Lila musterte sie argwöhnisch.

»Was?«, sagte ich.

Sie sah mich an. »Ich habe eine Lösung für dein Dilemma. Als Dankesbekundung akzeptiere ich Weird-Al-Merchandising-Produkte.«

Ich ließ mich auf den Platz neben ihr fallen. »Und? Wie sieht deine brillante Lösung aus?«

»Drummond übernimmt die Schülerzeitung«, erklärte sie. »Damit hast du deine Arbeitsgemeinschaft.«

Ich warf einen Blick auf ihn. Diesmal ignorierte er uns wirklich und machte sich irgendwelche Notizen. »Das bringt aber eine nicht unbedeutende Menge an Sozialkontakten mit sich. So viel reden und alles.«

»Du könntest die Kolumne übernehmen. Ausführlich Stellung zu Themen beziehen, von denen du keinen blassen Schimmer hast.« Sie zeigte mit dem Finger auf mich. »Sag's nicht. Ich bin kein Schreiberling.«

»Dann muss ich da also allein durch?«

»Sorry. Ich hätte ja sogar Bock drauf, aber jeden Nachmittag ist Hockey.«

Während die anderen anfingen, über *Catch 22* zu diskutieren, dachte ich über ihren Vorschlag nach. Am ersten Schultag war ich zu überfordert gewesen, um ernsthaft in Betracht zu ziehen, auch nur eine Minute länger als nötig in der Schule zu bleiben. Deshalb konnte ich noch mit keinerlei Alternativvorschlägen aufwarten. Unsere Schülerzeitung erschien vielleicht zweimal jährlich. Ich hatte mich nie daran beteiligt, weil sich dort immer vor allem Kiffer getummelt hatten. Sie nannte sich *Truth Bomb* und bestand in erster Linie aus Schimpftiraden darüber, wie überteuert die Verkaufsautomaten an unserer Schule waren. Aber es klang wie die stressfreiste Option. Ich hatte schon immer gern geschrieben und so würde es mir wahrscheinlich nicht allzu viel Mühe bereiten.

Mr Drummond bestätigte meine Vermutung am Ende der Stunde.

»Bevor wir zusammenpacken«, sagte er, klatschte in die Hände und stand auf, »wollte ich euch noch mitteilen, dass ich dieses Jahr die Schülerzeitung wiederbeleben werde.«

»*Truth Bomb?*«, meinte Katie.

Mr Drummond nickte. »Genau. *Truth … Bomb.*« Er sagte es langsam und wartete auf die Lacher, die er wohl schon vorhergesehen hatte. »Ich hab mir sagen lassen, sie wäre eingeschlafen, also habe ich eine alte Ausgabe ausfindig gemacht, die unter anderem einen Artikel darüber enthielt, ob Rauchen auf den Schultoiletten erlaubt sein sollte oder nicht. Es wird vermutlich keinen von euch überraschen, dass der Autor des Artikels dafür war.«

»Gab es auch einen Artikel, der sich dagegen aussprach?«, fragte Frank.

»Nein«, sagte Mr Drummond. »Ich denke mal, die sind davon ausgegangen, dass der Gestank aus den Toiletten als Gegenargument völlig ausreicht.«

»Und was halten Sie dann vom Rauchen auf den Toiletten?«, fragte Dev.

»Als Pädagoge bin ich natürlich dagegen. Als Mitmensch würde ich sagen, macht wenigstens das Fenster auf.« Er senkte den Kopf fast schüchtern, als wir lachten. »Deshalb suche ich nach Freiwilligen. Drei Tage die Woche eine Stunde lang nach der Schule. Das wird auch fürs College zählen, aber natürlich profitiert ihr in erster Linie von der fantastischen Schulung, die ihr zu Füßen dieses Kommunikationsgenies« – er zeigte auf sich – »erhaltet, das seinen Abschluss an einer Uni gemacht hat, die keinen journalistischen Zweig im Angebot hatte. Ich versichere euch aber dennoch, dass ich total für Kreuzworträtsel bin. Solltet ihr also Interesse haben, lasst es mich wissen, und sagt bitte auch all euren Freunden Bescheid, die des Lesens und Schreibens kundig sind – oder zumindest halbwegs. Und falls sich jemand mit Zeitungslayout-Software auskennt – demjenigen biete ich bares Geld fürs Mitmachen.«

Nach dem Gong trödelte ich herum, und Lila stieß mich mit dem Ellbogen an, ehe sie abzog.

»Bring's hinter dich«, sagte sie. »Wie bei einem Pflaster. Einfach *ratsch und ab*.«

Bald waren alle anderen gegangen. Ich würde zu spät zum Mittagessen kommen, aber Lila hielt mir bestimmt einen Platz frei.

Nach einer Weile bemerkte mich Mr Drummond. Er ließ die Papiere sinken, die er durchgesehen hatte. »Was kann ich für dich tun, Charlie?«, fragte er.

»Ich dachte, ich wäre jetzt Chuck«, sagte ich und spürte, wie mir schon wieder Hitze den Hals hinaufkroch.

»Entschuldige«, sagte er, »ich hab dich einfach so genannt, ohne dich vorher zu fragen, stimmt's? Wäre es dir lieber, wenn ich Charlie zu dir sage? Oder Charlotte?«

»Nein, nein, Chuck ist okay. Oder Charlie. Oder wie auch immer.« Mir fiel auf, dass ich *Chuck* mochte. Es war seit Langem der erste Spitzname, den ich bekommen hatte.

»Okay.« Er lehnte sich ein wenig auf seinem Stuhl zurück,

der daraufhin ein Knarzen von sich gab. »Dann interessierst du dich also für Journalismus?«

»Ich interessiere mich dafür, an einer Arbeitsgemeinschaft teilzunehmen«, erwiderte ich, und er lächelte. »Ich meine, ja, ich interessiere mich fürs Schreiben.«

»Wunderbar«, sagte er. »Um ehrlich zu sein, habe ich gehofft, dass du dich anmeldest. Auch wenn es nur ist, weil du einen Zusatzkurs benötigst. Helle Köpfe wie dich können wir bei der Zeitung gut gebrauchen.«

Alles, was bei mir ankam, war, dass er sagte, ich sei klug. Jedes Lob eines Lehrers setzte sich in meinem Kopf fest und drehte dort stundenlang seine Runden. Aber woher wusste er das? Hatte er einen Blick in meine Zeugnisse geworfen? An meinen Unterrichtsbeiträgen lag es jedenfalls bestimmt nicht. »Ich bin eigentlich gar nicht … Also, ich interessiere mich wirklich fürs Schreiben. Keine Ahnung, warum ich das mit dem Kurs außerhalb des offiziellen Lehrplans gesagt habe.«

Er breitete die Hände aus. »Mir ist es egal, warum du mitmachst. Hauptsache, du machst überhaupt mit. Ich hoffe nur, dass du auch Spaß dabei hast. Ich würde gern jeden Monat eine Ausgabe herausbringen, wobei mir klar ist, dass sich das nach einem lächerlich niedrig gesteckten Ziel anhört, als würde man die Messlatte nicht sonderlich hoch legen. Aber wenn man bei null anfängt, bedeutet es jede Menge Arbeit, das hinzukriegen.«

»Kann ich mir vorstellen. Dann haben Sie also Erfahrung darin, eine Zeitung zu leiten?«

»Ja, ein wenig«, meinte er. »Ich war zwei Jahre lang Herausgeber der Zeitung an meinem College. Wir reden hier nicht über den *Harvard Crimson* oder so, aber wir haben ein paar ganz gute Geschichten gebracht. Einen Finanzierungsskandal aufgedeckt. Rausgekriegt, woraus die Kroketten in der Mensa bestanden. Wobei man sagen muss, die Sache mit den Kroketten war eigentlich viel schwerwiegender.«

»Wenn die auch nur annähernd so waren wie die Kroketten hier, dann übersteigt die Schwere der strafbaren Handlung, die Sie aufgedeckt haben, mein Vorstellungsvermögen bei Weitem.«

Er lachte. Er hatte ein nettes Lachen – leise, fast vertraut, als würde er in sich hineinlachen. »*Die Schwere der strafbaren Handlung.* Sieh einer an. Du bist ein Naturtalent. Ich werde dich auf die Wörtersuche ansetzen.«

»Ich bin nur gut im Vokabeln Lernen«, sagte ich. »Werden Sie den Namen eigentlich beibehalten?«

»Willst du damit andeuten, dass *Truth Bomb* kein würdiger Name für eine Schülerzeitung ist?«

Ich lachte. »Ich wollte nicht, äh … nein?«

Der Gong ertönte.

»Ich muss los«, sagte ich. »Lila scheißt mich zusammen … äh, sorry, macht mir die Hölle heiß, wenn sie mir ewig einen Platz beim Mittagessen freihalten muss.«

Er winkte ab. »Schimpfwörter sind das Letzte, wofür du dich bei mir entschuldigen musst. Wir starten in ein oder zwei Wochen mit unseren Treffen, denke ich, aber ich gebe dir im Unterricht Bescheid, wenn ich alles so weit organisiert habe.«

»Okay, ich kann's, verfickt noch mal, gar nicht erwarten«, sagte ich, weil ich das in dem Moment witzig fand. Dann verlor ich die Nerven und stürmte aus dem Zimmer, doch ich konnte ihn noch den ganzen Flur hinunter lachen hören.

6

Später an diesem Nachmittag machte ich meinen Dad im Keller ausfindig, wo er auf seinen Computermonitor einschlug und leise fluchte.

»Klingt, als würde es bestens laufen«, meinte ich.

»Hey«, sagte er. »Kannst du mir mal den Hammer von da drüben geben, mein Schatz? Ich muss was gerade biegen.«

»Lass mich einen Blick darauf werfen, bevor du ihn zertrümmerst«, schlug ich vor.

»Danke.« Er stand auf und ging zu seiner Werkbank, die vor Abfall und unfertigen Projekten überquoll. »Wie war's in der Schule?«

»Passt schon«, sagte ich. »Wie schaffst du es eigentlich immer, in so kurzer Zeit so ein Chaos auf der Website anzurichten?«

»Wer kann, der kann«, sagte er. »Erzähl mir von deinen Kursen.«

»Da gibt's nicht viel zu erzählen. Langweilig wie eh und je.«

»Ich hänge hier den ganzen Tag mit Frida fest und hab niemanden zum Reden. Sei doch ein bisschen gesprächiger, hm?«

»Du hast nichts verpasst. In Sport haben wir Yoga gemacht und gelernt, wie man seinen Beckenboden entspannt. Oh, und wir haben einen neuen Lehrer.«

»Ein neuer Lehrer, der euch beibringt, wie man seinen Beckenboden entspannt? Muss ich mich wegen dieser Sache mit jemandem in Verbindung setzen?«

Ich lachte. Die Kellertür schwang knarzend auf und Frida kam die Treppe heruntergesprungen. Meine Mutter war zu Hause.

Ich sah Dad an. »Mrs Deloit hat heute das erste Mal Yoga unterrichtet. Na ja, *unterrichtet* ist vielleicht nicht das richtige Wort. Sie ist eingeschlafen.«

»Yoga?«, fragte meine Mutter, als sie die Treppe herunterkam. Sie musste gerade von einer Trainingseinheit zurückgekehrt sein, denn sie war noch ganz von der Sonne und der Anstrengung gerötet. Sie schaltete die Deckenbeleuchtung an und mein Dad und ich zuckten beide zusammen. »Ich weiß nicht, wie du bei der Dunkelheit hier unten arbeiten kannst«, sagte sie. Sie hatte ihre Haare zu einem ordentlichen glänzenden Dutt hochgesteckt, trug jedoch ein altes, weites T-Shirt, das schon ganz dünn und fadenscheinig war und einst meinem Dad gehört hatte. »Das hat bestimmt Spaß gemacht. Erinnerst du dich noch, als wir zusammen diesen Kurs belegt haben, Schatz?« Ihre Stimme klang hoch und gepresst. Sie wusste, dass ich noch immer stinkwütend auf sie war.

Mein Dad und ich sahen sie beide eine Sekunde lang an – sie wirkte so leuchtend und deplatziert. Dann sagte ich: »Ja, dunkel, glaub ich«, und wandte mich wieder dem Computerbildschirm zu.

Mein Dad ging zu ihr und gab ihr einen Kuss. Ich hatte gewusst, dass er das tun würde. Das machte er immer.

»Und, was treibt ihr hier unten so?«, fragte meine Mutter. »Mir war gar nicht bewusst, dass du immer noch Hilfe brauchst, Paul.«

»Charlie rettet mich nur vor mir selbst«, meinte er.

»Der ganze Betrieb würde ohne mich den Bach runtergehen«, sagte ich.

Ich konnte hören, wie sie sich hinter meinem Rücken unterhielten, aber ich drehte mich nicht um. Ich wollte gar nicht wissen, was sie redeten.

»Und was gab's heute sonst noch so, Charlie?«, fragte meine Mutter schließlich.

»Hab mich für eine Arbeitsgemeinschaft angemeldet, wie du es wolltest.«

»Ach, das ist ja wunderbar.«

Ich wandte mich wieder um. »Man muss dabei nicht im Gleichschritt marschieren, das ist jedenfalls schon mal gut.«

»Ich freue mich, das zu hören. Und was machst du?«

»Unser neuer Lehrer lässt die Schülerzeitung wiederaufleben.«

»Die Zeitung!«, rief sie. »Da wolltest du doch schon immer mal mitmachen.«

Sie klang so zufrieden, dass meine Entschlossenheit einen Moment lang bröckelte. Ich sah schüchtern zu Boden. »Ja, es könnte vielleicht ganz nett sein.«

»Ich freue mich wirklich für dich, mein Spatz«, sagte sie. »Das passt bestimmt super für dich.«

»Danke.« Den Blick noch immer zu Boden gerichtet, versuchte ich, mein Lächeln zu verbergen.

Sie zögerte, und ich sah, wie sie nach Dads Hand griff. »Ich weiß, ich sollte nicht sagen, dass ich es dir doch gleich gesagt habe, aber glaubst du, du hättest dich angemeldet, wenn ich dich nicht dazu gedrängt hätte?«

Ich presste den Mund zusammen. »Vielleicht nicht«, murmelte ich. »Ähm, ich muss vor dem Abendessen noch ein bisschen Hausaufgaben machen. Dad, willst du jetzt wieder übernehmen?«

»Sicher«, sagte er und ließ die Hand meiner Mutter los.

Als ich an ihr vorbeilief, musterte sie mich, ließ mich aber nach oben gehen.

Eine halbe Stunde später klopfte mein Dad an meiner Tür. »Ich bringe ein Friedensangebot«, verkündete er und ließ Frida mit herein, die eine Packung Oreo-Kekse zwischen den Zähnen trug. »Eigentlich wollte ich direkt, nachdem du nach oben gegangen bist, mit dir sprechen, aber es hat so lange gedauert, ihr beizubringen, die Packung nicht zu zerbeißen.«

»Damit verbringst du also deine Zeit, wenn wir den ganzen Tag weg sind«, sagte ich. Frida hielt mir die Oreos mit einem leichten Schwanzwedeln hin.

»Irgendwie muss ich die Zeit ja totschlagen.« Er setzte sich auf meinen Schreibtischstuhl. »Deine Mom will doch nur das Beste für dich, meine Große.«

»Und deshalb musste sie gleich so angeben?«

»Du weißt, dass sie's nicht so gemeint hat.«

Ich schnaubte. »Wie *hat* sie es denn gemeint? Und warum

schickt sie dich vor, statt selbst zu kommen und mit mir zu reden?«

»Du bist immer so gut drauf und so liebreizend, da kann ich mir echt gar nicht vorstellen, warum sie nicht wollte.«

Ich ignorierte ihn. »Und wie hat sie es gemeint, als sie sagte, es sei besser, wenn ich dir nicht mehr zur Hand gehe?«

»Das war doch keine Strafe, Dummerchen. Uns – und damit meine ich uns *beide* – ist nur bewusst geworden, dass es nicht fair ist, dich immer da unten im Keller einzusperren. Und du bist so abartig stur, dass es nicht anders ging, als dich regelrecht zu verbannen.«

Ich sah ihn an. »Es gefällt mir eben, dir zu helfen.«

»Mir gefällt es auch«, sagte er. »Aber wenn ich ein richtiger Arbeitgeber wäre, könnte man mich wegen der Nichteinhaltung von ungefähr dreihundert Richtlinien zur Kinderarbeit strafrechtlich verfolgen.«

Ich nahm die Oreos. »Die reichen mir als Bezahlung völlig.«

»Sprich mit ihr«, sagte er. »Bitte. Für mich.«

Ich seufzte. »Okay.«

»Heute Abend«, sagte er. »Nicht erst, wenn es gar nicht mehr anders geht.«

»Schon gut, schon gut, ich verspreche es.«

Er schwieg kurz. »Die andere Sache, die ich mit dir besprechen wollte und die, wie ich betonen möchte, mit der Auflage verbunden ist, dass du in Zukunft nicht mehr so eine Nervensäge bist, ist, dass du zukünftig mit meinem Auto zur Schule fahren darfst. Ich weiß, dass es schwierig ist, länger zu bleiben, wenn du dann den Bus verpasst.«

»Echt?« Ich setzte mich auf. »Ist das dein Ernst? Ich werde auch mit dem armseligen Gehalt, das du mir gezahlt hast, für den Sprit aufkommen.«

»Weiß ich doch. Und für die Hälfte der Versicherung. Und jegliche erforderlichen Reparaturen.«

»Ja, alles, und ich werde sogar immer ein bisschen Musik für dich drinlassen, damit du auf dem neuesten Stand bist, was uncoole Siebzehnjährige so hören.«

»Das ist sehr großzügig, aber du weißt ja, was ich von allem halte, was musikalisch nach den Beatles kam.«

»Du bist alt«, sagte ich.

»Ich hab einfach vor vielen …«

»Vielen.«

»… vielen Jahren kapiert, dass alles, was nicht auf LP erhältlich ist, meine Zeit nicht wert ist«, sagte er. »Bitte sprich mir zuliebe mit deiner Mom, okay. Dir ist gar nicht bewusst, wie sehr es sie mitnimmt, wenn ihr euch streitet.«

»Okay«, sagte ich. Ich bot ihm einen Keks an und eine Weile war nur unser Knuspern zu hören. Frida sah ihn bettelnd mit ihrem besten Hundeblick an. »Und wie läuft's mit der Arbeit, nun da ich die Katastrophe abgewendet habe?«

»Eigentlich gar nicht übel. Ich habe gerade einen Auftrag für eine Skulptur im Holmesdale Park erhalten.«

»Der am anderen Ende der Stadt?«

»Jap.«

»Wow, cooler Auftrag. Darf ich ein bisschen Input anbieten?«

»Nein.«

7

Beim ersten Treffen der *Truth Bomb* erschienen ungefähr fünfzehn Schüler: Ein paar von ihnen kannte ich vom Sehen, ein paar waren mir noch nie untergekommen. Die Einzigen, die ich wirklich kannte, waren Asha, Dev und Frank aus meinem Literaturkurs. Wir lächelten uns zu, ich setzte mich aber ans andere Ende von Mr Drummonds Klassenzimmer, da ein jüngerer Schüler aus der Neunten oder Zehnten meinen üblichen Platz okkupierte.

Mr Drummond saß auf seinem angestammten Platz vorne auf der Kante seines Pults. »Danke an euch alle, dass ihr da seid, auch wenn ihr mit Schmiergeldern dazu gebracht worden sein solltet. Ich hoffe, dass wenigstens einer von euch Ahnung von Zeitungslayout hat. Aber zuerst möchte ich rausfinden, ob ihr irgendeine Vorstellung davon habt, wie die Zeitung so sein sollte, oder ob ihr Vorschläge für Features und Leitartikel habt. Dabei behaltet bitte immer im Hinterkopf, dass wir weder Anarchie noch Liberalismus befürworten können. Und auch nicht Mayonnaise, was die Würze des Teufels ist.«

Es entstand eine Pause. Schließlich sagte Mr Drummond: »Frank? Ich weiß, dass du ein paar Ideen hast.«

»Wortsuchrätsel«, sagte Frank, und ein paar andere kicherten.

»Ja, klar. Leute wie du brauchen schließlich auch irgendeine Beschäftigung«, sagte Mr Drummond auf eine Art und Weise, die, wie ich begriff, wohlüberlegt war. Er hatte Frank benutzt, um uns locker zu machen. »Sonst noch jemand?«

»Wie wär's mit Steckbriefen von neuen Lehrern?«, meinte ein Typ mit einer Wolke lockiger roter Haare, die knisterten, als wären sie elektrisch geladen.

»Gut, Scott, und bevor du wieder fragen musst, ich trage Boxershorts. Zufrieden?« Der Rothaarige lachte und hielt die Hände hoch, als könne er nichts für seine Neugier. Mr Drummond drehte sich um und schrieb an die Tafel: *Rausfinden, was Drummonds Lieblingsgebäck ist; zu Bestechungszwecken einsetzen.* »Wir sollten uns aber auch über weniger naheliegende Themen Gedanken machen. Was habt ihr euch schon immer mal in der Schülerzeitung gewünscht, aber nie was darüber gefunden?«

»Warum so viele schlechte Lehrer eine Festanstellung haben«, sagte ein klein gewachsenes Mädchen mit Brille.

»Generell würde ich mich lieber von Inhalten fernhalten, mit denen ich einen Ausschluss aus dem Lehrerzimmer riskiere, aber an sich ist es ein gutes Thema«, sagte Mr Drummond. »Wir werden sehen, was wir daraus machen können.« Er schrieb: *Festangestellte Lehrer – sitzen sie nur noch ihre Zeit ab?* »Das möchte ich aber bitte nicht auf Twitter wiederfinden.«

Dev meinte: »Wie wär's mit einer Statistik darüber, wer in die Intensivkurse kommt? So was wie die Zahl der nichtweißen-Schüler im Vergleich zu der der weißen Schüler.«

»Ja, gut«, sagte Mr Drummond. »Man könnte auch die sozioökonomische Schicht mit einbeziehen. Ich hab hier irgendwo einen Artikel darüber rumfliegen.«

»Und das Geschlecht«, meinte Asha.

Mr Drummond neigte den Kopf in Richtung Dev. »Und das Geschlecht«, wiederholte er.

Dev seufzte, als hätten er und Asha schon öfter darüber diskutiert. »Feministin«, sagte er.

Asha verpasste ihm einen Schlag. Als sie merkte, dass ich sie beobachtete, verdrehte sie die Augen in Richtung Dev, der mich angrinste.

Auf einmal fühlte ich mich überfordert. Wussten sie über solche Sachen Bescheid? *Was genau* wussten sie? Wer hatte es ihnen beigebracht?

»Das wird bestimmt interessant«, meinte Mr Drummond. Er schrieb: *Intensivkurse nur ein Beschiss, um den Absatz grafikfähiger Taschenrechner anzuheizen?* »Noch jemand?«

»Wie wär's mit staatlichen Zuschüssen für Schulessen? Pizzasoße, die durch den Einfluss von Agrarlobbys als Gemüse klassifiziert wird«, sagte ein Typ mit einem Weyland-Yutani-T-Shirt. Ich starrte ihn an. Woher waren all diese Leute gekommen?

»Hervorragend«, meinte Mr Drummond. An die Tafel schrieb er: *Tomatensoße ein Gemüse, High-Fructose-Maissirup eine Frucht?*

Ich schämte mich dafür, dass ich nichts beitrug, aber die Angst lähmte meine Zunge. Ich hörte zu, während ein paar weitere Leute Vorschläge machten und Mr Drummond sie an die Tafel schrieb.

»Okay«, meinte er schließlich. »Ich denke, das sollte reichen für eine achtbare Ausgabe. Also, wer möchte welche Geschichte?«

Gemurmel wurde laut, und der Lockige sagte: »Ich dachte, jeder setzt seine eigenen Ideen um?«

»Das würde durchaus Sinn machen und wäre fair«, sagte Mr Drummond. »Aber ich möchte, dass ihr euch streckt, euren Horizont erweitert. Also gehen wir der Reihe nach vor und wählen aus. Chuck?«

Ich fuhr zusammen, als hätte er mich bei irgendwas ertappt. »Entschuldigung, wie bitte?«

Er lächelte geduldig. »Welche Geschichte würdest du gerne machen? Du hast die freie Auswahl.«

»Äh.« Ich starrte fieberhaft mit gerunzelter Stirn an die Tafel. Die Buchstaben sahen alle wie Runen aus. »Die erste, würde ich sagen.«

»Ich mag Eclairs«, sagte er, während er meinen Namen neben die Idee zur Geschichte schrieb. »Falls du das künftig mal einsetzen willst.«

»Ich notier's mir«, murmelte ich.

8

Und, wie findet ihr das Ende?« Mr Drummond hielt sein ramponiertes Exemplar von *Catch 22* hoch.

Es entstand eine Stille. »Mir hat es nicht gefallen«, sagte Sean.

Ein paar von uns lachten nervös, aber Mr Drummond sorgte für Ruhe, indem er die Hand hob. »Warum nicht, Sean.«

»Okay, also Doc Daneeka mochte ich schon. Er ist einfach voll der Arsch. Aber Yossarian sollte eigentlich ein Held sein und dabei ist er voll der Loser.« Die anderen lachten wieder. »Und als müsste ich gesagt kriegen, dass Krieg was Schlechtes ist. Zuerst ist es ganz witzig, schätze ich mal, aber zum Ende hin ist es einfach, äh, hm, das Leben ist scheiße und dann stirbt man.«

»Ist das nicht irgendwie der springende Punkt?«, sagte Lila.

»Wie jetzt?«, fragte Sean.

»Glaubst du nicht, das ist die Grundaussage des Buches?«, schaltete sich Asha ein. »Dass Krieg sinnlos ist?«

»Wenn das so ist, dann ist es echt ein bescheuertes Buch.«

Ich sah zu Mr Drummond und spürte Panik in mir aufsteigen. Er beobachtete das Ganze mit ruhiger Miene. Als er mir kurz einen Blick zuwarf, sah ich wieder weg.

»Okay, Sean«, sagte er. »Musst du mit allem, was in einem Buch vorkommt oder was es vielleicht vermitteln will, einverstanden sein, um es zu mögen?«

»Äh«, machte Sean. »Ja?«

»Nein?«, sagte Lila. »Außer man ist ein Vollpfosten wie Sean?«

Wieder Gelächter. Sean zeigte Lila den Mittelfinger und sie warf ihm eine Kusshand zu. I Bäh!

»In Ordnung«, meinte Mr Drummond. »Bemühen wir uns, dass das Diskussionsniveau nicht so weit sinkt, dass wir uns nur noch durch obszöne Gesten verständigen – zumindest bis wir zu Jane Austen kommen.« Er hielt kurz inne. »Also. Sean vertritt die Meinung, die These des Buchs sei, dass das Leben sinnlos ist, und das überzeugt ihn nicht. Lasst uns einen Schritt zurückgehen. Warum sollte ein Buch eine solche These aufstellen?«

Sean zuckte mit den Schultern. »Keinen Schimmer.«

»Meinst du, es könnte eine übergeordnete Kernaussage transportieren? Wie zum Beispiel, sagen wir mal, Atheismus propagieren?«

Ich warf ihm einen scharfen Blick zu.

»Erklären Sie das«, sagte Lila.

»Denkt nach«, sagte Mr Drummond.

Lila grinste. Ich spürte, wie sich mir der Magen umdrehte.

»Was finden wir über diese Regel Catch 22 raus?«, fragte er.

»Eigentlich existiert sie gar nicht wirklich?«, wagte Lila

sich vor. »Aber die Mächtigen machen ihnen weis, dass es sie gibt, also existiert sie irgendwie doch.«

Mr Drummond lehnte sich vor und Lila auch. Plötzlich fiel mir auf, wie tief ausgeschnitten ihr Top war.

»Und wer profitiert davon?«, fragte er.

»Die, die an der Macht sind.«

»Inwiefern?«

»Sie … sie halten sich dadurch an der Macht?«

»Allein durch die bloße Vorstellung?«

»Genau.«

»Dann ist es eine Vorstellung, die hilft, den Status quo aufrechtzuerhalten, die den Leuten Angst einjagt und sie damit klein und willfährig hält, und es ist fast unmöglich, das Ganze zu hinterfragen, wenn es einmal etabliert ist«, sagte Mr Drummond. »Klingelt's da irgendwie bei euch?«

Ich war von Lilas Dekolleté abgelenkt gewesen, doch bei diesen Worten spürte ich, wie sich in meinem Hirn ein Knoten löste. Als er merkte, dass ich ihn ansah, hob er seine Augenbrauen in meine Richtung. Schnell sah ich wieder weg.

»Wollen Sie damit andeuten, in dem Buch geht es eigentlich um …« Lila beendete ihren Satz nicht, als würde sie Ärger kriegen, wenn sie weiterredete. Ihre Augen leuchteten.

»Sag es ruhig«, meinte Mr Drummond. »Aber vergiss nicht, dass ich verpflichtet bin, jedwedes aufrührerische Gedankengut bei Dr. Crowley zu melden.«

Lila war begeistert. »Geht es eigentlich um Gott?«

»Nur dass ich das richtig verstehe«, sagte Mr Drummond.

»Du glaubst, die These wäre, dass Gott nicht existiert, diejenigen, die an der Macht sind, uns aber zu ihrem eigenen Nutzen eingeredet haben, dass es ihn gibt.«

»Ja, ungefähr so«, sagte Lila.

Mr Drummond lehnte sich zurück und zeigte auf die Tür. »Raus aus meinem Unterricht, verpiss dich«, sagte er mit gespielter Wut.

Mit der plötzlichen Wucht eines platzenden Luftballons brach die Klasse in schallendes Gelächter aus. Lila und Mr Drummond grinsten sich an. Ich starrte ihn an. Auf einmal kam ich mir losgelöst vor, als wäre ich zum ersten Mal auf hoher See und alles wäre ein wenig seltsam und würde unstet hin- und herschwanken, wenn ich versuchte, es zu fassen zu bekommen.

»Das ist nur *eine* mögliche Interpretation«, sagte Mr Drummond, »aber ich möchte, dass ihr keine Angst davor habt, gedankliche Sprünge dieser Art zu wagen. Wenn ihr das Gefühl habt, ein Text führt euch irgendwohin, dann lasst euch darauf ein. Traut euch, ihm zu folgen, egal, wie eigenartig oder abwegig euch eure Idee auch erscheinen mag.«

Ich sah Mr Drummond an und er erwiderte meinen Blick. Ich lächelte.

Als ich mich nach Schulschluss auf den Heimweg machte, holte er mich ein. Er trug eine abgewetzte Lederjacke und hatte eine ähnlich mitgenommene Kuriertasche umhängen, die die gleiche Farbe hatte wie seine Haare – nämlich dunkelbraun. Ein heißer Schauer durchzuckte mich, als würden mich Dutzende von Nadeln von innen pieken.

»Du wolltest heute was sagen, oder?«, fragte er, und als ich nicht sofort antwortete, meinte er: »Sorry, das war echt anmaßend von mir, so was zu sagen.«

Ich lachte. Der Laut, der dabei rauskam, erinnerte stark an einen Wagen, der nicht so recht anspringen wollte. Ich war nicht daran gewöhnt, mit ihm zu sprechen, vor allem nicht allein, und wünschte, Lila wäre zu meiner Unterstützung da. »Warum sollte das anmaßend sein?«

»Vielleicht eher von oben herab als anmaßend. Ich nehme mal an, dass du echt nicht noch einen Lehrer brauchst, der dir sagt, dass du dich mehr am Unterricht beteiligen solltest.«

»Ja, das kommt mir ziemlich bekannt vor.«

»Hm, wenn das so ist, dann rate ich dir: Tu dir keinen Zwang an und bleib ruhig stumm. Ich hatte nur das Gefühl, dass du vielleicht was sagen wolltest.«

Unser Tempo hatte sich zu einem gemächlichen Schlendern verlangsamt, und wir liefen im Gleichschritt, bis ich gezielt ein paar kürzere Schritte machte, damit er nicht dachte, es wäre Absicht.

»Wollte ich eigentlich auch«, gab ich zu. »Es wäre allerdings kein besonders hilfreicher Beitrag gewesen, sondern einfach nur mehr oder minder …«

»Das bezweifle ich«, meinte er. »Aber ich weiß, dass sich nicht jeder mit der gleichen Geschwindigkeit öffnen kann. Als ich noch in der Schule war, habe ich mich nur noch mehr in mein Schneckenhaus zurückgezogen, wenn jemand wollte, dass ich mich zu etwas äußere.«

»*Sie* waren schüchtern?«, fragte ich. »Das kann ich mir gar nicht vorstellen.« Es machte mich nervös, ihn aufzuziehen, und ich spürte, wie ich so rot wurde, als hätte ich Sonnenbrand.

»Du meinst, weil ich jetzt so eine nervige große Klappe habe?«

Ich sah ihn an. Er lächelte, was eine Einladung war, die Vorlage zu nutzen. Auf einmal fiel mir auf, was für blaue Augen er hatte. »Ja«, sagte ich.

Er lachte. »Kannst du dir vorstellen, dass ich eine Zeit lang mal noch viel nerviger war?«

»Nein.«

»Verständlich«, sagte er. »Aber ich meine es ernst, wenn ich sage, dass die üblichen Verdächtigen immer mächtig Schaum schlagen. Es tut gut, mal was von Leuten mit frischen Erkenntnissen zu hören.«

»Wollen Sie damit sagen, ich soll Lila irgendwie mundtot machen?«

»Ich würde nichts von dir verlangen, was derart offenkundig unmöglich ist.«

Ich lachte überrascht auf. Wollte er Lila nur auf den Arm nehmen oder war das ernst gemeint? Nicht einmal Lehrer, die ich sehr gemocht hatte, hatten jemals so mit mir gesprochen, so vertraut irgendwie.

Wir traten nach draußen in die neuerdings kühle Luft. Ich war froh, dass der Sommer endlich zu Ende ging. Der Herbst hatte sich für mich immer wie die lebendige und bewegliche Zeit des Jahres angefühlt. Der Sommer bedeutete Stagnation – da war es zu heiß, um sich zu bewegen oder zu denken –, aber der Herbst brachte jede Menge frische Luft mit, und damit auch die Chance auf einen Neuanfang und darauf, dass alles irgendwie besser wurde.

Ein Stück liefen wir schweigend nebeneinander her. Gesprächspausen machten mich nervös, weil ich irgendwie dachte, sie wären *mein* Fehler.

»Ist schön heute draußen«, meinte ich, um etwas zu sagen.

»Wenn man auf Sonnenschein und leuchtende Farben und all diesen Kram steht«, sagte er.

»Ihnen würde es in England gefallen.«

»Ich werde gerne nass.« Er blieb vor einem verbeulten Volvo Kombi stehen.

»Ist das Ihr Wagen?«, fragte ich.

»Fürchte, ja.« Er angelte die Schlüssel aus der Jackentasche. »Ich würde dir ja anbieten, dich mitzunehmen, aber er hat diese merkwürdige Marotte, dass sich außer der Fahrertür keine öffnen lässt.«

»Oh«, sagte ich. »Nicht nötig, ich … ich habe das Auto von meinem Dad. Alles bestens.«

»Ah, gut«, sagte er und lächelte wieder. Er hatte Grübchen, wenn er lächelte.

»Da funktionieren wenigstens alle Türen.«

»Ich gebe mich geschlagen.« Er klimperte mit den Schlüsseln in seiner Hand. »Dann bis morgen?«

Ich kapierte, dass er mir damit sagen wollte, dass es Zeit war für mich zu gehen. »Oh«, sagte ich. »Ja.«

»Okay.«

Ich stand da wie festgemauert.

Seine Stirn legte sich in Falten. »Wolltest du noch irgendwas, Charlie?«

»Ähm«, machte ich. »Nur … mich bei Ihnen für das Kompliment bedanken. Ich werde mich mehr bemühen.«

»Ich freu mich drauf«, sagte er.

»Also gut«, sagte ich an diesem Abend zu Lila. »Ich kann es verstehen.«

»Drummond?«

»Ja.«

»Ha!«, sagte sie. »Wusste ich's doch.«

»Gratulation.«

»Und was war's? Sein nettes Outfit heute?«

Er hatte einen V-Ausschnitt-Pullover und Jeans getragen – zugegebenermaßen welche von seinen hübscheren Klamotten. »Seit wann fährst du auf Pullis ab?«, fragte ich.

»Wenn *er* sie trägt.«

Ich schnaubte. »Und als Nächstes kommen dann Strickjacken mit Ellbogenflicken.«

»Ihm würde auch eine Pfeife gut stehen. Komm schon, raus damit.«

»Es war das …« Es fühlte sich dämlich an zu sagen, dass der Funke sich durch das Unterrichtsgespräch entzündet hatte und dann durch unsere Plauderei nach der Schule angefacht worden war. Ich konnte ihr nicht erzählen, dass er allein auf mich zugekommen war und ein persönliches Gespräch mit mir angefangen hatte. »Er ist wirklich klug.«

»Na, das hoffe ich doch.«

»Du weißt, was ich meine«, sagte ich. »Du hast furchtbar interessiert gewirkt, als du mit ihm über Atheismus gesprochen hast.«

»Das war irgendwie hammer, oder? Aber er hat dabei immer wieder zu dir rübergeschielt.«

»Hat er nicht«, gab ich automatisch zurück.

»Charlie«, sagte sie auf eine Art und Weise, die keinen Widerspruch duldete. »Ich hab dir doch gesagt, dass er dich mag.«

»Ich dachte, du hättest gesagt, dass er kein Perversling ist.«

»Nein, aber er mag dich.«

»Ich glaube ja, dass er *dich* mag.«

Lila lachte. »Ich hab ihm aber auch echt mit Blicken die Hölle heißgemacht. Das war voll der Augensex.«

»Ihh. Ich will gar nicht wissen, wo deine Augen überall waren.«

»Ich säe nur einen Gedanken.«

»Bäh, das wird ja immer schlimmer.«

»Wo wir gerade von Gedanken säen reden – ich wollte dich nur schon mal darauf hinweisen, dass in ein paar Wochen der Schulball ist. Soll kein Druck sein oder so, aber ich will hingehen.«

»Auch ohne mich?«

»Ja klar, aber ich möchte, dass du mein Date bist. Ich sag's dir bloß jetzt schon, weil ich weiß, dass du Zeit brauchst, um dich erst mal eine Runde verrückt zu machen.«

»Du bist so eine gute Freundin.«

»So weit würde ich nicht gehen«, erwiderte sie. »Ich bin nur ein gebranntes Kind. Ach, und keine Ausreden von wegen du müsstest deinem Dad helfen. Ich weiß, dass er an einem verdammten Freitagabend keine Hilfe braucht.«

Ich hatte die Angewohnheit, erst einmal zuzustimmen und

dann in letzter Sekunde einen Rückzieher zu machen. Zum Teil sagte ich Ja, um Lila eine Freude zu machen, und hauptsächlich, weil ich sie nicht verärgern wollte, indem ich ihr einen Korb gab. Wenn ich dann kurzfristig absprang, war sie allerdings meist viel wütender, als sie es sonst gewesen wäre.

»Also gut«, sagte ich, »ich denke darüber nach. Wie war's in der letzten Stunde?«

»Passt. Papakostas ist genauso fesselnd wie eh und je. Sag mal, kennst du eigentlich diese Asha aus dem Literaturkurs?«

»Ja, sie hat mit mir Sport. Sie ist ganz nett. Wieso?«

»Ich finde sie ein bisschen unheimlich. Warum redet sie mit mir?«

»Weil sie versucht, freundlich zu sein?«

»Nein, das nehme ich ihr nicht ab. Ich glaube, die will deine Freundin sein, und weil sie weiß, dass *ich* mit dir befreundet bin, gibt sie sich Mühe, nett zu mir zu sein.«

»Eifersüchtig?«

»*Und wie.*« Sie sagte es ironisch, aber ich war mir nicht sicher. Seit wir uns kannten, hatte Lila mich immer ganz für sich allein gehabt.

»Und warum versucht sie, sich mit mir anzufreunden?«

»Es liegt mir fern, Vermutungen darüber anzustellen, weshalb jemand von deinem Mysterium fasziniert sein sollte. Ist es dein spritziger, quirliger Charakter? Deine Sportbegeisterung? Deine Geringschätzung für Druckerzeugnisse aller Art?«

»Ich lege jetzt auf.«

»Soweit ich weiß, will sie nur an Frida rankommen. Und wer könnte ihr das verübeln?«

»Gute Nacht.«

»Oder an deinen Dad. Der, wie ich betonen möchte, immer noch sehr sexy ist.«

»Ich hasse dich.«

»Hab dich auch lieb.«

9

Ich hatte schon vorher ab und an für jemanden geschwärmt, aber das hier stellte alles, was ich bislang empfunden hatte, in den Schatten. Es fing im Bauch an und war bald überall, breitete sich aus wie eine Infektion. Es raubte mir die Konzentration, überdeckte meine anderen Interessen, verschlang ganze Tage, die ich normalerweise mit Lesen verbracht hätte. Ich kam mir vor wie eine Stimmgabel, die ständig auf seiner Frequenz vibrierte. Es ging alles ganz schnell: An einem Tag nahm ich das Ganze noch kaum wahr, und am nächsten fühlte es sich an, als wäre es schon immer da gewesen und als könnte ich es nie mehr loswerden.

Manchmal sah ich ihn morgens auf dem Flur und guckte schnell weg, ehe es mich völlig gepackt hatte. An anderen Tagen bemerkte er mich und lächelte und dann war ich innerlich die nächste Stunde ganz wund. Nach ein paar Wochen kannte ich seinen Stundenplan auswendig, und an manchen Tagen lief ich Umwege, damit ich einfach nur kurz einen flüchtigen Blick auf seinen Hinterkopf erhaschen konnte.

Im Unterricht war ich noch immer größtenteils zurückhaltend, aber Lila redete genug für uns beide, und ab und zu verdrehte ich die Augen, sodass er es bemerkte, während sie plapperte. Lila sagte schlaue Sachen, die, wie ich hoffte, einen Abglanz auf mich warfen, aber andererseits *laberte* sie einfach auch nur, wie gewöhnliche Leute es taten, wohingegen ich in meinem Schweigen geheimnisvoll wirkte. Sein Blick wanderte oft zu mir und wägte meine Reaktion auf Dinge ab – öfter als zu anderen, da war ich mir sicher. Er zog mich auf wie alle anderen auch, aber jetzt gefiel es mir. Normalerweise bekam ich ein paar Lacher aus der Klasse für eine schlagfertige Erwiderung.

Außer Lila schien keiner was zu merken. Meine Mutter war froh, dass ich bei der Zeitung mitarbeitete, und mein Dad war froh, dass ich froh war. Und ich war in der Schule seit Langem nicht mehr so froh gewesen.

Ich dachte mir Vorwände aus, um zu ihm zu gehen und mit ihm zu sprechen, was nicht weiter schwer war. Wir hatten nach dem Literaturkurs Mittagspause, und bei *Truth Bomb* wurde es ruhig, wenn ich nach der Schule lange genug dort rumhing. Für gewöhnlich ging er erst, wenn auch der letzte Schüler sich verabschiedet hatte, und ich nahm all meinen Mut zusammen und blieb bis zuletzt. Noch immer war es mir lieber, mit ihm zu sprechen, wenn Lila als Puffer dabei war, aber ich wurde langsam mutiger.

»Mr Drummond?« Ich hatte mir etwas zurechtgelegt, was ich ihn nach dem Unterricht fragen konnte. Es fühlte sich merkwürdig an, ihn mit *Mister* anzureden. Sonst machte das eigentlich keiner. Normalerweise sagten wir einfach »Drummond« oder – noch öfter – »Chef«.

Er sah mich amüsiert an. »Ja, Chuck?«

»Sorry, wenn ich Sie bei irgendwas störe und Sie beschäftigt sind.«

»So beschäftigt bin ich nie«, sagte er und schob seine Unterlagen schwungvoll beiseite. »Was gibt's?«

Ich blieb vor seinem Pult stehen. »Ich habe nur eine Frage wegen des Aufsatzes ...«

»Setz dich doch«, sagte er. »Mach's dir bequem.«

»Äh, okay.« Ich zog mir einen Stuhl heran und setzte mich auf die Kante. »Es geht um diese Sache mit dem Lieblingsbuch.«

»Klar.« Er nahm einen Tennisball, der auf dem Pult lag, und warf ihn hoch. »Was ist damit?«

Ich räusperte mich. »Sie erinnern sich doch, dass ich *Die Brüder Karamasow* gelesen habe.«

»Oh ja«, sagte er. »Vielleicht erinnere ich mich sogar noch besser daran als du.«

Ich sah ihn an, und er grinste und meinte: »Tut mir leid«, aber er sah kein bisschen so aus, als ob es ihm leidtäte.

»Okay«, sagte ich. »Die Sache ist die: Ich fand es dermaßen toll, dass es eigentlich nicht gereicht hat, es *ein Mal* zu lesen.«

»Du meinst, du konntest gar nicht genug von den Teilen kriegen, die in Russland spielen?«

»Ja, genau.«

»*Mehr Russland*, hast du dir gedacht, als du mit einem neunhundertseitigen Roman über Russland durch warst. *Da war einfach nicht genug Russland für mich drin*.«

»M-hm. Deshalb hab ich mich gefragt, ob Sie für mich

eine Ausnahme machen und mir erlauben würden, äh, es für meinen Aufsatz noch mal zu lesen.«

»Hm, bei welchem Aspekt hoffst du denn, noch tiefere Einsichten zu gewinnen? Also außer Russland?«

»Bei, äh …« Ich spürte, dass ich jeden Moment einen Lachanfall kriegen würde. »Bei den Akrobaten.«

»Die Akrobaten.«

»Ja. Ihre … Notlage.«

»Was du also mitgenommen hast aus den *Brüdern Karamasow*, ist, dass es irgendwie um einen Zirkus geht.«

»Zur Jahrhundertwende. Ist das falsch?«

»Oh nein«, sagte er. »Genauso wie Madame Bovary von einer Kuh handelt, die gern ein Mensch sein möchte.«

Ich lachte. Ich konnte nicht anders. Und er lachte mit.

»Tut mir leid«, sagte ich. »Ich war nervös. Ich wollte nicht lügen.«

»Weißt du, ein solches Verhalten erwarte ich von Lila, aber nicht von dir.«

»Lila hat nicht das Format vorzugeben, sie hätte *Die Brüder Karamasow* gelesen.«

Darüber lachte er wieder, ein leises, tiefes Lachen, bei dem mir vor Lust ein Schauer über die Arme lief. »Gut, wenn du eine masochistische Ader hast, dann lies es *noch einmal*, wenn du willst.«

»Danke?«, sagte ich, und es klang wie eine Frage.

»Bitte? Aber ich hoffe sehr, Charlie, dass du eines Tages einen Roman über russische Schausteller schreibst.«

»Ich notier's mir«, sagte ich.

»Mach das.« Er lehnte sich zurück und sein Stuhl knarzte

an den Scharnieren. »Du lieber Himmel«, sagte er, und ich begann hilflos zu kichern, zum Teil über seine Reaktion, zum Teil, um das aus meiner Lunge herauszulassen, was sich wie Helium anfühlte.

Er lächelte und machte ein ratloses Gesicht. »Wie schön, dass ich dir mit meiner Tollpatschigkeit so viel Freude bereiten konnte.«

»Sie sind witzig«, sagte ich. »Ich mag Sie.« Sobald die Worte heraus waren, wünschte ich, ich hätte sie zurücknehmen können, doch seine Miene hellte sich auf, und ich merkte, dass ich ihn überrumpelt hatte.

»Ich mag dich auch, Charlie«, sagte er. »Selbst wenn du mich belügst.«

OKTOBER

10

Für die Leute aus der Unterstufe war die Anwesenheit bei der ersten Motivationsveranstaltung des Jahres in unserer Schule Plicht. Als Zwölftklässlerin hätte ich mich eher vom Acker machen können, da ich ein Auto hatte, aber Lila war im Hockeyteam und hatte mich dazu verdonnert, zuzusehen und wenigstens ein bisschen Begeisterung zu heucheln.

Normalerweise hätte ich mit ihr zusammengesessen, aber sie war mit der Hockeymannschaft draußen, wo sie darauf warteten, unter lautem Jubel in die Turnhalle einzuziehen. Ich lief auf der halb gefüllten Tribüne herum und tat so, als würde ich nach einer Freundin oder einem Freund Ausschau halten. Dass Mr Drummond nicht da wäre, wusste ich eigentlich, da er frühzeitig die Schule verlassen hatte, aber irgendwie hoffte ich trotzdem, dass er plötzlich wieder auftauchen würde. Schließlich entdeckte ich Katie aus unserem Literaturkurs. Sie gehörte zu den Schönen und Beliebten, aber sie war immer freundlich zu mir gewesen.

»Was dagegen, wenn ich mich zu dir setze?«, fragte ich. Sie war allein und schrieb SMS.

»Natürlich nicht«, sagte sie und lächelte mir zu. »Wie geht's?«

»Ganz okay«, sagte ich. »Ich hasse solche Veranstaltungen.«

»Ach, echt?« Sie spähte wieder auf ihr vibrierendes Handy. »Sorry, nur eine Sekunde«, sagte sie und tippte weiter.

Während ihre Daumen auf dem Display herumdrückten, ließ ich meinen Blick durch die Turnhalle schweifen und versuchte, den Anschein zu erwecken, als würde ich alles ganz lässig beobachten, statt einfach von einem Handy ins soziale Abseits gestellt zu werden. Als eine Schar Kids hereinstürmte, füllten die Ränge sich, und es lag ein gefährliches Summen wie von Elektrizität in der Luft.

»Tschuldige«, meinte Katie und sah auf. »Musste was mit meinem Freund klären.«

Mir war klar, dass ich an dieser Stelle meine eigene Freundesanekdote hätte zum Besten geben sollen. »Ah«, sagte ich. »Kommt er nicht?«

»Nein, er geht nicht auf diese Schule«, sagte sie. »Er ist auf dem College.«

»Auf welchem?«

Sie zog ein bisschen den Kopf ein. »Chatham Valley.« Das hiesige Community College.

Ich nickte. »Ah, okay.«

»Hey, K.«, rief jemand. Es war ein Mädchen, das ich nicht kannte. Sie setzte sich neben Katie, und sie begannen, so aufgeregt zu tuscheln, dass sich ihre Stirnen fast berührten.

Ich zog mein eigenes Handy heraus, spielte damit herum und wünschte, ich hätte eine SMS, auf die ich antworten könnte – und sei es nur von meinen Eltern. Die letzte Nachricht meines Dads war ein Bild von Frida mit einem Sombrero auf dem Kopf. Die letzte meiner Mutter eine Erinnerung, dass sie spät dran war und ich ein paar Eier für sie einkaufen sollte. Von frei laufenden Hühnern.

»Triffst du dich nachher mit diesem Loser?«, meinte das Mädchen.

Katie versetzte ihr einen Schlag, lachte aber. »Das musst gerade du sagen.«

»Vielleicht ist Sean ein Loser, aber wenigstens hat er einen riesigen …« Das andere Mädchen breitete die Hände aus (Gott bewahre, das war viel zu weit auseinander, oder?) und Katie lachte. Es musste sich um Sean Varniska aus unserem Literaturkurs handeln. Es war mir peinlich, dass ich auf einmal so was über Sean wusste, ja, dass überhaupt jemand aus unserer Schule etwas so Intimes über ihn wusste.

»Hey.«

Ich drehte mich um und erblickte Asha und Dev in der Sitzreihe unter mir. Noch nie hatte ich mich dermaßen gefreut, sie zu sehen – oder überhaupt irgendjemanden.

»Hi!«, rief ich, und Asha lachte, offenkundig erstaunt über meinen Enthusiasmus.

»Willst du dich zu uns setzen?«, fragte Dev und deutete auf ihre Bank.

»Gern.« Ich kletterte zu ihnen hinunter.

»Schätze, du bist kein Fan von denen«, meinte Asha und ließ sich neben mir nieder.

»Woher weißt du das?«

Sie lachte. »Nur so 'ne Ahnung.«

Dev setzte sich auf meine andere Seite. »Und warum seid ihr zwei hier?«, fragte ich.

Dev zeigte auf den Fotoapparat, den Asha gerade aus ihrer Tasche holte. Er sah ziemlich professionell aus. »Sie darf die Bilder fürs Jahrbuch machen, weil sie sonst keinen Dummen dafür gefunden haben.«

Asha funkelte ihn an. »Dev ist hier, weil er nicht fahren kann.«

Dev lachte. »Der Punkt geht an dich.« Gleichaltrigen Jungs traute ich normalerweise nicht über den Weg, aber er hatte so ein Lachen an sich, das mir gefiel: Es war spontan und freundlich, als wäre er jederzeit bereit, sich über unsere Witze zu amüsieren, egal wie schlecht sie waren.

»Und unser Bruder ist im Lacrosseteam«, fügte Asha hinzu.

Ich wandte mich an Dev. »Also nicht du.«

»Wie kommst du denn darauf? Sieh dir diese Muckis an«, sagte er. Ich wollte schon rot werden, da krempelte er einen Ärmel hoch und stupste mit dem Finger gegen seinen schlaffen Bizeps. Er machte nur Scherze. Ich entspannte mich.

»Es ist Verschwendung, dass jemand wie du bei der Zeitung mitmacht«, sagte ich. »Das Team braucht bestimmt einen Wasserträger.«

Er lachte wieder und sein ganzer Körper bebte dabei. »Ich werde mich mal erkundigen«, meinte er.

»Es ist unser kleiner Bruder, Jai«, erklärte Asha. »Ich persönlich glaube ja, dass es ihm so was von egal ist, ob wir da sind oder nicht, aber unsere Mom würde uns einen Kopf kürzer machen, wenn wir uns hier nicht blicken ließen. Und was ist mit dir?«

»Lila ist in der Hockeymannschaft«, sagte ich. »Sie hat mich instruiert zu pfeifen, wenn sie rauskommt.«

»Ich wage zu bezweifeln, dass sie dich über all die anderen Pfiffe hinweg hören wird«, sagte Asha.

Ich warf ihr einen Blick zu, um ihren Gesichtsausdruck zu erforschen, aber sie hatte den Kopf gesenkt und war damit beschäftigt, die richtigen Einstellungen an ihrer Kamera vorzunehmen. »Tschuldige«, sagte sie, als sie registrierte, dass ich sie ansah. »Es ist schwer, den Weißabgleich in diesem künstlichen Licht gut hinzukriegen.«

»Ah«, machte ich. »Natürlich. Aber die Kamera ist … ziemlich schick?«

»Das ist ihr kombiniertes Weihnachts- und Geburtstagsgeschenk für die nächsten fünf Jahre«, meinte Dev. »Weißt du, was ich letztes Jahr zu Weihnachten gekriegt habe? Wanderstiefel. Und dabei gehe ich nie wandern.«

»Wenn du mich fragst, war das ein Wink mit dem Zaunpfahl«, sagte Asha, als ich lachte. »So was wie: Geh öfter als einmal im Monat an die frische Luft.«

»Ich spiele massenhaft Sportzeugs«, protestierte Dev.

»Ich glaube nicht, dass Sport mit der Xbox zählt.«

»Schon okay«, sagte ich, »Frischluft wird sowieso völlig überbewertet.«

»*Danke*, Charlie«, sagte Dev. »Wie gut, dass hier jemand Grips hat.« Wir grinsten uns an.

Die Turnhalle hatte sich ziemlich gefüllt. Es lag ein erwartungsvolles Sirren in der Luft wie die leisen Töne eines Orchesters, das die Instrumente stimmt.

»Los geht's«, sagte Asha.

Dr. Crowley durchquerte die Halle mit großen, geschmeidigen Schritten und sah trotz der schwülen Hitze frisch und kühl aus. »Herzlich willkommen, alle miteinander«, sagte sie, als sie das Mikrofon erreicht hatte.

Die Menge jubelte, Kids trampelten mit den Füßen auf den Rängen.

»Dies ist unsere Eröffnungsveranstaltung, also viel Spaß dabei.« Sie lächelte nachsichtig in die Runde. »Als Ersten begrüßen wir unseren Coach Rick Perona auf der Bühne.«

»Danke, Dr. C.«, sagte der Trainer, als er das Mikrofon übernahm. »Also gut, Kinders, dürfte ich um Ruhe bitten.« Seine Augen strahlten, als die Menge Beifall klatschte. »Wie ihr alle wisst, ist es in der letzten Saison – und auch schon davor – nicht immer ganz optimal gelaufen. Wir mussten Rückschläge einstecken und Enttäuschungen hinnehmen.« Er hielt inne und ließ den Blick über die Tribüne schweifen. »Aber dieses Jahr wird sich das ändern.« Der Lärm schwoll an. »Hiermit stelle ich euch euren neuen Quarterback vor: Ethan Salvato!«

Ethan kam durch die Tore der Turnhalle gestürmt, als würde ihn der Tumult persönlich hereinkatapultieren, und stieß Anfeuerungsrufe aus, während er durch die Halle joggte.

»Sean Varniska, Runningback!«

Katie stand auf und kreischte. Als Sean vorbeilief, sah ich vor meinem inneren Auge, wie sein Penis in seinen Shorts herumbaumelte wie ein ungekochter Hotdog, der aus einer aufgeplatzten Packung hing. Ich fragte mich, wie er damit überhaupt rennen konnte, wenn das Ding wirklich so groß war, wie das Mädchen vorhin behauptet hatte. Wäre es nicht unangenehm, würde es ihm gegens Bein schlagen oder so? Ich versuchte, mir auszumalen, wie es wohl war, wenn er eine Erektion hatte, doch Seans im Eifer des Gefechts lustvoll verzerrtes Trottelgesicht überstieg meine Vorstellungskraft.

Als sie danach die Spieler des Lacrosseteams rausschickten, zeigte Dev mir seinen Bruder. Während Jai sich mit den anderen in einer Reihe aufstellte, wanderte sein Blick über die Tribüne, und als er Asha und Dev entdeckte, winkte er ihnen zu wie ein kleines Kind und schien aufgeregt und stolz, sie zu sehen.

»Doch gut, dass ihr gekommen seid«, meinte ich, während Asha zurückwinkte.

»Ach, das hätte ich mir doch nicht entgehen lassen«, sagte sie.

Schließlich war das Hockeyteam an der Reihe. Unter ansehnlichem Applaus kam Lila als Dritte heraus. Ein paar Jungs pfiffen ihr hinterher, und ein paar andere stöhnten »Lila!«, als ob es ein versautes Wort wäre. Sie verbeugte sich und zog ihren Rock an der Hüfte gerade so viel hoch, dass man ein wenig Oberschenkel aufblitzen sah, woraufhin einige Kerle mit kehligem Ächzen »Ja!« riefen.

Asha verdrehte die Augen. »Jungs«, sagte sie. »Das machen die immer.«

Lila sah zu den Rängen hinauf. Ich winkte ihr zu und sie entdeckte mich und winkte zurück. Dann registrierte sie Asha und machte ein finsteres Gesicht. Na, toll.

»Willst du gehen?«, fragte Asha. »Wenn wir uns jetzt verdrücken, können wir dem allgemeinen Massenaufbruch entkommen. Wie du siehst, ist Dev auch schon auf dem Sprung.«

Er hatte sich bereits auf den Gang geschoben und gab uns Zeichen, schnell zu machen.

»Oh, ich glaube, ich sollte noch auf Lila warten«, sagte ich, obwohl ich wusste, dass sie im Anschluss ausgiebig mit ihrer Mannschaft feiern würde. Aber ich war noch nicht so weit, richtig Freundschaft mit Asha zu schließen – auch außerhalb der Schule. Es war nicht so, dass ich sie nicht mochte. Ich mochte sie nämlich – auch wenn es Lila nicht passte. Ihre arglose, direkte Art machte mich nur einfach nervös. Es schien ihr nichts auszumachen, dass ich sie abblitzen lassen könnte. Ich fühlte mich viel wohler, wenn ich mich anstrengen musste, um jemandes Zuneigung zu gewinnen.

Asha sah mich prüfend an, und ich gab mir Mühe, nicht rot zu werden. »Okay«, sagte sie schließlich. »Bis Montag dann.«

»Bis dann«, sagte ich und sah den beiden hinterher. Dev drehte sich noch einmal um, um mir zu winken, und ich winkte zurück und fühlte mich noch mieser, jetzt da Asha meine Lüge durchschaut hatte. Ich sagte mir, ich würde es irgendwie wiedergutmachen.

Nachdem sie weg waren, wartete ich noch ein paar Minuten, bevor ich aufstand. Als sich die Türen hinter mir schlossen, war es, als hätte ich den Stecker gezogen. Der Lärm und das Durcheinander waren sicher auf der anderen Seite eingekapselt.

»Uff«, ächzte ich laut.

»Ich weiß, was du meinst«, sagte jemand, und ich fuhr zusammen. Es war Ms Anders, meine Trigonometrielehrerin. »Entschuldige, Charlotte«, sagte sie. »Ich hatte gedacht, hier draußen wäre niemand.«

»Äh, ich … ich dachte, ich müsste nicht dableiben.«

»Oh, nein, nein, nein.« Sie machte eine wegwerfende Handbewegung. »Tu, was du willst. In deinem Alter konnte ich solche Veranstaltungen auch nicht ausstehen.«

»Danke. Ähm, schönes Wochenende dann.«

»Ich komme mit«, sagte sie. »Ich brauch sowieso eine Zigarette.« Sie schloss sich mir an und wir liefen gemeinsam die paar Stufen zu den Eingangstüren hinunter. Draußen angekommen wühlte sie in ihrer Tasche herum und grub eine verknautschte Packung Zigaretten aus. Ich wollte gerade zum Wagen meines Dads fliehen, als sie sagte: »Magst du eigentlich Trigonometrie?«

»Ja«, erwiderte ich automatisch.

Sie blickte von der Zigarette auf, die sie sich gerade anzündete. »Ist schon okay, du musst nicht schwindeln.«

»Na ja, Mathe ist nicht mein bestes Fach, schätze ich, aber bislang macht's mir Spaß.« Ich hasste es, auch nur an Mathe zu denken, und Ms Anders hatte die Klasse noch immer nicht im Griff. Sie konnte von Glück sagen, wenn sie den Tag überstand, ohne dass jemand etwas nach ihr warf oder versuchte, sie aus der Fassung zu bringen.

Sie blies eine graue Abgaswolke Rauch aus. »Wenn das so ist, freue ich mich«, sagte sie, obwohl offensichtlich war, dass sie mir nicht glaubte.

Es entstand ein Schweigen, währenddessen sie einen tiefen Zug nahm, und ich fragte mich, wie lang ich wohl noch hier ausharren musste.

»Ich glaube nicht, dass ich zu ihnen durchdringe«, meinte sie.

»Oh doch, ganz bestimmt«, sagte ich. »Sie führen sich nur einfach manchmal wie Vollidioten auf.«

»Meinst du?«

»Ja klar«, log ich. »Es, äh … es braucht einfach eine Weile, bevor manche Leute sich an jemand Neuen gewöhnen und zur Ruhe kommen.«

»Ja«, sagte sie. »Dann magst du also Tom, hm? Sorry – Mr Drummond. Ich hab gesehen, wie ihr euch unterhalten habt.«

»Oh«, sagte ich. Mir war nicht bewusst gewesen, dass sie sich kannten. »Ja. Er ist, äh … ja.«

Sie lachte und pustete Rauch aus. »Ich weiß, was du meinst.« Sie sah am Gebäude hoch. »Nicht für viel Geld würde ich das alles noch mal machen«, sagte sie nach einer Minute. »Ich kann mir vorstellen, dass das für dich hart sein muss. Und ich schätze mal, du kannst dir vorstellen, dass sich nicht viel ändert.«

Ich wusste, dass sie nur nett sein wollte, aber irgendwie machte die Tatsache, dass sie sich selbst miteinschloss, es schlimmer. Sie tat mir leid. Manchmal tröstete ich mich damit, dass ich wenigstens nicht sie war.

»Dann bleiben Sie also … bleiben Sie das ganze Jahr da?«, fragte ich.

Sie nickte. »Ja, Mrs Morgan kommt nicht zurück.«

»Okay«, sagte ich. »Dann viel Glück.«

Mit glasigen Augen lächelte sie mich an und drückte ihre Zigarette aus. »Das kann ich brauchen«, sagte sie.

11

Irgendwelche Einstiegsgedanken zu *Stolz und Vorurteil*?« Es war Freitag, und Drummond wusste, dass wir absolut durchhingen. An diesem Abend fand der Schulball statt und wir kamen gerade von einer Versammlung zum Thema Dresscode. Keine kurzen Hosen bei Jungs, nicht zu viel Haut bei den Mädchen.

Als niemand etwas sagte, meinte er: »Ich werde nicht *Dangerous Minds* mit euch spielen und versuchen, auf Teufel komm raus einen Bezug zwischen Jane Austen und eurem Schulball herzustellen, aber sie stehen durchaus in einem gewissen Zusammenhang.« Wieder Stille. »Lila, irgendwelche brillanten Theorien?«

Lila sah vom Herumkritzeln auf. »Paul Rudd war echt scharf in *Clueless*.«

Er seufzte. »Das basiert noch nicht mal auf demselben … Wisst ihr was, warum sollte ich euch heute eigentlich mit so was quälen?« Er legte das Buch weg, sodass die Seiten auf den Tisch gequetscht wurden. »Okay, Frank, du siehst aus, als könntest du es kaum erwarten, uns etwas mitzuteilen. Also, welche Farbe hat dein Kleid?«

Frank tippte sich mit seinem Füller gegen die Unterlippe. »Wenn ich das sage, dann könnte mir jemand meine Idee klauen.«

»Meins ist purpurfarben«, rief Dev dazwischen. »Die Farbe der Könige.«

»Eine hervorragende Wahl«, sagte Drummond. »Frank könnte sich einiges von dir abschauen.«

»Und Ihres?«, fragte Frank.

»Mein Kleid?«, sagte Drummond. »Natürlich rot. Hauteng, um meine Kurven zur Geltung zu bringen. Und kurz, weil ich tolle Beine habe.«

Jetzt lachten alle.

»Für so ein Kleid sind Sie viel zu alt«, rief Katie.

Ein »Ohhh« kam von der Klasse, und Drummond sagte: »Das ist seniorenfeindlich.«

»Dann kommen Sie also auch zum Ball?«, fragte Lila.

»Wenn Frank mir nicht die Show stiehlt«, meinte Drummond.

»Jetzt mal im Ernst.«

»Wenn Dev verspricht, Purpur zu tragen. Ich will keine Konkurrenz.«

Dev hob feierlich die Hand. »Ich schwöre.«

»Aber kommen Sie *wirklich*?«, fragte Lila genervt.

Schließlich sah Drummond sie mit gespielter Verärgerung an. »*Ja*, Lila, ich gehe wirklich hin. Als Aufsichtsperson. Denn augenscheinlich ist es illegal, dass Frank mich als sein Date mitnimmt.«

Während Drummond sich wieder an die Klasse wandte, flüsterte Lila mir zu: »Und? Kommst du jetzt mit?«

Ich verdrehte die Augen. »Hältst du mich für dermaßen durchschaubar? Aber: ja.«

An diesem Abend kam Lila zu mir rüber, um sich zurechtzumachen. Im Gepäck hatte sie drei Outfits mit – wie sie es ausdrückte – zunehmendem Schlampen-Faktor.

»Dies hier ist eine Drei«, sagte sie und hielt ein Glitzertop und einen langen Rock hoch. Sie zog eine Schnute. »Seniorenbingo?«

»Ein bisschen«, erwiderte ich.

Sie warf es auf mein Bett. »Wie wär's damit?« Sie griff nach einem roten Kleid mit einem glänzenden Schnürkorsett und glockigem Rüschenrock. »Zu neunziger?«

Ich nickte. Als sie es ebenfalls aufs Bett schleuderte, nahm ich es und testete, ob es sich dehnte. »Ist das Oberteil aus Elasthan?«

»Jap. Meine Tante hat es mir gekauft«, sagte sie und präsentierte mir ein kurzes schwarzes Kleid. »Dann muss es wohl dieses hier werden.«

»Echt schlampenmäßig«, meinte ich.

Während ich mich abwandte, zwängte sie sich hinein. »So?«, sagte sie nach einer Minute.

Sie sah fantastisch aus – älter, sexy, selbstbewusst. Mir schnürte sich vor Angst die Kehle zusammen.

»Du siehst toll aus«, sagte ich.

Sie drehte sich zum Spiegel um und strich den Stoff über ihrem flachen Bauch glatt. »Stimmt, ich sehe verfickt scharf aus.« Sie wandte sich wieder an mich. »Jetzt du.«

»Ich?«, fragte ich. »Ich behalte das an, was ich anhabe.«

Sie musterte mich mit zusammengekniffenen Augen, als würde sie eine schlecht gezeichnete Landkarte betrachten. Ich trug eine Loose-fit-Jeans und eine durchgeknöpfte Bluse.

»Es ist kein T-Shirt«, sagte ich. »Es hat Knöpfe.«

»Es ist kariert«, sagte sie.

»Es ist festlich.«

»Probier das Kleid wenigstens mal an.«

»Auf keinen Fall.«

Sie sah mich ernst an. »Bitte?«

»Es passt sowieso nicht.«

»Unsinn«, sagte sie. »Außerdem ist es gestretcht.«

»Oh, gut«, sagte ich. Ich warf ihr einen prüfenden Blick zu und dachte daran, wie verschärft sie in ihrem Kleid aussah. »Na gut, ich probier's. Aber ich kann nichts versprechen.« Ich schnappte es mir und ging ins Bad. Da ich keinen trägerlosen BH besaß, zog ich es mir über die nackte Haut. Meine Brüste hingen ein bisschen, es hielt sich jedoch in Grenzen. Wenigstens passte es, die Rüschen sahen nicht allzu albern aus, und es machte keine grauenhaften Beulen oder Speckringe, die seitlich herausquollen. Trotzdem wirkte es total fremd an mir. Ich erkannte mich darin kaum wieder. Ich wollte es gerade ausziehen, als Lila hereinplatzte.

»Du siehst gut aus!«, rief sie. Ich war mir nicht ganz sicher, ob sie mich nicht einfach nur aufbauen wollte.

»Nein, tu ich nicht«, sagte ich. »In Karo fühle ich mich sicher.«

»Kein Karo«, erklärte sie. »*Das* ziehst du an. Du siehst scharf aus.«

»Ich fühle mich nicht wohl darin.«

»Kommt schon noch. Hab einfach ein bisschen Geduld.«

Ich seufzte. »Na gut.«

»Und was ist mit deinem Gesicht?«

Ich sah in den Spiegel. »Wieso, was soll damit sein?«

»Ein bisschen Farbe? Ich habe eine ganze Tasche voller Zeugs mitgebracht. Ein paar Sachen davon hatte ich, glaube ich, schon vor der Pubertät.« Sie stöberte kurz und brachte eine Tube glitzernden violetten Lipgloss zum Vorschein. »Siehst du?«

»Muss das sein?« Ich hatte Angst vor Schminke. Es kam mir vor, als würde man versuchen, mit einem Zahnstocher einen Wasserfall einzudämmen. Ich wusste, dass ich »ohne« keine Chance bei den Jungs hatte, aber ich hatte Angst, dass sich, wenn ich mich wirklich schminkte und mich dann immer noch keiner beachtete, meine schlimmsten Befürchtungen in Bezug auf mein Aussehen bestätigen würden.

»Leg einfach ein bisschen Wimperntusche auf«, sagte Lila. Sie gab mir nie ein schlechtes Gefühl, weil ich mich nicht so sehr für diese Mädchensachen interessierte wie sie. Ich fragte mich, wie schlimm ich aussehen musste, wenn sie mir jetzt diesen Vorschlag machte.

»Okay«, gab ich mich geschlagen, »aber es soll bitte nicht so aussehen, als würden Spinnen aus meinen Augen krabbeln, ja?«

Es klopfte behutsam an der Tür. Lila und ich warfen uns einen Blick zu.

»Ja?«, sagte ich.

Der blonde Schopf meiner Mutter kam in Sicht. »Ich hab

mich nur gefragt, ob – oh mein Gott! Lila, ist es dir tatsächlich gelungen, meine Tochter in ein Kleid zu stecken?«

Lila grinste. »Genau. High five?« Sie hielt ihre Hand zum Abklatschen hoch.

»Unbedingt«, sagte meine Mutter. Sie ließ ihre Handfläche vorschnellen, hätte aber um ein Haar danebengehauen. Sie drückte die Tür weiter auf. »Darf ich reinkommen, Mädels?«

»Dann wird es ein bisschen voll hier«, sagte ich, aber da war sie bereits drin.

»Schminkst du dich auch?«, fragte meine Mutter. »Das hättest du mir sagen sollen! Ich hätte nicht gedacht, dass ich es noch erleben würde, dass du dir mal die Wimpern tuschst, Charlie. Gute Arbeit, Lil.«

»Mom, wir müssen bald los«, sagte ich.

»Klar, weiß ich doch, mein Schatz«, sagte sie. »Aber du hast das Mascara ein bisschen dick aufgetragen. Wenn du mich lässt …«

Das machte sie immer. *Du siehst gut aus, aber wenn du mich lässt, dann …* Als wäre ich irgendein Projekt von ihr, bei dem ohne ihre ständige Unterstützung nichts ging.

»In Ordnung, aber mach schnell«, sagte ich.

»Eine Sekunde.« Sie stocherte mit irgendeiner Art Stift an meinen Augen herum. »Okay, das ist … na ja, es wird schon passen. Willst du dir Schuhe von mir leihen? Sie könnten dir ein bisschen klein sein, aber ich glaube, ich habe ein Paar Pumps, die ziemlich groß ausfallen.«

»Ich habe Schuhe«, sagte ich. »Wir müssen jetzt wirklich los.«

Sie hob die Hände. »Okay, okay, deine nervige Mutter lässt euch schon in Ruhe.« Sie hielt einen Moment inne, um ihr Werk zu betrachten. »Oh, Liebling«, sagte sie. »Du siehst wunderschön aus.«

Ich bekam einen Kloß im Hals. Plötzlich zog ich sie an mich und umarmte sie. Ich hörte, wie sie vor Erstaunen aufkeuchte.

»Danke«, sagte ich in ihre Haare. »Ich hab dich lieb.«

Als ich sie wieder losließ, glitzerte es in ihren Augen. »Okay«, sagte sie. »Viel Spaß. Und macht Fotos, ja?«

Ich war schon zur Tür hinaus. »Keine Chance!«, rief ich ihr über den Flur zu.

»Hast du überhaupt Schuhe?«, fragte Lila.

»Im Prinzip schon«, sagte ich.

»Deine ekligen, alten Sneakers?«

»Ja.«

Auf dem Weg zur Haustür liefen wir meinem Dad über den Weg. Sein Kopf schnellte hoch, als er mich sah.

»Charlie«, sagte er. »Was hast du denn da an?«

»Keine Ahnung«, erwiderte ich. »Lila hat's mir aufgeschwatzt. Sieht es sehr schlimm aus?«

»Antworten Sie nicht darauf«, sagte Lila. »Sie sieht toll aus.«

»Ich sehe wie ein Idiot aus«, gab ich zurück.

»Nein, das stimmt nicht«, sagte er. »Du siehst wundervoll aus.«

Mit wiegenden Schritten ging Lila zur Tür. »Ziehen wir los, okay? Die Party ist sicher schon in vollem Gange.«

»Kommt heil nach Hause«, meinte Dad. »Wenn ich euch

abholen soll – Anruf genügt, in Ordnung? Egal, wie spät es ist.«

»Sie sind der Beste, Mr Porter«, sagte Lila.

»Und dabei bin ich noch nicht mal dazu gekommen, was darüber zu sagen, was du da anhast, Lila«, meinte er mit gerunzelter Stirn.

Lila rauschte durch die Tür. »Tschüss, Mr Porter!«

»Tschüss, Dad«, sagte ich.

»Du siehst wirklich hübsch aus, Charlie«, sagte er.

»Bis in einer halben Stunde«, sagte ich.

Die Turnhalle war brechend voll, als wir ankamen. In Wellen schwappte Lärm nach draußen und hing in der Luft wie Qualm. Ich versteckte mich hinter Lila und beobachtete, wie die Blicke der anderen erst zu ihr und dann zu mir schwenkten.

»Wir gehen Drummond suchen«, beschloss Lila, »wenn du dich dann besser fühlst.« Aber mir war klar, dass eigentlich sie sich vor ihm zur Schau stellen wollte.

Er war nicht bei den anderen Lehrern, die lachend in langweiligen Klamotten und mit platten Haaren in einem Grüppchen zusammenstanden, und auch sonst war er nirgends zu finden. Nichts als rotgesichtige Teenies, die sich antanzten, soweit das Auge reichte.

»Tut mir leid«, sagte Lila. »Gehen wir tanzen, bis er auftaucht, okay?«

»Lass mal«, sagte ich und machte eine Geste in Richtung Buffet. »Ich muss mir erst mal was zum Trinken holen. Mich stärken – in jeder Hinsicht.«

Lila musterte mich. »Also gut. Aber in ein paar Minuten entkommst du mir nicht mehr. Dann wird getanzt.« Sie stürzte sich ins Getümmel und ließ die Hüften auf eine Art und Weise kreisen, die mir nicht behagte.

Eine Weile sah ich den anderen beim Tanzen zu – wie sie ihre Bewegungen dem Rhythmus der Musik anpassten und wie sich spontan Grüppchen bildeten und dann wieder auflösten. Manche fanden keinen Tanzpartner, wenn ein langsames Lied kam, und begaben sich dann ans Buffet, als wäre ihnen gerade wieder eingefallen, dass sie was zum Futtern brauchten. Mit dem einen oder anderen tauschte ich ein resigniertes Lächeln aus.

Die ganze Zeit über behielt ich die Arme vor der Brust verschränkt und versuchte, mich so unsichtbar wie möglich zu machen. Es fühlte sich an, als würden die anderen mich anstarren, aber ich konnte es nicht mit Sicherheit sagen. Immer wenn jemand lachte und in meine Richtung sah, überlegte ich, ob ich mich vielleicht auf der Toilette verschanzen sollte. Ich schenkte mir eine Tasse Punsch ein und hielt sie vor mich wie einen Schutzschild. Ich wusste nicht, wie man sich in einem Kleid bewegte. Ich wusste nicht, wohin mit meinen Händen oder wie ich mich hinstellen sollte. Zu Hause hatte ich die Idee mit den Sneakers noch gut gefunden, aber alle anderen Mädchen trugen Schuhe mit Absätzen, und auf einmal wünschte ich, ich hätte mir welche von meiner Mom geborgt.

Dann entdeckte ich plötzlich Drummond – endlich war er da. Augenblicklich war er von einer Schar Kids umringt, und eins der Mädchen berührte ihn sogar, als wolle sie ihn anbaggern. Er zog den Arm ein wenig zurück, aber das schien sie nicht zu bemerken, sondern verstärkte ihren Griff nur.

Als ein Song zu Ende war, kam Lila zurück. Sie sah verschwitzt, rosig und furchtbar sexy aus. »Was ist los?«, fragte sie und drängte sich gegen mich, als wäre sie eine Welle und ich ein Betondamm. Sie schnappte mir meinen Becher weg und leerte ihn in einem Zug. »Danke, Babe.«

Ich nahm die Tasse zurück und drehte sie in den Händen. »Drummond ist hier«, sagte ich und zeigte auf ihn.

Sie sah sich um. »Poloshirt und Dockers. Cool. Allerdings hat er schon seinen Fanclub um sich versammelt.«

»Lauter Neuntklässler.«

»Bäh. Wie wär's, wenn wir ihn ein bisschen ablenken? Komm, tanz mit mir.«

»Und du glaubst, dass er das *anziehend* findet? Du hast mich doch schon tanzen sehen, richtig?«

Lila versuchte, mich vom Buffet wegzuziehen. »Komm schon, ich bringe dir bei, wie man sexy tanzt. Das Geheimnis liegt in den Hüften.«

Ich warf schnell einen Blick zu Drummond hinüber. Er unterhielt sich immer noch mit den Kleinen und lachte jetzt, hatte Spaß.

»Einverstanden«, sagte ich, rührte mich aber nicht vom Fleck.

»Echt?« Lila hörte auf, an mir zu zerren. »Du hast noch nie bei einem Schulball oder einer Party getanzt.«

»Ich denke, ein Mal im Leben sollte ich's gemacht haben.«

»Du magst ihn richtig, stimmt's?«, sagte sie. Sie sah mich mit einem Blick an, aus dem ich nicht schlau wurde. »Okay, dann komm mal mit.«

Die Musik pulsierte, und ich bewegte mich so gut es ging

dazu, ohne mir allzu lächerlich vorzukommen. Ich konnte meine Hüften im Takt wiegen, aber bei allem, was darüber hinausging, fühlte ich mich ungelenk und schlaksig. Lila versuchte, meine Bewegungen zu lenken, aber sie hatte einen inneren Rhythmus, den ich unmöglich nachahmen konnte.

»Hör einfach auf die Musik!«, schrie Lila mir ins Ohr. »Versuch nicht, dich zu bewegen, sondern lass dich treiben.«

»Oh bitte«, sagte ich, aber dann folgte ein Song, den ich mochte, und Lila begann so schamlos zu tanzen, dass ich lachte und einfach mitmachte. Nach einer Minute spürte ich, wie ich lockerer wurde und meine Muskeln nicht mehr so verkrampft waren. Die Musik war laut – so laut, dass sie mich normalerweise erdrückt hätte, doch stattdessen fühlte ich mich, als würde sie mich tragen und in mir widerhallen, während ich tanzte. Lila sang mich hopsend und lachend an, und ich merkte, dass auch ich lachte und mitsang.

Ich riskierte einen Blick zu Drummond, der endlich zu uns sah, jedoch nicht merkte, dass ich ihn beobachtete. So sehr ich es auch verabscheute, in der Öffentlichkeit zu tanzen, hatte ich mir diese Szene doch zu Hause schon oft ausgemalt: so zu tun, als würde ich in meine Fernbedienung hineinsingen, und ihn dabei anzusehen, während ein Liebeslied lief. Aber jetzt war mir der Gedanke, dass er mir zusah, peinlich. Zu Hause war ich eine Sirene und er wie verzaubert von meinem Auftritt, hier dagegen war ich einfach einer von vielen linkischen Teenies und er ein gelangweilter Lehrer, der sich fragte, wann er heimdurfte.

Ich nahm meine Bewegungen zurück, während Lila noch immer mit einer geschmeidigen Leichtigkeit zappelte, mit der ich mich, wie mir klar war, nicht messen konnte. Ich fühlte mich wie ihr Schatten. Ich beobachtete Drummond, der nun alleine dastand, um zu überprüfen, wie oft er sie ansah. Sein Blick verharrte nie länger auf ihr, aber seine Augen huschten ein paarmal zu ihr zurück. Jedes Mal wenn er in ihre Richtung sah, hatte ich vor lauter Angst einen Kloß im Hals. Schließlich registrierte er, dass ich ihn beobachtete, und winkte mir lächelnd zu.

Ich ließ Lila bei einer Gruppe Tanzender zurück, der sie sich angeschlossen hatte. Sie schien nicht einmal zu bemerken, dass ich weg war.

»Da sind Sie ja«, sagte ich und trat ganz nahe an ihn heran, damit er mich über die Musik hinweg verstehen konnte.

Mit einem Kopfschütteln beugte er sich dichter zu mir. Er roch warm wie Kleidung, die frisch aus dem Trockner kommt. »Sorry, du musst mich anschreien. Das Lauteste, was ich mir jetzt noch anhöre, ist National Public Radio.«

»War nicht wichtig! Gefällt's Ihnen?«

»Ich komme mir ein bisschen wie Jane Goodall vor – du weißt schon, diese Verhaltensforscherin, die mit Schimpansen gearbeitet hat. Warum tummelst du dich nicht mit deinen äußerst, äh, geschmeidigen Mitschülern auf der Tanzfläche?«

Ich drehte mich zu Lila um, die nun von Jason Tierney übelst angetanzt wurde.

»Nicht ganz mein Tempo«, sagte ich.

Er nickte. »Tanzen war auch nie so meins. Ich sah immer ein bisschen aus wie ein Affe, der in die Steckdose gefasst hat.«

»Hat den Eindruck gemacht, als wären Sie vorhin fast auf die Tanzfläche *gezerrt* worden.«

Er verdrehte die Augen. »Kids.«

Ich wusste nicht, ob ich mit ihm mitlachen sollte, als wäre ich nicht selbst eins von den *Kids*, oder ob ich das als Ohrfeige auffassen sollte.

»Du trägst mein Kleid«, sagte er.

Ich sah an mir hinab und dann ihn an. »Was?«

»Das Kleid, über das wir …«

»… im Unterricht gesprochen haben. Stimmt ja.« Ich blickte wieder an mir hinunter. »Sie würden darin vermutlich eine bessere Figur abgeben als ich.«

Er lachte. »Bezweifle ich stark.«

Ich wurde rot und wusste nicht so recht, was ich darauf sagen sollte.

Er sah hinüber zu Lilas Grüppchen. »Warum gehst du nicht zurück?«, meinte er. »Ich stehe hier nur langweilig rum und trinke widerlichen aromatisierten, vielleicht sogar mit Drogen versetzten … was ist das eigentlich? Punsch?« Er nahm einen Schluck und verzog das Gesicht.

»Mit Brausepulver, glaube ich.«

»Das erklärt den künstlichen Beigeschmack«, sagte er. »Und dass es so brennt.«

Ich wollte ihm sagen, dass ich lieber mit ihm hier stand als zu tanzen, aber ich war mir nicht sicher, ob er mich vielleicht loswerden wollte, damit er sich mit den anderen Lehrern unterhalten konnte.

»Oder bleib hier«, sagte er. »Ich könnte ein bisschen Gesellschaft vertragen. Du kannst aufpassen, dass ich nicht anfange zu lallen, für den Fall, dass man mich mit Brause-Punsch vergiftet hat.«

Ich lächelte ihn an und hoffte, dass mir die Erleichterung nicht allzu deutlich anzumerken war. Ein paar Minuten lang sah ich Lila zu, wie sie mit Jason flirtete und sich in ihrem engen schwarzen Kleid an ihm rieb, das so kurz war, dass es einen geradezu herauszufordern schien, einen Blick darunter zu werfen. Er tat so, als würde er ihr auf den Arsch klatschen, und sie lachte und kam ihm noch näher. Ich warf einen Blick auf Drummond, aber er sah sie nicht mehr an. Dann bemerkte ich Jasons Freunde – die aus dem Schwimmbad. Der braun gebrannte – Austin – war auf der Tanzfläche hinter ihm gewesen, aber jetzt drängte er sich nach vorne durch, wobei er nicht tanzte, sondern einfach nur Lila und Jason anstarrte.

Ich beobachtete ihn aus dem Augenwinkel, während Drummond etwas zu mir sagte, was ich nicht verstehen konnte. Mir war klar, dass Austin rüberkommen würde, sobald er mich erblickte. In meinem Rüschenkleid und den ollen Schuhen war ich auffällig wie eine gehisste Flagge. Das Schlimmste war nicht mal, dass er mit Sicherheit was Gemeines sagen würde, sondern dass er es vor Drummond tun würde, und dann könnte ich mir unmöglich einreden, dass mein Lehrer je etwas anderes als Mitleid mit mir empfinden könnte.

»Ach, du bist's!«, sagte Austin, als er zu mir kam. Er beugte sich dicht zu mir runter, sodass ich seinen Atem heiß in meinem Ohr spürte. »Der wird dich niemals ficken, Süße«, sagte er. »Kannst dir die Mühe sparen.« Dann richtete er sich auf, drehte sich um und schrie: »Jason! Wir gehen, du Arsch!«

Jason tanzte weiterhin eng mit Lila. Als Austin keine Antwort erhielt, stürmte er zum Notausgang und riss die Türen auf. Mike zögerte kurz, wandte sich an mich, sagte: »Schönes Kleid«, und folgte ihm dann nach draußen.

»Netter Kerl«, meinte Drummond, während er Austins Abgang beobachtete. Als ich nichts darauf erwiderte, sah er mich an und runzelte die Stirn. »Alles okay, Charlie?«

»Ähm«, machte ich. Hatte er es gehört? Mit ihm zu sprechen – so zu tun, als wäre ich jemand, der eine Unterhaltung wert war –, erschien mir auf einmal unmöglich. Die Musik vernebelte mir das Gehirn. »Ich brauche nur … ich brauche nur eine Minute.«

»Hat er irgendwas zu dir gesagt?« Drummond wirkte besorgt und machte ein paar Schritte rückwärts, als wolle er Austin hinterhergehen. »Ich kümmere mich darum.«

»Nein!«, sagte ich laut genug, um ihn davon abzuhalten. »Nein, das ist … das ist es nicht. Ich … ich muss nur gehen.« Der Krach und die Menschenmenge und die Dunkelheit hämmerten auf mich ein und nahmen mir die Luft. Ich hastete zu den Türen, betrat den kühlen, ruhigen Korridor und steuerte auf die Toiletten zu.

Dort quetschte ich mich in eine Kabine, schlug die Tür zu und schloss mich ein. Es gab keinen Hygiene-Papierbezug für die Klobrille, also setzte ich mich in voller Montur auf den Deckel und wartete darauf, dass meine Atmung sich beruhigte. Ich hätte gar nicht erst herkommen sollen.

Ich starrte auf die Kabinentür und hörte zu, wie andere Mädchen hereinkamen und wieder gingen. Jedes Mal, wenn die Tür aufging, drang laute Musik herein wie Wasser, das aus einem Leck strömte, und ebbte dann allmählich wieder zu einem fernen Wummern ab. Der Rhythmus war tröstlich. Es war da draußen und ich war hier drinnen. Solange ich hier blieb, war ich in Sicherheit.

Erneut schwang die Tür auf. »Charlie?«

Erst wollte ich nicht antworten, aber ich wusste, dass Lila mich so oder so finden würde.

»Ich bin hier«, sagte ich.

»Lässt du mich rein?«

»Klar«, sagte ich, rührte mich jedoch nicht vom Fleck.

»Geht's dir gut? Drummond hat mich hergeschickt, um nach dir zu sehen.«

»Drummond?« Ich entriegelte die Tür und Lila quetschte sich zu mir in die Kabine. Ihre Knie stießen gegen meine. Ihr Lipgloss war verschmiert, und die Mascara hatte sich in kleinen schwarzen Batzen um ihre Wimpern herum angesammelt, aber sie sah noch immer sexy aus.

»Warum bist du hier drin?«, fragte sie. »Ich suche schon seit zehn Minuten nach dir.«

»Ich hab einfach mal einen Moment lang Ruhe gebraucht. Warum wollte er, dass du nach mir schaust?«

Sie zuckte mit den Schultern. »Hat er nicht gesagt.«

»Was *hat* er denn gesagt?« Ich wusste, dass ich penetrant war.

»Genau kann ich mich nicht erinnern. Jedenfalls war er dermaßen besorgt, dass ich schon ganz eifersüchtig geworden bin, okay? Du bist ihm alles andere als egal.« Sie strich mir über die Haare, und ich versuchte, nicht zurückzuweichen. »Also, was ist passiert?«

»Ich … nichts. Ich hatte einfach genug und ich will heim.«

»Wir sind doch gerade erst gekommen!«

»Gut. Ich rufe meinen Dad an. Der kommt mich abholen.«

Lila seufzte. »Jetzt sei nicht kindisch. Dieselbe Nummer hast du auch abgezogen, als wir im Schwimmbad waren. Ohne Erklärung auf einmal gehen wollen.«

»Lila, alles, was du wissen musst, ist, dass ich nach Hause muss«, sagte ich. »Wenn du hierbleiben willst – okay.«

»Ja, will ich. Wie es scheint, bereitet es dir irgendwie ein perverses Vergnügen, dir einzureden, dass dich alle blöd finden. Schmeichle dir nicht damit, dass du derart unbeliebt bist. Viele Leute mögen dich und der Rest macht sich nicht mal Gedanken über dich.«

»Ich möchte jetzt wirklich keine Diskussion anfangen, okay? Geh einfach zurück zur Party. Tut mir leid, dass ich mitgekommen bin und dir den Abend verdorben habe.«

»Das sollte es auch«, sagte sie und verließ die Kabine. Ich hörte ihre Absätze klackern, als sie zur Turnhalle zurückrannte.

Im Toilettenspiegel wirkte ich dort, wo ich nicht feuerrot und fleckig war, blass. Das Oberteil von Lilas Kleid war heruntergerutscht, meine Wimperntusche war verschmiert, und ich sah bescheuert aus. Ich ging hinaus, an der Turnhalle vorbei und stellte mich in die kühle Luft. Dann rief ich meinen Dad an, aber er ging nicht ans Telefon.

»Verdammt«, murmelte ich und versuchte es noch einmal.

»Soll ich dich mitnehmen?«

Ich fuhr herum. Es war Asha. Natürlich.

»Wie kommt's, dass du immer genau im richtigen Moment auftauchst?«, fragte ich.

»Ich behalte dich ständig im Auge«, erwiderte sie.

»Gruselig«, sagte ich.

Sie lachte. »Oder mich langweilen die Veranstaltungen zur gleichen Zeit wie dich.« In ihrem kurzen dunkelblauen Kleid wirkte sie elegant, viel zu edel für eine traurige Turnhalle voller blitzender Stroboskoplichter.

»Warum bist du hier?«

Sie hielt ihre Kamera hoch, die an einem Riemen um ihre Schulter hing. »Und ich war neugierig, was da abgeht.«

»Du bist komisch«, rutschte es mir heraus.

Sie lachte wieder. »Warum bist *du* gekommen?«

»Lila hat mich mitgeschleppt«, sagte ich.

»Also ich finde meinen Grund immer noch besser als deinen«, sagte sie. »Komm, ich fahr dich nach Hause.«

Ich folgte ihr zu einer dunklen Limousine, die neu roch und deren Innenausstattung aus Holz und Leder bestand.

»Gehört meiner Mom«, meinte sie, als sie meine bewundernden Blicke bemerkte. »Meins ist in der Werkstatt.«

Ich nickte. »Ich fahre das Auto von meinem Dad. Lila hat übrigens auch so ein ähnliches wie dieses hier.«

Asha drehte den Schlüssel im Zündschloss, und der Motor vibrierte sanft, wie Wasser, das in einer Pfanne köchelte. »Haben ihr das ihre Eltern gekauft?«

»Ja«, sagte ich.

»Überrascht mich nicht.«

Obwohl ich wütend auf Lila war, verkrampfte ich mich. »Sie hat auch was dazu beigesteuert.«

»Hat sie einen Job?« Als wir ausparkten, huschten die Scheinwerfer über die Bäume, die den Parkplatz umgaben, und erleuchteten die Zweige, sodass sie wie Adern aussahen. »Wo müssen wir hin?«

»Links und dann ein paar Meilen geradeaus«, sagte ich. »Sie ist Babysitter.«

»Okay«, sagte Asha. Wir fuhren schweigend, bis ich sie anwies, an der ersten Ampel wieder links abzubiegen. »Ich hab gesehen, dass du dich auf der Party mit Mr Drummond unterhalten hast.«

»Kurz«, erwiderte ich.

»Ich hab auch mit ihm gesprochen.«

»Viele Leute haben sich mit ihm unterhalten. Allem Anschein nach war er der begehrteste Mann des Abends.«

»Stimmt«, sagte Asha. »Das liegt daran, dass er mit allen flirtet.«

Ich warf ihr einen Blick zu und war froh, dass es dunkel war. »Findest du?«

»Er flirtet mit unserer ganzen Klasse. Ist dir das noch nicht aufgefallen?«

»Schon«, sagte ich. Ich wusste, dass es so war, aber ich fand es irgendwie charmant, wie alle ihn vergötterten.

»Tut er«, sagte sie. »Mir gefällt das nicht.«

»Ich dachte, dass du ihn ganz gut leiden kannst«, sagte ich. »Zumindest klang es vor ein paar Wochen noch so.«

»Er hat Charisma, das muss man ihm lassen«, sagte sie. »Aber er ist zu … ich weiß nicht. Er ist unreif. Oberflächlich. Er macht sich ziemlich oft über andere lustig und das kann ich nicht so gut ab.«

»Er zieht sie doch nur auf«, widersprach ich.

Sie sah mich an. »Ich dachte, *du* magst ihn nicht.«

»Das habe ich nie behauptet«, erwiderte ich und spürte, wie mein Gesicht zu brennen begann. »Er ist mir irgendwie ans Herz gewachsen.«

»Hmm«, machte sie und drückte auf einen Knopf, um das Radio anzuschalten. Obwohl es ein Klassiksender war, wechselte sie ihn nicht.

Ich sah aus dem Fenster. Was würde Lila davon halten, dass Asha mich nach Hause fuhr? Ich wusste, dass Lila kein Fan von ihr war, aber mir war nicht so ganz klar, ob das daran lag, dass Asha nicht beliebt genug war oder dass Lila versuchte, genau das zu sein. Sicher war ich mir dagegen, dass sie nur deshalb mit mir rumhing, weil für mich noch die alten Statuten galten. Wir waren schon Freunde gewesen, bevor sie cool geworden war. Und ich wusste über ihre Weird-Al-Obsession Bescheid.

»Hast du mit jemandem getanzt?«, fragte ich schließlich.

»Nein«, sagte sie. »Ich tanze nicht.«

»Ich auch nicht«, sagte ich. »Aber das hat mich nicht davon abgehalten.«

»Dev geht anscheinend nach demselben Prinzip vor. Ich habe für jede Menge fotografisches Beweismaterial gesorgt.«

Ich lachte. »Ich wünschte, ich hätte einen Bruder.«

»Aber ganz bestimmt keinen Dev«, gab sie zurück.

»Na ja«, meinte ich. Dann wurde ich feuerrot und sah wieder aus dem Fenster.

Wir schwiegen, bis sie vor unserem Haus anhielt. Ich machte die Tür nicht gleich auf, sondern zögerte noch.

»Alles okay mit dir?«, fragte sie.

Ich schluckte. »Ich … Hast du schon mal das Gefühl gehabt, du wärst am absoluten Tiefpunkt deines Lebens und dass es eigentlich nur noch bergauf gehen könnte?«

Sie nickte. »Ständig. Ich komme mir vor, als würde ich anderen Leuten in besseren Filmen zusehen.«

»Echt?«, sagte ich. »Als wäre man der Nebendarsteller und jemand anders ist der Star.«

»Mit einem besseren Soundtrack«, ergänzte sie.

»Definitiv besser«, sagte ich und blickte demonstrativ auf ihre Stereoanlage.

Sie funkelte mich an. »Raus mit dir«, meinte sie. »Du bist gerade zu einem fiesen Statisten degradiert worden.«

Ich lachte. »Danke fürs Mitnehmen. Bis Montag dann.«

Auch sie lächelte. »Ich bringe eine neue Yogamatte mit.«

Ich fand meinen Dad im Keller. »Hey«, sagte er. »Du bist aber früh wieder zu Hause.«

»Es war blöd«, sagte ich und setzte mich auf seine Werkbank. »Weißt du eigentlich, was so toll an Dubstep sein soll?«

»Ist das ein Tanz?«

»Bin mir nicht ganz sicher.« Ich zuckte mit den Schultern. »Ich glaube, ich bin nicht gut darin, ein Teenie zu sein.«

Er drehte sich von seinem Computer weg. »Immerhin besser als ich damals«, meinte er. »Du hast doch die Bilder gesehen, oder?«

Ich lachte. »Das stimmt. Mit dieser Vokuhila-Frisur warst du definitiv schlecht beraten.« Ich griff nach einem Batzen Ton und drückte ihn auf dem Tisch platt.

Er musterte mich nachdenklich. »Alles in Ordnung, meine Große?«

»Alles gut.« Ich sah auf seinen Schreibtisch, auf dem sich Papiere stapelten. »Brauchst du vielleicht Hilfe bei diesen Rechnungen?«

»Nee, schon okay«, sagte er. »Ich hab beschlossen, dass ich sowieso keine Bezahlung brauche.«

»Komm schon«, sagte ich. »Mom wird nie was davon erfahren.«

Er betrachtete den Stapel Papiere und sah dann wieder mich an. »Aber nur eine halbe Stunde. Dann musst du irgendein Junkfood futtern und dir grottige Sendungen reinziehen.«

»Abgemacht«, sagte ich.

12

Lila rief am nächsten Morgen an, als ich noch im Bett lag. »Sorry, dass ich gestern Abend davongestürmt bin.«

»Ist ja nichts Neues«, sagte ich. »Sind wir wieder Freunde?«

»Natürlich«, sagte Lila. »Ich war scheiße.«

»Das trifft's. Du warst sogar richtig scheiße.«

»Gut, dann haben wir das jetzt geklärt. Schwamm drüber, okay? Bist du gut nach Hause gekommen? Hat dich dein Dad abgeholt?«

»Äh.« Ich räusperte mich. »Nein. Ehrlich gesagt hat Asha mich mitgenommen.«

»Asha? Seid ihr jetzt befreundet, oder was?«

»Nein«, sagte ich. »Sie war einfach da und hatte einen Wagen.« Ich spürte, wie ich bei diesen Worten Bauchschmerzen bekam.

»Hmm«, machte sie. »Solange du sie nur ausnutzt.«

»Ich hab dir schon mal gesagt, dass du bloß eifersüchtig bist. Wenn du sie besser kennen würdest, würdest du sie mögen.«

»Ich *bin* nicht eifersüchtig, du Loser«, schoss sie ungehalten zurück.

»Und trotzdem nehme ich dir das irgendwie nicht ab«, erwiderte ich, woraufhin sie lachte. »Und du? Wie bist du heimgekommen?«

»Ähm, ich bin noch gar nicht zu Hause.«

Ich setzte mich auf. »Äh … kannst du mir das bitte erklären?«

»Wodka«, sagte sie. »Wodka ist die einzige Erklärung.«

»Wer war es?« Jedes Mal wenn Lila mit jemandem rummachte, fühlte ich mich beschissener. Ein weiterer Typ und sie zog mit ihrer Eroberungsstrichliste uneinholbar davon. Und besonders deprimierend daran war, dass mein Ergebnis bei null stehen blieb. Mir war klar, dass mir das nichts ausmachen sollte. Ich *wollte*, dass es mir nichts ausmachte. Ich *gab vor*, dass es mir nichts ausmachte. Und ich hoffte, eines Tages wäre es wirklich so.

Sie seufzte und murmelte einen Namen, den ich nicht verstand.

»Wie bitte?«, fragte ich. »Hast du gerade *James Joyce* gesagt?«

»Jason«, zischte sie. »Es war Jason. Ich kann's nicht noch mal wiederholen, sonst muss ich auf diesen Friedhof kotzen.«

»Du bist … zu Fuß?«

»Jetzt hack nicht noch drauf rum, Charlie. Ich habe nur einen Schuh an und sehe aus wie ein Waschbär mit Bindehautentzündung.«

Ich versuchte, ein Lachen zu unterdrücken, aber dann stieg mir Panik wie Galle im Rachen hoch. Gestern Abend hatte ich so getan, als würde ich *Die Brüder Karamasow* lesen, dabei hatte ich in Wahrheit alte Folgen von *Sex and the City* geguckt und Frida mit Käse gefüttert. Während Lila Jason Tierney an die Hose gegangen war. »Und?«, fragte ich. »Wie war's?«

»Grauenhaft«, sagte sie. »Als würde man einen Dachs küssen.«

»Wie fühlt sich das an?«

»Grässlich spitze Zähne und ein merkwürdiger Moschusgeruch. Bin mir nicht sicher, ob den sein Zimmer ausgedünstet hat oder er selbst.« Sie verstummte. »Wart mal, ich hab gerade eine Tüte Chips am Straßenrand gefunden.«

»Wie oft soll ich es eigentlich noch sagen? Iss keinen Abfall.«

»Super. Ich bin am Verhungern.« Sie schnaubte, und ich hörte die Tüte rascheln, als sie sie fallen ließ. »Ich nehme eine Abkürzung zwischen den Grabsteinen hindurch.«

»Trink nichts aus irgendwelchen Vasen, die dir in die Quere kommen«, sagte ich.

»Ich brauch was, womit ich mir den Mund ausspülen kann.«

»Wie weit seid ihr gegangen?«

»Ach das. Keine Ahnung. Ich hab seinen Penis angefasst. Nicht gerade beeindruckend.«

»Klein?«, fragte ich. Meine mangelnde Erfahrung machte ich dadurch wett, dass ich massig über Sex las. Ich wusste, dass die durchschnittliche Länge eines erigierten Penis fünfzehn Zentimeter betrug. Im Internet hatte ich Bilder studiert, um herauszufinden, wie die so aussahen, damit es mich nicht aus der Fassung brachte, wenn ich zum ersten Mal in natura einen zu Gesicht bekam – und auch aus anderen, weniger wissenschaftlichen Gründen.

»Mittel, würde ich schätzen? Keine Ahnung. *So* eine Expertin bin ich auch wieder nicht. Er war irgendwie … violett. Sah wütend aus.«

Ich lachte. »Wie ein zornesroter Dachs?«

Lila lachte auch. »Ja, genau. Er wollte, dass ich ihm einen blase. Er hat ihn mir so richtig *unter die Nase gehalten*. Als würde er erwarten, dass ich rufe: ›Oh mein Gott, dein Schwanz! Was für eine wunderbare Überraschung!‹«

Ich stellte mir vor, mit Drummond rumzumachen, zu sehen, dass er eine Erektion hatte, dass er wollte, dass ich ihn anfasste. Mich überlief ein Schauer. »Deshalb musst du dir also den Mund ausspülen …«

»Oh nein, das hab ich echt nicht gebracht. Als er ihn rausgeholt hat, gab ich vor, kotzen zu müssen. Und als ich aus dem Bad zurückkam, war er auf seinem Schreibtischstuhl eingeschlafen, also habe ich sein Bett genommen. Und bevor er heute Morgen aufgewacht ist, hab ich mich vom Acker gemacht. Gott sei Dank hat er einen separaten Eingang. Stell dir mal vor, ich wäre auch noch seiner Mom begegnet …«

»Dann schätze ich mal, dass du nicht mehr so auf ihn abfährst«, sagte ich.

»Weiß nicht. Vielleicht gebe ich ihm noch eine Chance. Vielleicht kann ich ihm beibringen, wie man die Lippen über seine Zähne zieht.«

Wieder durchzuckte mich Panik. Sie konnte ihn gerne behalten – es war ihre Entscheidung. Er wollte sie so oder so. Mir würde es nie so gehen.

»Du hast's gut«, sagte ich.
»So gut wie ein Dachs.«
»Jetzt wird's schwachsinnig.«
»Klappe.«

NOVEMBER

13

»Wollen Sie es gleich machen?«, fragte ich.

»Sicher«, sagte er. »Bringen wir's hinter uns.«

»Das nenne ich mal einen vielversprechenden Einstieg.«

Endlich interviewte ich Drummond für die Schülerzeitung. Unsere erste Ausgabe war noch nicht erschienen, was sich aus einer Kombination daraus erklärte, dass kaum jemand Artikel geschrieben hatte und wir nicht dazu in der Lage waren, das mit der Layout-Software geregelt zu kriegen, obwohl Dev sein Bestes gab. Drummond war der einzige neue Lehrer an der Schule mit einer festen Stelle, und bei mir hatte es sich mit dem Interview verzögert, weil es jedes Mal, wenn wir einen Anlauf nahmen, damit endete, dass wir uns einfach so unterhielten. Nebenbei hatte ich bereits eine Kolumne darüber geschrieben, wieso Tennis eine Metapher für Collegezulassung war.

»Das wird super«, meinte er. »Ich sage allerdings gleich dazu, dass ich nicht über die Jahre in der Schmelzhütte reden möchte. Manche Erinnerungen sind einfach zu schmerzhaft.«

»Auch recht. Also, wo sind Sie zur Schule gegangen?«

»Nun ja, in erster Linie beziehe ich mein Wissen aus der Praxiserfahrung beim Schmelzen.«

Ich legte den Kopf schief. »Ist das Ihre Antwort?«

Er nickte. »Ja.«

»Ich soll schreiben: ›Tom Drummond, der neu eingestellte Lehrer für Literaturkunde, sagt über seine Ausbildung: *Sie basiert vor allem auf Schmelzen.*‹«

»Willst du damit andeuten, dass ich mich nicht damit auskenne, wie man, äh« – er drehte sich auf seinem Stuhl um und tippte etwas in den Computer –, »aus Erz Metalle gewinnt?«

Einerseits war ich froh, dass er versuchte, mich zum Lachen zu bringen, andererseits war ich genervt, weil er mir keine ordentliche Antwort geben wollte. Manchmal kam es mir vor, als würde er mich so lange mit Witzen bombardieren, bis ich nachgab und lachte. Und früher oder später tat ich ihm immer den Gefallen. »Also nur, dass ich das recht verstanden habe – in Ihrer Funktion als mein Zeitungs-Chef ermutigen Sie mich zu lügen.«

Er schwang auf seinem Stuhl zurück. »Ohne die Wahrheit ein bisschen zu strecken, gewinnt man keinen Pulitzerpreis. Glaubst du, die berühmten Journalisten Woodward und Bernstein hätten nicht ein paar Einzelheiten ausgeschmückt? Wie plausibel erscheint es dir, dass Präsident Nixon erst noch ein Tonbandgerät in sein Büro gestellt hat, ehe er damit begann, Verbrechen zu begehen?«

»Sagen Sie das jetzt nur, um mich zu ärgern oder weil Sie das Wort *schmelzen* irgendwie witzig finden?«

»Ja.«

Ich schwieg kurz. »Okay, nächste Frage. Wo waren Sie zuletzt angestellt?«

»Ich habe dir doch gesagt, dass ich nicht über meine Zeit in der Schmelzhütte sprechen will.«

Ich atmete tief durch.

»Tom?«

Wir sahen beide auf. Im Türrahmen stand Ms Anders und blickte uns fragend an. »Gibt es in deiner Vergangenheit dunkle Stellen, von denen du mir nichts erzählt hast?«, fragte sie.

»Jetzt ist es raus«, sagte er. Er ließ seinen Stuhl auf den Boden zurückkippen und schlug mit den Händen auf die Tischplatte. »Was kann ich für dich tun, Tracey?« Es war merkwürdig – und auf eigenartige Weise sexy –, ihm zuzusehen, wie er im Handumdrehen auf professionell und dienstbeflissen umschaltete.

Sie kam herein und setzte sich auf eine Tischkante. »Es geht um Olivia«, sagte sie. Ich wusste, dass von Dr. Crowley, unserer Direktorin, die Rede sein musste. »Hast du von dieser beschissenen Anordnung gehört?«

Drummond warf einen Blick auf mich, und sie sagte: »Oh, tut mir leid, Charlotte. Ich habe ganz vergessen, dass du da bist. Verzeih mir meine Ausdrucksweise.«

Sie hatte vergessen, da ich da war? Ich saß direkt vor ihr. »Keine Sorge«, erwiderte ich. »Klingt echt wie eine beschissene Anordnung.« Ich stand auf. »Ich komme wann anders wieder, dann können Sie mir mehr von Ihrer Zeit in der Schmelzhütte berichten.«

Ich sah, dass Ms Anders mir schon zum Abschied zunicken wollte.

»Sei nicht albern«, sagte Drummond. »Ich hab so viel zu erzählen. Das hier dauert nur eine Minute.« Er sah Ms Anders mit hochgezogenen Augenbrauen an.

Ich begab mich ans andere Ende des Zimmers und gab mir einerseits alle Mühe, ihr Gespräch zu belauschen, und machte mir andererseits Sorgen, dass sie es merken würden.

Ich hatte Drummond nicht oft im Umgang mit anderen Lehrern erlebt und war mir nicht sicher, was ich davon halten sollte. Worüber redeten sie? Schüler, nahm ich an, und offensichtlich über Dr. Crowley. Die beiden sprachen verschwörerisch mit gesenkter Stimme und ab und an warf Ms Anders den Kopf zurück und kreischte vor Lachen. Drummond ließ ein paarmal jenes tiefe, vertrauliche Lachen hören, von dem ich gedacht hatte, er hätte es allein für mich reserviert. Warum war ich überhaupt dageblieben?, fragte ich mich. Ich war mir sicher, dass sie über absoluten Erwachsenenkram sprachen und ich nicht mal dann in der Lage gewesen wäre, dem Gespräch zu folgen, wenn ich sie verstanden hätte. Vermutlich war auch politische Satire involviert.

Tracey, dachte ich. *Was für ein perfekter Name.*

Ich beobachtete sie aus dem Augenwinkel. Sie berührte ihn an der Schulter und er lächelte. Dann stand sie auf – endlich! – und meinte: »Schönen Tag noch, Tom.«

»Jap, dir auch«, sagte er. Er wartete, bis ihre Schritte verklungen waren, dann wandte er sich an mich. »Tut mir leid wegen gerade.«

»Alles in Ordnung?«, fragte ich und setzte mich wieder.

Er verdrehte die Augen. »Ja. Nur der übliche Klatsch und Tratsch.«

Ich grinste, als hätte ich Ahnung, was er damit meinte. »Worüber?«

»Dasselbe, worüber sich Leute, die sich bei der Arbeit langweilen, immer beklagen.«

»Ich hatte bislang noch nicht das Vergnügen, diese Erfahrung zu machen.«

»Sei froh«, meinte er. »Das kommt noch früh genug, wenn du älter bist.«

»Ist bestimmt immer noch interessanter als der Kram, über den sich die Schüler unterhalten.«

Er schüttelte den Kopf. »Es ist so ziemlich dasselbe, fürchte ich. Nur ein bisschen mehr auf Hochglanz gebracht.«

»Das bezweifle ich«, sagte ich, »aber nett, dass Sie versuchen, mich aufzumuntern.«

»Das war eher eine Warnung.« Er nickte zu meinem Notizblock. »Also gut, wie lautet die nächste Frage, Woodward?«

»Sie haben noch nicht beantwortet, wo Sie vorher unterrichtet haben«, erinnerte ich ihn.

»Ach ja, richtig. An der Bloomfield High in Peterborough. Drei höllische Jahre lang habe ich Neuntklässlern beigebracht, wie man Sätze zergliedert und analysiert.«

Ich blickte auf und er zog eine Augenbraue hoch. »Was?«, sagte er.

Ich schüttelte den Kopf und versuchte, mir das Lächeln zu verkneifen. »Nichts.«

14

Heute sprechen wir aber wirklich über *Stolz und Vorurteil*«, sagte Drummond. »Sollte ich irgendjemanden stöhnen hören, dann werde ich es vermutlich einfach dulden.«

Es klopfte an der Tür.

»Was haben Sie jetzt wieder angestellt, Drummond?«, fragte Frank.

»Du bist immer noch da, also kann es nicht so schlimm gewesen sein«, erwiderte Drummond, während er aufstand.

Vor der Tür stand Dr. Crowley. Sie redeten eine Minute lang mit gesenkter Stimme, dann lächelte sie uns flüchtig zu, kam herein und ging zu den Fenstern am anderen Ende des Zimmers. Drummond setzte sich wieder. »Dr. Crowley wird uns heute Gesellschaft leisten, also würde ich vorschlagen, wir blamieren uns mal ein bisschen weniger als sonst.«

Augenblicklich war ich seinetwegen angespannt. Was, wenn er eine schlechte Beurteilung erhielt? Sie konnten ihn nicht feuern, oder? Ohne ihn wollte ich mir den Rest des Jahres nicht vorstellen.

»Also, irgendwelche Kommentare?«

Alle schwiegen.

»Wirklich?«, meinte Drummond. »Nicht mal über Paul Rudd?«

Ich stieß Lila mit dem Ellbogen an, auf die immer Verlass war, wenn es darum ging, in die Stille hineinzuplatzen, aber sie schüttelte den Kopf und flüsterte: »Hab's nicht gelesen. Jason.«

Ich rümpfte die Nase. »Zumindest hast du dich weitergebildet.«

»In Ordnung, was ist mit Elizabeth?«, fragte er. »Mochtet ihr sie? Oder nicht so?«

Wieder Stille. Das war noch nie zuvor passiert. Crowleys Anwesenheit hatte unsere Lippen versiegelt.

Katie hatte ihr Handy auf dem Schoß und schrieb offenkundig eine SMS.

»Katie«, sagte Drummond. »Ich wette, du identifizierst dich mit Elizabeth.«

Katie sah schuldbewusst auf und machte dann eine finstere Miene, als bei ihr einsickerte, was er gesagt hatte. »Mich mit ihr identifizieren? Sie ist komplett von ihren Eltern abhängig.«

Drummond zog die Augenbrauen hoch und Katie setzte ein spöttisches Gesicht auf.

»Wollen Sie damit sagen, dass Katie hilflos ist?«, sagte Sean.

»Nein, Sean«, erwiderte Drummond, doch unsere Blicke trafen sich einen Moment lang, und ich konnte erkennen, dass er nicht so ruhig war, wie er klang. Auf einmal schämte ich mich für ihn und verspürte für einen kurzen Moment einen Anflug von Ekel, bei dem mir ganz flau im Magen wurde. Ich fand es furchtbar, mitansehen zu müssen, dass er nicht die Kontrolle hatte. »Warum sagst du das?«

»Elizabeth ist voll lahmarschig«, sagte Sean. »Die hockt immer nur rum und wartete drauf, dass einer sie heiratet.«

»Welche anderen Möglichkeiten bieten sich ihr denn?«

»Keine Ahnung«, sagte Sean. »Sie könnte ihren Hintern nach draußen bewegen und sich einen Job suchen.«

Drummond lachte und Sean sah ihn mit finsterer Miene an. »Ist das wirklich eine Option für sie?«

Sean zuckte die Achseln. »Manche Frauen hatten einen Beruf. Was ist zum Beispiel mit ihren Dienern?«

»Okay, das stimmt«, sagte Drummond. »Aber glaubst du, dass Austen diese Art von Gesellschaftssystem gutheißt?«

Sean zögerte. »Was meinen Sie damit?«

Ich hielt es nicht mehr länger aus. »Elizabeth ist nicht hilflos.«

Alle Köpfe im Raum fuhren zu mir herum, und ich musste mich zusammenreißen, um nicht zurückzuschrecken. Ich sah Drummond Hilfe suchend an, und er lächelte mir freundlich zu, schwieg jedoch.

»Sie hat durchaus was auf dem Kasten«, schob ich hinterher.

»Was denn?«, fragte Sean.

Ich versuchte, bei Seans Frage nicht zu erstarren. »Sie setzt ihre Intelligenz ein«, sagte ich. »Das ist ihre einzige Waffe, der einzige Trumpf, den sie in der Hand hält.«

»Ja, aber wofür? Um einen Mann abzukriegen?«

»Ein Ehemann bedeutet Macht«, sagte ich. »Zumindest für sie.«

»Und was ist mit *Liebe*?«, fragte Sean. Drummond sah mit

finsterer Miene zu ihm und dann wieder zu mir. Seine Stirn war noch immer von Sorgenfalten zerfurcht.

»Das ist auch eine Art von Macht«, sagte ich. »Darcy gibt sie ihr, als er sie heiratet.«

»Du meinst so was wie soziales Kapital?«, schaltete Dev sich ein.

»Ja.« Ich nickte, erleichtert, dass er mir beisprang.

»Das stimmt«, sagte er. »Darcy ist ihr Weg, um in der Welt voranzukommen.«

»Aber ich glaube, dass sie ihn auch wirklich liebt«, meinte Katie.

»Ja, tut sie, aber das ist nur eine Art Zugabe, ein Bonus«, sagte Asha.

Dann redeten alle durcheinander und ich kam nicht mehr mit. Ich sah Drummond an. Er formte mit den Lippen die Worte: »Siehst du.«

Als ich nach der Schule in Drummonds Klassenzimmer ging, war es leer. Es war kein *Truth-Bomb*-Tag, aber ich war mit Lila verabredet, weil wir shoppen wollten – oder vielmehr, weil Lila shoppen wollte, während mein Part darin bestand, hinter ihr herzuschlurfen und halbherzig irgendwelche Shirts in die Hand zu nehmen und dann wieder hinzulegen. Ich steuerte meinen üblichen Platz an, hielt dann jedoch inne und betrachtete sein Pult, das von einem undefinierbaren Militärbeige war. Darauf lagen diverse sich wellende Papierhaufen und ein paar zerlesene Bücher. Sein Stuhl war ein altes, knarzendes Metallding mit einem brüchigen Vinylpolsterbezug. Als ich mich daraufsetzte und zurücklehnte, gab er ein durchdringendes Quietschen von sich, war aber erstaunlich bequem. Lächelnd erinnerte ich mich an den Tag, als wir uns allein im Klassenzimmer unterhalten hatten.

»Übernimmst *du* jetzt nach meinem heutigen Auftritt?« Drummond stand auf der Türschwelle. Er sah aus, als hätte jemand die Luft aus ihm rausgelassen und er wäre halb leer.

»Hat Crowley es Ihnen nicht gesagt?«, fragte ich. »Das ist aber merkwürdig.« Ich deutete auf den leeren Platz vor dem Pult. »Nehmen Sie sich einen Stuhl. Ich habe ein paar Vorschläge und Tipps, wie Sie an sich arbeiten können.«

»Da bin ich aber gespannt.« Er zog einen Stuhl herüber und setzte sich.

Ich legte die Füße auf seinen Tisch. »Erstens, setzen Sie sich immer so hin, wenn Sie sich an die Klasse wenden. Es sagt uns, dass Sie der Boss sind, zugleich aber auch ein Rebell, der auf die Regeln pfeift.«

»Wie oft hast du *Der Club der toten Dichter* gesehen?«, fragte er.

»Unwichtig«, sagte ich. »Hier können Sie draufspringen« – ich pochte auf die Tischplatte –, »wenn Sie uns mal so richtig inspirieren wollen.«

»Ich schätze, ich muss *If* von Kipling komplett auswendig lernen. Dabei fand ich dieses Gedicht immer blöd.« Er lehnte sich zurück und sah an die Decke.

»Sie waren nervös«, sagte ich.

Er seufzte. »Jetzt weißt du also, dass ich es voll draufhabe, in Stresssituationen einen kühlen Kopf zu bewahren. Ein Jammer, dass ich nicht Pilot geworden bin.« Er streckte seine Hände vor und schüttelte sie, als hätte er einen Anfall. »Ruhig und fest wie ein Fels in der Brandung.«

»Sie wären ideal für Autoscooter geeignet.«

»Bei ein paar Fahrgeschäften hier in der Gegend bin ich aus diversen Gründen sehr renommiert.«

Ich nahm ein paar Bücher vom Tisch, tat so, als würde ich die Rückseitentexte lesen, und legte sie dann wieder weg. Es war irgendwie aufregend, in seinen Sachen herumzustöbern, während er dabei zusah. »Finden Sie wirklich, dass Dr. Crowley einem Angst einjagen kann? Ich hab gesehen, dass sie Actimel trinkt.«

»Ich finde jeden suspekt, der lange Zeit in der akademischen Welt verbracht hat.«

»Warum kommt mir das jetzt komisch vor?«, überlegte ich laut und blätterte in einem Stapel benoteter Aufsätze herum.

»Also gut, Klugscheißer«, sagte er und nahm sie mir weg. »Es gibt einen Grund, warum ich an der Highschool unterrichte. Nämlich weil ich mir hier sicher sein kann, dass ich definitiv schlauer bin als die meisten von euch.« Er sah mich an. »Danke übrigens.«

»Wofür?«

»Stell dich nicht dumm, wenn ich dir ein Kompliment für deine Intelligenz mache.«

Ich lächelte. »Ich musste einschreiten, als sich herauskristallisierte, dass Sie dabei waren, das Spiel in den Sand zu setzen.«

»Das Spiel?«, fragte er. »Du meinst das, bei dem ich der Außenwelt Kompetenz vorgaukle?«

»Exakt.«

»Aha, darauf zielt dieses Gespräch also ab? Du kannst es nicht gut ab, wenn ich dir ein Kompliment mache, also beleidigst du mich?«

Ich machte eine kurze Pause. »Ja.«

Er schnappte sich den Tennisball von seinem Pult und warf ihn nach mir. »Typisch.«

Wir lachten, als Lila hereinkam.

»Hi, Nerds«, sagte sie. »Was ist so lustig?«

»Außer deinem Gesicht?«, fragte ich.

»Hui!«, sagte Lila. »Der hat aber gesessen.« Sie wandte sich an Drummond. »Haben Sie irgendwelche geistreichen Erwiderungen für mich, Chef?«

Er schüttelte den Kopf. »Nicht nach heute.«

»Ach ja.« Lila nickte. »Erbärmliche Vorstellung, echt.«

»Lila!«, sagte ich.

»Schon gut«, meinte er. »Ich hab einfach versucht, mich heute genauso reinzuhängen wie Lila.«

»Das weise ich entschieden zurück«, sagte sie. »Ich hab mir die komplette BBC-Adaption reingezogen, die wirklich lang ist.«

»Zwischen den Dates mit Jason?«, fragte ich.

»Nein, wir gucken sie *bei* den Dates. Also zumindest ich. Er schläft normalerweise ein.«

»Wer ist diese Jason-Figur?«, fragte Drummond.

»Lilas Freund«, erwiderte ich und genoss ihr Gesicht, während ich es sagte.

»Nicht *mein* Freund«, sagte sie. »Wir treffen uns nur gelegentlich zu … zur gemeinsamen Freizeitgestaltung.«

»*Freizeitgestaltung*«, murmelte ich.

»Schluss jetzt. Genug Anführungszeichen mit den Fingern in die Luft gemalt, Miss Sarkasmus«, meinte Lila.

Drummond sah uns zu, wie wir lachten. »Diese Beziehung scheint sehr erfüllend zu sein.«

»Er hat gute Muckis«, sagte sie.

»Warum kenne ich den Kerl nicht?«, fragte Drummond. »Er klingt wie ein intellektueller Titan.« Er grinste Lila an.

Lila erwiderte mit ihrem ganz speziellen verruchten Lächeln. »Er ist in keinem Literatur-Intensivkurs, und wenn ich es recht bedenke, bin ich mir auch nicht ganz sicher, ob er überhaupt lesen kann.«

»Dafür ist er in der Lacrosse-Mannschaft«, erklärte ich. »Er ist einer ihrer Stars.«

»Lacrosse ist ein Spiel für Landeier«, meinte Drummond. »Ich bevorzuge Curling. Taktisches Schrubben.«

»Ich hab mir sagen lassen, dass Sie eher ein Schwimmer waren«, meinte Lila. Sie hatte die Hüfte seitlich vorgeschoben und den Kopf auf eine Art und Weise schief gelegt, die mich immer nervös machte.

Drummond musterte sie. »Woher hast du das?«

»Hab so meine Quellen.«

Sie lachten. Mein Puls begann zu hämmern.

»Ich möchte wetten, Sie tragen eine Speedo, oder?«, sagte sie. »So eine feuerrote.«

Ich stand auf und zog sie am Arm.

»Wir sind spät dran«, sagte ich.

»Wir unterhalten uns gerade«, sagte sie.

»Geht nur«, meinte Drummond. »Ihr habt schon viel zu viel Zeit in meiner Gesellschaft verbracht.«

Sobald wir draußen auf dem Flur waren, zischte Lila mir zu: »Was war das denn?«

»Das frage ich dich!«, flüsterte ich zurück. »Du hast dich lächerlich gemacht.«

Lila blieb abrupt stehen. »Was soll der Bullshit, Charlie! *Mich lächerlich gemacht?*«

»Es wirkte echt, als wäre ihm das unangenehm.«

»Wir haben doch nur geredet, um Himmels willen.« Sie marschierte den Gang entlang und ich folgte ihr.

Ich wartete einen Augenblick, dann sagte ich: »Ich musste dich da wegschaffen. Er hat ganz eindeutig eine gefährlich große Erektion gekriegt.«

Sie sah mich an. »Jede Wette, dass die in einer Speedo noch besser aussehen würde.«

»Wohl wahr«, sagte ich. »Da können wir nur hoffen, dass wir das eines Tages rausfinden.«

15

Von der ganzen Woche mochte ich die paar Stunden bei der Zeitung inzwischen am liebsten. Unser Literaturunterricht war nicht lang genug und Drummond war nach der Schule entspannter. An den meisten Tagen benutzten wir die *Truth Bomb* nur als Vorwand, um zu quatschen, anstatt das alles bierernst zu nehmen. Sogar Asha schien ihn jetzt besser zu akzeptieren, obwohl sie gewöhnlich an einem Computer saß und arbeitete, während der Rest sich unterhielt.

An diesem Tag schoss sie Fotos. Ich hielt den Kopf größtenteils gesenkt, damit sie mich nicht bemerkte, aber schließlich kam sie herüber und baute sich vor mir auf, während ich in einer meiner jüngsten Eroberungen aus der Bibliothek schmökerte.

»Du weißt aber schon, dass ich trotzdem da bin, auch wenn du nach unten guckst?«, sagte sie. »Das bezeichnet man, glaube ich, als Objektpermanenz.«

Wider Willen musste ich lachen. »Was ist?«

Sie schob sich auf die Tischkante. »Ich will dich ja nicht stören, wenn du so schwer beschäftigt bist, aber kann ich ein Bild von dir und Dev machen?«

»Keine Bilder.«

»Ach, komm, du musst. Wie sollen sie sonst wissen, bei wem sie sich beschweren können?«

Ich sah Dev an, der mit Drummond an einem Computer saß.

»Mit Dev?«, sagte ich.

»Ihr seid die zwei Kolumnisten. Also zumindest theoretisch.«

»Ach, stimmt ja«, sagte ich. Ihr war anzusehen, dass sie nicht lockerlassen würde. Wenn Asha sich etwas in den Kopf gesetzt hatte, ließ sie keine anderen Argumente gelten. »Okay, wenn's sein muss.«

Sie drehte sich um. »Dev!«, rief sie. »Beweg deinen Hintern hier rüber.«

Er und Drummond blickten auf, und Dev sagte etwas zu Drummond, der daraufhin nickte und ihm nachsah, wie er zu uns herüberkam.

»Du posierst mit Charlie«, erklärte Asha.

Dev sah mich an. »Ich nehme mal an, dass sie dich auch so rumkommandiert?«

»Ich würde es als Durchsetzungskraft bezeichnen.«

Er schnaubte. »Weißt du, ich bin zehn Minuten älter.«

Asha ignorierte ihn. »Stellt euch nicht so an«, sagte sie. »Je schneller ihr macht, desto schneller bringt ihr es hinter euch.«

Dev setzte sich mir gegenüber, sodass wir zu beiden Seiten des Tisches saßen, wo wir diverse alberne Posen einnahmen – unter anderem mit Stiften zwischen den Zähnen. Ich registrierte, dass Drummond immer wieder kurz zu uns rüberguckte, und fand es aufregend, zu wissen, dass er uns beobachtete. Alles, was ich in seiner Anwesenheit tat, war zu einer Show geworden, die er, wie ich hoffte, aufmerksam verfolgte.

»Okay«, sagte Asha schließlich. »Du kannst dich wieder an deine kleine Golf-Kolumne machen.«

»Was denn für eine Golf-Kolumne?«, fragte ich.

Ohne sich von Asha abzuwenden, sah Dev mich an. »Ich schreibe eine Kolumne darüber, ob Golf ein Sport ist oder eher eine andere Art von Hobby.«

»Es ist eher so was wie Topfschlagen für Erwachsene, oder?«, meinte ich, und Asha kicherte.

»Es erfordert viel Geschick und Übung«, gab er zurück, aber er lachte ebenfalls und drehte sich zu mir.

»Das bestreite ich ja gar nicht«, sagte ich. »Aber mit verbundenen Augen und Alkohol könnte man es definitiv aufpeppen.«

»Seit wann magst du überhaupt Golf?«, sagte Asha. »Ich dachte, du stehst nur auf Xbox-Sport.«

»Dad hat mich vor ein paar Wochen mal mitgenommen.«

»Was? Als er zu Hause war?«

»Genau. Und wenn er über Weihnachten freihat, geht er noch mal mit mir und Frank.«

»Moment mal«, sagte sie. »Ich dachte, wir beide wären …« Sie warf einen Blick auf mich. »Egal. Ich muss diese Bilder hochladen.« Damit ging sie und rauschte an Drummond vorbei. Ich sah Dev an, der die Achseln zuckte und mit stiller Dulder-Miene die Augen verdrehte.

»Was ist da für ein Tumult?«, sagte Drummond und pochte mit den Fingerknöcheln auf den Tisch.

Dev blickte auf. »Ah, gut. Wir brauchen Sie hier als Schiedsrichter.«

Drummond setzte sich zwischen mich und Dev auf die Tischplatte. So nah war er mir noch nie gekommen.

»Was ist los?«, meinte er. Er lehnte sich zurück und stützte sich nach hinten auf, sodass er beinahe meine Hände berührte, die auf dem Tisch lagen. Das war seine übliche Unterrichtspose, bei der sein Hemd am Bauch, wo er leicht einknickte, immer tausend Falten warf. Seine ganze Haltung wirkte entspannt, als würde er sich auf einer Party mit Freunden unterhalten. Mir gefiel es, dass er bei uns so locker war, weil ich selbst mich oft nicht wohl in meiner Haut fühlte, als trüge ich einen Mantel, der nicht richtig passte.

Ich musste mich strecken, um Dev sehen zu können. Drummond versperrte mir mehr oder minder die Sicht auf ihn. »Dev ist der Meinung, Golf wäre ein Sport, weil sie ihn als Kind auf den Kopf haben fallen lassen«, sagte ich.

»Mein Dad spielt Golf«, sagte Dev.

»Siehst du, Alt-Herren-Sport«, meinte ich. »Ist das nicht Beweis genug für meinen Standpunkt?«

Dev machte ein derart empörtes Gesicht, dass ich lachen musste. »Entschuldige, ich wollte dir und deinem Dad nicht zu nahe treten«, sagte ich. »Mir persönlich kommt eine Sportart, bei der man lange beige Hosen trägt, natürlich sehr entgegen.«

»Also gut«, meinte Drummond. »Ich werde hier schlichtend eingreifen, wenn es sein muss.«

Ich sah zu ihm auf. Seine Augen funkelten.

»Haben Sie denn Erfahrung darin, in derartigen Angelegenheiten zu vermitteln?«, fragte ich.

»Streitschlichtung war im College quasi mein Hauptfach«, erwiderte er und bekam Grübchen, als er mich anlächelte.

»Ja, aber Sie halten auch Curling für einen Sport. Sie sind nicht vertrauenswürdig.«

Er stieß mich mit dem Ellbogen am Arm an. Das war neu. Noch nie zuvor hatte er mich berührt. Mit vielen aus unserer Klasse war er auf ungezwungene Art herzlich – klopfte ihnen auf die Schulter oder knuffte sie spielerisch –, aber bei mir machte er so was nie. Mein Kopf fühlte sich merkwürdig leicht an, als wäre er mit Helium gefüllt.

»Dev«, rief Asha. »Ich brauch dich hier mal eine Sekunde.«

»Sorry«, sagte Dev. »Wir reden nachher weiter.«

»Jap«, sagte Drummond. »Aber vergiss nicht: Deine Note hängt davon ab, dass du die korrekte Antwort gibst.« Er rückte noch ein Stück näher heran und ich konnte seine Körperwärme spüren. Ich sah auf seine Hände hinunter – große Hände. Mit schönen Fingern.

Sobald sich Dev außer Hörweite befand, blickte Drummond zu mir herunter und meinte: »Werdet ihr zwei etwas wegen dieser Flirterei unternehmen?«

Ich wich vor ihm zurück. »Dev?«, sagte ich. »Nein, ich fürchte, nicht.« Ich war erleichtert, dass er es nicht in Devs Anwesenheit gesagt hatte, aber zugleich war es mir peinlich, dass er es überhaupt in Erwägung zog. Ich fand es zum Kotzen, wenn Erwachsene dachten, bloß weil man jünger als sie war, wäre man jederzeit bereit, was mit einem ungefähr Gleichaltrigen anzufangen. Ich hatte gedacht, er würde uns besser verstehen.

»Entschuldige«, sagte er. Er knickte ein wenig mit seinem

Arm ein und war mir noch immer so nah, dass sein Ellbogen nun meine Schulter berührte. »Ich wollte dich nicht in Verlegenheit bringen. Ich dachte nur, ihr zwei …« Er zuckte die Achseln. »Mir scheint, Dev mag dich.«

Ich gab mir Mühe, nicht rot zu werden. Machte er sich wirklich Gedanken in dieser Richtung über mich? Ich sah mich um. Wenigstens beachtete uns niemand. Ich war hin und her gerissen zwischen dem Wunsch, dass jemand etwas davon mitbekam, und zugleich war mir die Vorstellung unangenehm. Eigentlich sollte er solche Sachen nicht sagen, oder? Mochte er mich so sehr, dass er es einfach trotzdem tat?

»Ich glaube, er und Frank passen besser zusammen«, brachte ich schließlich heraus.

»Stimmt«, meinte er. »Und sie sehen beide in formeller Kleidung besser aus.«

»Im Gegensatz zu Ihnen«, sagte ich.

Er stieß mich wieder mit dem Ellbogen an und diesmal rempelte ich zurück. Noch nie hatte ich ihn so berührt.

Nach einer Minute meinte er: »Dann gefällt dir niemand von den Jungs hier? Oder von den Mädchen?«

Ich sah ihn an. Dachte er wirklich, ich wäre in jemanden verknallt? »Nö«, sagte ich.

»Na, vielleicht steht ja bald Sean wieder zur Verfügung, falls Katie sich bereit erklärt, ihn abzutreten«, sagte er. Er pochte mir sacht auf den Kopf und stand auf. »Denk drüber nach.«

Stattdessen dachte ich die komplette Heimfahrt nur an ihn. Wir hatten uns weniger als fünf Minuten lang berührt, doch in meiner Erinnerung konnte ich das Ganze spielend auf zwanzig Minuten ausdehnen. Es fühlte sich an, als wäre die elektrische Ladung seiner Haut komplett auf mich übergegangen und ich müsste sie irgendwie rauslassen, um nicht zu verbrennen.

Zu Hause angekommen, fand ich einen Zettel auf dem Küchentisch: Mein Dad war mit der Bahn in die Stadt gefahren, um sich mit einem Auftraggeber zu treffen, und meine Mutter würde lange arbeiten. Ich sah Frida an.

»Dann sind's wohl nur wir zwei, hm?«, sagte ich.

Sie stellte ihre Ohren auf, doch ihr Kopf verharrte auf den Pfoten.

»Du musst leider unten bleiben. Dein Frauchen hat andere Pläne.« Mich überlief ein Schauder, als ich die Treppe zu meinem Zimmer hinaufging. Lila und ich hatten schon öfter darüber gesprochen, aber ausprobiert hatte ich es noch nie. Keine von uns beiden kapierte so richtig, was zu tun war. Sie sagte, sie hätte einmal mit einer elektrischen Zahnbürste ihr Glück versucht, aber es hätte nicht funktioniert. Danach konnte sie das Ding nicht mehr ansehen. »Mein Zahnarzt wird sicher sauer auf mich sein«, hatte sie gemeint. »Aber was soll ich ihm sagen?«

Ich schloss die Tür ab und legte mich auf mein Bett. Dann setzte ich mich auf, schlug die Decken zurück, legte mich wieder hin und zog sie über mich. Danach lag ich ganz still da und wartete auf Inspiration.

Ich schloss die Augen und stellte mir vor, ihn im Unterricht anzusehen – dachte an die zwei, drei Zentimeter zwischen seinem Hosenbund und dem Teil des Hemds, der sich nach außen wölbte, wodurch klar wurde, wie flach sein Bauch war und dass da nichts über seinen Gürtel quoll. Manchmal wenn er sich streckte, spannte sich sein Hemd straff über den Oberkörper. Es hatte etwas Erotisches, wie sich der Stoff hochzog und drohte, aus seiner Jeans zu rutschen und seine nackte Haut zu entblößen.

Sein Bauch, seine Hände, sein Mund, seine Beine, seine Augen. Seine Augen.

Ich stellte mir vor, mit ihm allein zu sein, spätabends noch an der Zeitung zu arbeiten, meinen Kopf frustriert an seine Schulter zu lehnen. Und er legte den Arm um mich und rieb meine Schulter. Dann blickte ich hinunter und merkte, dass er eine riesige …

Ich musste lachen und an Lila und Jason denken. Noch mal von vorn.

Er legte den Arm um mich. Ich lehnte mich an ihn. Er küsste mich auf die Stirn. »Mr Darcy ist nicht der Einzige mit sozialem Kapital«, sagte er. »Von meinem hat sich auch was kapitalisiert.«

Oh Gott. Noch mal Neustart.

Wir lagen zusammen im Bett. Sofort machte sich mein Verstand daran, die Lücken auszufüllen, wie er da hingelangt war. Aber ich zwang mich dazu, einfach zu akzeptieren, dass es so war – egal wie es dazu gekommen war. Es war ein sonniger Nachmittag, und er wurde von hinten beleuchtet, wie er da so umrahmt von Sonnenlicht neben mir lag. Seine Hand auf meinem Brustkorb fühlte sich fest und warm an, und er lachte über etwas, was ich gesagt hatte. Dann stemmte er sich hoch und beugte sich über mich. Seine gelockerte Krawatte kitzelte mich am Bauch. Er war angenehm schwer. Er begann, mich an der Schulter zu küssen, dann am Schlüsselbein, am Hals. Langsam zogen seine Hände mein Shirt hoch.

Mein Herz pochte so heftig, dass ich zitterte. Körperteile von mir pulsierten, von denen ich nicht gewusst hatte, dass sie überhaupt einen Puls haben konnten. Meine Hand glitt tiefer und tiefer, um den ziehenden Schmerz zu lindern, und nach ein paar Minuten des Herumtastens kapierte ich, was ich machen musste.

Danach erschien mir alles, was ich mir vorgestellt hatte, furchtbar lächerlich, was mich aber nicht davon abhielt, es gleich noch einmal zu machen.

16

Als sie an diesem Abend nach Hause kam, klopfte meine Mutter an meiner Tür. Zu diesem Zeitpunkt las ich und versuchte, nicht daran zu denken, was ich heute Nachmittag getan hatte.

»Du bist da«, sagte ich.

»Wir hatten heute ein großes Projekt.« Sie klang gereizt. »Ich arbeite nur dann so lang, wenn es wirklich wichtig ist.«

»Das war nicht böse gemeint«, sagte ich. »Beruhige dich.«

Sie kam herein. »Tut mir leid. Ich wollte nur … ich wollte dir nur Bescheid geben, dass es gleich Abendessen gibt. Dein Dad kocht Nudeln.«

»Okay«, sagte ich, »bin in einer Minute unten. Ich will nur noch dieses Kapitel zu Ende lesen.«

»Was liest du denn?«

Ich hielt das Buch hoch.

»*Stolz und Vorurteil.*« Sie lächelte. »Das habe ich verschlungen, als ich so alt war wie du.«

»Das überrascht mich jetzt«, sagte ich. Es war nicht so, dass ich das Buch nicht mochte. Es war eher so, dass ich mir nicht vorstellen konnte, dass sie Austen auf dieselbe Weise mochte wie Drummond – also so, wie ich sie mochte – oder aus denselben Gründen. Den richtigen Gründen.

Sie schien sich nicht sicher zu sein, ob sie lachen sollte. »Was meinst du damit?«

»Ich meine, du … mochtest du Darcy, oder so?«

»Kann irgendjemand Darcy *nicht* mögen?«, gab sie zurück.

»Ich«, sagte ich.

»Dann liest du es also nur zur intellektuellen Erbauung?«, fragte sie und lächelte, als hätte sie mich.

»Für die Schule!«, gab ich zurück und musste wider Willen lachen. Obwohl ich genug gelesen hatte, um im Unterricht mitzuarbeiten (ich überflog als Erstes immer kurz die letzten paar Seiten, weil ich es ganz schlecht aushielt, nicht zu wissen, wie eine Geschichte ausging), hatte ich es nie zu Ende gebracht. Es war besser als erwartet. »Darcy ist ganz okay, schätze ich.«

Sie setzte sich auf meinen Schreibtischstuhl. »Ist das für Mr Drummond?«

Ich hasste es, wie mein Herz einen Gang höher schaltete, als sie seinen Namen erwähnte. »Genau.«

»Dann gefällt dir sein Kurs also?«

»Natürlich«, sagte ich. Ich konnte das Thema nur abkürzen, wenn ich bereitwillig Auskunft gab.

»Ist er ein guter Lehrer? Magst du ihn?«

»Er ist okay. Zumindest besser als Mr Mickler.«

»Über den kursierten Gerüchte, oder?«

»Ja. Eine Freundin hat mir erzählt, er hätte während des Unterrichts öfter mal ein Nickerchen gemacht.«

»Tatsächlich? Was für eine Freundin?«

»Kennst du nicht.«

»Lade sie doch mal ein«, meinte sie. »Dann lerne ich sie kennen.«

Ich wollte schon den Kopf schütteln, überlegte es mir dann aber anders. »Okay«, sagte ich. »Vielleicht.«

Mom machte einen zufriedenen Eindruck. »Ich habe den Elternabend verpasst«, sagte sie. »Dein Dad ist zwar dort gewesen, aber ich dachte, vielleicht könnten wir beide mal zusammen zu Mr Drummond gehen.«

»Oh«, sagte ich. »Warum?«

»Damit ich mit dir angeben kann.«

Ich verdrehte die Augen, lachte jedoch.

»Und vielleicht hat er einen Rat für uns wegen möglicher Praktika. Damit du den nächsten Sommer nicht wieder im Keller verbringst.«

»Mir gefällt's im Keller.«

»Weiß ich«, sagte sie. »Aber Praktika sind wichtig, wenn du Richtung Journalismus oder so gehen willst.«

»Ist ein bisschen früh dafür, oder?«, meinte ich.

»Je früher, desto besser«, sagte sie. »Irgendwelche weiteren Einwände?« Sie schürzte ironisch die Lippen.

Ich sah erst sie an und dann aus dem Fenster. Mir gefiel der Gedanke, Drummond vorzuzeigen, aber ich war mir nicht sicher, ob ich wollte, dass er sie kennenlernte. Was, wenn sie mich blamierte? Was, wenn ich mich selbst blamierte? »Kommt Dad auch mit?«

»Ich dachte eigentlich, nur wir beide«, sagte sie. »Und danach könnten wir was essen gehen.«

»Also, die Einladung zum Essen nehme ich gern an«, sagte ich.

Sie stand auf. »Ich werde dich nicht zwingen, denk einfach darüber nach, in Ordnung?«

»Abendessen!«, rief Dad von unten.

»Vom Gong gerettet«, sagte sie. »Gehen wir.« Ich sah ihr nach, wie sie das Zimmer verließ, und schaute dann wieder auf mein Buch hinunter. Mr Darcy konnte ich trotzdem nicht leiden.

17

Also, ich hab eine Idee«, sagte Lila.

»Das ist toll, dass du eine Idee hast, denn meistens ist es was, wo ich echt voll Lust drauf hab.«

Lila streckte die Hand aus und nahm mir die Zeitschrift ab. »Ich hab mich mit einem Mädchen aus der Hockeymannschaft unterhalten«, sagte sie. »Sie geht dreimal die Woche im Sportzentrum schwimmen.«

»Widerlich.«

»Absolut. Aber rate mal, was sie gesagt hat? Und wenn du jetzt eine blöde Bemerkung machst, werde ich dir mit diesem Exemplar der *Cosmo* die Kehle aufschlitzen. Warum liest du den Schund überhaupt? Du schminkst dich doch sowieso nicht, und zum Thema Blowjob erzähle ich dir alles, was du wissen musst.«

»Ich denke, ein Blowjob ist wahrscheinlich etwas komplizierter als nur: ›Schau, dass du wegkommst, wenn er richtig anschwillt.‹«

»Tja, da ist was dran«, sagte sie und blätterte lautstark durch die Seiten. »Diesen Rat kann ich hierdrin nirgends finden. Aber hör dir mal den an: ›Koch deinem Mann nackt

Nudeln, dann tunke deine Brüste ein wenig in die Tomatensoße und bitte ihn, sie abzulecken.‹ Ist das eine Verarsche?«

Ich schnappte ihr die Zeitung weg. *»Egal«*, sagte ich.

»Ja, zurück zu Drummond«, sagte sie. »Also, er schwimmt dort. Und er trägt wirklich eine Speedo. Anscheinend eine schwarze.«

Ich war mir nicht sicher, was für ein Gesicht ich machen sollte. Ich musste daran denken, wie Lila an diesem Tag mit ihm im Klassenzimmer geflirtet hatte und wie er wohl in einer Speedo aussehen würde – gut? Oder demütigend schlaff? – und was er davon halten würde, wenn ich ihn beobachtete.

»Jetzt kannst du meine Idee vermutlich erraten«, sagte Lila.

Ich drehte mich um, um sie anzusehen. Sie lag auf dem Rücken und ihre Haare fielen kaskadenförmig über den Bettrand.

»Wie alt sind wir – dreizehn?«, meinte ich.

»Es ist eine gemeinsame Unternehmung und das ist absolut legal.«

»Ich werde ihn nicht stalken.«

»Ach, komm schon, das wird lustig. Angeblich gibt er keine üble Figur ab.«

»Bedeutet *nicht übel* ein Sixpack oder dass er nicht komplett von Muttermalen übersät ist?«

Lila prustete, und plötzlich wünschte ich, er wäre da und könnte sehen, wie ich sie zum Lachen brachte. »Ich gehe stark davon aus, dass ›nicht komplett von Muttermalen übersät‹ die Mindestanforderung ist«, sagte sie. »Denk wenigstens mal drüber nach.«

»Du weißt doch, dass ich Ja sagen werde.«

»Stimmt.« Sie holte sich das Magazin zurück. »Das hier werde ich verbrennen.«

Am nächsten Tag traf ich Asha auf dem Weg zu Drummonds Kurs. Der Gedanke, Drummond allein mit Lila hinterherzuspionieren, bereitete mir Kopfzerbrechen. (Was, wenn sie zu ihm stolzierte, ihn ansprach und mit ihm flirtete, während er halb nackt und tropfnass dastand? Was, wenn sie beschloss, selbst ins Becken zu springen?) Da hatte ich eine Idee: Vielleicht wären Asha und Lila am Ende von der ganzen Aktion sogar Freunde. Nichts verband mehr als eine halb legale Observation.

»Hey, Ash«, sagte ich und ging neben ihr her. »Na, wie läuft's?«

Sie sah mich misstrauisch an. »Ganz gut, denke ich. Will ich wissen, wie's dir geht?«

»Bestens, danke der Nachfrage«, sagte ich. »Hör mal, ich weiß, das ist ein bisschen … äh, hast du Lust auf einen kleinen Ausflug am Wochenende?«

Auf ihrer Stirn bildeten sich Falten. »Ähm, keine Ahnung. Was schwebt dir denn so vor?«

»Hm«, sagte ich. »Das ist genau das Problem. Ich glaube, dass dich das nicht so interessiert, aber ich würde mich freuen, wenn du mitkommst.«

»Okay«, sagte sie gedehnt.

»Wir – also Lila und ich – gehen ins Sportzentrum.«

»Für … Warum?«

»Weil wir gehört haben, dass …« Auf einmal kam es mir

so dämlich vor, dass ich verstummte. »Ach, egal, es ist wirklich bescheuert. Ich bin sicher, dass du was Besseres zu tun hast.«

»Du wärst erstaunt«, sagte sie. »Komm schon, worum geht's?«

»Na ja, du hast ja gesagt, dass du Drummond nicht mal sonderlich leiden kannst, also …«

»Es hat mit Drummond zu tun?«, fragte sie. »Damit, dass er im … Oh, ekelhaft.« Aber sie lachte dazu.

»Mir ist klar, dass es idiotisch ist«, sagte ich. »Anscheinend schwimmt er. Es war Lilas Idee. Ich schätze mal, ich dachte, wenn du dabei wärst, hätte ich bei der ganzen Sache ein besseres Gefühl.«

»Du weißt, dass ich ihn nicht wirklich mag. Und *auf diese Art* mag ich ihn definitiv nicht.«

»Wenn du willst, kannst du dich auch die ganze Zeit über uns lustig machen. Bring deine Kamera mit.«

Sie schwieg einen Moment, während wir die Treppe hinaufjoggten.

»Und für Lila ist es okay, dass ich mitkomme?«, fragte sie.

»Ja! Sie möchte dich mal richtig kennenlernen.«

Asha sah auf das Buch runter, das sie dabeihatte. »Ich überleg's mir.«

»Ich hab Asha gefragt, ob sie mitkommt«, flüsterte ich, bevor der Unterricht losging.

»Was?«, sagte Lila. »Warum? Warum tust du mir das an, Charlie?«

»Ich will, dass du sie kennenlernst. Du wirst sie mögen.«

»Du weißt doch, dass ich sie komisch finde.«

»Und das von jemandem, der vorhat, seinen halb nackten Lehrer in einem öffentlichen Schwimmbad zu stalken.«

»Bitte Ruhe auf den billigen Plätzen, damit wir anfangen können.« Drummond blickte mit hochgezogenen Augenbrauen in die Runde.

Lila grinste, und ich rammte ihr meinen Ellbogen in die Rippen, woraufhin sie zu kichern begann und nicht mehr aufhören konnte.

Drummond baute sich vor unserem Tisch auf und lächelte, als wüsste er über den Witz Bescheid. »Ihr zwei fandet *Othello* also höchst amüsant, hm?«

»Nicht durch die Schuld der Sterne, durch eigene Schuld nur sind wir Schwächlinge«, sagte ich.

»Das stammt von Cassius aus *Julius Cäsar*«, sagte Drummond, »aber netter Versuch.« Er pochte mit seinen Knöcheln auf unsere Tischplatte und wandte sich wieder an die Klasse. »Okay, Leute, legen wir los. Was haltet ihr von Desdemona?«

»Sie war ziemlich jämmerlich«, meinte Frank. »Ständig am Rumnölen.«

»Sie hat also rumgenölt«, sagte Drummond. »Findet ihr denn, sie hat verdient, was ihr widerfahren ist?«

»Natürlich nicht«, schaltete sich Lila ein. »Sie hat es nicht verdient, erwürgt zu werden.«

»Ah«, machte Drummond. »Hätte sie es denn verdient, wenn sie Othello tatsächlich betrogen hätte?« Er sah Sean an, der halb liegend auf seinem Stuhl hing und aus dem Fenster sah. »Sean? Was meinst du?«

»Aber hallo«, sagte Sean.

»Wieso?«

»Dann wäre sie voll die Schlampe gewesen.«

Ein paar andere protestierten und Drummond hielt die Hand hoch. »Eine Schlampe«, wiederholte er. So wie er das Wort betonte, klang es obszön. »Verdient eine Frau, die außerhalb der Ehe Sex hat, den Tod?«

Sean war anzusehen, dass er äußerst zufrieden mit der Wirkung seines Auftritts war. »Sie hätte ja nicht nur Sex gehabt, sie hätte ihn auch betrogen. Gut, wenn er das selbst in die Hand nimmt.«

»Und wäre es auch in Ordnung gewesen, wenn Othello *sie* betrogen und sie *ihn* umgebracht hätte?«

Sean sah ihn scharf an. »Das ist nicht das …« Er blickte wieder zum Fenster hinaus, die Finger ineinander verkrallt.

Drummond hakte nicht weiter bei Sean nach. An den feinen Falten auf seiner Stirn konnte ich ablesen, dass er sich ärgerte. »Also«, sagte er, »selbst wenn Desdemona Othello hintergangen hätte, wäre es dann in Ordnung gewesen?«

»Nein«, sagte ich. »Wäre es nicht.«

Er drehte sich zu mir. »Warum nicht?«

»Weil's grundsätzlich nicht okay ist, jemanden umzubringen, selbst wenn derjenige einen hintergangen hat?«

Seine Augen strahlten, wie immer, wenn wir auf einer Fährte waren, die er gern weiterverfolgen wollte. »Ganz genau. Und trotzdem beruht unser Mitgefühl für Othello darauf, dass wir davon ausgehen, sein Handeln wäre gerechtfertigt, wenn sie ihn betrogen hätte.«

»Ja, aber er ist heißblütig«, warf Lila ein. »Und Jago dreht ihm einen Strick daraus.«

»Und er ist ein Außenseiter«, sagte ich. »Und Desdemona eigentlich auch. Er ist Maure und sie eine Frau.«

»Welchen Effekt hat das auf die beiden?«

»Desdemona verhilft ihm irgendwie dazu, dazuzugehören.«

»Dann meinst du also, Desdemona hat eine Art Handlungsspielraum, wenn auch eingeschränkt?«

Ich nickte. »Ich denke schon. Sie ist in der höheren Gesellschaft seine Stimme. Aber dann unterdrückt er ihre Stimme. Genau genommen raubt er ihr die Stimme.«

»Eigentlich kann sie es gar nicht richtig machen«, sagte Asha. »Irgendwie sitzen sie beide zwischen den Stühlen.«

Drummond hob die Augenbrauen. »Was war das, Asha?«

»Er glaubt, er wäre nur dadurch etwas wert, dass er die weiße Gesellschaft verteidigt, aber es ist genau diese weiße Gesellschaft, die ihn zu Fall bringt. Und Desdemona wird zum Verhängnis, dass sie sich für Othello entscheidet – die Tatsache, dass sie so stark ist, ihren eigenen Willen durchzusetzen, ist genau das, was ihn so paranoid macht und sie am Schluss das Leben kostet.«

»Hervorragend«, sagte Drummond. »Und zwischen den Stühlen zu sitzen ist eine …?«

Asha richtete sich ein wenig auf. »Es ist … es ist eine Zwickmühle. Wie zum Beispiel, dass man Frauen erzählt, sie sollten nichts darauf geben, ob die Männer ihnen Beachtung schenken oder nicht, und zugleich wird ihnen vermittelt, dass sie nichts wert sind, wenn sie keine Verehrer haben. Oder dass man von ihnen erwartet, dass sie sich schminken, aber zugleich sollen sie aussehen, als wäre alles Natur pur. Oder wie man ihnen in einem sexuellen Kontext Macht, also Anziehungskraft, zugesteht, aber wenn sie sie dann mal einsetzen, sind sie gleich Schlampen.« Sie warf Sean einen Blick zu. »Und wenn sie keine sexuelle Anziehungskraft besitzen, dann sind sie nichts wert. Das erschafft eine Situation, wo die betreffende Person es gar nicht richtig machen *kann*.«

Drummond runzelte die Stirn. »Warum sollte die Gesellschaft so etwas tun?«

Asha schenkte ihm ein kleines Lächeln und er erwiderte es. »Damit wir uns gegenseitig überwachen und uns abrackern, einem absolut unrealistischen Standard hinterherzuhecheln, statt unseren Zorn gegen die Gesellschaft zu richten, die diese Regeln aufgestellt hat.«

Drummond wandte sich an die Klasse. »Herzlich willkommen bei der feministischen Literaturkritik.« Er deutete auf Sean. »Du auch, Sean, und wenn ich dich dort persönlich hinzerren muss.«

Sean sah ihn an. »Sind Sie Feminist?«

Drummond nickte. »Bin ich.«

Sean überlegte einen Moment, dann lösten seine Finger sich voneinander. »Ich sage damit nicht, dass ich's nicht mit ihr machen würde«, meinte er.

Drummond ließ das Gelächter zu. »Ein erschreckender Einblick in den Kopf eines Teenagermännchens.«

»Sie waren auch mal so eins«, sagte Lila.

»Nie«, erwiderte er. »Ich kam schon mit vorzeitig ergrauten Stoppeln bedeckt auf die Welt.«

Ich warf Asha einen Blick zu. Ich wusste, damit hatte ich

sie. Eine Minute lang tat sie so, als würde sie meine Blicke nicht bemerken, dann sah sie mich schließlich an und sagte: »Okay, ich bin dabei.«

18

Jetzt sind es schon zwei Stunden«, sagte ich. »Ich glaube nicht, dass er noch kommt.«

Lila sah in den Rückspiegel. »Was sollen wir deiner Meinung nach tun?«

»Also, ich war schon vor eineinhalb Stunden abfahrbereit«, meinte Asha.

Lila machte einen spitzen Mund. »Und du, mein Sonnenschein?«

»Bei mir ist alles super«, sagte ich. »Ich kann nur meine Hände nicht mehr spüren.«

»Du bist echt keine Hilfe«, sagte Lila und ließ den Wagen an.

»Ich erfriere«, gab ich zurück. »Vielleicht, weil du zu geizig bist, die Heizung anzustellen.«

Lila warf wieder einen Blick zu Asha. »Ich hab versprochen, heute nett zu sein, also musst du da jetzt durch.«

»Ich habe einen Schal an«, meinte Asha.

»Gehen wir Mittag essen?«, schlug ich vor. »Ich brauche eine heiße Schokolade.«

»Horsemeat?«, fragte Lila.

Ich nickte.

Das *Horseshoe* war unser Lieblingsdiner. Die Speisekarten fransten am Rand schon aus, und wir mussten ständig erst mal die Krümel von den Plastiksitzen fegen und Verkrustungen vom Deckel der Ketchupflaschen abkratzen, aber man bekam immer einen Tisch in einer der Nischen, und die Bedienungen ließen uns ewig abhängen, ohne zu nerven.

Asha studierte ausführlich die Karte. »Die ist ganz schön groß«, meinte sie. »Zehn Seiten. Könnt ihr mir was empfehlen?«

»Das Hühnchen mit Parmesan ist … na ja, ich würde nicht meine Hand dafür ins Feuer legen, dass es sich dabei definitiv um Hühnchen handelt, aber auf einer Farm hat es wahrscheinlich schon irgendwann mal gewohnt«, sagte ich.

Sie lachte. »Vielleicht halte ich mich lieber an die Burger.«

Lila warf ihr einen Blick zu. »Echt?«

Asha sah auf. »Wundert dich das?«, fragte sie.

»Natürlich nicht!«, sagte Lila, aber ihre Stimme war viel zu hoch dabei. »Ich dachte nur, weil du … vielleicht isst du kein …«

Asha drehte die Karte um. »Hm, vielleicht nehme ich das Kalbfleisch.«

Ich merkte, wie Lila versuchte, meinen Blick aufzufangen, doch ich sah sie nicht an. Sollte sie ruhig auch einmal verunsichert sein.

»Und, was hast du heute noch so vor?«, fragte ich Asha, nachdem wir bestellt hatten.

»Filmabend mit der Familie«, sagte sie.

Ich war sicher, dass Lila das blöd finden würde, und machte

mich schon auf was gefasst, aber sie sagte: »Weißt du eigentlich, dass Charlie in ihrem ganzen Leben insgesamt zwei Filme gesehen hat?«

»Es sind mehr als zwei«, sagte ich.

»Aber mit der kompletten Belegschaft der Stadtbücherei ist sie auf du und du.«

»Wenigstens ist *mein* Lieblingsfilm nicht *UHF*.«

Asha zog die Augenbrauen hoch. »Was ist *UHF*?«

»*UHF – Sender mit beschränkter Hoffnung*. Darin spielt Lilas Lieblingsmusiker Weird Al die Hauptrolle«, erklärte ich. »Man könnte sagen, ein in Vergessenheit geratener Klassiker.«

»Jetzt fang nicht davon an«, sagte Lila, aber sie lachte.

Während wir aßen, entspannte ich mich etwas. Asha betrachtete ihren Burger mit finsterer Miene, aß ihn aber tapfer auf. Nachdem wir unsere Teller von uns geschoben hatten, sagte Lila: »Sorry, dass das so ein Flop war. Das Mädchen aus meiner Mannschaft meinte, er wäre unter Garantie jeden Samstag da. Vielleicht hat sie mich ja auf den Arm genommen.«

»Ich wette, er wusste es«, sagte ich. »Er wusste Bescheid und wir werden es am Montag in seinen Augen sehen.«

»Die uns stumm anklagen, dass wir ihn zum Objekt unserer perversen Fantasien machen, oder wie?«, meinte Lila. »Er wäre geschmeichelt.«

»Da kannst du Gift drauf nehmen«, sagte Asha. »Er würde voll darauf abfahren.«

»Du magst ihn nicht?«, fragte Lila. Sie sah mich mit hochgezogener Augenbraue an.

Asha verschränkte die Arme auf dem Tisch. »Er ist okay. Aber für meinen Geschmack sonnt er sich ein bisschen zu sehr darin, dass alle ihn so anhimmeln.«

Lila wedelte ihre Worte mit einer Handbewegung weg, wie lästigen Zigarettenrauch. »Ich wäre auch geschmeichelt, wenn die Hälfte meiner Schüler in mich verknallt wäre.«

»Er legt es aber drauf an«, sagte Asha. »Könnt ihr euch vorstellen, was das seinem Ego für einen Auftrieb geben würde, wenn er ahnen würde, dass wir versucht haben, ihm hinterherzuspionieren?«

»Vorausgesetzt, er sieht gut genug aus, um einen Ego-Schub zu kriegen«, meinte ich.

Asha lachte und zog die Nase kraus. »Ich kann nicht behaupten, dass ich so neugierig darauf wäre.«

Lila warf mir einen Blick zu. Dann lehnte sie sich zurück und legte den Arm auf die Lehne der leeren Nische neben ihr. »Und du arbeitest also beim Jahrbuch mit?«

»So in der Art«, sagte Asha. »Ich mache Fotos für sie.«

»Also gehörst du nicht richtig zum Team?«

»Du warst doch auch dort, oder? Ich gehöre so sehr dazu, wie ich möchte.«

Lila lächelte verkniffen. »Bist kein Fan von den Leuten hier, oder?«

Asha zuckte mit den Schultern. »Das hab ich nicht gesagt. Die Leute sind überall ziemlich gleich.«

»Gleich unsympathisch, egal, wo du hingehst?«

Asha machte ein Gesicht, als würde sie sich über Lilas Unhöflichkeit amüsieren. »Ja, wenn du es so ausdrücken willst.«

»Also, so machst du es nicht gerade besser, Lila«, sagte ich.

Lila ignorierte mich. »Und warum hast du heute deine Kamera nicht mitgebracht?«

»Kotz«, sagte Asha. »Das wollte ich nicht für die Ewigkeit festhalten.«

Auf Lilas Stirn bildeten sich Falten, und um ihr in die Parade zu fahren, sagte ich schnell: »Das stimmt. Wenn wir uns in zehn Jahren daran erinnern, ist es uns bestimmt ultrapeinlich. Dann sind wir sicher froh, dass es keine Beweisbilder gibt.«

»Oh bitte, Charlie«, sagte Lila. »Du bist mitgekommen. Jetzt tu nicht so, als wärst du besser.«

Ich machte ein finsteres Gesicht. »Und du tu nicht so, als wäre es nicht in erster Linie deine Idee gewesen.«

»Ja, okay. Du hast vielleicht zum Schein ein paar Einwände vorgebracht, aber du warst doch voll scharf drauf, ihn zu sehen.«

»War ich nicht!«, widersprach ich. »Du hast nicht mal …«

Asha stand auf. »Ich glaube, ich lasse euch zwei jetzt mal allein. Ich sollte eigentlich schon vor einer Stunde zu Hause sein.«

»Es ist mitten am Nachmittag«, sagte Lila. »So früh kann dein Zapfenstreich doch gar nicht sein.«

»Ich muss jetzt heim.« Ashas Stimme duldete keinen Widerspruch. »Aber danke für das Abenteuer und fürs Mittagessen.«

»Du bist nicht mit dem Auto da«, sagte ich.

»Ist nicht weit. Wir sehen uns am Montag.« Damit legte sie ein paar Scheine auf den Tisch und ging.

»Danke«, sagte ich, als sie außer Hörweite war, und spießte eine Fritte auf.

»Was?«, fragte Lila mit großen, unschuldigen Augen. »Was hab ich denn jetzt schon wieder falsch gemacht?«

»Du warst blöd zu ihr, seit wir sie heute Morgen abgeholt haben. Und zu mir auch.« Ich konnte sie nicht ansehen, also konzentrierte ich mich darauf, wie meine Fritte Ketchup aufnahm, während ich sie auf dem Teller herumschob. »Und sie wohnt ungefähr acht Kilometer von hier entfernt, also muss sie echt eine Stinkwut auf dich haben.«

»*Sie* war blöd zu *uns*, Charlie«, sagte Lila. »Warum ist sie überhaupt mitgekommen, wenn sie nur auf uns rumhacken wollte?«

»Weil ich sie gefragt habe?«

»Darum hat dich niemand gebeten. Ich wollte das allein mit dir machen. Ich dachte, es wäre lustig, und stattdessen hat sie uns die ganze Zeit nur kritisiert. Und dann hast du auch noch ins selbe Horn geblasen.«

»Du hast sie nicht gerade mit offenen Armen aufgenommen.«

»Sie ist auch nicht gerade freundlich.«

»Sie braucht ein bisschen, um mit jemandem warm zu werden«, sagte ich. »Sie sind erst vor ein paar Monaten hergezogen.«

»Sie ist versnobt.«

»Nein.«

»Doch.«

»So war ich anfangs auch.«

»Nein, warst du nicht.«

»Das hast du wahrscheinlich bloß nicht mitgekriegt, weil du so laut und nervig warst.«

Lila nahm eine Fritte und warf sie nach mir. »Wenigstens schien sie sich für Weird Al zu interessieren.«

Ich stieß ein schnaubendes Lachen aus. »Dann hat er ja jetzt zwei Fans.«

Sie verschränkte die Arme vor der Brust, aber ihre Mundwinkel zuckten nach oben.

»Sie hat sich Mühe gegeben, nett zu dir zu sein, weißt du?«, sagte ich.

»Ich weiß«, sagte sie. »Ich war auch nett zu ihr.«

»Findest du es nett, jemanden zu fragen, ob er ein generelles Problem mit anderen Leuten hat?«

»Ach, komm schon«, meinte Lila. »Sie soll endlich erwachsen werden und es wegstecken.«

Ich seufzte. »Das sagt die Richtige.«

Lila stand auf. »Okay«, sagte sie. »Ich werde mir Mühe geben. Und jetzt komm. Ich muss meinen Büchereiausweis mal wieder ausführen.«

19

Am Montag holte ich Asha auf dem Weg zum Mittagessen ein. »Tut mir leid wegen Samstag«, sagte ich, als ich neben ihr herlief.

Asha sah mich an. »Ich werd's überleben«, meinte sie. »Mach dir keinen Kopf deswegen.«

»Mir keinen Kopf machen, weil du wegen uns acht Kilometer nach Hause laufen musstest?«

»Ach, ich hab meine Mom angerufen und sie hat mich abgeholt.«

»Ich wette, das Gespräch im Auto hat richtig Spaß gebracht«, sagte ich.

»Du meinst, als ich ihr von meinem Versuch erzählt habe, meinen Literaturlehrer oben ohne zu sehen? Zum Glück hat sie nicht gefragt. Ich glaube, sie war froh, dass ich mich überhaupt mal mit jemandem getroffen habe.«

In der Cafeteria blieben wir stehen. »Ich … das mit Lila tut mir wirklich leid«, sagte ich. »Sonst ist sie nicht so. Na ja, eigentlich schon, aber …« Ich verstummte, als ich eine Hand auf meiner Schulter spürte, und fuhr herum. Es war Drummond. Vor Angst bekam ich kein Wort heraus.

»Äh, tschüss«, sagte Asha und war weg, ehe ich etwas sagen konnte.

»Kann ich dich kurz sprechen?«, fragte er.

Na großartig. »Ähm, ja, ich denke schon.«

Er dirigierte mich zurück auf den Flur. Im Unterricht hatte er sich nichts anmerken lassen, war auch nicht besonders freundlich gewesen. Jetzt war ich mir sicher, dass er Bescheid wusste. Ich stellte mir schon die diversen Möglichkeiten vor, wie er mich demütigen konnte, und war erst zur Hälfte damit durch, als wir bei seinem leeren Klassenzimmer ankamen.

»Mach's dir bequem«, sagte er und schloss die Tür.

Ich schob mich auf eine Tischkante und ließ die Beine baumeln. Wenigstens saß ich so höher als er.

»Also, deine Mom hat mich kontaktiert«, sagte er und setzte sich vor mich.

»Wegen – Moment mal, weswegen denn?«

»Sie wollte wissen, ob wir drei einen Termin machen könnten, um über Praktika zu reden.«

Ich atmete auf. »Oh Gott, das habe ich ganz vergessen.« Wut und Erleichterung überkamen mich: Sie hatte ihn jetzt schon angerufen? Der Sommer lag doch noch in weiter Ferne. Ich wollte absolut nicht daran denken.

Er lachte. »Sorry, hab ich dir einen Schrecken eingejagt?«

»Äh, ein bisschen schon.«

»Mach dir keine Sorgen, du steckst nicht in Schwierigkeiten. Ich wollte nur sichergehen, dass das für dich in Ordnung ist, bevor ich sie zurückrufe.«

Mir war immer noch ganz flau im Magen. »Ob *was* für mich in Ordnung ist?«

Er sah mich fragend an. »Alles okay mit dir?«

»Entschuldigung«, sagte ich. »Ich dachte, Sie würden mich gleich anschreien.«

»Niemals«, sagte er. »Wenn ich versuchen würde, dir irgendwie mitzuteilen, dass ich von dir enttäuscht bin, dann würde ich dich ein paar Wochen lang mit Missachtung strafen und hoffen, dass die Message bei dir ankommt.«

»Das funktioniert?«

»Nein, null«, sagte er. »Die Leute denken dann immer nur, man wäre im Stress.« Er verschränkte locker die Arme. Ich bemühte mich, nicht auf seine Brust zu starren, aber ich konnte nicht anders, als mir der Gedanke durch den Kopf schoss, wie es jetzt wohl wäre, wenn ich ihn ohne Shirt gesehen hätte. Plötzlich war ich sehr froh, dass ich es mir nach wie vor vorstellen musste. Ich wollte es nicht wissen, wenn er nicht gut aussah.

»Wenn du nicht möchtest, dass ich mich mit deiner Mom treffe«, sagte er, »dann würde ich das natürlich verstehen. Mir ist klar, dass es für sie nur mit einer Enttäuschung enden kann, mir nach deinen monatelangen Lobeshymnen in natura gegenüberzustehen.«

Ich konnte nur hoffen, dass ich nicht allzu rot wurde. »Sie würde sich sowieso nicht von mir umstimmen lassen. Tut mir leid, dass sie Ihnen damit schon jetzt auf den Nerv geht.«

»Sie will dir nur helfen«, sagte er. »Wahrscheinlich hätte ich dich erst mal fragen sollen, ob du dir schon Gedanken gemacht hast, was du im Hauptfach studieren willst.«

Am liebsten hätte ich ihm gesagt, dass ich mir, seit ich ihn kannte, insgesamt nicht viele Gedanken über die Zukunft machte. Sich für ein Hauptfach zu entscheiden, kam mir jetzt nebensächlich vor. »Ein bisschen«, sagte ich. »Schreiben macht mir Spaß.«

»Hast du dich schon wo beworben?«

»Ja. Aber die haben da keinen Journalistik-Lehrstuhl. Ich hab über kreatives Schreiben nachgedacht, aber ich … ich weiß noch nicht genau.«

Er zog seinen Stuhl vorne hoch, sodass er nur auf zwei Beinen balancierte. »Okay, Zeitreise. Spinnen wir ein bisschen rum. Es ist vierzig Jahre später und du blickst auf deine berufliche Laufbahn zurück. Was hast du gemacht?«

Ich dachte eine Sekunde nach. »Einen Bestseller über russische Zirkusleute geschrieben.«

Er lachte. »Du hast ihn *Die Pflaumen von Europa* genannt.«

»Er hat sich zehntausendmal verkauft.«

»Hunderttausendmal. In erster Linie an Literaturlehrer.«

»Die Kritiker haben ihn als eine übermütige Reise voller strahlkräftiger Prosa bezeichnet.«

»Ich hab ihn natürlich auch gekauft«, sagte er, »und war ganz grün vor Neid, als ich ihn gelesen habe. Wie ist es dir gelungen, diese Zirkusleute so lebendig darzustellen? Allen voran den Einbeinigen Vlad?«

»Ach, Ihnen ist es doch auch ganz gut ergangen. Sie sind ein angesehener Gastdozent an der New York University geworden.«

»Nun, ich hatte ja auch Kenntnisse über dich, derer sich sonst keiner rühmen konnte. Ich habe ein Sachbuch mit dem Titel *Seltsame Frucht: Die Pflaumen von Europa verdauen* geschrieben.«

Wir fingen schon an zu lachen, ehe er ausgeredet hatte. Ihm gefiel die Geschichte auch, das war ihm anzumerken. Für mich fühlte es sich an, als wären wir miteinander verflochten, als würde auch er sich eine Zukunft ausmalen, in der wir irgendwie miteinander zu tun hatten.

»War das jetzt irgendwie hilfreich?«, fragte er.

»Was?«, sagte ich. »Uns vorzulügen, was für eine großartige Zukunft vor uns liegt?«

»Wir haben nicht gelogen«, sagte er. »Wir haben nur eine Möglichkeit durchgespielt. Etwas, woran man glauben kann. Denn genau darum geht es doch beim Schreiben: aus dem Chaos schlau zu werden. Zufälligen Ereignissen durch die Schilderung Sinn und Bedeutung zu geben. Das ist es, was du tun wirst, richtig? Also ist das eine gute Übung.«

»Ja, kann sein«, sagte ich. »Ich würde wirklich gern eines Tages Bücher schreiben, wenn es bis dahin noch Verleger gibt.«

»Aussterbende Branchen sollen ja die interessantesten sein, sagt man.«

»Ist das so?«

Er schüttelte den Kopf. »Nein, das sagt keiner.«

»In einer kleinen Dachkammer mein Leben zu fristen, wird mir wenigstens genug Material bescheren«, seufzte ich. »Vermutlich hat meine Mom nur Angst, dass ich nie einen Job finden und von zu Hause ausziehen werde.«

»An dieser Front muss sie sich keinerlei Sorgen machen, da bin ich mir sicher«, sagte er.

»Äh, danke.« Ich senkte den Blick. »Ich habe nichts dagegen, wenn Sie mit ihr sprechen. Aber … machen Sie sich auf was gefasst.«

»Du weißt ja, dass ich auf Herausforderungen stehe«, meinte er. »Ich werde sie kontaktieren und einen Termin machen.«

Es entstand eine Stille, und ich wusste, dass das Gespräch damit beendet war, doch ich wollte noch nicht gehen. »Das ist komisch«, sagte ich. »Dass Sie meine Mom kennenlernen.«

Er wirkte belustigt. »Wieso? Bin *ich* der Peinliche oder sie?«

»Eine Mischung von beidem«, sagte ich.

»Ich werde mir Mühe geben, eine Stunde lang weder zu pupsen noch sichtbar zu bluten«, sagte er. »Mehr kann ich dir nicht versprechen.«

Ich kicherte ein bisschen zu laut. Dass er versuchte, mich zum Lachen zu bringen, machte mich schwindelig. »Dasselbe kann ich von ihr leider nicht behaupten.«

»Ich kenne dich lange genug, dass ich auf *alles* gefasst sein werde«, sagte er und grinste, als ich ihn anfunkelte. »Ich bin sicher, sie ist ganz reizend und mit großer Wahrscheinlichkeit keine Riesenrassistin ohne jegliche Einsicht«, fügte er hinzu.

»Dann rufen Sie sie also an? Und sprechen echt am Telefon mit ihr?«

»Ist sie stumm?«

»Nein, es ist nur …«

»Komisch, ich weiß.«

»Genau.« Ich stand auf. »Also dann, diesmal gehe ich wirklich.«

»Das glaube ich erst, wenn du weg bist.«

20

Vor unserem Termin tigerte ich in Drummonds Klassenzimmer auf und ab, während wir darauf warteten, dass meine Mutter aufkreuzte.

»Du siehst aus, als könntest du eine Zigarette vertragen«, sagte er.

»Ich rauche nicht«, erwiderte ich. »Obwohl das jetzt der ideale Zeitpunkt wäre, um damit anzufangen. Haben Sie denn welche?«

»Nicht mehr.« Zu meinem Missfallen wirkte er völlig entspannt. Er trug eine Jeans und ein Karohemd, dessen oberster Knopf nicht geschlossen war, und hatte die Hände in den Taschen vergraben, als stünde er auf einer Gartenparty neben dem Grill und würde ein bisschen plaudern.

»Sie haben mal geraucht?«

»Warum lachen immer alle, wenn ich das erzähle? Es war nur ein Jahr lang, im College.«

»Keine Ahnung, vielleicht weil Rauchen nicht zu Ihrem unfehlbaren Gespür für Outdoor-Bekleidung passt?«

Einen Augenblick lang wirkte er ernsthaft betroffen. »Mir gefällt dieses Hemd.«

Ich hörte mit dem Auf-und-ab-Gehen auf und lachte. »Tut mir leid. War nicht so gemeint.« Mir gefiel es nämlich auch. Es war sogar eines meiner Lieblingshemden. Er sah darin so nach Abenteuer und Natur aus, als würde er seine Wochenenden mit Holzhacken verbringen. Und er krempelte die Ärmel immer auf eine Art und Weise hoch, die mich einzuladen schien, meine Hände hineingleiten zu lassen.

»Du wirst fies, wenn du nervös bist«, sagte er.

Obwohl meine Anspannung nur allzu offensichtlich war, passte es mir nicht, dass er es gemerkt hatte. »Wäre es besser, wenn ich sagen würde, Sie sehen aus wie aus der Marc O'Polo-Werbung?«

Er machte ein mürrisches Gesicht. »Nein.«

»Tut mir leid, ich bin spät dran«, rief meine Mutter beim Hereinkommen. Ich wusste, dass sie sich beeilt hatte, aber sie sah makellos aus. In einem Arm hielt sie ihre Tasche, als wäre sie ein sorgfältig verpacktes Geschenk, das sie auf keinen Fall beschädigen wollte.

Drummond richtete sich bei ihrem Anblick auf, als wäre *er* der besorgte Elternteil. »Hallo, Mrs Porter.« Er schüttelte ihr die Hand. »Schön, Sie kennenzulernen.«

»Oh, nennen Sie mich bitte Julia«, sagte sie.

»Tom«, sagte er und warf mir einen flüchtigen Blick zu.

Sie nahmen beide dermaßen umständlich und höflich Platz, dass ich mich fast abwenden musste, so peinlich war mir das alles. Ich saß in krummer Haltung neben meiner Mutter auf einem Stuhl und versuchte, Drummonds Blick einzufangen, aber er sah mich nicht an.

»Wie Sie wissen«, sagte meine Mutter, »habe ich dieses

Gespräch mit Ihnen vereinbart, um Sie zu fragen, ob Sie irgendwelche Praktikumsvorschläge für Charlotte hätten.« Dann würde also sie die Führung übernehmen. Um nicht die Augen zu verdrehen, starrte ich an die Decke. Dort oben befand sich ein Wasserschaden, der mir nie zuvor aufgefallen war. Ich konnte keine andere Form darin entdecken als einen dicken Flatsch. *Flatsch*, dachte ich und fing fast an zu lachen.

»Na ja«, sagte er, »ich weiß, dass Charlie auch schon ein paar Ideen hat, und ich helfe Ihnen gerne dabei, noch weitere Möglichkeiten ausfindig zu machen. Ich kenne einige Journalisten, die ich kontaktieren könnte, um nachzufragen, ob sie im nächsten Sommer irgendwelche Vakanzen haben. Außerdem kenne ich ein paar Programme für kreatives Schreiben, wenn sie lieber in diese Richtung gehen würde.«

»Das wäre großartig, vielen Dank«, sagte meine Mutter. »Ich möchte einfach, dass sie ein bisschen Erfahrung sammeln und ausprobieren kann, ob das Schreiben das ist, was ihr wirklich liegt. Kreatives Schreiben könnte ein bisschen … Journalismus ist die etwas sicherere Variante, oder?«

»Nicht unbedingt«, sagte er. »Aber es ist gut, bei beidem mal reinzuschnuppern.«

»Ich arbeite hier bei der Zeitung mit«, schaltete ich mich ein, um sie daran zu erinnern, dass ich auch noch da war, wobei ich mir Mühe gab, mir meine Gereiztheit nicht anmerken zu lassen.

»Weiß ich doch, mein Schatz«, sagte sie und tätschelte mein Bein. »Aber es ist was anderes, bei einer professionellen Zeitung zu arbeiten.« Sie sah Drummond an, damit er ihr beipflichtete.

»Ist es.« Er nickte. »Zunächst einmal veröffentlichen die auch wirklich etwas.«

Sie stutzte. »Oh, mir war nicht bewusst, dass Sie noch gar keine Ausgabe fertig haben. Ich habe mich schon gefragt, wann ich mal einen von Charlies Artikeln zu lesen bekomme.«

»Technische Probleme«, sagte er. »Womit gemeint ist, dass keiner von uns mit der Computersoftware zurechtkommt. Aber das Warten lohnt sich bestimmt.«

»Da bin ich mir sicher«, sagte sie.

Sie sahen mich beide an. »Was?«, fragte ich.

Sie lachten, als hätten sie einen Insiderwitz gerissen. Drummond wandte sich wieder an meine Mutter. »Ich werde das bald in Angriff nehmen. Die Praktikumsplätze für den Sommer sind immer heiß begehrt.«

»Das habe ich gehört.«

»Es war zu meiner Zeit schon schwer genug, aber jetzt ist es wirklich eine Farce. Am besten hätten Sie Charlie schon im Kindergarten Latein lernen lassen.«

»So lang kann es doch noch gar nicht her sein, dass Sie selbst auf dem College waren«, erwiderte sie, als könnte er unmöglich die Wahrheit gesagt haben.

»Auf jeden Fall länger, als ich mich zurückerinnern will«, sagte er.

Sie kicherte komisch gurrend. »Das bezweifle ich.« Ich schlug ihr gegens Bein und sie warf mir einen bitterbösen Blick zu. Dann zog sie ihr Kostümjäckchen glatt und fuhr sich mit der Hand durchs Haar. »Gut. Das andere, worüber ich mit Ihnen sprechen wollte, sind Stipendien. Charlie hat sich schon frühzeitig für Oberlin beworben, aber …«

»Du hast dich für Oberlin beworben?«, rief er. »Warum hast du nichts gesagt?«

»Ja.« Ich nickte, hocherfreut über seine Aufmerksamkeit. »Ich dachte, das hätte ich Ihnen erzählt.«

»Nein«, meinte er. »So ein Hippie-College, das hätte ich mir gemerkt.«

»Wo sind Sie denn hingegangen?«

»Glaubst du mir, wenn ich Oberlin sage?«

»Das kann nicht sein.«

»Ich habe noch massenhaft entwertete Phish-Tickets und enorme Schulden zum Beweis.«

»Und?«, sagte ich. »Hat es Ihnen dort gefallen? Glauben Sie, dass es mir gefällt?«

Er nickte. »Du wirst es wunderbar finden. Das College passt perfekt zu dir.«

»Gut zu hören«, sagte meine Mutter. Sie beobachtete uns mit einem Gesichtsausdruck, den ich nicht einordnen konnte.

»Entschuldigen Sie, Julia«, sagte Drummond. Ich gab mir Mühe, nicht zu grinsen, als er sie mit Vornamen ansprach. »Ich habe Sie unterbrochen.«

»Oh«, sagte sie und sah mich an. »Also: Obwohl Charlie sich frühzeitig für Oberlin beworben hat – und wir hoffen, dass sie genommen wird…«

Diesmal verdrehte ich doch die Augen.

»…werden wir mit großer Wahrscheinlichkeit auf ein Stipendium angewiesen sein. In den Geisteswissenschaften sind ihre Noten ja hervorragend, aber ihre Leistungen in Mathe…« Sie verstummte, als würde sie ihm ein dunkles Familiengeheimnis verraten, wenn sie es laut aussprach. »Sagen wir einfach, dass sie in Mathe mehr nach ihrem Dad kommt.«

»Mathe wird überbewertet«, sagte er zu mir. »Wo hat es uns jemals hingebracht? Was macht dein Dad beruflich?«

»Er ist Künstler.«

»Keine Ahnung, von wem sie das Schreibtalent hat«, sagte meine Mutter. »Wir sind beide nicht sonderlich gut mit Worten.«

»Vielleicht der Milchmann«, meinte ich fröhlich.

Sie sah mich aus dem Augenwinkel an. »Den Humor hat sie jedenfalls von ihrem Vater. Dafür übernehme ich keine Verantwortung.«

Drummond lachte. »Sollten Sie auch nicht. Jedenfalls dürfte das kein Problem darstellen. Es gibt eine Fülle von Stipendien, die Begabung in einem speziellen Bereich honorieren.«

»Da bin ich aber erleichtert«, sagte meine Mutter.

»Danke«, sagte ich.

»Du weißt, dass ich dich für sehr talentiert halte, wenn's ums Schreiben geht«, sagte sie. »Und Mr Drummond sieht das offenbar genauso.« Sie warf ihm einen verschwörerischen Blick zu, als wäre das ihrer beider Errungenschaft und nicht meine.

»Unbedingt.« Er nickte. »Ich gehe gern deine Bewerbungsunterlagen mit dir durch, Charlie, aber eigentlich denke ich, dass das gar nicht nötig sein wird.« Er wandte sich an meine Mutter. »Sie kriegt das schon alleine hin.«

»Das hoffe ich«, sagte sie.

Ich funkelte sie an.

»Tja, dann vielen Dank«, sagte sie. »Charlie ist unser einziges Kind und wir übertreiben es manchmal ein bisschen mit dem Beschützen und der Fürsorge.«

»Gern geschehen«, sagte er.

»Dann macht sie sich also gut?«

»Mom!«, schnaubte ich.

Drummond lachte. »Sie kommt gerade so über die Runden.«

»Das höre ich gern«, sagte sie.

»Das war komisch«, sagte ich und hielt mich am Griff über dem Fenster auf der Beifahrerseite fest.

»Ich fand eigentlich, dass es gut lief«, sagte meine Mutter. Ihre Stimme wurde schrill, als fühlte sie sich angegriffen.

»Nein, es war schon in Ordnung«, sagte ich, als sie den Wagen anließ. »Nur seltsam – ihr beide gemeinsam in einem Raum.«

Sie sah geradeaus. »Habe ich dich in Verlegenheit gebracht?«

Ich zögerte. »Ihr habt euch beide ein bisschen anders verhalten als sonst.«

»Inwiefern?«

»Keine Ahnung«, sagte ich. »Irgendwie anders eben.«

Sie schwieg, als wir auf eine rote Ampel zufuhren. Nachdem wir einen Moment lang unseren Gedanken nachgehangen hatten, sagte sie: »Als ich so alt war wie du, war ich oft in Lehrer verliebt.«

Mein Herz pochte und ich versuchte zu lachen. »Du?«

»M-hm. Ich zog sie den Highschool-Jungs vor. Die kamen mir immer so jung und unreif vor.«

»Schon möglich«, murmelte ich. War ich so leicht zu durchschauen?

»Und außerdem war es in gewisser Weise die sichere Variante«, sagte sie nach einer Pause. »Ich fürchtete mich vor Jungs, und ich wusste, dass mit einem Lehrer nie was laufen würde. Ich wusste, ich würde mich nicht mit einer richtigen Beziehung auseinandersetzen müssen.«

Ich war mir nicht sicher, ob ich den Köder schlucken sollte. »Mom, versuchst du möglicherweise, irgendwas anzudeuten?«

Sie warf mir einen Blick von der Seite zu und umklammerte das Lenkrad fester. »Ich sage nur, dass ich das verstehe.«

»Was gibt's da zu verstehen?«

»Auch gut. Wenn du willst, dann gib ruhig vor, nicht zu wissen, wovon ich rede.«

»Ich gebe überhaupt nichts vor!«, sagte ich. »Du scheinst der Meinung zu sein, dass ich in meinen Lehrer verknallt bin, was sowohl illegal als auch widerwärtig ist.«

»Illegal ist es nicht«, widersprach sie. »Na ja, von seiner Seite wäre es das schon, aber das ist nicht wirklich …«

»Er ist nicht … das ist nicht …«

»Charlie, beruhige dich, bitte. Schau, ich verstehe das. Er ist witzig, er ist jung, er ist süß.«

»*Mom!* Bitte hör auf damit.«

»Das ist ganz normal. Ich habe versucht …« Sie verstummte. »Ist auch egal.«

Mit Nachdruck setzte sie den Blinker und fuhr zu schnell in die Kurve. Ich stützte mich an der Tür ab und sah aus dem

Fenster hinaus zum Park, wo zwei Mädchen sich gegenseitig jagten und vor Lachen kreischten.

»Es ist ja lieb, dass du dir Mühe gibst, dich in mich hineinzuversetzen«, sagte ich schließlich, »aber ich bin echt nicht in ihn verliebt. Er ist nett, und ich mag ihn, aber ich habe keine – weiß nicht – *Gefühle* oder so für ihn.«

»Okay«, sagte sie. »Ich werde es nicht wieder zur Sprache bringen.«

Jetzt fühlte ich mich mies. Aber wie konnte sie es wagen, sich so einzumischen und vorzugeben zu wissen, wie ich mich fühlte? Sie wusste, dass ich log, aber nie und nimmer konnte ich zugeben, dass ich tatsächlich in ihn verliebt war, egal wie sehr es auf der Hand lag.

»Tut mir leid, dass ich dich angemotzt habe«, sagte ich.

»Mir tut's auch leid«, sagte sie.

Eine Weile fuhren wir schweigend weiter.

»Können wir uns ein Eis holen?«, fragte ich.

Sie lachte. »Ich denke schon.«

21

Den Großteil des Abends verbrachte ich damit, meinen Aufsatz über *Die Brüder Karamasow* durchzulesen, den Drummond mir am Ende der Sprechstunde zurückgegeben hatte. Ganz oben stand groß eine Eins drauf, und am Ende hatte er in leicht krakeliger Schrift geschrieben: *Hervorragende Analyse des Spannungsfeldes zwischen freiem Willen und Moral anhand der Figur des Iwan – aber trotzdem haben mir die Zirkusleute irgendwie gefehlt.*

»Hey«, sagte Dad. Er stand zusammen mit meiner Mutter im Türrahmen meines Zimmers. »Brauchst du mal eine Pause?«

»Klar. Gibt es einen Anlass?«

»Keinen Anlass«, sagte er. Er setzte sich aufs Bett und meine Mutter setzte sich neben ihn. »Wir dachten uns einfach, wir hocken uns auf dein Bett und schauen dich eine Weile an.«

»Sag schon«, meinte ich. »Hab ich was ausgefressen? Hab ich im Lotto gewonnen? Hat *Frida* im Lotto gewonnen?«

Fridas Schwanz ging wie ein Herzschlag.

»Du hast heute nicht die Post durchgesehen?«, fragte meine Mutter.

»Nein …«

»Du hast einen Brief bekommen«, sagte mein Dad.

Ich wusste, was es war. An ihrem Lächeln konnte ich ablesen, dass es keine schlechten Nachrichten waren. »Kann ich ihn sehen?«

»Wir haben nicht geguckt«, sagte meine Mutter, als sie einen dicken Umschlag hinter ihrem Rücken hervorholte.

»Das könnte in einer Minute zu einer traurigen Versammlung umschlagen«, meinte mein Dad, aber er grinste dabei.

»Vermutlich«, sagte ich. Ich nahm den Umschlag, riss ihn auf, und darin befand sich ein Brief, der mich am Oberlin-College willkommen hieß.

Ich lachte. »Ich hab's geschafft!«

Meine Mutter quiekte – ich hatte sie noch nie zuvor quieken gehört – und sie umarmten mich beide stürmisch. Frida stand auf, schob sich mit der Nase zwischen uns und wedelte dabei mit dem Schwanz, als wäre alles ihr Verdienst. Einen Moment lang ließ ich den Gedanken zu: ein Neuanfang, wo niemand mich kannte, an einem Ort, wo *er* gewesen war. Aber zugleich auch ein Ort, an dem er *nicht* mehr war.

Mein Dad ließ als Erster los. »Du wirkst weniger begeistert, als ich es erwartet hätte«, sagte er.

»Schockstarre nennt sich das.« Mein Blick fiel wieder auf den Brief. Ich nahm ihn, drehte ihn zu einer Rolle zusammen und drückte sie fest. »Das muss gefeiert werden!«

DEZEMBER

22

Ich verbrachte viel Zeit damit, ihn anzusehen. Er war groß und breitschultrig, nicht wirklich untersetzt, aber auch nicht dünn. Er war so robust und kräftig gebaut wie ein Zugpferd. Sein Körper schien immer kurz davor zu stehen, seine Grenzen zu sprengen, aber er schwamm oft genug, dass alles gut in Muskeln verpackt war. Ich verbrachte viele Nächte damit, mir auszumalen, wie es wäre, ihn zu umarmen, und kam zu dem Schluss, dass er groß und breit genug war, um mich komplett einzuhüllen, bis wir uns so nahe waren, dass ich mich in ihn hineinwühlen und in seiner Höhle klein zusammenrollen konnte. Ich sah ihm unheimlich gern zu, wie er im Zimmer umherging und mit einem Tennisball jonglierte oder ausladende Gesten mit seinen Armen vollführte, als wolle er unser Gespräch dirigieren. Allein wenn er nur mit den Fingern auf den Tisch trommelte, hatte er schon unsere ungeteilte Aufmerksamkeit.

Er war auf lässige Art geschmeidig – ruhig und gelassen im Unterricht und nie hektisch oder ungeduldig, konnte wenn nötig jedoch ein erstaunliches Tempo an den Tag legen. Er nahm zum Beispiel mühelos drei oder vier Stufen auf einmal oder sprang über die niedrige Mauer im Hof, wenn er spät dran war. Manchmal pfiffen die Jungs ihm hinterher, und er zeigte ihnen, ohne sich umzudrehen, den Mittelfinger. Wenn er rannte, tat er das mit dem lockeren, wippenden Rhythmus eines Sportlers. Eines Tages schleuderten ein paar Kids eine Frisbeescheibe zu weit, und er rannte mit großen Schritten hinterher und sprang mit einer geschickten Drehung hoch, um sie zu fangen. Er bewegte sich nicht, als wäre er schwerelos, aber so, als würde er sein Gewicht kaum spüren.

Er trug keine tollen Klamotten – meist Kombis aus Jeans oder Khakihose und Poloshirt oder Pulli –, doch eines Tages hatte er eine Besprechung mit Dr. Crowley und kam in Anzughemd und Krawatte herein, und ich wollte ihn so sehr, dass mir ganz schwarz vor Augen wurde. Einen Moment lang war ich so überwältigt, dass mir ganz schwindelig wurde und mein Schädel sich anfühlte, als wäre er voll Watte. Ich musste meinen Kopf auf die Hände stützen und die Augen schließen, um mich zu sammeln. Nach der Hälfte der Stunde lockerte er seine Krawatte und öffnete die zwei obersten Knöpfe seines Hemds, während er Franks Gefasel über *Sturmhöhe* zuhörte, und ich verbrachte die nächsten zwanzig Minuten damit, mir vorzustellen, wie ich ganz langsam den Rest aufknöpfte. Er warf mir einen Blick zu, während ich in Gedanken den Saum seines Hemds über den Gürtel zog, und ich errötete heftig und sah weg. Als ich nach der Schule zurückkam, hatte er die Ärmel hochgekrempelt. Anfangs hatte er die Stofflagen ordentlich übereinandergefaltet, dann aber den Rest einfach über seine Unterarme hochgeschoppt, sodass sich um die Ellbogen ein dicker Wulst gebildet hatte. »Schick«, hatte ich gesagt, und er hatte geantwortet: »Ich weiß, aber ich kann Anzüge einfach nicht leiden. Da fühle ich mich so eingeengt und irgendwie verkleidet.« Ich antwortete, dass es mir mit Röcken so ginge, und er nickte ernst und sagte: »Mir auch.«

Seine Hände waren groß, und seine Finger gleichmäßig an jedem Gelenk eingekerbt, weder dick noch spitz zulaufend, sondern eher rechteckig an den Kuppen. Sie sahen aus, als könnten sie sowohl kraftvoll als auch präzise arbeiten. Auf seinem Handrücken wurden manchmal Sehnen sichtbar wie die Tasten eines Klaviers, und ich starrte im Unterricht gebannt darauf, wenn er zum Beispiel ständig mit seinem Kugelschreiber klickte oder sich mit dem Finger an den Oberschenkel tippte. Seine Arme waren muskulös, aber die weichen Innenseiten sahen blass aus und wirkten verletzlich. Wie Flüsse auf einer Landkarte bahnten sich blaue Adern mäandrierend ihren Weg über seine Unterarme und traten etwas hervor, wenn er eine Faust machte. Und wenn wir ihn sehr zum Lachen brachten, dann stach die eine, die ihm über die Stirn lief, hervor wie eine zusätzliche Lachfalte.

Seine Brust war fest, aber nicht sonderlich muskulös. Wenn er Button-Down-Hemden trug, ließ er die Knöpfe ein Stück offen, sodass kleine Büschel Brusthaar sichtbar wurden – nicht dunkel und maskulin, sondern blond und spärlich. Er hatte ein kleines Muttermal am Hals, bei dem es mich immer in den Fingern juckte, es anzufassen.

Sein Po war rund und perfekt gewölbt und am Übergang zu den Oberschenkeln fast schon prall. Er hatte kräftige Beine, dick wie Baumstämme. Aus Angst, er würde mich dabei erwischen, gab ich mir unheimlich Mühe, ihm nicht auf den Schritt zu starren, doch ab und an konnte ich es nicht verhindern, dass mein Blick zu der Wölbung wanderte, gegen die manchmal der Reißverschluss seiner Jeans drückte, und ich stellte mir vor, wie er wohl mit einer Erektion aussehen würde. Ich hatte noch nie eine in natura gesehen, weder von Klamotten bedeckt noch anderweitig, aber ich malte mir gern aus, wie er erschrecken und sich beschämt entschuldigen würde und es doch nicht ändern könnte. In diesem Tagtraum waren wir meistens eng aneinandergepresst, und ich spürte ihn an meinem Oberschenkel, wobei ich an diesem Punkt häufig davon unterbrochen wurde, dass Asha hustete oder Stifte über Papier schabten, wenn alle ihre Fragebögen ausfüllten, und manchmal sogar davon, dass er mit den Fingerknöcheln vor mir auf den Tisch pochte. Dann blickte ich blinzelnd zu ihm auf und sah einen kurzen Augenblick alles doppelt, während ich versuchte, mein Hirngespinst damit in Einklang zu bringen, dass er mit ernster Miene vor uns patrouillierte – und zwar mit zweifelsfrei schlaffem Glied.

Niemals trug er Shorts, aber manchmal ertappte ich ihn dabei, wie er sich gedankenverloren am Bein kratzte, wenn sein Hosenbein hochgerutscht war und einen knautschigen Strumpf entblößte. Seine Waden waren schneeweiß und dunkel behaart, und es machte mir Angst, wie sehr mich der Anblick abstieß. Ich glaube, es lag an der Socke, die sich dunkel von seiner hellen Haut abhob. Es ließ ihn so normal und verletzlich wirken, wie sie so heruntergerutscht war und seine Wade aussehen ließ wie die jedes x-beliebigen Mannes, wie die eines Sechzigjährigen, wie die meines Vaters. Ich stellte ihn mir mit Socken und Sandalen vor und schüttelte mich.

Er war kein sonderlich schöner Mann, außer man kniff die Augen leicht zusammen. Er hatte dicke dunkelbraune Haare, aber am Hinterkopf trieben ein paar Wirbel ihr Unwesen. Es machte den Anschein, als wären seine gespreizten Finger die einzige Art Kamm, die seine Haare je zu sehen bekamen, wenn er sich im Unterricht hindurchfuhr. Sein Mund war zu breit, seine Lippen zu dünn. Sein Kinn nicht energisch und markant genug. Seine Nase war gerade, doch im Profil wirkte er zu jung, wie ein Student, der Lehrer spielte. Wie kleine Bleistift-Spitzreste übersäten meist Spuren von Stoppeln sein Kinn, während sich über seinen Hals immer wütende rote Punkte zogen, wo er zu schnell drüberrasiert hatte.

Doch ich liebte seine Augen. Sie waren von einem auffallenden Blau, bei dem man zweimal hinsehen musste, um sicherzugehen, dass man sich nicht getäuscht hatte, und sie waren groß und warm und stets bereit zu lachen. Jeden Tag im Unterricht fingen sie meinen Blick auf, egal ob ich mit Lila flüsterte oder über irgendeinen Ausspruch von ihm lachte oder dem Geschwafel von jemandem zuhörte und ihn dabei angrinste, während er den Kopf in meine Richtung schüttelte.

Die Fältchen um seine Augen vertieften sich, Sonnenstrahlen gleich, wenn er lachte, und die kurzen Falten um seine Mundwinkel endeten in großen Grübchen. Oft stellte ich mir vor, diese Linien mit den Fingern so lange nachzufahren, bis ich aus dem Gedächtnis eine Landkarte seines Gesichts zeichnen konnte. Im persönlichen Gespräch war seine Stimme sanft, aber im Unterricht tiefer, vor allem wenn er mit uns rumalberte, als wäre unser kompletter Kurs eine ausgeklügelte Parodie aufs Unterrichten. Mir gefiel sein Lachen am besten, wenn es leise und kehlig war, aber ich mochte es auch unheimlich, wenn wir ihn dazu brachten, dass er sich wegschmiss vor Lachen. Dann vergrub er das Gesicht in seinen Armen, als wäre es ihm unangenehm, vor uns so wehrlos zu sein.

Sogar die Bücher, die wir lasen, betrachtete ich jetzt mit anderen Augen und übernahm seinen Blickwinkel: Jedes Einzelne erschien mir wie etwas, was unseren Kurs verband, wie ein Geheimnis, das wir teilten. Wir machten Witze darüber, als wären sie eine Sprache, die nur wir verstünden. Er vermittelte uns das Gefühl, als hätten wir sie erobert, uns auf eine Weise erschlossen, wie andere es nicht hatten oder konnten oder niemals dazu in der Lage wären. Wenn ich eine Lektüre für seinen Kurs gelesen hatte, hatte ich das Gefühl, als wäre es *mein* Buch, als würde es etwas über mich aussagen, und wir wären die Einzigen, die jemals darüber Bescheid wüssten.

Alle waren bis zu einem bestimmten Grad in ihn vernarrt. Er zog uns an wie ein Magnet. Auch bei mir hatte es so angefangen, doch nach ein paar Monaten war ich ihm hilflos ausgeliefert. Es war aufreibend, so tief für ihn zu empfinden. Es war groß und gewaltig, und es fühlte sich an, als würde es nie wieder aufhören. An manchen Tagen kam ich mir vor wie ein Ast, der ein enormes Gewicht aushalten musste; der Druck wurde stärker und stärker, bis ich das Gefühl hatte zu brechen. Manchmal war ich so überdreht, dass ich mir wie eine Verrückte vorkam. Ich wusste, dass es falsch wäre, wenn er etwas für mich empfände – und in gewisser Weise wünschte ich mir, dass er zwar Gefühle für mich hatte, sich jedoch verbot, entsprechend zu handeln, wünschte mir, dass er Qualen litt und verzweifelt war, aber zu edel, um mir wehzutun –, noch mehr allerdings reizte mich die Vorstellung, dass er doch schwach werden würde. Dass er mich so sehr begehrte, dass er die Regeln einfach brechen und seinen Gefühlen nachgeben musste.

Ich hätte alles getan, was er von mir verlangt hätte, mir jede Meinung zu eigen gemacht, die er mir vorgesagt hätte, mich nackt vor ihn gelegt und ihn tun lassen, wonach auch immer ihm der Sinn stünde. Oft träumte ich davon, er läge im Schein der Nachmittagssonne mit mir auf meinem Bett und würde mit seiner Hand über mein Bein fahren. Dann versuchte ich mir vorzustellen, was er im Moment wohl wirklich machte – im Sportzentrum schwimmen, mit Freunden lachen, mit seinen Eltern sprechen, mit seiner Freundin schlafen –, und dann grübelte ich darüber nach, was für eine unbedeutende Rolle ich in seinem Leben wohl spielen musste, während er für mich alles war.

Ich wusste, dass nie etwas passieren würde. Er mochte mich, klar, und manchmal erlaubte ich mir zu denken, dass ich seine Lieblingsschülerin war. Aber ich trichterte mir ein, dass er außerhalb der Schule nicht an mich dachte. Ich war ein hässliches Mädchen, das in ihn verschossen war. Ich musste mir keine Sorgen darüber machen, dass es nicht in Ordnung wäre, wenn er Interesse an mir hätte, denn er würde sich nie und nimmer für mich interessieren. Ich erschauderte bei dem Gedanken, wie er mich vielleicht seinen Freunden beschrieb, und zwang mich, es mir auszumalen: *Ihr könnt euch nicht vorstellen, wie manche Mädchen sich mir an den Hals wer-*

fen. Ja, echt! Und nicht mal die hübschen. Ich krieg die ab, die die Jungs nicht einmal mit der Zange anrühren wollen. Da gibt's so eine … ich kann euch sagen! Am liebsten würde ich sie aus ihrem Elend befreien und ihr sagen: Hör mal, ich wäre auch nicht interessiert, wenn du nicht *meine Schülerin wärst.*

Aber dann wieder kam es vor, dass ich meinte, etwas anderes in seinen Augen zu lesen. Oder wir grinsten uns an, als verstünden nur wir den Insiderwitz, oder er ging an mir vorüber, während ich vor meinem Schließfach kniete, und kickte mir leicht gegen die Schuhsohlen, und wenn ich mich dann umdrehte, tat er so, als wäre er es nicht gewesen und sah sich laut pfeifend nach dem Übeltäter um. Vielleicht war es auch nur Mitleid. Ich hatte gesehen, dass er bei anderen aus unserem Kurs ganz ähnliche Spielchen machte, und vielleicht war es die einzige Möglichkeit, die ihm einfiel, wie er eine Art Beziehung zu uns herstellen konnte. Warum sollte es bei mir irgendwie anders sein?

23

Als ich Weihnachten zum Frühstück herunterkam, knutschten meine Eltern gerade.

»Ähem«, sagte ich. »Guten Morgen.«

Widerwillig lösten sie sich voneinander. »Frohe Weihnachten, meine Große«, sagte mein Dad.

»Frohe Weihnachten«, sagte ich. »Ich wäre dir dankbar, wenn du mich mit derartigen Weihnachtsküssen verschonst.«

»Wie wär's mit etwas gröberen Weihnachtszärtlichkeiten?« Er drückte meine Mutter und kam dann herüber und rubbelte mir mit den Fingerknöcheln auf dem Kopf, bis ich quiekte und mich wegduckte.

Mit einem vagen Lächeln beobachtete uns meine Mutter von der Küche aus. »Lust auf Pfannkuchen, Charlie?«, fragte sie.

»Die Frage müsste eigentlich heißen, wann ich *keine* Lust auf Pfannkuchen habe«, sagte ich. »Und die Antwort lautet: Nie.«

»Fein«, sagte sie, »dein Dad wollte welche machen, also sollte er wohl den Herd anwerfen.«

Dad sah mich mit hochgezogenen Augenbrauen an und ich tat es ihm gleich.

»Klingt, als hättest du einen Befehl und eine Bestellung erhalten«, sagte ich. »Ich nehme meinen nur mit Ahornsirup. Nichts von diesem Mrs-Butterworth's-Scheiß.«

»Weil Weihnachten ist, drückte ich bei dieser despektierlichen Äußerung mal ein Auge zu«, sagte er. »Aber wage es nicht, Mrs Butterworth noch einmal so zu beleidigen.«

Meine Mutter gab ihm einen Klaps auf den Hintern, als er an ihr vorbei in die Küche ging, und grinste mich dann an, als hätte sie etwas wunderbar Unerhörtes getan. Ich verdrehte die Augen, lachte aber.

»Weißt du«, sagte sie, »Agave ist gut auf Pfannkuchen. Man schmeckt den Unterschied kaum.«

Ich blinzelte sie an. »Ausnahmsweise.«

Wir setzten uns im Schlafanzug neben den Christbaum, um die Geschenke aufzumachen. Meine Mutter hatte eine Weihnachts-CD eingelegt und mein Dad Feuer gemacht, was er nur einmal im Jahr versuchte. Zu meinen schönsten Weihnachtserinnerungen gehörte, ihm dabei zuzusehen, wie er äußerst ausdauernd und mit zunehmender Kreativität blumige Flüche ausstieß, während er minutenlang in der Hocke vor dem Kamin kauerte und darum rang, dass die Scheite richtig Feuer fingen.

»So, die letzte Geschenkerunde«, sagte mein Dad. »Charlie, ich glaube, deins ist da hinten.«

Ich kroch halb unter den Baum, um mir das Geschenk zu holen. Es war an die Wand gerutscht und lag inmitten eines Teppichs aus braun werdenden Nadeln. Es war ein großes, schweres in Silberpapier verpacktes Paket, dessen Inhalt leicht hin- und herrutschte, als ich es schüttelte.

»Ist von deiner Mom«, erklärte er. Sie lächelte ihn an und sagte dann zu mir: »Es ist nichts, was auf deiner Wunschliste stand. Ich dachte einfach … na ja, du wirst es ja sehen.«

Sie wirkte nervös. Ich wappnete mich, damit mir meine Gesichtszüge nicht entgleisten, egal, was kam. Dann riss ich das Papier auf und erblickte die gewölbten Rücken einer ganzen Reihe Hardcover. »Bücher!«, sagte ich überrascht.

»Wenn sie dir nicht gefallen, können wir sie umtauschen.«

»Okay …«, sagte ich und entfernte das restliche Papier. Es war Jane Austens Gesamtwerk im Schuber. Der Schuber selbst hatte einen geprägten Schriftzug und war aus Leder, das etwas nachgab, wenn man draufdrückte. Ich ließ die Bücher herausgleiten. Es kam mir vor, als würden sie leise seufzen, als ich sie befreite. Sie waren schwer, ihre Umschläge glatt, die Seiten steif, das Papier cremefarben und edel. Ich drehte sie herum, um den Schnitt anzusehen. Die Seiten zwischen den Buchdeckeln waren an den Rändern ausgefranst und sahen aus wie von Hand gerissen.

»Wow«, flüsterte ich. »Die sind wunderschön.«

»Ich dachte, weil dir *Stolz und Vorurteil* so gut gefallen hat«, sagte sie. »Und ich weiß, dass dein Lehrer Jane Austen auch mochte, stimmt's? Mr Drummond?«

»Ja.« Ich nickte. »Dass du dich daran noch erinnerst.«

»Tue ich.« Sie erlaubte sich ein kleines Lächeln. »Dann gefallen sie dir?«

»Ja«, sagte ich und fuhr mit der Hand über die Buchrücken. »Danke.« Ich sah auf und lächelte. »Die sind wirklich – danke. Sie sind toll.«

Ihr Lächeln wurde breiter. Sie legte meinem Dad die Hand auf den Oberschenkel und er legte seine obendrauf. »Da gehört aber noch was dazu … Es ist ganz unten.«

Ich griff in den Schuber hinein und zog einen dicken weißen Umschlag heraus. »Was ist das?«

»Es ist ein … ein Gutschein für ein Kosmetikstudio, das ich ganz gut finde. Ich wollte dich zu einer Beautybehandlung einladen. Wir können uns beide verwöhnen lassen und uns einen Frauentag machen.«

»Ah«, sagte ich. »Ist das … Was hat das mit den Büchern zu tun?«

»Du weißt schon«, sagte sie, »wie die jungen Damen, die sich vor einem Ball für ihre Verehrer herausputzen.«

»Das ist nicht wirklich … das, worum es bei Jane Austen geht.«

»Weiß ich, Charlotte«, sagte sie. »Ich dachte einfach, es könnte dich etwas mehr dafür begeistern.«

Ich drückte meine Zunge gegen die Zähne und holte tief Luft. »Deswegen hast du mir die Bücher geschenkt? Um mich zu bestechen?«

»Nein!« Sie schüttelte den Kopf. »Nein. Aber ich dachte, es könnte nicht schaden. Ein Geschenk für dich und eins für mich. Richtig?«

»Richtig«, sagte ich.

»Ich weiß, dass das nicht so deins ist«, sagte sie, »aber ich glaube, es würde uns beiden Spaß machen. Vielleicht kannst du es einfach als Geschenk an mich betrachten?«

»Sicher«, sagte ich. »Okay. Nein, das ist toll. Danke, es ist wirklich … wirklich großzügig.« Ich sah meinen Dad an. Ich musste mit ihm Blicke tauschen, als Art Rückversicherung, dass er mich noch wiedererkannte, aber er hatte die Augen auf sie gerichtet. Ich hätte wissen müssen, dass die Bücher nur ein Köder waren. Sie konnte keine Ruhe geben, nicht mal an Weihnachten. Plötzlich hatte ich das Gefühl, als müsste ich weinen, und ich schluckte schwer und sagte: »So, war's das? Oder ist da noch was?«

»Ja, jetzt, wo du's sagst«, meinte mein Dad. »Dieses letzte hier ist vom Weihnachtsmann.« Er zog einen Umschlag aus der Tasche seines abgetragenen Bademantels und reichte ihn meiner Mutter.

»Was ist das?«, fragte sie. Sie nahm ihm den Briefumschlag nicht ab, sodass er leicht zitternd zwischen ihnen in der Luft hing.

»Vom Weihnachtsmann, wie ich schon sagte.« Er schwenkte ihn vor ihr hin und her, um sie zu locken. »Komm schon, du verdirbst dem armen Kerl sonst das Fest, wenn du ihn nicht aufmachst.«

Sie sah ihn mit hochgezogenen Augenbrauen an und nahm zögernd den Umschlag. Dann warf sie mir einen Blick zu. »Hast du da deine Finger mit im Spiel?«, fragte sie.

Ich schüttelte den Kopf.

Sie schob ihren lackierten Fingernagel unter die Klappe und öffnete sie behutsam. Die ganze Zeit über ließ sie meinen Dad nicht aus den Augen. Dann nahm sie zwei ordentlich zusammengelegte Blätter heraus, faltete sie auseinander, las und blickte zu meinem Dad auf.

»Paul, das kannst du dir nicht leisten.« Sie klang nicht ärgerlich, nur erstaunt.

»Hat der Weihnachtsmann bezahlt«, erwiderte er.

Ihre Augenbrauen gingen zusammen wie Stricknadeln, die loslegen wollten.

»Mach dir keinen Kopf deswegen«, sagte er. »Mein letzter Auftrag lief besser, als ich gehofft hatte.«

»Aber *so* gut kann er gar nicht sein.«

»Du bist seit Jahren nicht mehr in den Urlaub gefahren«, sagte er. »Kein Widerspruch.«

»Also, äh, was geht hier ab?«, fragte ich.

Mein Dad lächelte mich an und sah sehr zufrieden mit sich aus. »Sobald du in Oberlin angefangen hast, fliegen deine Mom und ich nach Hawaii.«

»Oh«, sagte ich.

Er wandte sich wieder an meine Mutter. »Ich dachte, wir hätten uns beide mal eine Auszeit verdient. Und einen besseren Anlass gibt's nicht.«

»Zu feiern, dass ihr mich los seid?«, meinte ich.

»Charlie«, sagte er scharf.

»Was?«, rief ich. Es traf mich. Sonst sprach er nie in diesem Ton mit mir.

Er sah mich mit finsterer Miene an. »So ziemlich das genaue Gegenteil davon ist der Fall«, sagte er.

»Das ist toll«, sagte meine Mutter. »Danke, Liebling.«

Ich nickte. »Klingt super. Ich wünschte, ich könnte mitkommen, aber ich habe ja alle Hände voll zu tun.«

»Um Himmels willen, Charlie«, sagte mein Dad. »Könntest du ein Mal was nicht auf dich beziehen?«

Zu schockiert, um etwas zu erwidern, starrte ich ihn an. Dann sammelte ich die Bücher ein und stürmte nach oben.

An diesem Abend stand ich draußen im Schnee und rief Lila an.

»Wie war's?«, fragte sie.

»Weiß nicht«, sagte ich, und Tränen stiegen mir in die Augen.

»Mein Dad war hammer«, sagte sie. »Er hat mir zu Chanukka eine Jogginghose gekauft, bei der über den Arsch *Juicy* geschrieben steht. Zu Chanukka, Charlie!«

Ich lachte und wischte mir über die Augen. »Ich wusste gar nicht, dass die noch hergestellt werden.«

»Ja, oder?«, meinte sie. »Hätte er nicht irgendwas anderes nehmen können? War es so schlimm?«

Ich trat in einen Schneehaufen. »Es war einfach … Sie hat sich bemüht, schätze ich. Ich weiß, dass ich undankbar bin. Sie meint nur, ich wäre …« Meine Kehle wurde eng und ich räusperte mich. Ich konnte es nicht sagen. Nicht einmal Lila. »Ich musste da raus. Es ist übrigens eiskalt draußen.«

»Ich frage das jetzt ganz wertfrei: Bist du im Schlafanzug?«

»Ich habe auch einen Mantel an.« Ich seufzte. »Ich vermisse die Schule.«

»Ich werde dir jetzt nicht sagen, wie schräg das ist.«

»Danke, dass du's für dich behalten hast.«

»Du vermisst Drummond.«

»Nicht nur.«

»Doch, genau das.«

Mit einem Schulterzucken duckte ich mich tiefer in meinem Mantel. »Was glaubst du, was er macht?«

»Jetzt gerade? Mit einer Pfeife vor dem Kamin sitzen und sich eins von deinen Essays noch mal durchlesen und vor Staunen über deinen Scharfsinn den Kopf schütteln.«

Ich lachte. »Ich wette, er versucht gerade, deswegen beim New York Magazine durchzurufen.«

»Auf jeden Fall«, sagte sie. »Das Essay dieser jungen Frau über *Ein Kater macht Theater* zu veröffentlichen, ist eine Metapher für den Kommunismus. Oder wollen Sie komplette kulturelle Irrelevanz riskieren?«

»Er hat vermutlich voll viel Einfluss auf die«, meinte ich.

»Nun ja, er gibt schließlich Literatur-Intensivkurse, also …«

Ich sah zum Himmel hinauf. »Was denkst du, was er wirklich macht?«

»Keine Ahnung«, sagte sie. »Wichsen?«

»Gute Nacht«, sagte ich.

»Hab dich lieb«, sagte sie.

Als ich auflegte, hatte es wieder zu schneien begonnen. Die Kälte war aus der Luft gewichen und alles war ruhig. Es war jene Stille, bei der man das Gefühl bekam, der Schnee hätte jede Ritze und jeden Spalt abgedichtet, die Natur unter Schichten von Füllmaterial begraben, und es gäbe es nur noch dieses Viertel, nur diese Straße, nur einen selbst, und egal, wie weit man rennen würde, es würde immer und überall gleich aussehen.

Mit Lila darüber zu sprechen, hatte es nur schlimmer gemacht. Die Einsamkeit fühlte sich an wie ein Infekt, den ich nicht loswurde, irgendetwas, das mich von innen aushöhlte. Doch es war nicht die Sehnsucht nach ihm, die am meisten wehtat, sondern das nagende Gefühl, dass mich niemand wollte, und ich hatte keine Ahnung, wann oder ob sich das je ändern würde. Ich stand da und sah zu, wie die Schneeflocken herabsegelten – immer mehr und mehr wurden es –, bis die Schneepflüge Schneisen durch die Straßen schnitten, den Schnee wegschälten und ich wieder reinmusste.

24

In der Woche zwischen Weihnachten und Neujahr kam Asha mich besuchen und wir guckten zusammen Filme. Nach unserer abgebrochenen Observierungsaktion hatte ich befürchtet, sie würde meine Einladung ausschlagen, aber sie meinte, Dev wäre ständig mit ihrem Dad beim Golfen und sie hätte zum Zeitpunkt meiner SMS vom Rest ihrer Familie total die Nase vollgehabt. Ich hatte inzwischen all meine ausgeliehenen Bücher fertig gelesen und starrte erschöpft den Austen-Schuber an.

»Das ist Frida«, sagte ich, als sie an einem düsteren Nachmittag durch die Haustür spazierte und sich den Schnee von den Schultern wischte. Frida machte Platz und wedelte hoffnungsfroh mit dem Schwanz.

»Die ist aber schön!«, sagte Asha. »Ein Malamut?« Sie beugte sich hinunter, um sie zu streicheln, und Frida stand auf und drückte sich gegen Ashas Knie.

»Sie mag dich«, sagte ich. »Ich vertraue jedem, den Frida mag.«

Asha blickte zu mir auf und die dunklen Haare fielen ihr in die Stirn. Fridas Schwanz schwang so gleichmäßig hin und her wie ein Metronom. »Hat sie mal jemanden nicht gemocht?«

»Bis jetzt nicht.« Ich ging zur Treppe. »Wir können sie mit in mein Zimmer raufnehmen.«

Oben angekommen sagte ich: »Hast du was zum Angucken mitgebracht oder …«

»Da war ich schon!«, unterbrach Asha mich. Sie zeigte auf ein Poster an meiner Wand – ein Foto von einem deutschen Schloss auf einem Felsen, umgeben von Wald, das ich vor Jahren mal aufgegabelt hatte. Ich hatte es aufgehängt, weil es damals der am weitesten entfernte Ort war, den ich mir nur vorstellen konnte.

»Echt?«, sagte ich. »Ich war mir gar nicht sicher, ob es überhaupt existiert. Es sieht aus wie ein Märchenschloss.«

Sie nickte. »Es ist wunderschön. Modrig, aber wunderschön.«

»Ich hab immer gedacht, ich könnte dort mal heiraten«, sagte ich.

Asha betrachtete es noch immer, als hätte sie mich nicht gehört.

»Und wann warst du in Deutschland?«, fragte ich. »Familienausflug oder wie?«

Sie setzte sich auf mein Bett. »So in der Art. Mein Dad war eine Zeit lang in Berlin stationiert. Wir haben ihn ein paarmal besucht.«

»Wow«, sagte ich. »Habt ihr auch mal dort gewohnt?«

»Nö, bin nie wirklich rausgekommen«, sagte sie, »aber wir sind oft umgezogen, bevor wir hier gelandet sind. Zuletzt waren wir in Ohio.«

»Hat dir das was ausgemacht?«

Asha zuckte die Achseln. »Man gewöhnt sich irgendwie dran. Was nicht unbedingt bedeuten muss, dass man es gut findet.«

»Ist bestimmt schwer, da Freundschaften zu schließen«, sagte ich.

»Ja.« Sie nickte und verstummte. »Vor allem wenn man selbst der Einzige mit indischen Wurzeln an der ganzen Schule ist – also, abgesehen von den eigenen Brüdern.«

»Oh«, sagte ich. »Ja, das … das kann ich mir vorstellen.«

Sie lächelte, nicht unfreundlich. »Das führt dazu, dass die Familie ständig aufeinanderhockt. Vor allem, wenn man nicht so schnell mit anderen warm wird.« Sie sah wieder auf das Poster. »Ich sage das nur theoretisch. Man würde. Wenn man so wäre.«

»Ich habe mein ganzes Leben hier verbracht, und alles, was ich vorzuweisen habe, ist Lila. Also hast du dich besser geschlagen als ich.«

Sie lachte. »Ich bin sicher, du hast deine Gründe.«

Ich lachte auch und dann hatte ich ein schlechtes Gewissen deswegen. »Tut mir leid, dass sie dich bei unserem Ausflug so angezickt hat«, sagte ich und fühlte mich augenblicklich noch schlechter. Vermutlich sollte man das Wort *zicken* einer Feministin gegenüber vermeiden.

»Du musst dich nicht ständig für sie entschuldigen«, sagte Asha. »Nicht alle müssen Freunde sein.«

»Du hast recht«, sagte ich. »Tut mir leid.«

Sie warf mir einen gespielt strengen Blick zu. »Hör auf, dich zu entschuldigen! Das ist echt daneben.«

»Also …«, sagte ich. »Tut … okay, mach ich. Ich fühle mich nur irgendwie für sie verantwortlich. Wir sind zusammen groß geworden und sie ist …« Ich zuckte mit den Schultern. »Sie ist wie ein peinlicher rassistischer Onkel. Sie gehört zur Familie.«

»Ich glaube nicht, dass sie ein schlechter Kerl ist«, sagte Asha. »Sie scheint einfach der Meinung zu sein, je mehr man spricht, desto interessanter ist man.«

»Gott, ich weiß«, seufzte ich. »Ich glaube nicht mal, dass sie das absichtlich macht. Und sie hat Angst vor dir, aber das würde sie nie zugeben.«

Asha runzelte die Stirn. »Angst vor mir?«

Ich wurde rot. »Nur, weißt du, weil wir, ähm, zusammen abhängen und so …«

»Oh, richtig«, sagte sie. Es war dunkler geworden, und es war schwer zu erkennen, was sie für ein Gesicht machte. »Sie ist mit diesem Typen zusammen, diesem Jason, oder?«

»Dem, der wie ein riesiges Stück Fleisch auf zwei Beinen aussieht?« Sie lachte und ich entspannte mich ein bisschen. »Ja, aber sie weigert sich zuzugeben, dass sie ein Paar sind. Was ich gut nachvollziehen kann. Er wäre auch meine heimliche Scham statt Schwarm.«

Sie zog ein Gesicht. »Sie verkauft sich unter Wert.«

»Meine Meinung«, sagte ich. »Ich weiß nicht, ob ihr nicht klar ist, wie hübsch sie ist, oder ob sie einfach keine hohen Ansprüche hat.«

»Findest du sie hübsch?«, fragte Asha, während sie aus dem Fenster sah.

Ich drehte mich um, um zu gucken, was sie beobachtete. Es waren einfach nur schneebedeckte Häuser, deren beleuchtete

Fenster wie goldene Augen in der Dunkelheit glühten. »Findest du nicht?«

»Doch, ist sie vermutlich.« Sie seufzte. »Würg.«

»Ja, echt zum Kotzen, wenn jemand attraktiv ist«, sagte ich.

Asha lachte und senkte den Kopf. »Ich bin nur gehässig.«

»Ach«, sagte ich. »Nein, so habe ich das nicht gemeint – ich meine, mir geht's genauso.«

»Es ist eigentlich gar nicht wegen ihr«, sagte sie. »Ich komme mir nur vor wie … Warum kriegen Mädchen wie sie die ganze Beachtung?«

Asha hatte nie etwas über ihr Liebesleben verlauten lassen, also hatte ich angenommen, dass es ihr gleichgültig war. Für manche Schüler, die ich kannte – speziell solche, die eher intellektuell drauf waren –, war Liebe ein Tabuthema, als würde es sie nur von ihrer echten Zukunft ablenken. »Interessierst du dich für jemanden?«, fragte ich.

»Nein, niemand Bestimmten. Ich meine nur …« Sie stockte. »Manchmal komme ich mir vor, als wäre ich komplett unsichtbar.«

»Ja.« Ich nickte. Es war leichter, es im Dunkeln einzugestehen, wenn ich sie nicht ansehen musste. Ein paar Minuten lang sagte keine von uns ein Wort, während es im Zimmer immer düsterer wurde.

»Einmal hat mir jemand hinterhergepfiffen«, sagte Asha leise. »Zuerst hab ich gedacht, der will mich beleidigen.«

Ich überlegte einen Moment lang, wie ich reagieren sollte: schockiert oder mit einem Lachen oder mit Mitgefühl? »Und, was wollte er?«, fragte ich schließlich.

»Ich glaube, er hat mir ein Kompliment gemacht – oder

zumindest das, was er dafür hielt«, meinte sie. »Er hat mir gesagt, ich hätte einen niedlichen Arsch. Und dann hat er versucht, ihn anzutatschen.«

»Hart.«

»Ja, allerdings. Aber obwohl ich es total widerlich fand, war ich doch irgendwie … erleichtert, dass er es bemerkt hatte. Wodurch ich mich noch mieser gefühlt habe.«

Ich wollte ihr sagen, dass ich wusste, was das für ein Gefühl war, aber es war zu demütigend, es laut zuzugeben. Ich rutschte auf dem Bett zurück, nach hinten an die Wand, sodass ich ihr Gesicht nicht sehen konnte. »Kennst du die Freunde von Jason? Mike und Austin?«

»Glaub schon«, sagte Asha. »Mike ist mit uns in Sport, oder?«

»Genau. Er … na ja, ich weiß nicht, was mit ihm ist. Aber Austin hat – er hat so Sachen gesagt. Ich denke nicht, dass er mich damit anbaggern wollte. Lila konnte ich es nicht erzählen, weil sie es nicht …« Ich schluckte, versuchte, etwas anderes zu sagen, und verstummte dann, als ich merkte, dass ich gefährlich kurz davorstand zu weinen.

Asha sagte nichts. Wir hielten so still, dass ich bei jedem Herzschlag von mir das winzige Beben meines Shirts sehen konnte.

»So was habe ich auch schon erlebt«, sagte sie schließlich.

Mit einem Seufzen sprang die Heizung an. Ich schämte mich, weil ich es nicht für mich hatte behalten können. Und auch dafür, dass es mir überhaupt passiert war.

»Manchmal frage ich mich«, sagte Asha schließlich, »warum

es so wichtig ist, ob man hübsch ist oder nicht. Was bringt es einem?«

Ich starrte ihre Silhouette an und wusste nicht, was ich antworten sollte.

»Ganz im Ernst«, fuhr sie fort. »Die Art, wie über die Schönheit von Frauen gesprochen wird, ist, als wäre sie ein Charakterzug. Es ist nur … es ist deprimierend. Warum sollten wir uns deswegen graue Haare wachsen lassen?« Sie warf mir einen schnellen Blick zu. »Ich meine nicht, dass du … Sorry, ich wollte nicht …«

»Schon okay«, sagte ich. Auf einmal wollte ich sie unbedingt umarmen, doch stattdessen schnappte ich mir ein Kissen und zog es an die Brust. »Ist das der Feminismus, mit dem Dev dich immer aufzieht?«

Sie lachte. »Unter anderem.«

»Ich glaube, er meint es nicht so.«

»Nein, tut er nicht. Er geht mir nur einfach gern auf den Nerv.«

»Und seiner Freundin vermutlich auch.«

Sie hob die Augenbrauen. »Welcher Freundin?«

»Oh«, sagte ich. »Ich dachte, er hätte eine.«

»Dev und eine Freundin?« Sie lachte. »Nein, er ist solo.«

»Ach so. Okay.« Ich hielt inne. »Dann gibt es also niemanden, der dir gefällt? Nicht mal Frank?«

Asha funkelte mich an. »Nein.«

Ich lächelte. »Ich schätze mal, als Feministin bist du eine männerhassende heimliche Lesbe, stimmt's?«

Sie warf mir einen kurzen Blick zu, um zu checken, ob ich Witze machte. »Lustig«, sagte sie.

»Ja.« Ich verstummte. »Aber es wäre voll cool, wenn es so wäre. Ich wollte damit nicht sagen, dass …«

»Ich weiß schon, wie du's gemeint hast.«

Ich legte mein Kinn auf die Hände. »Erzähl mir mehr über Feminismus.«

Wieder sah sie mich nachdenklich an. »Sicher?«

»Sicher. Es geht in erster Linie darum, sich nicht zu rasieren, richtig?«

»In allererster Linie.«

»Hervorragend«, sagte ich. »Reduziert auch die Notwendigkeit zu duschen. Und ich mag's, wenn ich den Wind in den Haaren an meinen Beinen spüren kann.«

»Interessierst du dich für Feminismus oder brauchst du nur eine Ausrede für fragwürdige persönliche Hygiene?«

Ich lachte. »Beides. Also erzähl schon.«

»Dann interessiert es dich also wirklich?«

»Ja, wirklich.« Ich stand auf und schaltete das Licht an. »Übrigens, möchtest du zum Abendessen bleiben? Mein Dad kocht was. Das kann er echt gut.«

»Ja«, sagte sie. »Gern.«

JANUAR

25

Geh nach Hause, Charlie, im Ernst«, sagte Drummond. Es war schon spät, und er und ich arbeiteten noch am Layout der Zeitung – oder vielmehr: Er war geblieben, als alle anderen gegangen waren, und ich einfach auch.

»Schon okay«, sagte ich und gab mir Mühe, nicht vor Verlegenheit rot zu werden. »Das macht mir nichts aus.«

»Und ich weiß es zu schätzen«, sagte er, »aber wenn zwei mit dem Kopf gegen die Wand rennen, kommt einfach nur ein größeres Loch dabei raus.« Er gab einen Laut zwischen Seufzen und Wimmern von sich, bei dem sich mir der Magen zusammenzog. Ich zögerte, unsicher, ob er nur versuchte, nett zu sein, oder ob er wirklich wollte, dass ich ging.

»Was macht ihr beide immer noch hier?« Asha tauchte in der Tür auf.

»Die erste Ausgabe ist fast fertig«, sagte ich.

Drummond schüttelte den Kopf. »Charlie hat eine interessante Auffassung des Wortes *fertig*.«

»Und was machst *du* hier?«, fragte ich sie. »Ich dachte, du wärst längst weg.«

»Hab Jai beim Training zugesehen«, erklärte sie. »Und

als ich hier vorbeigekommen bin, habe ich Geschrei gehört.«

»Die Software bringt ihn zur Weißglut.« Ich wies mit dem Daumen auf Drummond.

»Alles gut«, murmelte er. »Ich werde diejenigen ausfindig machen, die das verbrochen haben, und sie dazu zwingen, für den Rest ihres Lebens Tortendiagramme zu erstellen.«

»Was ist denn das Problem?«, erkundigte sich Asha.

Er winkte ab. »Nein, nein, macht euch keinen Kopf darüber. Ihr müsst jetzt bestimmt beide nach Hause.«

Asha kam zu uns. »Lassen Sie mich sehen, ob ich helfen kann«, sagte sie. Drummond stand auf und machte eine Geste, die so viel wie »bitte, nur zu« bedeuten sollte, während Asha sich auf seinen Platz neben mir setzte. Er stellte sich hinter meinen Stuhl und legte eine Hand auf die Rückenlehne. Ich bewegte mich absichtlich, um zu sehen, was geschehen würde. Als meine Schulter seine Hand streifte, zog er sie weg.

Ein paar Minuten lang schob Asha Dinge auf der Seite hin und her. »Wie wär's damit?«, meinte sie. »Wenn wir den Leitartikel zwei Spalten rüberrücken und die Stellungnahme nach rechts verschieben, das würde Sinn machen und immer noch gut auf die Seite passen.«

»Du bist ein Genie, Asha«, sagte Drummond und tätschelte ihr die Schulter. »Das ist perfekt. Wir sollten dich auf das Layout ansetzen – *wir* sind darin voll die Nieten.« Ich verspürte einen Stich der Eifersucht: Mir hatte er noch nie die Schulter getätschelt oder mich als Genie bezeichnet.

Asha fuhr sich über die Schulter. »Sorry, dass ich so eine

Hektik verbreite, aber ich muss jetzt wirklich nach Hause zum Abendessen. Kommt ihr klar?« Sie sah mich mit hochgezogenen Augenbrauen an.

»Sicher, sicher, geh nur«, sagte er und winkte sie hinaus. »Charlie, im Ernst, geh auch. Es gibt keinen Grund dafür, dass du an einem Freitag so lange hierbleiben solltest. Ich mache die Seite noch fertig und dann können wir den Rest nächste Woche in Angriff nehmen.«

»Oh, bei mir ist alles im grünen Bereich«, sagte ich. »Meine Eltern sind heute Abend unterwegs, also muss ich nicht zu einer bestimmten Zeit zu Hause sein.« Meine Eltern waren definitiv nicht unterwegs, aber ich beschloss, dass ich mich später bei ihnen entschuldigen könnte.

Asha warf mir wieder einen Blick zu. »Sicher, dass ich dich nicht mitnehmen soll?«

»Nein, schon gut. Ich hab das Auto von meinem Dad«, erklärte ich und wich ihrem Blick aus.

»Okay. Viel Spaß noch.« Sie winkte mir zu und dann war sie weg. Ihre Schritte verklangen schnell.

»Bist du sicher, dass du dir das antun willst? Ich benehme mich doch sowieso nur die ganze Zeit wie ein mürrischer Vollidiot.« Drummond ließ sich wieder auf seinen Stuhl plumpsen, und sein Bein stieß gegen mein Knie, als er es sich bequem machte.

Als ich nicht sofort antwortete, sah er mich an. »Was?«

Ich schluckte. »Dann ist doch alles wie gehabt.«

»Da ist was dran«, sagte er. Er zögerte. »Das sollte übrigens nicht der Wink mit dem Zaunpfahl sein, dass du gehen sollst.«

»Ah«, sagte ich. »Gut. Hatte ich nämlich auch nicht vor.« Ich sah auf den Flur. Es war völlig still im Gebäude. Normalerweise hörte man dann das narkotisierende Brummen eines Staubsaugers in der Ferne. »Das ist die einzige Zeit des Tages, zu der ich diesen Ort mag.«

Er schnappte sich seinen Tennisball vom Pult und warf ihn in die Luft. »Vorsicht«, sagte er. »Mit Ausnahme meines Kurses natürlich.«

»Äh, ja klar«, sagte ich. Er warf mir den Ball zu, ich lachte und fing ihn auf. »Abends hat es aber eine andere Atmosphäre, wissen Sie? Es fühlt sich – keine Ahnung – wärmer an. Fast schon geborgen.«

»Mm«, machte er. »Damals, als ich in der Schule war, also vor vielen ...«

»Vielen.«

»... vielen Jahren, kam ich immer entweder ganz früh oder blieb länger, um in Ruhe meine Hausaufgaben zu machen.«

»Bitte?«, sagte ich. »Sie sind hingegangen, nur um Hausaufgaben zu machen?«

»Wir waren eine große Familie. Ich musste mir mit meinem Bruder ein Zimmer teilen und von irgendwoher kam immer Lärm. Manchmal war die Schule der einzige Ort, wo ich meine Ruhe hatte.« Er streckte die Hände aus und ich warf ihm den Ball zurück.

»Das klingt höllisch«, sagte ich. »Für beide Seiten.«

»Du bist ein Einzelkind, stimmt's?«, fragte er.

Er hatte es sich gemerkt. »Jap.«

Er kippelte mit seinem Stuhl nach hinten und sah an die

Decke. Er warf den Ball hoch und fing ihn wieder auf, warf ihn hoch und fing ihn auf. »Ich habe mir oft gewünscht, Einzelkind zu sein.«

»Wie viele Geschwister haben Sie?«

»Einen Bruder, zwei Schwestern. Plus zwei Eltern, was mehr als genug war.«

Es war ein seltsamer Gedanke, dass er Eltern hatte, Leute, die ihn kannten, seit er klein war. Wann immer wir ihm im Unterricht persönliche Fragen stellten, wich er mit einem Scherz aus. Ich wusste, dass ich vorsichtig sein musste.

»Verstehen Sie sich gut mit ihnen?«

»Klar«, sagte er. »Meistens. Und du?«

»Ich hing sehr an meinem imaginären Bruder, aber die haben mir gesagt, dass ich ihn nicht in den Kindergarten mitbringen dürfe.«

Noch immer auf zwei Stuhlbeinen balancierend, lächelte er mich an. Seine Haare waren durcheinander und wogten wie eine sich aufbäumende Welle, als er sich bewegte. »Und deine Eltern?«

»Na ja, meine Mom haben Sie ja kennengelernt.«

»Ja. Oh, da fällt mir ein, dass ich mich noch für dich hinter die Sache mit den Stipendien klemmen muss.«

»Kein Stress.« Ich machte eine wegwerfende Handbewegung. »Jedenfalls können Sie sich vorstellen, wie gut das funktioniert.« Er hatte den Ball auf den Tisch gelegt und ich nahm ihn und drückte ihn zusammen. »Ich habe die beiden schon lieb.«

»Aber …«

»Kennen Sie das, wenn der beste Freund voll auf jemanden abfährt und man sich wie das fünfte Rad am Wagen vorkommt, wenn man mit den beiden zusammen ist?«

»So schlimm?«, fragte er.

»Keine Ahnung«, sagte ich. »Manchmal denke ich, ich bilde es mir nur ein.«

Er schaukelte vor, sodass die vorderen Beine seines Stuhls auf dem Boden aufsetzten. »Meine Eltern haben sich scheiden lassen, als ich dreizehn war. Hab sie viele Jahre dafür gehasst.«

»Ich denke, als Teenager muss man seine Eltern wenigstens ein bisschen hassen.«

»Sehr weise. In deinem Alter bin ich ziemlich durchgedreht.«

»Sie?«

»Ja, *ich*, Charlie. Einmal wurde ich sogar vom Unterricht suspendiert.«

Ich starrte ihn überrascht an. Jedes Mal, wenn ich dachte, ich würde ihn kennen – ich hätte ihn durchschaut –, sagte er etwas wie das eben, und hinter den Worten tat sich ein riesiger Raum auf, der auf Ozeane, Wüsten und Planeten voller Dinge hindeutete, die ich nicht wusste. »Echt jetzt? Ich dachte immer, Sie wären …«

Er lachte. »Ich war ein Loser, versteh mich nicht falsch. Ich war nur einmal eine Nacht sturzbetrunken und hab dann Unsinn angestellt.«

»Was denn?«

Er verzog das Gesicht, als wäre die bloße Erinnerung daran schmerzhaft. »Einen Biologiesaal verwüstet.«

»Warum? Und inwiefern?«

»Es gab da ein Mädchen – Rachel.«

»Ah«, sagte ich.

»Ja«, sagte er, als wären wir alte Freunde, was mich vor Freude rot werden ließ. »Jedenfalls war sie Atheistin – eine sehr lautstarke Atheistin, wie siebzehnjährige Atheisten nun mal so sind. Sie war es übrigens auch, die mich auf die Idee brachte, dass es in *Catch 22* um Atheismus gehen könnte. Sie erzählte mir immer, dass sie unseren Biologielehrer im Verdacht hatte, heimlich daran zu glauben, dass doch Gott die Welt erschaffen hätte, also habe ich mich eines Nachts hineingeschlichen und … Kennst du diese Stoßstangenaufkleber, die mit den Jesusfischen mit den Beinen drauf? Die habe ich überall an die Wand geklebt, auf die Bunsenbrenner. Und einen direkt auf seine Lesebrille.«

»Das ist ein armseliger Streich«, sagte ich.

Er nickte. »War es. Ich hielt mich für Yossarian, den Helden. Stellte sich allerdings raus, dass ich nur so klein und mies wie Doc Daneeka war.«

»Und, haben Sie sie beeindruckt?«

»Was meinst du?«

»Was ist passiert?«

»Hab nie den Mut aufgebracht, ihr zu erzählen, dass ich es war.«

Ich ließ die Hände auf den Tisch sausen. »Nein!«

»Doch. Dafür habe ich mich selbst gestellt, weil mich die Schuld innerlich aufgefressen hat. Habe ich mal erwähnt, dass ich in der Highschool nicht sonderlich beliebt war?«

Mir gefiel die Vorstellung von ihm in der Highschool. »Wie waren Sie so?«

»Nicht viel anders als jetzt, aber dreißig Pfund schwerer, mit einer Frisur, die sich nur als optische Zumutung beschreiben lässt. Und hundertmal nerviger und regelrecht davon besessen, die anderen mit meinen Witzen zum Lachen zu bringen. Dabei ist die Definition von *Witz* allerdings extrem weit gefasst.«

»Sie waren Frank?«, sagte ich.

Er lachte. »Jetzt verstehst du unsere spezielle, vorbelastete Beziehung.«

»Dann war Rachel Ihre große, unerfüllte Liebe?« Ich gab mir Mühe, beiläufig zu klingen.

Er räusperte sich. »Das kann man so nicht sagen.«

Ich wusste, ich hatte den Finger in eine Wunde gelegt, aber mir war nicht klar, welche. Vielleicht mochte er sie noch immer. »Haben Sie noch Kontakt mit irgendjemandem aus der Highschool?«, fragte ich, um das Thema zu wechseln.

»Mit ein paar Leuten schon«, sagte er. »Ich habe Kontakt zu einigen meiner alten Freunde. Ein paar stehen mir jetzt sogar näher als damals.«

»Haben sie sich verändert?«

»Ja, unterschiedlich stark.« Er wiegte den Kopf hin und her. »Manche Leute verändern sich sehr.«

»Ich nicht«, sagte ich. Ich rollte den Ball zu ihm.

Er nahm ihn. »Vielleicht nicht«, meinte er. »Das weiß man nie.« Ich hatte keine Ahnung, was ich darauf antworten sollte, also sagte ich nichts. »Ich dagegen bin jemand, den du in der Highschool nicht gemocht hättest.« Er verfiel in ein längeres Schweigen und ließ den Ball auf den Tisch prallen. »Wir sollten echt ein bisschen was tun«, meinte er schließlich, machte jedoch keine Anstalten.

Ich wollte ihm etwas entlocken, ehe er sich wieder verschloss. »Ich denke mal, dass zu Hause wahrscheinlich jemand auf Sie wartet.«

Er schnaubte. »Das Einzige, was dort auf mich wartet, sind die Aufsätze deiner Mitschüler.«

»Nicht mal ein Goldfisch oder so?«

Er schüttelte den Kopf. »Aber dafür fischst du gerade. Und zwar im Trüben.«

Ich lachte. »Irgendwie sind Sie ziemlich geizig mit Auskünften über Ihr Privatleben.«

Er lehnte sich in seinem Stuhl zurück und sah wieder an die Decke. »Dafür arbeitest du heute Abend sehr versiert daran, sie mir aus der Nase zu ziehen.«

Ich schluckte. »Schätze, ich sollte Sie nach Ihrer Kreditkartennummer fragen, solange ich einen Lauf habe.«

»Steck dir ein bisschen höhere Ziele als das, Charlie. Jeder weiß, dass ich über keine verschissenen Ersparnisse verfüge, die du plündern könntest.« Jedes Mal wenn er vor mir Schimpfwörter verwendete, durchströmte mich eine Art Freude – als würde er mich dadurch wie eine Erwachsene behandeln, wie gleichwertig.

»Wollen Sie echt, dass ich Sie was Persönliches frage?« Mein Herz schlug so heftig, dass es mich wunderte, dass meine Stimme nicht zitterte.

Er sah noch immer an die Decke und beobachtete die Flugkurve des Balles. »Klar. Warum nicht? Drei Fragen.«

»Drei«, wiederholte ich. Ich sah auf meine Hände. Sie hatten feuchte Abdrücke auf dem Tisch hinterlassen.

»Stell dir vor, ich wäre der beschissenste Flaschengeist ever.

Statt endlosen Reichtümern und Unsterblichkeit kriegst du von mir die unbedeutenden Einzelheiten aus dem Privatleben von irgendeinem Trottel von Highschool-Lehrer.«

»Sie sind kein …«, setzte ich an, hielt jedoch inne.

Er blickte mich an. »Doch, bin ich. Aber sprich ruhig weiter.«

»Also gut. Geben Sie mir nur eine Minute.« Was konnte ich ihn fragen? Ich wusste, was ich fragen *wollte*: *Denken Sie manchmal an mich, wenn ich nicht da bin? Denken Sie überhaupt manchmal an mich? Denken Sie an Lila?* Nur etwas Passendes fiel mir nicht ein.

»Ach«, sagte er, »und bitte keine Fragen darüber, wie ich meine Jungfräulichkeit verloren habe. Es gibt eine Grenze, wie sehr ich bereit bin, vor dir die Hosen runterzulassen.«

»In Ordnung«, erwiderte ich möglichst lässig, obwohl es mir fast den Atem raubte, ihn selbst von sich in einem so intimen Kontext sprechen zu hören. Schließlich sagte ich: »Wie viel verdienen Sie im Jahr?«

Er lachte. »Was habe ich denn gerade über meine mangelnden Ersparnisse gesagt? Nächste Frage.«

»Sie haben sie nicht beantwortet!«

»Ich habe nicht gesagt, dass ich sie beantworten würde. Nur, dass du fragen kannst.«

»Na toll.« Ich stand auf, begann im Zimmer auf und ab zu gehen und versuchte, mir eine neue Frage einfallen zu lassen. Die Fenster waren schwarz, und ich beobachtete, wie mein Spiegelbild mir folgte, das kränklich und verschwitzt aussah. Hatte ich wirklich solche Schatten unter den Augen? »Tolles Spiel.«

»Es ist das einzige, was ich habe, Chuck.«

»Warum nennen Sie mich Chuck?«

»Ist das eine von deinen Fragen?«

»Ja.« Ich setzte mich aufs Fensterbrett. »Klar.«

»Ist nur ein Spitzname.«

Ich kniff mir die Nase zu und machte ein Geräusch wie ein Buzzer. »Sorry, aber Sie müssen sich schon etwas mehr Mühe geben.«

Er starrte auf den Ball, als könne der mit einer Antwort aufwarten. »Um ganz ehrlich zu sein, ich weiß es nicht genau. Es passte einfach irgendwie zu dir.« Er lächelte zu mir hoch und die Fältchen um seine Augen kräuselten sich.

»Ich hab wie ein Mann ausgesehen?«, sagte ich und bemühte mich, meiner Stimme ein bisschen Power zu verleihen, damit sie nicht als Flüstern herauskam.

»Nein, natürlich nicht. Aber mir kamst du einfach nicht wie eine Charlotte vor.«

Ich verzog das Gesicht. »Ich fühle mich auch nicht wie eine Charlotte.«

»Vielleicht wächst du da noch rein«, sagte er. Er drückte den Ball so sehr, dass seine Fingerkuppen weiß wurden. »Ich hab mitbekommen, was du zu Lila gesagt hast, als ihr zwei reingekommen seid, und mir ist sofort aufgefallen, dass du richtig clever bist. Ich lerne jedes Jahr eine Menge neue Leute kennen, aber es ist nicht…« Er unterbrach sich und setzte neu an. »Ich schätze, ich wollte dir einen Stempel aufdrücken.«

Ich brachte die Worte kaum heraus. »Einen Stempel?«

»Irgendwas, was dich zu etwas Besonderem machte. Dich

auszeichnete. Auch wenn mir das zu dem Zeitpunkt so gar nicht bewusst war.«

Ich schwieg. Hatte er das gerade wirklich gesagt? Hatte ich mir das nicht nur eingebildet? »Oh«, sagte ich schließlich.

Er wandte sich zu mir und sah mich an. »Ich hoffe, das klingt jetzt nicht gruselig oder von oben herab. Du sollst nur wissen, dass ich finde, dass du …« *Wundervoll bist. Und wunderschön. Strahlend. Richtig witzig.* »… dass du es mal besser haben wirst als hier.«

»Danke«, sagte ich und lächelte ihn schief an. »Das klingt nur ein bisschen gruselig.«

Er lachte leise. »Geringfügig gruselig ist manchmal das Beste, was ich draufhabe. Also, die nächste Frage, bitte.«

»Äh«, sagte ich. Ich konnte nicht klar denken. »Oh Gott, keine Ahnung. Ähm, sind Sie verheiratet?«

Er lachte. »Nein. Aber ich war es mal.«

»Ich meine, mit einem Menschen, nicht mit der Arbeit oder so.«

»Ja.«

»Ach kommen Sie«, sagte ich. »Ich dachte, Sie wollten mich nicht verarschen.«

»Das ist keine Verarsche.«

»Ich weiß, dass Sie mich für gutgläubig halten, aber …«

Er lachte wieder, ein nervöser Laut wie ein Hüsteln. »Es war nicht … Jedenfalls hat es nicht gehalten, also …«

»Moment mal. Ist das Ihr Ernst? Wann war das?«

Er lächelte und senkte den Blick. »Direkt nach meinem letzten Highschool-Jahr. Sie war … Erinnerst du dich noch an Rachel, von der ich vorhin gesprochen habe?«

»Der Name sagt mir was, ja.«

»Ich habe ihr nichts von dem Streich erzählt, aber es hat sich trotzdem rumgesprochen, dass ich dahintersteckte. Sie fand die Aktion zwar idiotisch, aber wir haben angefangen, uns öfter zu unterhalten, und dann sind wir gute Freunde geworden, und am Ende waren wir ein Paar. Sie war witzig und klug – du hättest sie gemocht –, und sie war das erste Mädchen, das sich je für mich interessiert hat, und na ja …« Er zuckte mit den Schultern, als würde das alles Weitere erklären. »Und äh … wir waren jung und dumm und nach einer Weile hab ich Schiss bekommen und sie verlassen.« Wir schwiegen. Er sah hinunter auf den Ball, den er unter seiner Handfläche hin- und her rollte. »Entschuldige«, sagte er. »Ich weiß nicht, warum ich dir das alles erzählt habe.«

»Ist okay«, sagte ich automatisch, damit es ihm nicht unangenehm war, obwohl ich keine Ahnung hatte, wie ich das alles finden sollte. Zogen wir uns noch immer auf? Was für eine Reaktion erwartete er von mir? Wie sah die *richtige* Reaktion aus?

Nach einer Minute streckte er die Arme nach hinten und atmete tief ein. »Auf jeden Fall ist das alles lange her und ich war ein Vollidiot mit einem Hang zur Überreaktion. Wie du siehst, hat sich also nicht viel geändert.« Er nahm die Arme runter und trommelte mit den Fingern auf den Tisch, als wolle er das Thema wechseln. »Und wie sieht's bei dir aus? Schon mal verheiratet gewesen?«

»Äh«, machte ich. Jetzt wusste ich wenigstens, was ich sagen sollte. »Einmal, als ich fünf war, mit meinem Plüschpferd, Captain Oats.«

»War nichts für die Ewigkeit?«

Ich schüttelte den Kopf. »Meine Mom hat ihn aus Versehen dem Roten Kreuz gespendet. Aber wir hatten uns auch schon längst auseinandergelebt.«

»Traurig.« Er nahm den Ball und warf ihn mir zu. »Also, wie lautet deine letzte Frage?«

Vor Überraschung ließ ich den Ball durch. Ich hörte, wie er hinter mir auf den Boden prallte. »Äh«, sagte ich, »ich dachte, es wären schon drei gewesen.«

»Die erste habe ich nicht beantwortet, also habe ich die nicht mitgezählt.«

Ich sah ihn an. Warum änderte er auf einmal die Regeln? Welche Frage wollte er von mir hören? »Stimmt«, sagte ich. »Okay.«

»Lass dir Zeit.«

Jetzt, da er mir einen Einblick in sein Leben gewährt hatte, wollte ich alles wissen. Ich wollte mehr über Rachel erfahren, über seine Vergangenheit, darüber, ob ich ihm wirklich so wenig bedeutete, wie es eigentlich sein sollte. Sein Leben war so viel größer als meines.

Aber dann wusste ich auf einmal, was ich ihn fragen wollte. Ich wusste, dass ich es nicht durfte – dass ich nie wieder in der Lage wäre, ihm ins Gesicht zu sehen, wenn ich es täte. Aber die Frage ging mir immer und immer wieder im Kopf herum und verdrängte jeden anderen Gedanken.

»Du siehst aus, als wüsstest du was«, sagte er.

»Mm.«

»Kannst mich alles fragen. Echt.« Seine Augen waren strahlend blau. Ich hasste ihn dafür, dass er mich anstachelte –

als wüsste er, was ich fragen wollte, und versuchte, es mir zu entlocken.

Ich würde ihm die Frage stellen. Eigentlich wollte ich es nicht – oder eher, ich wusste, dass ich es nicht tun sollte, aber plötzlich war mir absolut klar, dass ich es tun würde.

»Finden … finden Sie mich hübsch?«, sagte ich. Meine Stimme war kaum mehr als ein Flüstern und ich sah auf meine Hände hinab. Die Stille dehnte sich endlos.

Schließlich räusperte er sich. »Charlie, ich kann nicht …« Er wirkte schrecklich verletzlich – jung und durcheinander. Eine Sekunde lang war ich von ihm abgestoßen. »Ich wünschte …«

Ich stand abrupt auf. Ich hasste es, dass er mich so sah. Dass er wusste, wie viel mir an seiner Antwort lag.

»Ich schätze mal, nicht«, meinte ich. Ich hatte gewusst, dass er es nicht sagen würde. Keiner würde das je tun.

»Nein, das ist nicht …« Er machte Anstalten aufzustehen, doch ich wich zurück. Er hielt die Hände hoch, als wolle er sich ergeben. »Okay. Sorry. Du weißt, ich kann nicht –«

»Ich hätte nicht fragen sollen«, unterbrach ich ihn, bevor er irgendetwas Schlimmes vom Stapel lassen konnte. »Es war unangemessen.«

»Nein, nein, es war …« Er beendete seinen Satz nicht.

»Tut mir leid«, sagte ich, ohne ihn anzusehen. Ich hoffte, dass er beim nächsten Mal verschwunden wäre.

Schließlich sammelte er sich. »Chuck«, sagte er und seine Stimme war tiefer und souveräner. Er war wieder mein Lehrer. Ich war erleichtert und enttäuscht zugleich. »Hab ich dir je empfohlen, Philip Larkin zu lesen?«

Ich war so perplex, dass ich lachte. »Nein. Sie sind direkt von Heller zu Shakespeare gesprungen.«

»Stimmt.« Er nickte. »Na gut, dann sage ich es jetzt. Lies Larkin. ›This Be the Verse.‹«

»In Ordnung«, sagte ich.

»Ich muss jetzt nach Hause. Danke, dass du dageblieben bist. Das war wirklich nett von dir.« Er stand ungeschickt auf und geriet ins Stolpern und wäre fast hingefallen, wenn er sich nicht an einem Tisch abgefangen hätte. Sein Stuhl stürzte polternd hinter ihm um, und er musste sich bücken, um ihn aufzuheben. »Ich sehe dich dann am Montag, okay?«

»Okay.« Ich stand wie erstarrt am Fenster und wartete darauf, dass er verschwand.

»Okay«, wiederholte er. Er zögerte einen Moment und machte dann einen halben Schritt auf mich zu, doch als ich zurückwich und mich setzte, blieb er stehen. »Okay, gute Nacht, Charlie.«

Ich wartete, bis seine Schritte verklungen waren, bis er in meiner Vorstellung das Gebäude verlassen und den Parkplatz überquert hatte, ins Auto gestiegen war, gute zehn Minuten mit der Stirn ans Steuer gelehnt dagesessen und anschließend auf seinem Handy irgendwelche Nachrichten gelesen und dann ins Handschuhfach gegriffen hatte, um sich ein Aspirin zu holen, dort nur die leere Flasche gefunden hatte und schließlich davongefahren war. Dann stemmte ich mich auf meine zittrigen Beine hoch und ging nach Hause.

Als ich in mein Zimmer kam, suchte ich im Internet »This Be the Verse«. Ich überflog es hastig in der Hoffnung, dass mir etwas ins Auge springen würde, und als das nicht der Fall war, las ich es noch einmal langsamer. »Was hat das mit alldem zu tun?«, sagte ich laut, und dann knallte ich meinen Laptop zu und warf mich aufs Bett und ließ meinen Tränen freien Lauf.

26

Als ich am Montag in sein Klassenzimmer kam, schlüpfte ich mit gesenktem Kopf auf meinen Platz, ohne zu prüfen, ob er mich bemerkte.

»Alles okay mit dir?«, fragte Lila. »Du hast das ganze Wochenende nichts von dir hören lassen.«

»Alles gut«, sagte ich. »Nur viel zu tun.« Ich hatte beschlossen, ihr nicht zu erzählen, was geschehen war. Es war zu demütigend für mich zuzugeben, dass ich mich nicht nur selbst lächerlich gemacht hatte, indem ich ihm so eine dumme Frage überhaupt gestellt hatte, sondern – schlimmer noch – dass er meine Frage abgewiesen hatte. Für sie war Zurückweisung ein Rückschlag, für mich jedoch ein Urteilsspruch.

»Jason hat mich zu so einer Party von einem Freund von ihm mitgeschleppt«, sagte sie. »Er hat sich so bescheuert aufgeführt, dass ich fast mit ihm Schluss gemacht hätte.«

»Ich dachte, ihr wärt nicht zusammen.«

»Ja, na ja«, sagte sie. »Er hat sich volllaufen lassen und war der Meinung, es wäre total verschärft, wenn ich und eine Bekannte von ihm uns küssen.«

Ich warf ihr einen Blick zu. »Hast du?«

Sie seufzte, als würde sie sich von mir ungerecht behandelt fühlen. »Ich würde lügen, wenn ich behaupten würde, ich hätte nicht darüber nachgedacht. Ich war ziemlich blau und sie war süß.«

»Aber?«

»Es endete damit, dass Jason … Wir sind jedenfalls wieder davon abgekommen.«

»Ah«, sagte ich. »Dann keine Trennung.«

Sie grinste. »Nein.«

»Ach, und das war jetzt also die tolle Geschichte, nachdem du erst damit angegeben hast, du hättest mehr oder minder ein Mädchen geküsst?«

»Dazu sage ich jetzt mal gar nichts.«

»Echt super.« Ich überlegte, ihr doch zu erzählen, was mit Drummond vorgefallen war, und dabei auch kräftig auf die Pauke zu hauen. *Er hat mich angefleht, aber ich habe ihm gesagt, das dürfen wir nicht. Er ist mein Lehrer und es wäre falsch. Was würden die anderen sagen?* Aber es war so ein himmelweiter, entsetzlich frustrierender Unterschied zwischen dem und der Realität, dass man nicht ernsthaft darüber nachdenken musste.

Als die Glocke läutete, kam Drummond nicht hinter seinem Pult hervor, und alle redeten fröhlich weiter. Ich kritzelte in meinem Notizbuch herum – am liebsten wäre ich zwischen die Seiten gekrochen.

Schließlich sagte er: »Okay, Leute. Ich denke, es wird Zeit für eine szenische Lesung.« Als ein Aufstöhnen durch die Klasse ging, meinte er: »Entweder das oder ein Test. Was ist euch lieber?«

Nach einer Pause sagte Dev: »Darf ich Regan sein?«

Drummond seufzte. »Wir werden keine Frauenrollen mehr im Angebot haben, ehe du müde wirst, sie zu spielen. Ich sehe, du hast schon wieder vergessen, dein Korsett mitzubringen.«

Dev lachte. »Ist in der Reinigung. Man will ja schließlich nicht ungepflegt sein.«

»Ich hab eins übrig, falls du es brauchst«, meinte Katie.

»Das liegt aber bei mir zu Hause«, warf Sean ein.

Es tat mir weh zu hören, wie Drummond mit ihnen herumalberte. War er nicht ebenso durcheinander wie ich? Hatte er nicht auch darüber nachgedacht, einen Monat im Bett zu bleiben mit unschuldig erworbenem Pfeiffer'schen Drüsenfieber? Wenn ich nicht versuchen konnte, ihn zum Lachen zu bringen, sollte es auch sonst keiner.

»Also, wer noch?«, fragte Drummond. »Wenn du dich nicht von selbst meldest, könnte es passieren, dass ich dich dazu auffordere, Edmund.«

Ich hielt den Kopf gesenkt, während diverse andere sich freiwillig meldeten. Bald war nur noch *ein* Part übrig. Ich wünschte mir mit aller Macht, dass Drummond sich nicht traute, mich anzusprechen. War aber nicht so.

»Charlie?«, fragte er. »Lust, heute eine Cordelia zu sein?«

Ich sah ihn direkt an. Seine Augen waren hart. Er war im autoritären Modus, der ihn so erwachsen und unerreichbar erscheinen ließ. Unter normalen Umständen hätte ich eingewilligt, doch diesmal presste ich die Lippen zusammen und schüttelte den Kopf. Ich würde sonst aus dem Zimmer rennen, ehe ich einen Teil gelesen hätte. Sein Blick wurde weicher, und einen schrecklichen Moment lang fürchtete ich, er würde vor dem ganzen Kurs etwas sagen, aber er wandte sich ab und bat stattdessen Katie.

Während alle anderen laut lasen, warf ich ihm in regelmäßigen Abständen einen hastigen Blick zu. Er sah mich zwar kein einziges Mal an, es machte allerdings auch nicht den Anschein, als würde er mich meiden. Dass etwas nicht in Ordnung war, erkannte ich nur daran, dass er sonst während des Unterrichts immer meinen Blick auffing. Aber irgendwie gab es mir auch einen winzigen Kick zu wissen, dass ich ihn getroffen hatte: Ich hatte ihn bestraft und es hatte funktioniert.

Nach der Schule erwog ich, direkt nach Hause zu gehen, beschloss dann jedoch, dass es bloß noch mehr so aussehen würde, als hätte er mich verärgert, wenn ich nicht kurz bei der Zeitung vorbeischaute. Als ich eintrat, unterhielt er sich mit Frank, und während ich mir einen Platz am anderen Ende des Zimmers suchte, lachten sie beide, und Frank rempelte ihn an.

Ich schlug mein Notizbuch auf der Seite auf, auf der ich im Unterricht herumgekritzelt hatte. Sie war voller Bilder von Bäumen mit knorrigen Ästen. Mit finsterer Miene starrte ich darauf.

Als ich hörte, dass er herüberkam, hob ich nicht den Kopf. Er zog sich einen Stuhl heran und setzte sich mir gegenüber. Ich bemühte mich, das Zittern meiner Hände zu verbergen.

»Chuck«, sagte er. »Wie geht's?«

»Bestens.«

»Schreibst du was über unsere zukünftigen Abenteuer?«

»Nein.«

»Nicht mal *Die Pflaumen von Europa*?«

»Nein, nicht mal …« Ich wich seinem Blick aus und sah erst auf seine Hände und dann schweigend aus dem Fenster. Nach einer Weile sagte ich: »Worüber würde ich wohl schreiben, wenn ich es echt täte?«

»Hm, keine Ahnung.« Ich konnte seinen Blick auf mir spüren, aber ich wollte ihn noch immer nicht ansehen.

»Spielen wir Zeitreise«, sagte er. Mein Herz machte einen Satz. »Es ist zwanzig Jahre später und ich hocke irgendwo in einer schäbigen Mansarde und brabble über das Konzept des Erhabenen in *Sturmhöhe* vor mich hin.«

Ich versuchte, ein Lächeln zu unterdrücken, und schwieg stur weiter.

»Ihr Kids habt mich in den Alkohol getrieben.« Er verstummte und wartete darauf, dass ich den Faden aufnahm. Als ich noch immer nichts sagte, fuhr er fort: »Was zugegebenermaßen nicht weiter schwer war. Ich war schon dadurch angefixt, dass jemand mir *Brausepulver* ins Getränk gekippt hatte. Üble Einstiegsdroge.«

Ich tippte mit meinem Füller auf mein Notizbuch und räusperte mich. »Sie sind dem Wahnsinn verfallen wie Heathcliff.«

»Manchmal wandere ich durch die wilden Hügel von Chatham Valley. In diese Ecken, die sie immer beim wöchentlichen Mähen übersehen.«

»Mit einem selbst gebastelten Umhang aus einer ergonomischen Rückenstütze, die Sie mit Lehrer-Preisnachlass bei Staples erworben haben.«

»Und die Bademeister im Schwimmbad erzählen mir, dass ich nach Frust rieche.«

»Und Sie duschen sich mit halb leeren Fantadosen.«

»Eines Tages läufst du mir zufällig über den Weg. Du hast das hier in schrecklich schlechter Erinnerung – das wertloseste und verschwendetste Jahr deiner schulischen Laufbahn –, und du überlegst dir, ob du mich nicht einfach dort liegen und verrotten lassen sollst.«

Ich zögerte. »Aber ich entscheide mich dagegen. Stattdessen schenke ich Ihnen ein Exemplar von *Die Pflaumen von Europa*.«

»Das verändert mein Leben«, sagte er. »Ich werde aus dem Elend befreit und stinke nur noch ein bisschen.«

»Also alles wieder beim Alten.«

Er lächelte, dann sah er zu Boden. »Es tut mir leid«, sagte er.

Ich schwieg. »Was ist das Erhabene?«, fragte ich schließlich.

»Das Konzept, dass etwas schön und schrecklich zugleich sein kann.«

»Wie Frank?«

Er musste laut lachen und ich lachte mit.

»Wenn Sie uns schon etwas über unsere Zukunft vorlügen, könnten Sie Ihre eigene ruhig ein bisschen besser darstellen«, sagte ich.

Er zuckte die Achseln. »Man muss ja eine Vision haben, oder?« Er wartete, bis ich ihn ansah, ehe er sagte: »Danke, dass du mir nicht mehr böse bist.«

Wir sahen uns einen Moment lang in die Augen. Als er

aufstand, legte er mir die Hand auf den Kopf und drückte sanft. Eine Hitzewelle schwappte durch mich hindurch.

»Gib gut auf dieses Köpfchen acht«, sagte er. »Irgendwann wirst du es noch mal brauchen.«

»Klugscheißer«, sagte ich.

FEBRUAR

27

Asha war im Sportunterricht bei Team-Übungen meine Standard-Partnerin geworden. Sie war sportlicher als ich, flink und aufmerksam, aber wichtiger noch: Sie war nett und machte mir nie einen Vorwurf, wenn ich einen Ball nicht erwischte. Lila hatte sich in Sport immer schon aufgespielt, und auch wenn sie mich nicht auslachte, so ließ sie doch manchmal Sachen wie »Mach schon, Porter!« oder »Ball anschauen« vom Stapel. Deshalb war ich sogar erleichtert gewesen, als wir unterschiedliche Stundenpläne bekamen.

Asha und ich machten jetzt zusammen Badminton. Jede Woche mussten wir mit anderen Jungs spielen, und an diesem Tag, dem Valentinstag, fiel das Los auf Mike.

Die ersten paar Minuten wich er meinem Blick aus. Sein Partner war Dev, und ich hatte Bammel, dass Mike mich vor ihm und Asha bloßstellen würde. Aber Mike machte keinen Mucks und sah mich nicht an.

Asha schlug auf, der Federball flog auf mich zu, und ich war so nervös, dass ich danebenschlug, obwohl der Ball ganz einfach war.

»Also, was ich da sehe, überzeugt mich nicht davon, viel

auf deine Meinung zu geben, wenn's um Sport geht, Charlie«, sagte Dev.

Ich lächelte. Mehr traute ich mich vor Mike nicht.

»Du musst gerade die Klappe aufreißen«, sagte Asha. »Du hast vor ein paar Minuten doch selbst erst großartig ausgeholt und dann den Ball durchgelassen.«

»Der war aus!«, verteidigte sich Dev. »Charlie, komm schon, du hast es doch auch gesehen. Sag ihr, dass ich recht habe.«

Ich zögerte. Mike lief ans andere Ende des Courts. »Nicht nachdem du meine Badmintonkünste dermaßen übel beleidigt hast.«

Dev lachte. »Na gut, wahrscheinlich hab ich's nicht anders verdient.«

Asha nahm den Federball mit dem Schläger auf und servierte erneut. Mike hechtete unbeholfen danach, kam jedoch nicht ran. Er warf mir einen Blick zu und ich sah weg.

»Und, futterst du heute Abend dein Valentinsgeschenk, Ash?«, sagte Dev.

Ich wäre bei der Frage erstarrt, doch Asha sah mich an, als ob es das Normalste von der Welt wäre.

»Dass du mir irgendwelche Schokoladenreste vermachst, die du nicht mochtest, zählt nicht als Valentinsgeschenk«, stellte sie klar.

»Mom kriegt immer die mit Nüssen«, beschwerte er sich.

»Weil du sie ihr sonst komplett wegmampfen würdest.«

Seufzend drehte Dev sich zu Mike um. »Und du, Mike? Hast du heute Abend ein Date?«

Mike wirkte erschrocken, dass Dev ihn angesprochen hatte. »Äh, bin mir noch nicht sicher, was ich mache«, erwiderte er.

»Charlie?«, fragte Dev. »Date?«

»Was?«, sagte ich.

»Lass sie in Ruhe, Dummkopf«, sagte Asha.

»Charlie hat dieselben Pläne wie ich, glaube ich«, sagte Mike.

Ich sah ihn an. Er lächelte. Mein Herz hämmerte. »Ich habe keine … ich weiß es nicht«, stammelte ich.

Dev sah zwischen uns hin und her und meinte: »Glaubt ihr, Drummond hat was vor?«

»Wenn man Dickens lesen als Verabredung durchgehen lässt«, sagte Asha.

Dev lachte. Wieder warf ich Mike einen hastigen Blick zu. Er lächelte immer noch. Ich funkelte ihn an, sein Lächeln erlosch, und er wandte sich ab.

»Findet ihr, dass er in letzter Zeit irgendwie anders ist?«, sagte Dev.

»Wer?«, fragte ich.

»Drummond.«

»Was?«, sagte ich. »Inwiefern?«

Er zuckte die Achseln. »Keine Ahnung. Einfach irgendwie anders.«

»Ist mir nicht aufgefallen«, behauptete ich, dabei hatte Dev recht. Es war nur eine Nuance, aber er wirkte etwas distanzierter, ein wenig abwesend. Es dauerte einen winzigen Moment zu lange, bis er lachte, ein kurzes Zögern, ehe er einen Witz riss. Er sah mir nicht so oft in die Augen, und wenn doch, dann sah er zu schnell weg. Ich versuchte, nicht an diesen Abend im Klassenzimmer zu denken, denn wenn ich es doch tat, wurde mir heiß, so sehr schämte ich mich. Und ich machte mir Sorgen, dass er sich meinetwegen anders benahm, dass er nicht mehr auf dieselbe Weise an mich denken konnte. Vor allem aber versuchte ich, so zu tun, als wäre alles beim Alten, wie eh und je.

Dev schlug wieder gegen den Federball. »Glaubt ihr, dass er uns dieses Semester eine Note für *Truth Bomb* geben wird?«, fragte er. »In Anbetracht der Tatsache, dass wir noch nicht mal eine einzige Ausgabe rausgebracht haben.«

»Ich glaube, dass wir auch schon allein für die Teilnahme Punkte kriegen«, sagte ich. »Es ist nicht unsere Schuld, dass noch nichts erschienen ist. Na ja, bis vielleicht darauf, dass nur die Hälfte der Leute tatsächlich Artikel geschrieben haben.«

»Ich hoffe sehr, dass wir Noten bekommen«, meinte Dev. »Denn Ashas Artikel ist wirklich grauenhaft.«

Asha warf ihren Schläger nach ihm und er lachte und wich nicht aus. »Arschloch«, zischte sie.

»Wenigstens du wirst gut abschneiden, Charlie«, sagte er. »Dich liebt er.« Er sagte es völlig ungeniert, als wäre es nicht wegzudiskutieren.

Ich wurde rot. Mike gab ein Geräusch von sich und ich sah ihn an. Sein Gesicht war ebenfalls rot.

»Weniger Blabla und mehr Anstrengung, bitte«, rief Mrs Deloit uns im Vorbeigehen zu.

»Er liebt doch alle«, sagte ich.

28

Als ich an diesem Abend meine Füße in meine Schneestiefel zwängte und mich in meinen dicksten Mantel einmummte, erschien meine Mutter in der Diele.

»Gehst du mit Frida Gassi?«, fragte sie.

»Sieht ganz so aus«, erwiderte ich.

Frida hechelte und wedelte bei dem Wort *Gassi* mit dem Schwanz. Sie stupste mit der Schnauze ihre Leine an, die noch an der Wand hing.

»Macht es dir was aus, wenn ich mitkomme?«, fragte meine Mutter. Sie wirkte befangen, als wäre sie ein Kind, das um Erlaubnis bittet und Angst hat, dass der andere Nein sagt.

»Ich dachte, du wolltest gleich mit Dad ausgehen?« Ich stand auf und nahm Fridas Leine vom Haken. Sie tänzelte voller Vorfreude um mich herum und ihre Krallen klackerten auf den Fliesen.

»Planänderung«, sagte meine Mutter.

Ich blickte auf. »Aber nicht wegen des Parkprojektes?«

Sie nickte. »Wir haben es verschoben. Ich dachte, vielleicht könnten wir beide stattdessen zusammen einen Spaziergang machen.«

»Ich bin also das Ersatzprogramm?«

Sie wirkte gekränkt. »Wenn du lieber allein gehen möchtest, ist es auch gut.«

»Sorry, ich wollte nicht…« Ich nestelte an Fridas Leine herum. »Nein. Nein, ist schon okay.«

Ich ging mit Frida immer zu der kleinen Lichtung ein paar Straßen weiter. Der Schnee schmolz seit Wochen und verwandelte sich in aschgraue Rinnsale, sodass ich schon das dumpfe Gefühl gehabt hatte, wir wären am absoluten Tiefpunkt des Winters angelangt. Wie in jenen Tagen, an denen die Sonne nicht durch die tief hängende Wolkenschicht dringen konnte und der Schneematsch grau von Reifenspuren war und alles, was darunter zum Vorschein kam, verfault und braun aussah. Aber dann hatte tags zuvor ein Schneesturm gewütet und nun waren die Bäume mit dicken Schneehauben verziert und der Schein der Straßenlaternen leuchtete weich und verschwommen.

»Hast du heute Abend was vor?«, fragte sie.

Pizza und Masturbation, dachte ich. »Ich wollte lesen.«

»Dann durchkreuzen wir also nicht deine Pläne, indem wir zu Hause bleiben«, sagte sie.

Ich sah sie an. Sie blickte zu einem Dach hinauf, auf dem schwer der Schnee lastete.

»Was denn zum Beispiel?«, fragte ich.

»Bin nur neugierig.«

»Nein.« Ich schüttelte den Kopf. »Tut mir leid, dich enttäuschen zu müssen.«

Sie schwieg. »Weißt du, mir ist klar, dass du nicht viel auf Schminken und Frisuren und so Zeug gibst. Du findest es oberflächlich. Aber, Charlie, ich versuche doch nur, dir zu helfen.«

»Nein, ich … Wann … wann habe ich das gesagt?«

Sie ging nicht auf meine Frage ein. »Schatz, was meinst du, warum du keinen Freund hast?«

»Ich habe … was? Warum willst du das wissen?«

»Es interessiert mich eben.«

»Hast du ein Problem damit, dass ich keinen habe?«

»Natürlich nicht«, sagte sie. »Aber ich bin mir sicher, dass du durchaus einen haben könntest, wenn du wolltest.«

Ich lachte, doch mir zog sich der Magen zusammen.

»Das ist mein Ernst«, sagte sie. »Und ich weiß, dass du das nicht hören willst, aber ich glaube wirklich, dass ich dir dabei helfen könnte. So läuft das auf der Welt eben. Tut mir leid, dass ich der Überbringer der schlechten Nachricht bin, aber das Aussehen ist wichtig, vor allem den Männern.«

Als ich nichts darauf erwiderte, sagte sie: »Mir ist klar, dass du findest, du solltest dich nicht mit so einem Kram rumschlagen müssen. Dass die Leute hinter die Fassade schauen sollen. Ich wünschte, es wäre so, ehrlich. Ich weiß, dass du gern einen Freund hättest.« Sie kam näher und ihre Stimme wurde sanft. »Wenn du mich lässt, dann könnte ich … könnte ich dir helfen. Ich möchte … ich wünschte, du … ich wünschte, du würdest mich dir helfen lassen.«

Ich zögerte. Über der Straße lag tiefe Stille. »Dann findest du mich also hässlich.«

Sie trat zurück und ihre Stimme wurde wieder hart. »Nein«, sagte sie. »Nein, überhaupt nicht. Wenn du mich fragst, bist du ein hübsches Mädchen, das sich aus irgendeinem unerfindlichen Grund in den Kopf gesetzt hat, unattraktiv zu sein.«

»Um Himmels willen, Mom.« Ich spürte, wie sich in meiner Brust ein Schluchzen verfing. Ich versuchte, noch etwas zu sagen, brachte aber nichts heraus. Vielleicht hatte sie recht. Vielleicht musste ich einfach nur nachgeben.

Wir hatten die Lichtung erreicht. Die Schneedecke war so dick, dass sich vor uns eine weite weiße Ebene ausdehnte, die nur von Wildspuren und Fußabdrücken durchbrochen wurde. Der Wald dahinter lag dunkel und still da.

Ich gab Frida so viel Leine wie möglich, während ich mich bemühte, meine Atmung in den Griff zu bekommen, damit das verhängnisvolle schnappende Luftholen aufhörte. Als ich ein Vibrieren in meiner Tasche spürte, holte ich mein Handy heraus: eine SMS von Lila.

Hab vorhin Drummond im Supermarkt gesehen. Er hat Lotion und Taschentücher und eine Ausgabe des Shape Magazine gekauft. :-(

Ich gab eine Art schluchzendes Lachen von mir. Frida zerrte an der Leine und ich fragte: »Kannst du sie kurz nehmen?«

»Natürlich«, sagte meine Mutter. Als ich ihr die Leine reichte, meinte sie: »Was Wichtiges?«

»Gewissermaßen«, sagte ich. Ich schrieb zurück: *Lügnerin.*

Lila antwortete fast im selben Moment. *Also gut, hat er nicht. Aber eine einzelne Aubergine hat er echt gekauft. Traurig, oder? Muss jetzt los. Jason ist mit irgendwelchen Nelken von der Tanke hier. Denkt wahrscheinlich, dass ich ihm dafür einen blase. IGITT!*

Wenn es so war, einen Freund zu haben, dann konnte ich

gerne darauf verzichten. Ich brauchte niemanden. Meine Mutter konnte mich mal. Dort wo gerade noch der Schluchzer gesessen hatte, spürte ich nun mit aller Macht Trotz in mir hochsteigen. Ich las die SMS ein zweites Mal, als ich Frida bellen und meine Mutter schreien hörte: »Verdammt! Frida, komm her!«

Ich blickte auf. Wie ein stecken gebliebener Van wirbelte Frida Wolken von Schnee auf, während sie über die Lichtung raste. Auf ein Reh zu.

»Frida!«, rief ich mit meiner tiefsten, schärfsten Stimme. Sie erstarrte eine Sekunde lang, sah mich an und sprang dann wieder hinter dem Reh her.

Ich drehte mich zu meiner Mutter und sagte: »Na toll.« Dann begann ich mühsam durch den Schnee zu stapfen.

Sie hielt mit mir Schritt. »Es tut mir leid. Sie hat mich überrumpelt.«

»Wenn du sie öfter ausführen würdest, würde dir das nicht passieren«, sagte ich.

»Wenn du nicht mit deinem Handy beschäftigt gewesen wärst, hättest du gesehen, dass was schiefläuft«, schoss sie zurück.

Ich verengte die Augen. »Ich hab dich gebeten, gerade mal fünf Sekunden auf sie achtzugeben! Als ich gesagt habe, ich hätte nichts vor, habe ich nicht gemeint, dass ich gerne im Dunkeln meinem Hund hinterherjagen will.«

»*Unserem* Hund.«

»Meinem Hund«, sagte ich. »Und ich will keinen Freund. Du kannst also deine Versuche einstellen, okay? Lass es einfach gut sein.«

»Okay«, sagte sie. »Dann lass ich's eben. Viel Glück.«

»Frida!«, rief ich und stolperte in den Wald hinein. Ich musste nicht weit laufen. Auf der Suche nach der Fährte des Tieres schnüffelte Frida wie eine Wilde an einem Baum und bellte unaufmerksam. Ich packte das über den Boden schleifende Ende ihrer Leine und zog. Sie jaulte und kam dann widerstrebend mit.

»Tut mir leid«, sagte meine Mutter, als ich an ihr vorbeikam.

»Danke«, sagte ich und lief weiter.

29

Als ich an einem Samstag auf dem Rückweg von ein paar Besorgungen war, um die meine Mutter mich gebeten hatte, entdeckte ich seinen Wagen auf dem Parkplatz vor dem Sportzentrum. Dass es seiner war, erkannte ich am Nummernschild, das ich mir vor Längerem einmal eingeprägt hatte, und an der schwarzen Zierleiste an der Beifahrertür, die nach unten hing wie der Kursverlauf einer Aktie, mit der es bergab ging.

»Ha«, sagte ich laut. »Dann schwimmt er also doch hier.«

Als ich an einer roten Ampel anhalten musste, behielt ich die Eingangstür des Gebäudes im Auge und fragte mich, ob er wohl wirklich da drin war.

»Ich wette, dass er gerade schwimmt«, murmelte ich und trommelte mit den Fingern aufs Steuer. Dann lachte ich. »Das ist albern.«

Das Auto hinter mir hupte. Ich warf einen Blick in den Rückspiegel und sah, dass der Fahrer wild gestikulierte.

»Scheiß drauf«, sagte ich und bog in den Parkplatz ein.

Ich stellte den Motor ab und saß ein paar Minuten lang einfach nur da und lauschte den Geräuschen des Kühlers.

Ab und zu lief jemand an mir vorbei – das Trommeln der Schritte erschien mir durch die Stille im Auto noch lauter. Ich war mir sicher, dass sie alle durch die Fenster zu mir hereinsahen und wussten, weshalb ich hier war. Mir wurde bewusst, dass ich entweder aussteigen oder fahren musste, denn je länger ich hier saß, desto mulmiger wurde mir zumute.

Ich ging hin und spähte durch die große Glastür. In der Eingangshalle befand sich ein Empfangsschalter, hinter dem Katie aus meinem Literaturkurs stand und lustlos in einem Hochglanzmagazin blätterte.

Als ich hereinkam, blickte sie auf und lächelte unverbindlich, aber nicht unfreundlich.

»Hi«, sagte ich. »Das klingt jetzt blöd, aber ich halte nach einem Freund Ausschau, und ich hab mich gefragt, ob ich vielleicht kurz einen Blick ins Schwimmbad werfen könnte.«

Sie legte die Stirn in Falten. »Bist du Mitglied?«

»Ähm, nein.«

»Als ob mich das kümmern würde.« Sie grinste. »Klar, geh nur.«

»Danke.«

»Drummond ist da drin«, sagte sie, als ich abzog.

»Oh«, sagte ich. »Danke für den Hinweis.«

»Kein Ding.« Sie sah mich mit hochgezogener Augenbraue an und widmete sich wieder ihrer Zeitschrift.

Der Zugang zum Schwimmbad befand sich am Ende eines Korridors mit zwei Doppeltüren. Außen ums Schwimmbad herum lief eine Art Balkon, von wo aus man einen Blick aufs Becken hatte. Die feuchte Luft legte sich auf mich, als ich aus einer Ecke hinabspähte und dem Quieken, Plantschen und lachenden Kreischen lauschte.

Dann sah ich ihn. Er stand am Beckenrand, bereit hineinzuhechten. Allerdings trug er keine Speedo, sondern eine kurze braune Badehose, die ihm tief auf den Hüften saß und sich eng an seinen Po schmiegte. Sein Oberkörper war viel muskulöser, als ich erwartet hatte. Er sah gut aus.

Ich hatte versucht, nicht daran zu denken, wie enttäuscht ich sonst gewesen wäre, aber jetzt ließ ich das Gefühl zu: Ich hätte ihn bemitleidet. Ich hätte mich für ihn geschämt. Jetzt, da die Gefahr gebannt war, durfte ich mir diese Gedanken erlauben.

In einer fließenden Bewegung sprang er ins Wasser und tauchte wie ein Seehund wieder auf, die Haare nach hinten an den Kopf geklebt. Ich hatte mir nie etwas aus Schwimmen gemacht, sodass mir nicht bewusst gewesen war, wie anmutig es aussehen konnte: sein explosiver Beinschlag, die geschmeidigen Armbewegungen mit viel Muskeleinsatz, die rhythmische Kraft jedes Schlages, die Art, wie sich sein Körper am Ende der Bahn zusammenzog und wieder streckte.

Ich sah zu, wie er durchs Wasser glitt wie eine Klinge, die durch einen Saum schnitt, auf und ab, auf und ab. Nach einer Weile – inzwischen hatte ich jegliches Zeitgefühl verloren – griff er nach dem Beckenrand und zog sich in einer einzigen schnellen, kraftvollen Bewegung hoch. Er lief zu einem Stuhl und trocknete sich mit seinem Handtuch ab. Seine Brust wirkte dunkler, nun da sie nass war. Ich folgte den kleinen Rinnsalen über seinen Oberkörper bis zum Bund seiner Badeshorts, die so tief saß, dass ich die Einbuchtungen an seinen Lenden erkennen konnte, die hinunter zur Leistengegend führten.

»Also gut«, sagte ich. »Genug gesehen.«

Als ich ins Foyer zurückkam, tippte Katie auf ihrem Handy herum. Sie ignorierte mich, bis ich fast an ihr vorüber war, und meinte dann: »Na, deinen Freund gefunden?«

»So in der Art«, sagte ich.

Ich hörte sie lachen, als ich die Türen aufdrückte.

Ich sagte mir, dass ich jetzt fahren müsse, aber ich tat es nicht. Stattdessen hing ich auf dem Parkplatz herum und gab vor, SMS zu schreiben. Ein paar Minuten später kam er nach draußen. Seine Haare waren noch immer feucht und nach hinten gekämmt, und er trug die braune Lederjacke, die ich so mochte. Er sah so gut aus, dass es mir fast den Atem nahm. Aus sicherer Entfernung beobachtete ich, wie er weiterging, und fragte mich, ob er es mir abnehmen würde, wenn ich so täte, als würde ich ihm zufällig begegnen. Er lief seitlich um das Gebäude herum, lehnte sich an die Backsteinmauer und kramte in seiner Jackentasche. Dann fand er, was er gesucht hatte: ein Feuerzeug und ein halb leeres Päckchen Zigaretten.

»Nein!«, sagte ich laut.

Er klopfte eine Kippe aus der Packung, zündete sie an und nahm einen langen, tiefen Zug. Ich musste zugeben, er sah dabei cool aus – irgendwie lässig. Er blies den Rauch aus und richtete den Blick in die Ferne. Unglaublich cool war das sogar.

Ich schüttelte mich und rannte hinüber.

»Was tun Sie da?«, sagte ich, als ich näher kam.

Er war gerade dabei, wieder einen Zug zu nehmen, erstarrte jedoch, als er mich sah. »Oh, Shit«, sagte er. Zwischen den Worten kringelte sich Qualm.

»Sie *rauchen*?«

»Nein.«

»Sieht aber anders aus.«

»Wie wär's einfach mit einem Hallo zur Begrüßung, Charlie?«

»Ich dachte, Sie hätten aufgehört.«

»Weißt du, ich hatte in letzter Zeit ziemlich Stress. Äh, Moment mal, was machst du eigentlich hier?«

»Ich trainiere«, sagte ich.

Er musterte mich, während er einen letzten Zug von seiner Zigarette nahm.

»Ich denke darüber nach«, schob ich hinterher. »Sie rauchen jedenfalls.«

Er ließ den restlichen Rauch seitlich aus dem Mund entweichen und drückte den Stummel an der Wand aus. »Jetzt nicht mehr«, sagte er. »*Irgendwas* hat es mir madig gemacht.« Dabei sah er mich direkt an, aber in seiner Stimme lag ein neckender Unterton.

»Sorry«, sagte ich.

Er schüttelte belustigt den Kopf. »Schon gut. Kennst du irgendwo in der Nähe was, wo man gut Mittag essen kann? Ich bin am Verhungern.«

»Ja«, sagte ich. »Das *Horseme…shoe*. Ist nur fünf Minuten von hier entfernt.«

»Dann lass uns gehen.«

Ich hielt inne. »Ich … ich komme mit?«

»Das ist das Mindeste, was du tun kannst, nachdem du mir so zugesetzt hast, finde ich.«

»Okay«, sagte ich. »Folgen Sie mir?«

»Wie immer«, sagte er.

Es war merkwürdig, dass er mir hinterherfuhr, während ich im Rückspiegel immer wieder sein Gesicht betrachtete, in dem Wissen, dass ich ihn überall hätte hinlotsen können – zumindest eine Zeit lang. Und noch merkwürdiger war es, in der Öffentlichkeit mit ihm unterwegs zu sein. Nicht nur, weil ich mir einen Kopf darüber machte, dass uns jemand zusammen sehen könnte – das *Horseshoe* war bei den Schülern sehr beliebt –, sondern weil es ihn so aus dem Kontext riss. Ich war daran gewöhnt, ihn zu sehen, wie er sich mit Schülern und manchmal auch anderen Lehrern unterhielt, aber ich hatte nie gesehen, wie er eine Bedienung anlächelte oder fragte, woraus der Hackbraten bestand (»Sie fahren besser damit, wenn Sie es nicht wissen«, riet ich), oder dass er außerhalb unserer Schule überhaupt existierte. Es war mir fast peinlich, ihn so zu erleben: wenn er nicht sagte, wo es langging, wenn er nicht genau wusste, was er tat. Selbst wenn es nur etwas so Banales war, wie eine ganz gewöhnliche Frage zu stellen oder ein paar höfliche Floskeln mit der Bedienung auszutauschen – Dinge, die er, wie mir erst später bewusst wurde, wohl jeden Tag machte, wenn ich nicht dabei war, und ich war mir nicht sicher, ob es mir gefiel, ihn so zu sehen, oder ob ich es gut verkraftete.

»So«, sagte er, nachdem wir unsere Bestellung aufgegeben hatten. »Was gibt's Neues?« Er lehnte sich zurück und legte die Ellbogen auf den Rand der Bank, die um unsere Nische herumlief. Für meinen Geschmack wirkte er viel zu entspannt, als wäre das hier nicht auch für ihn seltsam.

Ich spielte mit meinem Strohhalm herum, der noch immer in der Papierverpackung steckte. »Außer dass Sie heimlich rauchen?«

»Was soll ich sagen?«

»Zu Ihrem Trainingsplan kann es jedenfalls nicht gehören.«

»Genau genommen ist es ein wesentlicher Bestandteil meines Trainings«, erwiderte er. »Damit meine Lunge vom Schwimmen nicht zu viel Volumen kriegt. Ich hab nämlich schon Häuser umgepustet, wenn ich nur gepfiffen habe.«

»Ich glaube ja eher, es ist wegen Ms Anders«, sagte ich. »Gruppenzwang und so.«

»Tracey raucht?«, fragte er. »Das war mir gar nicht bekannt.«

»Genau. *Tracey* raucht.«

Seine Augen funkelten. »Bist kein Fan von ihr, hm?«

Ich schob das Papier hinunter und steckte den Strohhalm in mein Getränk. »Wie kommen Sie darauf?«

Er zuckte übertrieben mit den Schultern. »Nur so eine spontane Vermutung.«

»Ich sage Ihnen, warum ich Ms Anders nicht mag, wenn Sie mir verraten, warum Sie wieder mit dem Rauchen angefangen haben.«

»Ah«, machte er. »Sieht aus, als würden wir da in einer Sackgasse stecken.«

Die Kellnerin kam mit unserem Essen und erlöste mich

dadurch davon, antworten zu müssen. Während wir aßen, plauderten wir ein bisschen – sogar ihm beim Essen zuzusehen, war eigenartig –, aber größtenteils schwieg er, offenkundig in Gedanken versunken, obwohl ich ihn dabei ertappte, wie er mich mehr als einmal ansah. Bereute er das hier bereits?

»Wie ist der Hackbraten?«, fragte ich.

»Schmeckt wie das Innenleben einer Matratze.«

»Hmm. Muss heute der gute Koch sein.« Ich sah zum Tresen, wo ein bärtiger Mann über seinem Teller hing wie eine alte Jacke, die man über einen Stuhl geworfen hatte. »Sind Sie sicher, dass mit Ihnen alles okay ist? Sie sind heute … keine Ahnung … beunruhigend wenig unausstehlich.«

Er lächelte. »Mir geht's gut, Ehrenwort«, sagte er. »Das mit dem Rauchen ist nur … weiß nicht. Vielleicht stecke ich gerade in der Midlife-Crisis.« Er lachte ein wenig, als befürchte er, er würde sich lächerlich anhören.

»Also für eine Midlife-Crisis sind Sie ein bisschen jung, oder?«

»Dann eben eine existenzielle Krise. Irgendwas Schwerwiegendes.«

Was für Probleme hatten Erwachsene? Undurchschaubare Sachen, bei denen es um Lust und Eifersucht und Zorn ging. Er hatte ein komplettes Leben außerhalb der Schule, sicher inklusive Sex in schmuddeligen Badezimmern und Auseinandersetzungen, bei denen Teller an die Wand flogen, und wahnsinnig düsteren, schweren Depressionen wegen Hypotheken. All die Dinge, die ich nicht kannte, nicht wusste, nicht erlebt hatte, erschienen mir wie eine riesige Kluft: eine Schlucht, die ich niemals überbrücken könnte.

»Was ist los?«, fragte ich, obwohl ich wusste, dass er es mir nicht sagen würde.

Er rieb sich die Augen. Vom Chlor waren sie rot und geädert wie Marmor. »Ist nicht wichtig«, sagte er. »Aber danke der Nachfrage. Erzähl mir lieber, wie es dir mit Oberlin geht.«

»Och«, meinte ich. »Das scheint mir noch furchtbar weit weg.« Am liebsten hätte ich gesagt: *Bitte hören Sie auf, vom College zu sprechen.*

»Na, dir bleiben ja noch ein paar Monate, um dich an den putzigen Stylings von Sean und den anderen zu erfreuen.« Er knüllte seine Serviette zusammen und legte sie neben seinen Teller.

»Ihr Unterricht ist das, was mir Kopfzerbrechen bereitet«, sagte ich. »So langsam fange ich an zu begreifen, was für riesige Wissenslücken ich habe.«

Er stieß ein kurzes Lachen aus. »Dieses Gefühl kennen alle wissensdurstigen Leute. Nur die Ignoranten fühlen sich in ihrer Unwissenheit wohl.«

»Sie strahlen so eine Sicherheit aus, was Ihre Intelligenz und Bildung angeht«, sagte ich.

»Ich bin ein Idiot, Charlie. Das ist das Einzige, was ich mit Sicherheit weiß.«

»Sie kennen ganze Passagen von *König Lear* auswendig.«

»Ich kann auch den Ewok-Song von *Die Rückkehr der Jedi-Ritter*.«

»Den ›Yub Nub‹-Song?«

Seine Augen leuchteten. »Ja! Woher kennst du den?«

»Mein Dad steht drauf«, sagte ich.

Er lachte. »Ich habe ihn mir nur eingeprägt, weil ich mir

ziemlich sicher bin, dass das der Tiefpunkt der menschlichen Existenz ist. Schlimmer als Las Vegas.« Er klopfte mit dem Finger auf den Tisch, um seiner Aussage Nachdruck zu verleihen. »Aber das Problem ist, je mehr man weiß, desto deutlicher wird einem bewusst, wie viel es gibt, was man nie wissen wird. Der Sinn und Zweck von Bildung ist nicht, jemandem alles beizubringen, was es zu wissen gibt, sondern jemandem beizubringen, *wie* man sich etwas erarbeitet – wie man Botschaften interpretiert.«

»Gute oder schlechte Botschaften?«

»Geschichten transportieren Botschaften und erschaffen Bedeutung«, sagte er. »Der einzige Sinn, den etwas hat, ist der, den man ihm gibt.«

»Hmmm.« Ich fuhr die Landkarte der Vereinigten Staaten auf meinem Platzset aus Papier nach. »Kann ich Sie was Komisches fragen?«

Er hob die Augenbrauen.

»Denken Sie manchmal an sie?«

»An wen?« Er lächelte, als wäre er bereitwillig mit allem einverstanden, was als Nächstes kam.

»Rachel«, sagte ich.

Er lächelte weiter, lachte sogar, doch die Sorgenfalten zwischen seinen Augenbrauen vertieften sich. »Rachel? Warum willst du …? Wie kommst du jetzt darauf?«

»Ist mir nur so eingefallen«, sagte ich.

»Es erstaunt mich, dass du dir das überhaupt gemerkt hast.« Er sah aus dem Fenster auf den grauen Parkplatz hinaus. »Nein, nicht wirklich. Es ist nicht gerade ein Teil meines Lebens, an den ich gerne zurückdenke.«

»Fragen Sie sich nie, was aus ihr geworden ist oder wie's ihr geht oder zum Beispiel, ähm …«

»Zum Beispiel ähm …?«

»Zum Beispiel, ähm, ob Sie was verpasst haben, was richtig Gutes. Denken Sie manchmal darüber nach, wieder Kontakt aufzunehmen und sich zu entschuldigen?«

»Nein, ich …« Er seufzte. »Sie will nichts von mir wissen. Es wäre arrogant, mich jetzt in ihr Leben zu drängen.«

»Das wissen Sie doch gar nicht.«

»Ich kenne sie.«

»Okay, aber … aber fragen Sie sich nicht manchmal, ob sie die Liebe Ihres Lebens war oder so?«

»Nein«, sagte er. »Und ich war auch nicht die Liebe ihres Lebens.«

»Vielleicht machen Sie sich da nur was vor.«

»Ach wirklich?«, meinte er. »Wie weise.« Seine Stimme klang scharf. Einen Moment lang sah er verärgert aus, dann beruhigte er sich wieder. »Entschuldige. Es ist nur … Ich meine, ja, vielleicht tue ich das. Aber wenn das nötig ist, dann …« Er zuckte mit den Schultern. »Wir lügen uns alle in die eigene Tasche. Sogar du, Yoda.«

»Wahrscheinlich haben Sie recht, Doc Daneeka«, sagte ich.

Er lächelte. »Wie kommt's, dass du dich an jeden Unsinn erinnerst, den ich so von mir gebe? Gott, von allen möglichen Charakteren. Ein Feigling, der nicht mal seinen eigenen Tod vortäuschen kann.«

Mein Handy summte und ich zog es aus meiner Tasche. »Oh nein. Meine Mom will wissen, wo ich stecke.«

»Aus diesem Grund ist mein Handy immer ausgeschaltet«, sagte er.

»Verfolgt Ihre Mutter auch jede Ihrer Bewegungen, oder wie?«

»Würde sie, wenn ich es anschalten würde.« Er zog fragend die Augenbrauen hoch und griff nach meinem Handy. Ich überließ es ihm, und er fuhr mit den Fingern darüber, als ob Blindenschrift darauf wäre. »Meins hat mehr oder minder noch eine Wählscheibe.«

»Hier geht es an«, sagte ich.

Er schreckte zurück, als meine Startseite aufploppte. »Verrückt!«

Ich lachte.

»Was?«, sagte er und sah arglos zu mir auf.

Ich schluckte und schüttelte den Kopf. Das Telefon vibrierte, und er ließ es los, als hätte es ihm einen Elektroschock verpasst. Ich lachte wieder, nahm es und fuhr mit dem Daumen über den Bildschirm.

»Haben Sie noch nie zuvor ein Smartphone in der Hand gehabt?«

»Um Himmels willen, nein. Die Dinger sind Teufelswerk«, sagte er und machte eine wegwerfende Handbewegung. »Das ganze Piepsen und Blubbern. Mir sind Ziffern auf einem matten Display lieber.«

»Wie alt *sind* Sie?«

Er lachte. »Alt genug, um zu wissen, dass du nach Hause fahren solltest, bevor deine Mom dafür sorgt, dass ich gefeuert werde.«

Ich stockte. »Stimmt.«

Er senkte den Blick und räusperte sich. Es dauerte eine Weile, dann sagte er: »Also gehen wir jetzt vor und zahlen?«

Ich nickte und folgte ihm zur Kasse, wo er für uns beide bezahlte und wieder mit der Kellnerin scherzte, während ich dastand und mich fragte, was sie wohl dachte, in welcher Beziehung wir zueinander stünden. Dann gingen wir nach draußen auf den Parkplatz und sahen uns an.

Ich wippte auf den Zehenspitzen auf und ab.

»So«, sagte ich.

»Also jetzt, da ich dich bestochen habe, bleibt die Sache mit dem Rauchen unter uns«, sagte er.

»Solange Sie Ms Anders nicht stecken, dass ich sie nicht mag.«

Er nickte. »Ein Gleichgewicht des Schreckens. Wir sollten uns niemals gemeinsam betrinken.«

»Deal«, sagte ich. »Ein bisschen cool haben Sie doch ausgesehen. Sie wissen schon, beim Rauchen.«

Er lächelte und die Fältchen um seine Augen wurden tiefer. Ich spürte einen Kloß im Hals und musste an mich halten, um ihm nicht um den Hals zu fallen, wie er da in der Kälte so vor mir stand und so breit und groß und warm wirkte. Es fiel mir zunehmend schwerer, mich ihm gegenüber zu beherrschen.

»Aber vielen Dank für dein Mitleid«, sagte er.

»Das war nicht aus Mitleid.« Ich verschränkte die Arme. »Und danke für die Einladung.«

»Danke, dass du mir Gesellschaft geleistet hast«, erwiderte er.

Ich zögerte und wartete, ob er einen Schritt auf mich zu machen würde. Er zauderte eine Sekunde lang, dann steckte er die Hände in die Taschen und trat ein Stück zurück. Wir nickten uns zu und er drehte sich um und ging davon. Ich sah ihm nach, bis er außer Sichtweite war, dann trottete ich zu Dads Wagen, ließ mich hineinplumpsen und legte den Kopf aufs Lenkrad, um darauf zu warten, dass mein Handy wieder vibrierte, um neue Nachrichten von meiner Mutter anzuzeigen.

MÄRZ

30

Jedes Jahr im Frühling ging die Abschlussklasse auf Klassenfahrt. Der letzte Jahrgang hatte einen ambitionierten, doch unter einem schlechten Stern stehenden Zeltausflug organisiert, der Gerüchten zufolge damit endete, dass ein Schüler fast durch einen eingeschleusten Feuerwerkskörper seine Hand verloren hätte und eine Aufsichtsperson wegen des Zustands eines von Schülern übel zugerichteten Dixi-Klos völlig in Tränen aufgelöst war. Dieses Jahr würde der Kurztrip definitiv weniger abenteuerlich ausfallen: Wir würden in einen Freizeitpark und dann in ein Hotel fahren, wo wir eingepfercht und überwacht werden konnten. Seit Jahren hatte ich mich immer mal wieder flüchtig gefragt, wie ich dieser Nummer entkommen konnte, wenn es so weit wäre, aber dann teilte Drummond uns mit, dass er mitkam.

Lila und ich standen zusammen rum, als wir an einem kalten Samstagmorgen auf den Bus warteten. Die Aufsichtspersonen – ein halbes Dutzend Lehrer, die teils genervt wirkten und teils erleichtert darüber, dass sie Jeans tragen konnten – unterhielten sich und krümmten sich vor unterdrücktem Lachen. Asha stand eng an Dev gedrängt bei ein paar Leuten aus unserem Literaturkurs, und Jason unterhielt seinen Fanclub mit einer Story, in der offensichtlich viel geschrien wurde. Lila war in letzter Zeit immer öfter mit ihnen um die Häuser gezogen. Meist fragte sie mich, ob ich mitkommen wolle, aber ich hatte stets eine Ausrede parat.

»Er hat sich für den Anlass extra in Schale geschmissen«, sagte sie und wies mit dem Kopf auf Drummond, der sich von den anderen Lehrern entfernt hatte, doch dann zu ein paar Schülern gerufen wurde, die etwas von ihm wollten. Er trug Jeans und einen grauen Kapuzenpullover und schien nicht viel älter zu sein als sie. Außerdem sah sein Hintern fantastisch aus.

»Mir gefällt's, dass er sich mit uns so wohlfühlt, dass er sich in dieser Richtung keinen abbricht«, sagte ich.

Lila beobachtete ihn über meine Schulter hinweg. »Er kommt auf uns zu«, stellte sie fest. »Warum sagst du ihm nicht, dass du sein Outfit superheiß findest?«

»So was wie ›am liebsten würde ich Ihnen dieses Sweatshirt direkt vom Leib reißen‹?«

Er blieb vor uns stehen, während wir noch immer kicherten.

»Das passiert viel zu oft, wenn ich zu euch komme, um mich mit euch beiden zu unterhalten, als dass es Zufall sein könnte«, sagte er.

»Lila ist blau«, sagte ich.

Er sah sie mit zusammengekniffenen Augen an. »Sorry, dass ich den Unterschied nicht gemerkt habe.«

Sie boxte ihm gegen den Arm und er zuckte übertrieben zusammen. »Ich muss alles nehmen, was ich kriegen kann, nachdem Charlie nicht mitziehen will«, sagte sie. »Und erzählen Sie mir jetzt nicht, dass Sie nie einen Tropfen Alkohol anrühren. Sie sind auf einer Klassenfahrt mit einem Haufen schwachsinniger Siebzehnjähriger.«

»Ich fürchte, ich muss nüchtern bleiben«, meinte er. »Außerdem gab es im Kollegium in letzter Zeit viel zu viel Alkohol.«

»Was, bei Lehrerkonferenzen oder wie?«

»Und das sind nur die organisierten Veranstaltungen«, sagte er. »Ihr könnt euch nicht vorstellen, was für Mengen Papakostas sich hinter die Binde kippen kann.«

Lila grinste. »Ich wusste es. Nie und nimmer ist der bei uns im Unterricht nüchtern. Er …«

»Gehen die Ihnen bei den Lehrerkonferenzen immer noch wegen der Zeitung auf die Nerven?«, fragte ich und warf Lila einen entschuldigenden Blick zu. Ich hatte so darauf gebrannt, etwas zu sagen, dass ich erst gar nicht registriert hatte, dass ich sie unterbrochen hatte.

»Ja.« Er nickte. »Man hat mir unter die Nase gerieben, dass wir streng genommen keine einzige Ausgabe herausgebracht haben.«

»Unfassbar.«

»Na ja, ich hab gesagt, dass man die lieben Kleinen nicht so antreiben darf und ob sie jemals *Inferno und Ekstase* von Michelangelo gesehen hätten, aber das hat sie alles nicht überzeugt.«

»Frank sagt, er hätte ein komplettes Wörtersuchrätsel fertig.«

»Was – eins geschrieben oder eins gelöst?«

»Was meinen *Sie*?«

»Ich meine, dass ich ihm das nicht abnehme.«

Wir lachten beide. Ich sah kurz zu Lila, die mich mit einem finsteren Blick bedachte.

»Könntest du das nicht übernehmen, Frank irgendwie beizubringen, dass er erst mal lernen muss, die Wörter richtig zu buchstabieren, bevor er sie in ein Rätsel packt?«, fragte er.

»Sie sind doch der Lehrer!«

»Ich lehre dich, wie man anderen sagt, dass sie inkompetent sind, ohne ihnen zu nahe zu treten«, sagte er. »Und glaub mir, das wirst du im Berufsleben noch brauchen.«

Der Bus hielt mit einem matten Seufzen an und die Menge jubelte.

»Ich sollte mal die Oberaufsicht übernehmen, für den Fall, dass einer versucht, sich unauffällig zu verdrücken.« Drummond machte eine Geste irgendwo zwischen Winken und Salutieren. »Wir sehen uns dann auf der anderen Seite.«

Lila drehte sich zu mir. »Ihr beide seid ja richtig dicke.«

»Sieht so aus«, sagte ich.

Lila entschied sich für eine Sitzreihe in der Mitte des Busses und überließ mir den Platz am Fenster. Nach einer Minute zog sie wuchtige Kopfhörer aus ihrer Tasche und schaltete die Musik an. Sie winkte Jason zu, der mit seinen Freunden hinten saß, und warf ihm eine Kusshand zu. Er grinste und machte eine Geste, bei der ich mir nicht sicher war, ob ich sie genau verstehen wollte.

Die erste halbe Stunde verbrachte ich damit zuzusehen, wie sich die dicht gedrängten Häuser der Vororte unserer Stadt abspulten und schließlich von vereinzelten heruntergekommenen Farmen abgelöst wurden. Manchmal spähte ich zu Drummond. Er saß mit den anderen Lehrern vorne und plauderte ab und an mit ihnen, las jedoch die meiste Zeit in einem Taschenbuch.

»Was liest er?«, fragte ich Lila.

»Was?« Lila hielt einen Kopfhörer vom Ohr weg.

»Was Drummond da liest.«

»Ah.« Sie wirkte gereizt, reckte aber den Hals, um zu sehen, ob sie es erkennen konnte. »Sorry, keinen Schimmer.« Sie setzte ihre Kopfhörer wieder auf und drehte die Lautstärke höher.

Seufzend sah ich aus dem Fenster.

»Geht's um Drummond?«

Ich drehte mich um. Hinter uns saßen zwei Mädchen, die ich flüchtig kannte – Irina und Maddy. Die beiden waren passabel beliebt und von einer Art zugespachtelter Schönheit, die auf einem umfangreichen Wissen über Kosmetikprodukte beruhte. Sie konnten mit all den Kennzeichen von Attraktivität aufwarten – reine Haut, lange, glänzende Haare, kurze Röcke –, doch ihre Gesichter sahen unfertig aus und waren feist vor Babyspeck.

»Ja«, sagte ich schließlich.

»Du kennst ihn, stimmt's?«, meinte Irina.

»Er ist mein Lehrer.«

Maddy verschränkte die Arme über meiner Rückenlehne. »Weißt du, dass er nicht beschnitten ist?«

Lila nahm ihre Kopfhörer ab und drehte sich um. »Sorry, was?«

Maddy lächelte in dem Wissen, dass sie eine Information

hatte, die wir wollten. »Ein Mädchen aus dem Schwimmteam hat es mir erzählt.«

»Ein Mädchen aus dem Schwimmteam?«, fragte Lila. »Ist er ihm beim Schwimmen aus der Badehose gerutscht oder wie?«

»Nein.« Maddy schüttelte den Kopf, als wäre die Vorstellung lächerlich. »Sie meinte, sie hätte das durch den Stoff hindurch erkennen können.«

»Um Himmels willen«, sagte Lila und drehte sich wieder nach vorne.

Maddy verdrehte die Augen in Lilas Richtung und wandte sich pseudo-vertrauensvoll an mich. »Allem Anschein nach liegen diese Speedos echt hauteng an.«

»Gewissermaßen eine Produkteigenschaft«, erwiderte ich und beschloss, für mich zu behalten, dass er gar keine Speedo getragen hatte, als ich ihm hinterherspioniert hatte. »Und ihr zwei habt also einen Kurs bei ihm, oder wie?«

»Er hat bei uns Aufsicht in der Studierstunde«, sagte Irina. »Alle da wollen mit ihm Sex haben. Sogar die Jungs.«

»Uff«, machte ich, aber mehr fiel mir dazu nicht ein. Ich wusste nie so recht, was ich davon halten sollte, wenn jemand anders auf ihn stand. In unserer Jahrgangsstufe gab es viele attraktive Mädchen auf dem Höhepunkt ihrer jugendlichen Schönheit, die nur allzu bereit waren, ihre Macht auszutesten, wohl wissend, dass er sie nicht zurückweisen würde. Einerseits war ich froh, dass sie ihn mit denselben Augen sahen wie ich – auch wenn ich wusste, dass ich tiefer blickte –, andererseits empfand ich sie als Konkurrenz.

»Seid ihr, hm, mit ihm befreundet oder so?«, fragte Irina.

»Charlie liebt ihn«, sagte Lila. Mir war nicht bewusst gewesen, dass sie noch immer zuhörte.

Ich schüttelte den Kopf. Es erschien mir irgendwie billig, mich mit ihnen zu verbünden, als wäre das bei mir auch bloß eine Schulmädchenschwärmerei.

»Er ist echt heiß«, meinte Maddy. »Ich kann es dir nicht verdenken.«

»Ich schwöre, er hat mal eine kleine Erektion gehabt«, sagte Irina.

»Hat er nicht«, widersprach Maddy in einem Tonfall, der vermuten ließ, dass sie diese Diskussion nicht zum ersten Mal führten.

»Hat er wohl«, beharrte Irina.

»Er trug eine Bundfaltenhose«, erklärte Maddy, an mich gewandt.

»Und wir haben uns über meine Poolparty unterhalten«, fügte Irina hinzu.

»Diese kollektive Drummond-Besessenheit wird langsam peinlich«, sagte Lila, ohne sich umzudrehen.

»Heuchlerin«, gab ich zurück.

»Ich mochte ihn schon, bevor es in Mode kam«, sagte sie und setzte ihre Kopfhörer wieder auf.

Als wir bei dem Freizeitpark ankamen, nahm Lila die Kopfhörer ab und stürmte mit Jason aus dem Bus, ohne auf mich zu warten.

»Wir sehen uns beim Mittagessen, okay?«, rief sie noch über die Schulter.

»Großartig«, murmelte ich.

Ich ging zu Asha und Dev, die direkt hinter den Lehrern gesessen und sich, wie ich gesehen hatte, gelegentlich mit Ms Anders unterhalten hatten.

»Macht's euch was aus, wenn ich mich euch anschließe?«, fragte ich.

»Natürlich nicht«, sagte Dev.

»Ich fahre nicht Achterbahn«, meinte Asha, »aber ich sehe euch gern beim Kotzen zu.«

Zusammen mit ein paar Rowdys von unserer Schule stellten Dev und ich uns bei einem Fahrgeschäft an, das *Der Terminator – Angst und Schrecken hoch zwanzig!* hieß. Die Jungs lachten und schubsten sich rum, während die Mädchen kicherten und vor Aufregung kaum still stehen konnten. Sean und Katie aus unserem Literaturkurs waren auch dabei, ebenso wie Irina und Maddy. Maddy winkte mir zu und ich lächelte und winkte zurück.

»Kennst du die?«, fragte Dev.

»Ein bisschen«, sagte ich. »So wie man jemanden eben kennt, mit dem man zusammen groß geworden ist.«

»Da kann ich leider nicht mitreden.« Er rieb sich am Kinn und grinste mich an.

»Stimmt ja«, sagte ich. »Na ja, ich weiß die groben Eckdaten über sie, aber das ist alles oberflächliches Zeug. Zum Beispiel, dass sie mal total auf *Hello Kitty* abgefahren ist und im Kindergarten eine Zeit lang ständig gebissen hat und dass sie mit zwölf eine violette feste Zahnspange hatte. Aber richtig *kennen* tue ich sie nicht.«

»Ja, und trotzdem kennst du sie auf eine Weise, wie viele Leute sie niemals kennen werden«, sagte er.

»Wahrscheinlich. Aber davon, wie es tief in ihr drin aussieht, habe ich keine Ahnung.«

»Ich glaube, man kann jemanden auch kennen, ohne in dessen tiefste Geheimnisse eingeweiht zu sein«, sagte er und sah zu Asha hinüber, die Fotos von Leuten in der Schlange schoss. »Allerdings frage ich mich öfter mal, was in Asha vorgeht. Ich meine, ich weiß alles über sie, aber total oft habe ich keinen Schimmer, was in ihrem Kopf vorgeht.«

»Sie lässt sich eben nicht so leicht in die Karten schauen«, sagte ich.

Er lachte. »Zumindest nicht von mir. Aber so habe ich es gar nicht gemeint. Ich … ich verstehe Mädchen manchmal einfach nicht.«

Ich sah ihn mit zusammengekniffenen Augen an. »Was meinst du damit?«

»Ihr seid mir ein Rätsel«, sagte er und betrachtete mich nachdenklich.

»Wir sind kein bisschen rätselhafter als Jungs«, erwiderte ich. »Wir wollen auch nichts anderes.« Ich sah zu Asha hinüber und sie blickte auf und winkte. Als ich mich wieder zu Dev umwandte, ruhte sein Blick noch immer auf mir.

»Ich wünschte, ich wüsste, was ihr wollt«, sagte er.

Ich suchte gerade nach einer Erwiderung, als die Jungs plötzlich grölten: *»Drummond!«*

Ich fuhr herum und sah, wie er mit Ms Anders vorbeilief. Sie lachte über etwas, was er gesagt hatte, und ihre Hände flatterten in der Luft und drohten, auf ihm zu landen.

»Kotz«, murmelte ich.

Drummond sah auf. Er hatte gelacht, und das Lächeln war

noch immer auf seinem Gesicht wie etwas, das sich in einen Bildschirm eingebrannt hatte.

»Kommen Sie rüber, Chef!«, rief einer von ihnen. Ich registrierte, dass es Frank war. »Fahren Sie mit uns den *Terminator*!«

Drummond machte eine wegwerfende Handbewegung, und Frank brüllte: »Kommen Sie schon, oder haben Sie was Besseres vor?«

»Nein danke«, sagte er. »Ich habe für mein Mittagessen bezahlt.«

Die Gruppe buhte ihn aus und er lachte. Er hatte Spaß daran, das konnte ich ihm ansehen. Dev und ich warfen uns einen Blick zu.

»Fünf Dollar, dass er mitkommt«, sagte ich.

»Ich wette dagegen«, sagte er. Er streckte die Hand aus und ich schüttelte sie. Seine Haut war warm und für eine Sekunde spürte ich ein Kribbeln in mir drin, einen kleinen, angenehmen Schauer. Ich ließ los.

»Ach, kommen Sie, Drummond«, fiel der Nächste mit ein. Sean. »Seien Sie nicht so ein Mädchen.«

»Na ja, wenn du mir sonst meine Männlichkeit absprichst, dann habe ich wohl keine andere Wahl«, meinte Drummond, blieb jedoch, wo er war, und grinste sie an.

Einen Moment lang war Ruhe, dann buhten sie ihn wieder aus. Er wandte sich an Ms Anders, die mit verschränkten Armen dastand und sich sichtlich unwohl fühlte. »Ist es okay, wenn ich dich allein lasse, Trace?«, fragte er. »Oder willst du in diesem elenden Ding mitfahren?«

»Geh nur«, sagte sie. »Das wird bestimmt aufregend.« Sie

sah aus, als würde sie versuchen, ein finsteres Gesicht zu machen, aber er konnte sich ein freudiges Grinsen nicht verkneifen, und ihre Mundwinkel zuckten als Reaktion darauf nach oben. Sie ließ den Blick über die Menge schweifen und verharrte auf mir. Sie hob eine Augenbraue. *Trace*, dachte ich verächtlich.

Drummond ging zu dem Grüppchen und alle jubelten. »Keiner von euch hat eine Kamera oder ein Smartphone dabei, richtig?«, hörte ich ihn sagen, als er sich zu ihnen gesellte.

»Sieht aus, als hätte ich Schulden bei dir«, meinte Dev.

»Was?«, sagte ich. »Ach, richtig. Du kannst mir einen Slush kaufen, wenn wir, ohne zu kotzen, aus diesem Ding rauskommen.«

Er grinste. »Deal.«

Der helle Tag wurde ausgesperrt, als wir uns in den düsteren, stickigen Einstiegsbereich begaben. Dev und ich gingen nach hinten, wo die Schlange kürzer war. Jeder Wagen – ein glattes, geschossartiges Ding mit Reißzähnen vorne und Flammen auf den Seiten – hatte vier Reihen mit Zweiersitzen, sodass wir nebeneinandersitzen konnten.

Alle waren jetzt ganz hibbelig vor Aufregung. Ein paar Jungs hatten angefangen zu johlen, und ich merkte, dass sie über ein Pärchen lachten, das miteinander rangelte: Sean und Katie. Zuerst dachte ich, sie wären jetzt zusammen, aber dann realisierte ich, dass sich Katie hilflos kichernd gegen ihn wehrte und ihn wegschob.

»Komm, hau ab«, hörte ich sie sagen, aber Sean packte sie erneut und die anderen lachten. »Du magst das doch«, sagte er. Er ließ sie los, und sie rannte davon, und er jagte sie rückwärts aus der Schlange hinaus, bis er sie von hinten erwischte und herumschwenkte, während sie zappelte und sich wand wie ein Käfer, der auf dem Rücken lag.

Es gab nur einen Aufseher bei dem Fahrgeschäft, ein Typ im Collegealter mit langen, fettigen Haaren, der in einer Kabine aus zerkratztem Plastik saß und das Spektakel mit gelangweilter Miene betrachtete. Er erweckte den Eindruck, als würde er so was ständig zu Gesicht bekommen.

Ich warf Drummond einen Blick zu, der das Ganze nicht mehr witzig zu finden schien. »Sean«, sagte er, »offensichtlich möchte Katie nicht festgehalten werden. Lass sie bitte runter.«

»Sorry«, sagte Sean, aber er grinste.

Dev und ich waren als Nächste an der Reihe. Ich trat ein paar Schritte beiseite, um Platz zu machen, als ein Wagen voller lachender, benommen wirkender Kids polternd vor uns anhielt. Als sie ihre Gurte gelöst hatten, öffneten sich die Absperrungen, und wir durften einsteigen. Dev und ich nahmen den Doppelsitz ganz hinten und schnallten uns an.

Sean ging zum vordersten Wagen und zerrte Katie mit. »Jeder Fluchtversuch ist zwecklos«, sagte er, als sie sich wand. Er hob sie hoch, sodass sie wie ein Päckchen unter seinem Arm klemmte, während er sie kreischend zum Wagen trug.

»Sean!«, wiederholte Drummond. »Was habe ich dir gerade gesagt, hm? Lass sie runter. *Sofort.*« Er verließ die Schlange und stellte sich vor den Wagen, um Sean den Weg zu versperren.

Sean blieb stehen. Seine Miene verdüsterte sich. »Seit wann sind Sie so eine Spaßbremse?«, murmelte er und gab Katie frei. Kopfschüttelnd ging er zurück in die Schlange.

Katie wankte kurz, ehe sie das Gleichgewicht wieder fand. Sie atmete schwer, aber dann lächelte sie erst Sean und dann den Rest der Truppe an.

Auf einmal fuhr Sean wieder zu ihr herum. Die anderen johlten, als sie begriffen, dass er noch nicht aufgegeben hatte. Katie stieß einen Schrei aus, der durch den Einstiegsbereich hallte. Sie stand jetzt vor dem Wagen neben Drummond, und ich hatte Angst, dass Sean einfach mit voller Wucht auf sie zurennen und sie in die leere Sitzreihe stoßen würde. Sean war nur noch ein, zwei Meter entfernt, als Drummond vor sie trat und sich ihm damit direkt in den Weg stellte. Als Sean ihn rammte, fing Drummond den Aufprall mit der Schulter ab und musste nur einen Ausfallschritt nach hinten machen, um das Gleichgewicht zu halten, doch Sean wurde zur Seite geschleudert und stolperte auf den Wagen zu, wo er beinahe mit dem Kopf gegen den hochgeklappten Sicherheitsbügel eines der Schalensitze knallte.

»Herrgott noch mal!«, brüllte er. Auf einmal war es bis auf sein Geschrei ganz still in der Einstiegszone. »Was soll der Scheiß, Drummond?«

»Sean«, sagte Drummond, »du gehst jetzt zurück zum Bus.«

»Wegen Ihnen bin ich nur knapp am Koma vorbeigeschrammt!« Sean rieb sich den Kopf an der Stelle seiner Phantom-Verwundung.

»Du bist knapp an der sexuellen Belästigung deiner Klassenkameradin vorbeigeschrammt«, erwiderte Drummond. »Da du anscheinend nicht mit dieser besonderen Situation hier umgehen kannst, musst du uns leider verlassen.«

Sean rührte sich nicht vom Fleck. »Schwuchtel«, murmelte er.

»Ab mit dir, Sean«, sagte Drummond. »Jetzt.«

Sean drängte sich mit einem »Fuck!« auf den Lippen zum Ausgang durch.

Katie schlang die Arme um sich und trottete zurück zu den anderen. Drummond machte einen Schritt auf sie zu, doch sie wich ihm aus und sagte laut: »Ich hab Ihre Hilfe nicht gebraucht!« Mit verwirrter Miene trat er zurück, während sie Sean nach draußen folgte.

Jetzt erst kam der Aufpasser aus seiner Kabine, wo er das Ganze mit einem gleichgültig-amüsierten Gesichtsausdruck verfolgt hatte, und meinte: »Alles in Ordnung?«

»Ja«, sagte Drummond. »Tut mir leid für die … äh … Aufregung.«

Der Aufseher zuckte mit den Achseln und wandte sich an den Rest. »Können jetzt bitte die, die mitfahren wollen, einsteigen und alle anderen hinter die Absperrung zurückgehen? Hier staut sich gerade alles ein bisschen.«

Drummond begleitete ein paar von uns auf ihre Plätze. Frank versuchte, ihn am Arm zu packen, und sagte: »Kommen Sie schon, wollen Sie jetzt mit?«

Drummond sah noch immer wütend aus. »Danke, aber ich passe, Frank.« Er sprang über die Absperrung zu den anderen Kids, die sich sofort um ihn scharten und mit ihm reden wollten.

Eine Minute lang saßen Dev und ich da, ohne etwas zu sagen, und beobachteten ihn. Schließlich fragte Dev: »Alles okay mit dir?«

Ich sah ihn an und schüttelte den Kopf. Dann senkte ich den Blick und sah, dass er die Griffe seines Gurtes umklammerte.

Ich holte tief Luft. »Keine Sorge«, sagte ich. »Ich werde nicht kotzen.«

Er lachte unsicher. Als die Fahrt losging, packte ich seine Hand und drückte sie. Er lächelte mich an, und ich lächelte zurück, und erst als wir in die Tiefe stürzten, ließ ich ihn los und riss die Arme hoch.

31

Sobald wir im Hotel waren, begann das allgemeine Besäufnis. Ich hatte mir eines der Austen-Bücher mitgenommen, die meine Mutter mir geschenkt hatte, und beschlossen, noch vor dem Abendessen damit anzufangen, aber Lila schleppte mich ein Stockwerk tiefer zu Jason mit, wo sich bereits eine ganze Menge Leute versammelt hatten. Das Zimmer war ziemlich überfüllt, und alle saßen dicht an dicht auf den zwei Einzelbetten – sogar der Toilettendeckel war okkupiert. Jemand hatte Lautsprecher reingeschmuggelt, aus denen blechern und wummernd Musik ertönte.

Lila zog mich mit zu Jason hinüber. »Erinnerst du dich an Charlie?«, sagte sie.

Jason grinste mich an. »Hey, Chuck!«

»Ich heiße *Charlie*«, stellte ich richtig. Normalerweise war ich nicht so mutig, aber Lilas ständige Geschichten über Jasons Dummheit gaben mir irgendwie das Gefühl, ihn zu kennen. Außerdem verspürte ich einen heftigen Drang, diesen Spitznamen zu beschützen. Drummond hatte ihn mir gegeben, und dieser Clown hatte nicht das Recht, ihn zu benutzen.

»Schon klar, Charlie«, sagte er. »Ich kann's nicht fassen, dass wir noch nie was zusammen unternommen haben. Ich meine, das sind jetzt fünf Monate oder so.«

»Man könnte fast meinen, dass Charlie ganz gezielt Einladungen ausschlägt, wenn du dabei bist«, sagte Lila mit einem zuckersüßen Lächeln.

Ich funkelte sie an. »Fünf Monate, hm? Das klingt ja so, als wärt ihr zwei jetzt offiziell zusammen?«

Jason lachte und drückte Lilas Schultern. »Solche Entscheidungen überlasse ich ihr. Sie ist die Kluge von uns. Oder nicht, Stanford?«

Sie zeigte ihm den Mittelfinger. »Ich bin noch nicht angenommen.«

»Ach, so eine Intelligenzbestie ist Lila auch wieder nicht«, sagte ich. »Sie fühlt sich nur einfach gern anderen überlegen.«

Jason strahlte und hielt mir die Hand zum Einschlagen hin. Ich starrte sie an und berührte dann zögernd seine Handfläche. Sie war heiß. »Dann hat sie sich mit mir ja den Richtigen ausgesucht. Oder nicht, Boorman?«

Lila schnitt eine Grimmasse. »Erstens: Ihr könnt mich mal. Und zweitens: Es ist nicht schwer, sich diesem Blödmann überlegen zu fühlen.«

Jason küsste sie auf die Schläfe. »Du bist ein liebes Mädchen«, sagte er. Sie verengte die Augen, aber ich konnte ihr ansehen, dass es ihr gefiel. Erst jetzt merkte ich, dass ich die beiden anlächelte.

»Lila«, sagte eins der Mädchen, »was wolltest du mir eigentlich von Sean erzählen?«

»Oh mein Gott!«, rief Lila, als hätte sie nur auf die Gelegenheit gewartet, ihnen brühwarm den neuesten Klatsch und Tratsch zu berichten. Sie zog Jason mit sich – er winkte und schenkte mir ein letztes Golden-Retriever-Lächeln und ich lachte und winkte zurück – und sie verdrückten sich.

Jetzt, da sie weg waren, hatte ich niemanden, mit dem ich mich unterhalten konnte. Die Hitze war unangenehm – das Resultat zu vieler dicht gedrängter Körper. Ich sah mich um, ob Asha zu meiner Rettung da wäre, konnte sie jedoch nirgends entdecken. Natürlich war sie zu einer derartigen Party nicht eingeladen. Ich warf einen Blick auf Lila, die mit anderen Mädchen ins Gespräch vertieft war, und beschloss, dass sie mich nicht vermissen würde.

Ich floh auf den Gang, der mit einer Tapete zugepflastert war, die sich bereits löste und voller Wasserflecken war. Dann ging ich auf unser Stockwerk zurück, wo auch Ashas Zimmer lag.

»Hey«, sagte ich, als sie die Tür öffnete. »Lust auf einen Spaziergang?«

Sie nickte. »Gern. Wo soll's denn hingehen?«

»Irgendwo, wo ich nicht alle fünf Minuten höre, wie sich jemand übergibt«, sagte ich.

Das Hotel stand mitten in einem Meer aus Teer, doch dahinter befand sich ein ausgedehntes Waldstück. Der Pfad am Waldrand sah aus, als wäre hier erst kürzlich jemand entlanggegangen. Ich wies wortlos in die Richtung und Asha nickte.

»Wo ist Dev?«, fragte ich nach einer Minute.

»Hängt mit Frank und diesen Kerlen rum.« Sie verdrehte die Augen.

»Und dich haben sie nicht gefragt?«

»Ist wohl eine Männerrunde. Außerdem glaube ich, dass er von mir die Nase voll hat.«

»Die Nase voll von dir?«, wiederholte ich. »Nein, das glaube ich nicht.«

Sie lächelte. »Ich könnte mir vorstellen, dass wir vielleicht … keine Ahnung, vielleicht hocken wir zu viel aufeinander.« Ich dachte, dass sie möglicherweise noch mehr sagen würde, aber sie verstummte.

»Tut mir leid, wenn …«, setzte ich an.

»Nein, schon okay«, sagte sie, aber mehr auch nicht. Irgendwann mussten wir über einen umgefallenen Baumstamm klettern, um dem Weg weiter folgen zu können. Asha blieb mit dem Schuh an einem Ast hängen, und ich packte sie schnell am Ellbogen, damit sie nicht stürzte.

»Danke«, sagte sie. Sie stockte. »Ich glaube, er … du weißt schon, wir waren uns immer ziemlich nah, was ja auch irgendwie logisch ist, wegen der vielen Umzüge und weil wir Zwillinge sind. Aber jetzt haben er und ich uns an ganz unterschiedlichen Colleges beworben. Zuerst hielt ich das nur für einen Zufall, aber … äh … ich hab gerade das Gefühl, dass er versucht, sich von mir zu distanzieren.«

»Weißt du, ich bin gerade von einer Party geflohen, wo Lila mich für ein paar coolere Leute abserviert hat«, sagte ich. »Ich kenne das Gefühl.«

»Ja, aber wir sind Geschwister, verstehst du? Es ist ein schleichender Prozess, und vermutlich würde es mir nicht so viel ausmachen, wenn ich andere …« Sie beendete ihren Satz nicht.

»Hast du doch bestimmt.« Ich starrte hinunter auf die aufkeimenden Blumen am Rand des Weges, damit ich sie nicht anschauen musste.

Sie gab keine Antwort und wir liefen stumm einen kleinen Hügel hinunter. Der Pfad wurde schmaler und Ashas Schulter stieß immer mal wieder gegen meine. Ich spürte, wie ein Lachen in mir hochstieg.

»Was?«, fragte Asha.

»Nichts«, sagte ich. »Nur … wie dämlich hören Lila und ich uns eigentlich an, wenn wir über Drummond reden?«

»Auf einer Skala von eins bis zehn?«

»Oh Gott, sind wir so schlimm?«

»Nee«, meinte sie. »Es ist einfach albern manchmal. Wie alle Schwärmereien irgendwie.«

»Findest du es albern?«

»Ich finde nicht, dass *du* albern bist«, sagte sie. »Ihn, na ja …«

Ich schnaubte. »Vielen Dank auch.«

»Er und dieser Personenkult sind einfach so läch…« Sie sah mich an. »Sorry. Ich finde eben, dass es auch nette Jungs in *deinem* Alter gibt.«

»Nenn mir einen.«

Sie schwieg.

»Genau«, sagte ich.

Sie lachte. »Was ist mit Dev? Ich meine, ich finde ihn natürlich ätzend, aber …«

Ich musste auch lachen. »Lieb, dass du denkst, er wäre interessiert.«

»Warum sollte er das nicht sein?«

Ich schüttelte den Kopf. Kein Bedarf, die Liste mit den Gründen durchzugehen.

»Ich würde es nicht sagen, wenn ich es nicht für möglich hielte«, beharrte sie.

»Also gut«, sagte ich, aber ich glaubte ihr nicht.

Eine Weile liefen wir schweigend vor uns hin. Im Wald war es kühl und der Pfad war voller Schatten. Hier draußen, weit weg von dem Gedränge, fühlte ich mich besser.

»Sei einfach vorsichtig, okay?«, sagte Asha schließlich.

»Traust du ihm nicht?«

»Nein.« Sie schüttelte den Kopf. »Ich traue *dir* nicht.«

Ich schubste sie und lachte.

Der Weg machte eine scharfe Kurve und führte einen kleinen Hügel hinauf, hinter dem sich der Wald zu einer Lichtung öffnete, auf der hüfthoch das Gras wogte. Es sah aus wie die Oberfläche eines Sees, unablässig in Bewegung. Am Ende der Wiese fiel der Hang zu einem Tal hin ab, das von einer sanften Hügelkette umgeben war, die mich irgendwie an Fingerknöchel erinnerte. Groß und an den Rändern verschwommen stand die Sonne so tief am Himmel, dass sie die Bäume berührte, die von frischen Blüten übersät waren.

»Hätte meine Kamera mitnehmen sollen«, bemerkte Asha.

Plötzlich entdeckte ich Drummond am Rande der Lichtung. Er saß auf einer Bank, die durch hohes Gras halb verborgen war.

»Hey«, sagte ich, als wir auf ihn zugingen.

Er drehte sich um, als hätte er uns schon erwartet. »Hey. Ich hab gerade überlegt, wie man ein Gedicht über diesen

Sonnenuntergang schreiben könnte, ohne das Wort *atemberaubend* zu verwenden.«

Ich machte Anstalten, mich auf den Boden zu setzen, doch er stand auf und meinte: »Setzt ihr euch mal. Ich vertraue mich der Natur an.«

Er sah sich um und entdeckte einen großen Steinbrocken ganz nah bei unseren Füßen – meine Schuhe berührten ihn fast – und ließ sich darauf nieder. Der leichte Wind zerzauste seine widerspenstigen Haare und goldene Ähren des Grases zitterten hinter ihm. Er sah aus wie auf einer alten, überbelichteten Fotografie in warmen Sepiatönen. Keiner von uns sagte etwas, während wir den Himmel betrachteten.

»Alles in Ordnung bei euch beiden?«, fragte er nach einer Weile. »Es schien chaotisch da drin, als ich meine Runde gedreht und die Zimmer überprüft habe.«

»Ja«, meinte Asha. »Wir wollten nur mal ein bisschen unsere Ruhe.«

»Geht mir genauso«, sagte er. »Ich hab Papakostas gewarnt, dass er vielleicht ein oder zwei Partys auflösen muss. Aber wenn ihr jemanden braucht, der ein paar Schädel knackt, stehe ich stets zu Diensten.«

»Haben Sie wohl schon oft gemacht?«

»Nicht absichtlich«, sagte er. »Aber ich bin wirklich ein Ass im Konservengläseraufmachen.«

Asha lachte. Das sah ich gerne. Sonst lachte sie fast nie über seine Witze. »Dasselbe Prinzip?«

»Ja, und für gewöhnlich mit weniger Sauerei verbunden.« Er wandte sich an mich. »Du bist so still. Soll ich irgendwem für dich den Schädel einschlagen?«

Ich musste den Kopf senken, bevor ich ihm antworten konnte. »Sean vielleicht.«

»Ach«, sagte er. »Du hast davon gehört?«

»Ich war dabei«, erwiderte ich.

Er runzelte die Stirn. Ich konnte nicht sagen, ob er davon genervt war, dass ich es live mitbekommen hatte, oder von der ganzen Aktion an sich. »Das Ganze tut mir echt leid«, sagte er. »Ich wollte nicht so … energisch werden.«

»Ist okay. Mir hat Ihre Actionheld-Seite ganz gut gefallen. Und Sie haben ihm *fast* den Schädel geknackt.«

Er schüttelte den Kopf. »Ich habe überreagiert.«

»Er hat Sie provoziert.«

»Das tut nichts zur Sache. Ich hätte es nicht so weit kommen lassen dürfen.«

»Er war es doch, der unbedingt wollte, dass Sie mitfahren. Alle wollten das. Sie können nichts dafür, dass die anderen Sie mögen.«

»Hmm«, machte er. Gedankenverloren starrte er auf den Felsbrocken, auf dem er saß, und kratzte an irgendeinem Moos herum.

Ich wusste nicht, was ich in die Stille hinein sagen sollte. »Aber es war eine eigenartige Situation, oder?«, meinte ich schließlich.

Er lachte. »Ja. War es.«

»Was passiert jetzt mit Sean?«

Er verbringt den Abend mit einem Lehrer auf seinem Zimmer.

»Mit wem?«

»Ms Anders.«

»Ha!«, entfuhr es mir. Als er aufblickte, meinte ich: »Entschuldigung. Ist nur eine schräge Kombi.«

Er sah mich mit hochgezogener Augenbraue an. Nach ein paar Minuten sagte er: »Ihr wisst aber schon, dass es nicht immer so sein wird, oder?«

»Aber für Sie schon«, bemerkte ich.

Ein finsterer Ausdruck huschte über sein Gesicht. »Nein, es ist … Das ist nicht …«

»Chuck!«

»Na toll«, seufzte ich.

»Wer ist …?«, sagte Asha und drehte sich um. »Oh.«

Mit einem irren Leuchten in den Augen kam Lila über die Wiese gehopst. So ungern ich es auch zugab – sie sah wunderschön aus, wie ihr Haar so hinter ihr wogte, ihr ganzes Gesicht ein einziges Grinsen, ihre Gestalt von einem Strahlenkranz aus Sonnenlicht umgeben. In einer Hand trug sie eine blaue Sportflasche – vermutlich die Quelle ihrer Energie.

»Charlie!«, schrie sie, als sie näher kam. »Charlie, rate mal – oh.« Sie blieb unvermittelt stehen, als ihr Blick auf Asha fiel. »Hi.« Dann bemerkte sie Drummond und strahlte. »Na, Sie auch hier.«

»Wunderbar«, murmelte ich.

Sie ließ sich mit einem Rums neben mir auf die Bank plumpsen wie ein Schiff, das zu schnell ins Dock einfuhr, und hakte sich bei mir ein. »Warum bist du abgehauen? Ich dachte, wir hätten Spaß?«

Ich versuchte zurückzuweichen, doch sie klebte förmlich an mir. »Ich hab nur mal eine Auszeit gebraucht«, sagte ich.

»Von mir?« Sie zog einen übertriebenen Flunsch.

»Von allen«, sagte ich. »Geht's dir gut? Du siehst aus, als könntest du eine Mütze Schlaf vertragen. Wie wär's, wenn wir einfach zurück…«

»Oh, bitte, mir geht's bestens. Also, rate mal, was?!« Sie sprach in einem betrunkenen Flüster-Schreien, und ich hörte, wie Drummond neben mir einen Laut irgendwo zwischen Seufzen und Lachen von sich gab.

»Bist du dir sicher, dass du das – was immer es auch ist – wirklich jetzt und hier sagen willst?«

Sie äugte misstrauisch zu Asha hinüber und dann mit einem anzüglichen Grinsen zu Drummond. »Ich sag's ganz leise«, meinte sie laut. »Außerdem wird's ihm nichts ausmachen. Aber *ihr* vielleicht schon.«

Asha und Drummond warfen sich einen amüsierten Blick zu.

»Also, was ist los?«

Lila beugte sich dicht zu mir und stieß gegen mein Ohr. Ihr Atem war feuchtwarm vor Hitze und Alkohol. »Ich werde Sex haben.«

»*Was* wirst du?«

»Pssst!« Lila hielt sich den Zeigefinger an die Lippen. »Ich dachte, wir wollten diskret sein.« Sie grinste wieder Drummond an und nahm einen Schluck aus ihrer Trinkflasche. Dann bot sie sie mir an, aber ich schüttelte den Kopf.

»Bist du dir sicher? Mit Jason, oder wie?«

»Natürlich mit Jason. Ich bin doch keine Schlampe.« Sie dehnte das *Sch*, als würde sie auf ein Gaspedal treten.

»Das habe ich auch nicht behauptet!«, sagte ich viel zu laut.

Ich warf Asha einen Blick zu, die vorgab, nicht zuzuhören, und senkte die Stimme. »Ich … die Hälfte der Zeit kannst du Jason nicht mal besonders gut leiden.«

»Ich kann ihn wohl leiden. Auf jeden Fall besser als dich gerade.«

»Nett.«

Sie drückte mir einen feuchten Schmatz auf die Wange. »Sorry, das war gemein«, sagte sie. »Ich hab dich lieb, Chuck. Fast so sehr wie er.« Sie nickte mit dem Kopf in Richtung Drummond.

»Klappe.«

»Oh Gott, das weiß doch jeder, dass ihr beiden euch liebt«, flüsterte sie und kam wieder ganz nah an mein Ohr. »Seht euch doch nur an hier draußen, wie ihr gemeinsam den Sonnenuntergang betrachtet.«

»Asha ist auch hier«, sagte ich.

»Hmm. Ich wette, sie ist eine echte Bereicherung.«

»Lila.«

»*Charlotte*«, sagte sie. »Wir kommen vom Thema ab. Jason wird mich ficken und ich bringe es endlich hinter mich.«

»Lila.« Ich sah sie beschwörend an. »Bitte hör mir doch mal eine Sekunde zu. Bist du sicher, dass es wirklich so passieren soll? Das soll jetzt nicht wertend sein, oder so. Ich möchte einfach nicht, dass du etwas tust, was du später bereust.«

»Ja«, sagte sie. »Ich hab's satt, eine Jungfrau zu sein. Ich komme mir vor, als würde ich in einer Zwangsjacke stecken, und ich möchte, dass endlich jemand das Ding aufschnürt.«

Ich musste einfach lachen. »Das ist schrecklich poetisch.«

Lila machte eine ausladende Geste. »Die Natur ist so inspirierend!«

»Aber«, sagte ich, »willst du wirklich ...«

»Meine Fresse, Charlie, warum versuchst du, mir die Tour zu vermasseln? Du bist echt voll die Sexistin. Du kannst diese Frau nicht von ihrer Entscheidung abbringen.«

»Ich bin mir nur nicht sicher, ob du in deinem Zustand gerade Entscheidungen über wichtige Dinge treffen solltest, okay?«

»Danke, Mom. Ich dachte, du würdest dich für mich freuen. Stattdessen bist du nur eifer...«

»Lila«, schaltete sich Drummond ein. »Ich glaube, es wird Zeit, dass du langsam ins Bett gehst.«

Sie grinste ihn an. »Meinen Sie, Tom?«

»Ja«, sagte er. »Das ist jedenfalls die sehr viel bessere Alternative, als vorzeitig nach Hause geschickt zu werden.«

»Oh mein Gott, Thomas. Hat hier nicht jeder was am Laufen? Wollen Sie mich echt heimschicken? Ich dachte, Sie wären ein cooler Lehrer.«

»Ich versuche nur, dich davor zu bewahren, dass du verfrüht die Segel streichen musst.« Er stand auf. »Gehen wir zurück. Ich bring dich auf dein Zimmer.«

Lila zog sein Angebot in Betracht. »Was habe ich davon?«

»Wahrscheinlich wirst du dich übergeben müssen«, warf ich ein. Ich wandte mich an Drummond. »Ich kann Lila begleiten, wenn Sie wollen.«

Lila funkelte mich wütend an. »Nein, danke.«

»Ist okay«, sagte Drummond zu mir. »Genießt ihr zwei den Abend. Komm, Boorman. Wir holen dir einen Kaffee.«

Sie taumelte fast gegen ihn, doch dann riss sie sich am Riemen und hielt ein paar Schritte Abstand von ihm. Am liebsten wäre ich ihnen hinterhergegangen, für den Fall, dass Lila … keine Ahnung, was. Irgendwie wollte ich nicht, dass sie allein miteinander waren. In diesem Zustand war sie noch hemmungsloser und gefährlicher als sonst.

Asha und ich sahen ihnen nach, wie sie in der Ferne verschwanden – dunkle Umrisse vor dem verblassenden Himmel.

»Lila ist ja reizend, wenn sie betrunken ist«, stellte Asha fest.

»Tut mir leid«, sagte ich. »Glaubst du, sie ist okay? Sie sah echt fertig aus.«

»Der geht's gut«, meinte Asha. »Ich habe schon viel Schlimmeres gesehen. Und vergiss nicht, dass du dich nicht ständig entschuldigen sollst, ja?«

»Ich weiß, aber irgendwie habe ich das Gefühl, als hätte ich Schuld an dieser Entwicklung«, sagte ich. »Ich weiß, dass das bescheuert ist, aber hatte es den Anschein, als würden sie …?«

Asha sah mich an und hob die Augenbrauen. Ich tat es ihr nach.

»Igitt«, sagte sie. »Nein.«

»Sagst du das, weil die Vorstellung widerlich ist oder weil es dir unwahrscheinlich erscheint?«

Sie wiegte den Kopf hin und her. »Beides. Sowohl als auch.«

»Ich hoffe es.«

»Er wird sich nicht in sie verlieben, weil sie besoffen ist«, sagte Asha. »Er war nur hilfsbereit.«

»Ich weiß, aber … Moment mal, hast du gerade was Nettes über Drummond gesagt?«

»Ich werde es abstreiten, wenn du es jemandem erzählst.«

»Du magst ihn«, trällerte ich.

Sie verpasste mir grinsend einen Schlag. »Nicht so wie du.«

Ich zögerte einen Augenblick, dann lehnte ich meinen Kopf an ihre Schulter. Ich hatte Angst, dass sie sie wegziehen würde, doch das tat sie nicht. Nach einer Weile legte sie ihren Kopf auf meinen und atmete tief durch.

»Wir sollten uns vermutlich fürs Abendessen fertig machen«, sagte ich.

»Stimmt«, sagte Asha.

Aber keine von uns machte Anstalten aufzustehen, und so saßen wir noch lange da, bis die Sonne untergegangen war und die Sterne über uns ihre Bahn zogen. Dann erst standen wir auf und machten uns auf den weiten Rückweg.

32

Als ich nach dem Abendessen in unser Zimmer kam, war Lila auf meinem Bett eingeschlafen. Zuerst wollte ich sie schlafen lassen, aber plötzlich fühlte sich der Gedanke an sie allein mit Drummond katastrophal an.

Ich machte im Bad Krach, schlug mit dem Klodeckel, knallte mit der Tür und summte beim Zähneputzen. Als das alles nichts nützte, testete ich Klingeltöne auf meinem Handy und schaltete ein paarmal das Licht an und aus. Sie machte keinen Mucks.

Schließlich baute ich mich vor ihr auf. »Lila.«

Keine Regung.

»Lila! Hallo? Erde an Lila« Ich packte sie am Arm und schüttelte sie.

»Mmmm«, murmelte sie und drehte sich zu mir, doch ihre Augen blieben geschlossen.

»Alles okay mit dir?«

»Oh ja«, sagte sie. »Ich fühle mich fantastisch.«

»Was ist passiert?«

»Mit – hä?«

»Mit Drummond«, sagte ich. »Was ist passiert?«

»Was willst du? Wo bin ich?« Mühsam öffnete sie ein Auge und sah mich mit trübem Blick an. »Was ist los?«

»Du bist in meinem Bett«, erklärte ich. »Was war noch mit Drummond?«

»Hab ihn geküsst.«

»Du hast *was*?«

Sie lächelte träge. »Er ist heiß, Charlie.«

»Erzähl mir, was geschehen ist.«

»Ich war einfach geil auf einen Lehrer.«

»Lila, ich muss wissen, was los war.«

»Warum? Damit du es auch mal versuchen kannst?«

»Bitte, Lila?«, sagte ich.

Sie seufzte tief, als würde sie mir den größten Gefallen der Welt erweisen. Dann rollte sie sich herum, sodass ihr Gesicht nur noch zur Hälfte von meinem Kissen verdeckt war. »Nein, wir haben uns nicht geküsst, okay? Ich hab's versucht und er hat mir eine Abfuhr erteilt.«

»Was war denn genau?«, fragte ich behutsam.

»Er hat mich hierherbegleitet, und ich habe die Chance beim Schopf gepackt, und er hat sich so schnell weggedreht, dass er sich dabei vermutlich den Hals verrissen hat. Es war ziemlich demütigend. Und den Wodka hat er mir auch abgenommen, der Scheißkerl.«

Ich ließ mich auf ihr Bett fallen.

»Warum gehst du nicht zu ihm, Charlie? Ich möchte wetten, er hat dicke Eier nach der Sache. Er sollte also mehr als bereit sein.«

Ich starrte sie an. »Was soll der … Ich werde so tun, als hättest du das nur gesagt, weil du betrunken bist.«

Sie sah mich mit zusammengekniffenen Augen an. »Geh bei ihm petzen, wie peinlich ich bin, und dann könnt ihr darüber lachen, wie überlegen ihr beide seid.«

Ich biss die Zähne zusammen. »Ganz wie du willst«, sagte ich.

Er war sofort an der Tür. »Chuck.« Er lächelte, doch es sah nicht fröhlich aus. »Wunderbar. Hätte mir denken können, dass du's bist.«

»Äh, hi«, sagte ich. »Ich war nur … Ich wollte nur sichergehen …«

»Woher wusstest du, wo ich bin?«, fragte er. Seine Stimme war ein wenig heiser, als wäre er gerade erst aufgewacht, und seine Haare waren feucht und stachelig, als hätte er geschwitzt.

»Man hat uns gesagt, welche Zimmer die Lehrer haben, damit wir im Notfall Bescheid wissen«, erklärte ich. Das stimmte sogar.

»Aha«, murmelte er. »Du kannst genauso gut reinkommen.« Er trat beiseite und nach einer Sekunde ging ich zögernd an ihm vorbei. Sein Bett war gemacht, doch die Tagesdecke verknautscht, wo er gelegen war. Ich registrierte Lilas blaue Trinkflasche auf dem Nachttisch und merkte, dass er nach Alkohol roch.

Ich sah ihn an. »Haben Sie getrunken?«

Er ließ die Tür zufallen. »Nur ein wenig.«

»Haben Sie … Lilas Wodka getrunken?«

»Ein bisschen«, sagte er. »Alkohol mit Ananasgeschmack kann man nicht in rauen Mengen konsumieren, nicht mal wenn man verzweifelt ist.«

Ich sah ihm zu, wie er sich gegenüber dem Bett unsicher auf einen Sessel setzte, der eine Reihe von Quietschlauten von sich gab.

»Alles okay?«, fragte ich.

Er lachte und presste sich die Handballen auf die Augen. »Nicht wirklich.«

»Was ist los?«

Er ließ die Hände sinken. Seine Augen waren feucht. »Sorry, Chuck, aber das würde ich lieber nicht mit dir besprechen.«

Ich schluckte. »Oh«, sagte ich. »Okay.« Ich setzte mich aufs Bett. »Das soll jetzt nicht so klingen, als wollte ich Sie belehren oder so, aber sollten Sie nicht … äh … nüchtern bleiben, wo Sie doch eine Aufsichtsperson sind und so?«

»Im Idealfall«, sagte er. »Aber heute war alles andere als ideal.«

Ich holte tief Luft und nahm all meinen Mut zusammen. »Lila …«

Er schüttelte den Kopf und sah verärgert aus. »Sei unbesorgt, Chuck, ich bin nicht auf irgendwelche dummen Gedanken gekommen.« Er sagte es, als wäre es lächerlich, die Möglichkeit überhaupt in Betracht zu ziehen.

»Ich habe nicht gedacht, dass Sie …«

»Daran liegt es nicht, in Ordnung?«, sagte er. »Oder zumindest nicht *nur* daran.«

Die Erleichterung hielt mich davon ab, wegen Lila weiter nachzubohren. »Die Sache mit Sean?«

Er seufzte. »Charlie, gib dir keine Mühe, es ergründen zu wollen, okay? Genau genommen wäre ich sehr dafür, dass du insgesamt damit aufhörst, aus mir schlau werden zu wollen.«

Ich schwieg einen Moment. »Okay«, brachte ich schließlich heraus.

Er ließ sich im Sessel zurücksinken und bedeckte sein Gesicht mit den Händen. »Hättest du mich nicht mal *eine* Nacht in Ruhe lassen können?«

Ich war noch immer von der Rolle und wusste nicht, was ich sagen sollte. War das sein wahres Ich? Vielleicht war er gemein und der Alkohol hatte es zum Vorschein gebracht. »Entschuldigung«, sagte ich. »Ich hab mir nur wegen Lila Sorgen gemacht.«

Er lachte. »Klar. Anscheinend liegt dir ihr Wohl sehr am Herzen.«

»Anscheinend? Was soll das heißen?«

Er sah an die Decke. »Manchmal frage ich mich, ob ich Doc Daneeka bin«, sagte er.

»Moment mal. Wir reden jetzt über *Catch 22*?«

»Wenn man ein Buch wie dieses oft genug liest, fängt man an, sich zu fragen, ob eigentlich überhaupt irgendetwas Bedeutung hat.«

»Ich denke, ähm, schon, oder? Worauf wollen Sie hinaus?«

Er rieb sich mit den Händen übers Gesicht. In letzter Zeit hatte er die Stoppeln wachsen lassen und an seinem Kiefer war der Bart nun etwas struppig. »Als ich jung war, dachte ich, ich würde Schriftsteller werden. Aber als ich älter wurde, merkte ich, dass ich einfach nur nach Geschichten verrückt war. Ob ich sie selbst erzählte oder nicht, war egal. Ich entschied mich für den Lehrberuf, weil ich gerne mit anderen über Literatur rede und sie ihnen näherbringe – sie analysiere, ihre Bedeutung freilege. Vermutlich dachte ich, ich könnte irgendwie … was daraus lernen, über meine eigene Existenz, und mir gefiel die Vorstellung, das an andere weiterzugeben.

Aber es gibt keine Bedeutung, stimmt's? All unsere Geschichten sind nur erbärmliche Versuche, mit dem Verstand etwas zu erfassen, was sich ihm eigentlich entzieht. Das Bemühen, Bedeutung zu erschaffen, wo keine ist. Man möchte doch meinen, da müsste irgendein tieferer Sinn dahinterstecken, warum die Dinge so sind, wie sie sind, als würde das unsere eigene Dummheit rechtfertigen oder sie sinnvoll erscheinen lassen oder sie über den blöden, belanglosen Bullshit erheben, den man täglich so mitkriegt. Warum ist es so leicht zu erkennen, dass das Leben anderer unbedeutend und sinnlos ist, und so schwer, wenn es sich um das eigene handelt?«

»Ähm … ich … Das ist echt eine gute Frage«, sagte ich, aber er machte weiter, als hätte er mich gar nicht gehört.

»Und dann lernt man jemanden kennen und meint, derjenige wäre etwas Besonderes und würde dem eigenen Leben irgendwie Sinn geben, und man fühlt sich verstanden und beginnt, sich alle möglichen Dinge … Dabei ist es einfach nur ein Vorwand, das zu tun, was man schon die ganze Zeit wollte. Niemand ist so besonders. Keiner ist für einen bestimmt. Es ist weder Pech noch ein übelmeinendes Schicksal noch unfair. Es ist nur Verlangen, dumm und bedeutungslos und primitiv. Ich wünschte, mein Leben hätte so viel Sinn wie das von Doc Daneeka.«

Ich fürchtete mich davor, was er als Nächstes sagen würde, doch er hörte unvermittelt auf zu sprechen. Er atmete lang aus, als müsste er seine Lunge von den Wörtern reinigen.

»In gewisser Weise wurde er erlöst, weil er sich für andere opferte«, sagte ich und sprach ganz leise, damit meine Stimme nicht zitterte.

Endlich sah er mich an. Seine Pupillen waren riesig, so dunkel wie Kohle. »Stimmt. Und genau deshalb kann ich nie er sein. Die Geschichte selbst hat Bedeutung für ihn erschaffen. Du kannst nicht … So funktionieren die Dinge nun mal nicht.«

»Ich nehme an …«, sagte ich, »ich nehme an, wir reden nicht mehr über mich und Lila?«

Er schnaubte. »Nein, über mich und Rachel – jedenfalls wenn es nach dir geht.«

Ich wurde blass. »Sie und Rachel?«

»Na ja, offenkundig habe ich mein Leben mit ihr ja verkackt, also warum das nicht noch mal wiederholen?«

»Was … was sagen Sie da?«

»Ich bin schon das ganze Jahr allein«, sagte er. »Und wozu? Ich hätte mit jemandem zusammen sein können. Ich hatte Angebote.« Er sah mich an. »Na gut, *ein* Angebot.«

»Ich bin mir nicht sicher, ob ich Ihnen folgen kann«, sagte ich.

»Du hast vermutlich allen Grund, sie zu hassen.«

»Lila?«

»Nein. Tracey.«

»Tra… Ms Anders?«

Er lächelte auf eine Art, bei der ich mir sehr jung vorkam. »Ja, *Ms* Anders.«

Ich starrte ihn an. »Sie … wollte eine Beziehung mit Ihnen?«

Er stieß ein Lachen aus, das von tief unten kam. »So was in der Richtung. Aber ich hab ihr einen Korb gegeben. Ich hielt mich für …« Er warf mir einen Blick zu und sah dann weg. »Hielt mich für einen echten Helden.«

Ich merkte, dass ich den Kopf schüttelte. Die ganze Unterhaltung fühlte sich surreal an. »Warum erzählen Sie mir das alles?«

»Keine Ahnung«, sagte er. »Du nimmst es nicht so gut auf, wie ich gehofft hatte.«

»Und warum tun Sie das dann?«

Er hielt die Hände hoch. »Irgendwann musst du dich an Bullshit wie meinen gewöhnen. Das ist die wunderbare Welt des Erwachsenseins.«

Schließlich reichte es mir. »Nicht alle Erwachsenen sind voller Bullshit.«

Er blinzelte mich langsam an. »Die meisten schon«, widersprach er, »aber ich verstehe, was du meinst. Ich bin nicht gerade ein Botschafter für die Marke, stimmt's?«

»Sieht nicht so aus.« Ich stand auf. »Ich sollte nicht hier sein.«

Er ließ mich bis zur Tür gehen, bevor auch er aufstand. »Charlie, warte mal«, sagte er.

Ich drehte mich um, bereit, ihn anzubrüllen. »Was?«

Er stockte. »Können wir einfach …? Komm, wir spinnen rum. Zeitreise.«

»Nein«, sagte ich. »Tun Sie das nicht. Das dürfen Sie nicht für so was benutzen. Das ist …«

»Okay.« Er nickte. »Nein, du hast recht, du hast recht. Es tut mir leid. Bitte bleib noch.«

Obwohl ich eine Sauwut hatte, war das Wort *bleib* unwiderstehlich. Er bat mich. Auf einmal fühlte ich mich unheimlich mächtig. »Warum sollte ich?«

Ich wollte, dass er etwas sagte wie: *Weil ich dich brauche,* oder: *Ich kann heute Nacht nicht allein sein*, doch stattdessen wiederholte er: »Bleib einfach. Bitte.«

Ich ging zurück zum Bett und setzte mich wieder. Er stand noch immer bei dem Sessel gegenüber. »Sie sehen scheiße aus«, sagte ich.

»Wie's der Zufall will, fühle ich mich auch scheiße.«

»Dann werden Sie also keinen Wodka mehr trinken?«

Er ließ sich neben mir aufs Bett fallen und stöhnte. »Nein. Keine Vorhaltungen mehr über Alkohol, bitte.«

»Vielleicht sollte ich Ihnen die Flasche wegnehmen. Nur als Vorsichtsmaßnahme.« Ich wollte schon aufstehen, doch er packte mich am Ärmel und zog mich wieder zu sich aufs Bett hinunter, sodass wir nur wenige Zentimeter voneinander entfernt lagen.

»Tut mir leid«, sagte er. »Es tut mir leid.«

Ich sagte nichts.

»Es gibt keine Entschuldigung dafür«, flüsterte er. »Nichts davon war die Wahrheit. Na gut, bis auf das mit Ms Anders. Das alles hätte ich dir echt nicht erzählen sollen.«

Ich hatte Angst, ich würde anfangen zu weinen. »Warum haben Sie es dann getan?«

»Ich bin ein Arschloch«, sagte er. »Ich hatte so eine Wut auf mich und die habe ich an dir ausgelassen.«

»Was ist mit Ihnen los?«, fragte ich. »Bitte sagen Sie es mir.«

Er sah mich lange an. »Du weißt, was los ist«, meinte er schließlich. Er hob die Hand und strich mir eine Haarsträhne hinters Ohr. Seine Finger streiften meine Schläfe. »Ich bin auch nur ein Mensch, Charlie. Ich bin nichts Besonderes.«

Mein Mund wurde trocken, und mein Herz fühlte sich an, als würde es gleich explodieren. »Das stimmt nicht«, sagte ich.

»Doch.« Er nickte. »Ich bin kein Rätsel. Ich bin so ein … Ich verdiene deine … Aufmerksamkeit gar nicht. So wunderschön und schmeichelhaft sie auch ist.«

Ich schämte mich, dass es so offensichtlich war, und zugleich war ich irgendwie froh, dass er es bemerkt hatte. Ich zögerte einen Moment lang und dann streckte ich die Hand aus und fuhr durch seine feuchten Haare. Sein Lächeln war traurig und wirkte, als würde er sich immer weiter von mir entfernen, je länger er lächelte.

»Aber es gefällt dir«, sagte ich zaghaft.

Er blinzelte, und ich konnte sehen, wie ihm die Röte ins Gesicht schoss. Ich hatte Angst, er würde es abstreiten und mich blöd dastehen lassen, aber das tat er nicht.

»Du bist so jung«, murmelte er leise, als würde er es zu sich selbst sagen.

»Und du bist so alt«, sagte ich.

Er lachte.

»Was sollen wir machen?«, fragte ich. Es war gut, *wir* zu sagen, als würden wir da beide drinhängen oder es gemeinsam durchstehen.

Eine Weile blieb er stumm. Ich betrachtete ihn genauer als je zuvor: die feinen Falten auf seiner Stirn, die wie Haarrisse aussahen. Das dunkle, erhabene Muttermal an seinem Hals, die alte Aknenarbe in seiner Wange.

Dann sagte er: »Ich weiß es nicht.«

33

Am nächsten Morgen wachte Lila erst um elf auf. Sie hatte die ganze Nacht keinen Mucks von sich gegeben – das wusste ich, weil ich die meiste Zeit wach gelegen hatte –, und als sie sich schließlich regte, stieß sie einen animalischen Laut aus.

»Oh Gott, lebe ich noch?«, ächzte sie.

Ich sah nicht von meinem Buch auf.

»Charlie?«

»Tust du«, sagte ich. »Und du hast das Frühstück verpasst.«

Sie stöhnte. »Bitte erinnere mich nicht an Essen.« Sie schloss die Augen und rieb sich behutsam über den Bauch, als könnte er jede Sekunde aufbrechen. Nach einer Minute sah sie zu mir herüber. »Bist du böse auf mich?«

Ich legte das Buch in meinen Schoß. »Nur weil du mir gesagt hast, ich sollte gehen und mit Drummond Sex haben? Oder warte mal, ich glaube, du hast gesagt, ich sollte gehen und mit ihm über dich lachen und *danach* Sex mit ihm haben.«

»Oh Shit«, murmelte sie. Sie wollte schon loslachen, doch dann sah sie mein Gesicht und presste die Lippen zusammen.

»Es tut mir echt leid. Ich war nicht ich selbst, ich schwöre. Ich kann mich nicht mal daran erinnern, dass ich das gesagt habe.«

»*In vino veritas.*«

»Würg, kein Latein jetzt, Charlie.« Sie setzte sich auf und wurde grau im Gesicht. »Das war eine schlechte Idee.« Sie griff sich an den Kopf, als wolle sie den Kopfschmerz herausreißen. »Und, hast du ihn geküsst?«

Mein Herz machte einen Satz bei dem Gedanken.

»Sorry«, sagte sie. »Er … oh. Oh, nein.« Sie sah mich an. »*Ich* hab versucht, ihn zu küssen, oder?«

»Mm-hm.«

Sie stieß den Atem aus. »Ich muss vorzeitig nach Hause, oder? Oder gleich die Schule verlassen.«

Ich musterte sie, während sie auf den schwarzen Fernseher starrte. »Schon möglich, dass sie dich suspendieren.«

»Du meinst, er würde mich verraten?«

»Nein«, sagte ich. »So ist er nicht.«

»Hoffentlich.«

»Ich weiß, dass er das nicht tut.«

Mein Tonfall machte sie hellhörig. Sie sah mich mit zusammengekniffenen Augen an, so wie immer, wenn sie wusste, dass ich ihr etwas verheimlichte. »Ist letzte Nacht irgendetwas vorgefallen?«

»Nein. Außer dass du dich mir gegenüber unmöglich benommen hast.«

Ihr Gesicht wurde weich. »Das tut mir ehrlich leid. Ich kann mich nicht daran erinnern, dass ich so was gesagt habe, aber wenn es so ist, dann war das voll daneben.«

»Schon gut«, meinte ich. Mir schwirrte genug anderes im Kopf herum, um noch ihretwegen wütend zu sein. Ich war aufgeregt und durcheinander und in Gedanken ständig bei letzter Nacht, wie in einer Endlosschleife. »Hattest du eigentlich ernsthaft vor, mit Jason zu schlafen?«

»Oh Gott«, sagte sie. »Das wollte ich? Ich dachte, das wäre nur ein Traum gewesen.«

»Eher ein Albtraum, wenn du mich fragst.«

»Uff!«, stöhnte sie. Sie spähte wieder zum Fernseher, als hätte sie vergessen, dass ich da war. Eine Sekunde lang wirkte sie schuldbewusst, dann amüsiert und sogar zufrieden. »Ich hatte es wirklich vor.«

»Das kann ich dir nicht mal verdenken«, sagte ich. »Weißt du noch, wie du gemeint hast, es würde sich wie eine Zwangsjacke anfühlen, die du endlich loswerden willst? Genauso komme ich mir auch vor.«

»Keine Ahnung«, sagte sie. »So schlimm ist es eigentlich gar nicht.«

»Es ist so schlimm.«

Sie erwiderte meinen Blick. Ihre Augen waren ernst. »Ja, hast recht.«

Wir lachten.

»Ganz sicher, dass bei dir alles in Ordnung ist?«, fragte sie.

»Ja, mir geht's gut. Ich hatte nur einen seltsamen ... gestern war einfach seltsam.«

Ich fand es schrecklich, dass ich ihr nicht von Drummond erzählen konnte. Wenn es nichts bedeutete, wenn man wusste, dass sowieso nichts passieren würde, war es leicht, über Schwärmereien oder Küsse zu reden – den Typen als gemeinsames Geheimnis zu benutzen. Aber jetzt etwas zu sagen, würde bedeuten, dass es zu einem Geheimnis zwischen mir und Lila würde und damit keines mehr zwischen mir und Drummond wäre. Die Tatsache, dass es falsch war, was da passiert war – dass er nichts davon zu mir hätte sagen dürfen –, ließ es nur noch wertvoller erscheinen.

»Gott, hab ich Bock auf Sex«, sagte Lila. »Also, ich meine ganz prinzipiell. Nicht in diesem speziellen Moment.«

»Warum bringst du es dann nicht hinter dich?«, sagte ich. »Jason ist genauso gut wie jeder andere.«

»Wenn es mit ihm passiert, kann es sein, dass ich mich wieder besaufen muss«, sagte sie. »Und was ist mit dir?«

»Ich hab rausgekriegt, wie man ... ähm ...« Ich machte eine unbestimmte Handbewegung, als würde ich eine Pumpe betätigen.

»Gewichte hebt?«

»Nein! Du weißt schon ...«

»Heilige Scheiße! Das hast du mir gar nicht erzählt!«

»Es ist nie der rechte Zeitpunkt, um herauszuposaunen, dass man rausgefunden hat, wie man es sich selbst macht, oder?«

»Kommt drauf an, mit wem man es zu tun hat«, meinte Lila. »War's gut?«

Ich nickte. »Ja. Aber dabei werde ich es belassen, weil ich eine Dame bin.«

»An wen hast du dabei gedacht?«

»Was glaubst du wohl?«

»Ha! War es komisch, ihm am nächsten Tag zu begegnen?«

»Ja.«

»Hast du es seitdem noch mal gemacht?«

»Gerade jetzt.« Ich sah sie an und ließ die Augenbrauen auf und ab zucken.

»Heimlichtuerin«, sagte Lila. »Mann, das muss ich erst mal verdauen. Ich bin in Rückstand geraten.«

»Ein Jammer, dass es zwischen dir und dieser Zahnbürste nicht gefunkt hat.«

»Hab sie weggeworfen«, sagte Lila. »Ich konnte es nicht mehr ertragen, wie sie mich jeden Tag anklagend angestarrt hat.«

»Ich kriege gerade ein bisschen Angst um Jason.«

Sie lachte. »Diese Zahnbürste hat sich weitaus mehr um meine Gesundheit gekümmert, als er das je getan hat. Und sie war ihm oral weit überlegen.«

»Ich wünschte, ich könnte mir damit die Ohren reinigen«, sagte ich.

Nachdem Lila losgezogen war, um zu sehen, ob es noch was zum Frühstücken gab, beschloss ich, die Chance zu ergreifen, ihn ein letztes Mal allein zu sehen. Am Abend zuvor waren wir verunsichert auseinandergegangen – er hatte gesagt, wir sollten wohl beide zusehen, dass wir ein bisschen Schlaf bekämen –, und ich war voller Vorfreude, ihn wiederzusehen, eine geflüsterte Unterhaltung zu führen, bei der wir auf all die geheimen Dinge anspielten, die wir unter vier Augen ausgetauscht hatten.

Ich stahl mich zu seinem Zimmer und gab acht, dass mich niemand sah. Für den Fall, dass ich doch jemandem begegnen sollte, hatte ich mir etwas zurechtgelegt, was ich sagen würde. *Ich wollte nur kurz fragen, wann der Bus fährt.* Über alles andere würde ich mir später Gedanken machen.

Ich klopfte an seiner Tür. Es dauerte einen Moment, dann öffnete er und sah über die Schulter ins Zimmer und rief: »Leg's einfach in den Koffer!« Als er sich zu mir drehte, wirkte er leicht bestürzt. »Oh, hey, Chuck.«

Ich stockte. »Hi.« Auf einmal kam ich mir klein und dumm vor und so, als hätte ich das alles falsch aufgefasst.

Er lächelte, als wäre er sich nicht sicher, was ich wollte. »Was gibt's?«

»Ich wollte nur …«, setzte ich an. »Wer ist …«

»Oh«, sagte er. »Tr… Ms Anders und ich machen gerade alles für die Rückfahrt fertig.«

In Jeans und einem Sweatshirt mit einem Hund darauf tauchte sie hinter ihm auf. Mein Herz krampfte sich zusammen. Oh Gott, hatten sie miteinander geschlafen? Hatte sie dieses Oberteil dabei getragen?

»Sie ist gerade erst vor ein paar Minuten rübergekommen«, sagte er, als könne er meine Gedanken lesen.

»Ah.« Ich rang mir ein Lächeln ab. »Wie nett.«

»Was können wir für dich tun, Charlotte?«, fragte sie.

Wir. »Es ist … nichts«, sagte ich. »Nicht so wichtig.« Ich kam mir noch dümmer vor, jetzt wo sie mich so ansah und sich in seinem Zimmer so heimisch zu fühlen schien, dass sie sogar seine Klamotten anfasste und Dinge in seinen Koffer packte.

»Sicher?«, sagte er. Wollte er mir damit irgendeine versteckte Botschaft übermitteln? Konnte er vor ihr nichts sagen? Oder hatte er den gestrigen Abend komplett aus seinem Gedächtnis gestrichen?

»Ich wollte nur fragen, wann der ... wann der Bus kommt.«

Er wandte sich um. »Trace, weißt du das? Der Bus?«

»Eins«, sagte sie.

Er sah mich wieder an. »Ein Uhr, wie es scheint.«

Ich nickte. »Wunderbar. Danke. Bis später dann.«

»In Ordnung«, sagte er und lächelte wieder. Ich versuchte zu erkennen, ob sich dahinter etwas verbarg, aber ich konnte es nicht mit Sicherheit sagen.

Er wartete, bis ich mich umdrehte und ging, ehe er die Tür schloss.

34

Ich kann's nicht fassen, dass ich mich von dir zu einem Spiel habe mitschleifen lassen«, sagte ich. Wir standen draußen am Rand der Tribüne und warteten auf Jasons Lacrosse-Team.

»Was haben wir ausgemacht?«, fragte Lila.

Ich seufzte.

»Komm schon.«

»Ich beschwere mich nicht über Spiele und du motzt nicht über Bücher.«

»Genau«, sagte sie. »Und ich finde, die Tatsache, dass ich dich schon *wieder* in die Bibliothek begleitet habe, ohne mich zu erschießen, sollte durchaus ein bisschen was zählen.« Sie wühlte in ihrer Tasche herum und förderte ein Päckchen rote Lakritze zu Tage. Mit den Zähnen zog sie eine heraus und hielt mir den Rest hin.

Ich schnitt eine Grimasse und schüttelte den Kopf. »Das ist eine Beschwerde.«

»Das ist ein Ausdruck von Zurückhaltung.«

»Du hast keinen Schimmer, was echte Freude ist, oder?«

»Schau mal«, sagte sie. »Ich weiß, dass wir uns beide über Jason lustig machen …«

»Und das zu Recht.«

Sie wickelte die Lakritze um ihren Finger und riss ein Stück ab. »Aber ich möchte, dass meine beste Freundin meinen …«

»Freund?«

»Sagen wir mal … sehr guten Bekannten kennenlernt.«

Ich schnaubte. »So groß kann die Liebe ja nicht sein, wenn du ihn nicht mal als deinen Freund bezeichnest.«

»Auch recht. *Mein Freund.* Ich will doch nur, dass du ihn ein bisschen kennenlernst.«

»Ich habe dir gesagt, dass ich ihn nett finde«, antwortete ich. »Warum reicht das nicht? Übrigens, du sprichst überhaupt nicht mehr mit Drummond.« Ich hatte in letzter Zeit auch nicht viel mit ihm geredet, aber das tat nichts zur Sache.

Ruckartig bewegte sie ihren Kopf in meine Richtung. »Wie kommst du denn jetzt darauf?«

»Warum sollte ich mir Mühe geben, wenn du …«

»Du vergleichst die beiden jetzt aber nicht ernsthaft miteinander, oder?«

Ich merkte, wie ich vor Scham rote Flecken bekam, und sah hinunter aufs Spielfeld. »Ich gehe mal davon aus, dass du Jason nichts von dem, äh, Zwischenfall erzählt hast?«

»Nein, habe ich nicht«, erwiderte sie scharf. »Das geht ihn nichts an. Und dich auch nicht.«

Ich sah sie an. Ihre Lippen waren zu einer dünnen Linie zusammengepresst.

Ich seufzte. »Ich bin ja da, oder? Und wenn es vorbei ist, können wir uns über ›voll krasse‹ Bands unterhalten.«

»Oh Gott, du bist so eine dumme Nuss«, murmelte sie leise, als wäre es nicht für meine Ohren bestimmt.

»Vielen Dank«, sagte ich. Ein paar Minuten lang saßen wir stumm da. Ihre Worte schallten durch meinen Kopf wie eine Glocke, die geschlagen wurde.

Lila konnte ein wütendes Schweigen viel länger aushalten als ich. Ich wusste, dass sie es fertigbrachte, das eine halbe Ewigkeit durchzuziehen: während wir darauf warteten, dass das Spiel losging, das gesamte Spiel hindurch (und dazu noch so zu tun, als würde sie sich königlich amüsieren) und den kompletten Heimweg. Der Gedanke an so viel unbehagliches Schweigen trieb mir den Angstschweiß auf die Stirn.

»Tut mir leid«, sagte ich schließlich. »Ehrlich.«

»Mir auch«, sagte sie. »Das ist albern. Worüber streiten wir uns überhaupt?«

»Hey, ihr!« Ich drehte mich um und entdeckte Asha, die mit der Kamera über der Schulter hinter uns stand.

»Hey«, sagte ich und lächelte sie gegen die Sonne an.

»Was machst du hier?«, fragte Lila.

»Lila«, sagte ich.

Asha lachte. »Mein Bruder spielt auch mit.«

»Stimmt ja«, meinte Lila. »Komm, setz dich.« Sie rückte ein Stück, damit Asha sich zwischen uns setzen konnte.

Asha warf mir einen Blick zu. Ich zuckte die Achseln. Sie nahm Platz.

»Und?«, fragte Lila. »Auf welcher Position spielt er?«

»Wie heißt die, bei der sie einen erst aufs Feld lassen, wenn der Sieg in trockenen Tüchern ist?«, sagte Asha.

Lila zögerte einen Augenblick, dann lächelte sie. »Jason hat mir erzählt, er hätte Potenzial.«

»Lass ihn das ja nicht hören«, sagte Asha. »Hast du das mit dem Tor mitbekommen, das er bei dem Spiel letzte Woche erzielt hat?«

»Ich war dabei«, sagte Lila.

»Seitdem spricht er von nichts anderem mehr. Ich wundere mich, dass sie es nicht in den Lokalnachrichten gebracht haben.«

Lila lachte. »Es war ein gutes Tor. Er kann ruhig stolz darauf sein.« Sie hielt ihr die Lakritze hin. »Magst du?«

Asha nahm sich welche aus der Packung. »Danke.«

Das gesamte Spiel hindurch schoss sie Bilder und ließ sie mich während einer Unterbrechung ansehen.

»Die sind der Wahnsinn«, sagte ich. »Du hast echt Talent.«

Sie grinste und sah weg. »Die meiste Arbeit erledigt die Kamera.«

»Komm schon.« Ich stieß sie mit dem Ellbogen an. »Du hast es geschafft, dass Jason gut aussieht. Das läuft unter ›Wunder vollbringen‹.«

»Das habe ich gehört«, sagte Lila. »Und ich stimme schweren Herzens zu.«

»Soll ich ein Bild von dir machen?«, fragte Asha. Ich sah auf und merkte, dass sie mich meinte.

»Oh Gott.« Ich hielt abwehrend die Hände hoch. »Nein, schon gut.«

»Fürs Jahrbuch«, sagte sie.

»Klingt wie eine Drohung.«

»Okay, dann eben nur für dich.«

»Wie wäre es mit einem von uns beiden zusammen?«, schlug ich vor.

»Kann ich versuchen.« Sic beugte sich zu mir und wir grinsten in die Linse. Die Sonne schien warm und hell und Wind blies uns die Haare ins Gesicht. Asha drückte den Auslöser, und der Apparat blinkte, die Blende schloss und öffnete sich dann wieder wie ein riesiges schwarzes Auge.

Sie drehte die Kamera um, um einen Blick aufs Display zu werfen. »Ups«, sagte sie. »Hab nur mich erwischt.« Sie zeigte es mir. Es war ein faszinierendes Bild: Die Kamera sah zu ihr auf, während sie in die Ferne blickte, hinter ihr ein Stück blauer Himmel, ihre Haare flatternd im Wind.

»Das solltest du auf jeden Fall behalten. Fürs Jahrbuch.«

Sie sah das Foto lang an. »Ja«, sagte sie. »Vielleicht mache ich das.«

APRIL

35

Dieses Jahr organisiere ich eine Geburtstagsparty für dich«, verkündete Lila, während wir auf den Gong warteten. »Keine Widerrede.«

»Fein«, sagte ich. »Solange keine anderen Leute kommen.«

Sie verdrehte die Augen. »Du wirst achtzehn. Es wird Zeit, dass wir einen Stripper für dich bestellen.«

»Eine Torte wäre mir lieber.«

»Legen wir los, oder?«, sagte Drummond.

Manchmal war es jetzt anders mit ihm und manchmal genauso wie vorher. Öfter als jede andere Unterhaltung, die ich je mit ihm geführt hatte, spulte ich nachts immer wieder das Gespräch mit ihm im Hotel ab, was keine einfache Aufgabe war. Ich ging jedes Wort und jede Geste mit der Gründlichkeit und Präzision eines Chirurgen durch, der befallene Zellen entfernte, und untersuchte jede Silbe auf irgendeine verborgene Bedeutung. Er *hatte* doch zugegeben, dass er etwas für mich empfand, oder? Ich war mir sicher gewesen, dass ich ihn nicht missverstanden hatte. Damals war es mir alles ganz klar erschienen. Doch je länger wir weitermachten, ohne es auch nur mit einem einzigen Wort zu erwähnen, und uns verhielten, als wäre nichts geschehen, desto mehr bekam ich das Gefühl, dass ich mich getäuscht haben musste. Ich hatte mir immer vorgestellt, dass es unter enormem Druck geschehen würde, wenn – oder falls – er es täte: mitten in einer heftigen Auseinandersetzung, bei der uns so dermaßen das Verlangen überkam, dass er es schließlich eingestehen würde, während er draußen im Regen stand, weinend und bärtig und völlig runter mit den Nerven. Dann würden wir uns küssen, voller unterdrückter Leidenschaft. Ich hatte nicht erwartet, dass er es einfach sagen würde, ruhig und ganz offen, dass es keinen von uns beiden überraschen würde und ich am Ende nicht mal eine Umarmung bekommen würde.

Dass es einfach so passiert war, ließ mich an meiner Erinnerung zweifeln. Schließlich war er betrunken gewesen, und obwohl er gewirkt hatte, als wüsste er, was er sagte, war er doch zugleich erschöpft gewesen, und wir hatten gestritten, und vielleicht war es alles ein großes Missverständnis. Hatte er mir nicht gesagt, dass ich ein ganz gewöhnliches Mädchen war, wie wenig ich ihm bedeutete, dass er mich nur mochte, weil er einsam war? Oder hatte er das genaue Gegenteil gesagt – dass ich so etwas Besonderes war, dass er es sich nicht eingestehen konnte? Oder vielleicht hatte er von sich selbst gesprochen oder von Lila oder Ms Anders oder Rachel. Immer wieder zerbrach ich mir den Kopf darüber, drehte und wendete es und kam doch nie zu einem Ergebnis, das mir erlaubte, die Frage ein für alle Mal abzuschließen.

Manchmal ging mir Rachel durch den Kopf und wie sie wohl aussah und wie sie so war und ob er noch an sie dachte. Ich wünschte, ich wüsste, wie er zu ihr stand, könnte in seinem

Gehirn herumstöbern, seine Erinnerungen ausgraben und ihnen Informationen entreißen. Ich war mir sicher, dass darin irgendwie der Schlüssel dazu steckte, was er für mich empfand. Vielleicht hatte ich auch nur zu viele Bücher gelesen.

Meist behandelte er mich mit einer Mischung aus Zuneigung und Distanz, und er war noch immer peinlich darauf bedacht, mich nicht zu berühren. Ich hatte das Gefühl, als würde ich ständig versuchen, mehr von ihm zu bekommen, als er bereit war zu geben, als würde ich ihn unter Wasser ansehen und ständig die Entfernung falsch einschätzen. Er war immer weiter weg, als ich gedacht hatte. Manchmal trafen sich im Unterricht unsere Blicke, und ich versuchte zu ergründen, ob sich da mehr in seinen Augen verbarg. Doch er sah immer als Erster wieder weg, sodass ich es nie richtig herausfinden konnte.

Ich wusste nicht, wie ich mich von Tag zu Tag verhalten oder was ich fühlen sollte, ja, nicht mal von einem Augenblick zum nächsten. Ich schlingerte von kichernder Aufgeregtheit zu Angst zu Wut zu Lust zu Frustration. Nachts beschloss ich, ihn zur Rede zu stellen, ihm zu sagen, wie ätzend es war, dass er so tat, als hätte es diesen Abend im Hotel nicht gegeben, ihm ins Gesicht zu schleudern, wie zornig ich war. Wenn ich ihn dann aber am Morgen sah und er mich anlächelte, waren die Worte wie weggeblasen. Es erschien mir lächerlich, so wütend auf ihn zu sein, wo doch jeder andere dachte, wir wären einfach Lehrer und Schülerin. Die beigefarbenen Gänge unserer Schule sahen etwas Derartiges nicht vor. Der Kontext ließ jede andere Interpretation als eine harmlose Freundschaft unmöglich erscheinen.

Ich konnte mit niemandem darüber reden, und obwohl es mir gefiel, ein Geheimnis zu haben und mir heimliche Rendezvous in einem entlegenen Treppenhaus auszumalen, während andere Leute über uns hinwegpolterten, ohne etwas davon mitzubekommen, oder mir vorzustellen, wie ich eindringliche Debatten im Flüsterton mit ihm führte, oder verschlüsselte Botschaften von ihm erhielt, aus denen sein unerträgliches Verlangen sprach, geschah doch nichts von alledem wirklich. Stattdessen herrschte Funkstille, und dieses Schweigen konnte ich mit jeder Story füllen, die mir gefiel, und das tat ich auch.

»Charlie«, sagte er, »was denkst du?«

»Was?« Ich hatte aus dem Fenster gestarrt.

»Was du über Mr Rochester denkst.«

»Oh, den finde ich gruselig.«

Der Kurs lachte. Das gefiel mir.

»Wirklich?«, fragte er. »Warum?«

»Er versteckt seine Frau – seine ausländische Frau aus *Jamaika* – auf seinem Dachboden und tut dann so, als würde es ihm in der Seele wehtun, als wäre *er* derjenige, der ein beschissenes Leben führt. Jane findet ihn nur deshalb interessant, weil er einen auf düster und sorgenvoll und gequält macht.«

»Da ist was dran«, sagte er, »aber es gab zur damaligen Zeit nur wenig andere Optionen für psychisch Kranke.«

»Vielleicht ging es ihr auch blendend, bevor er sie eingesperrt hat – vielleicht hat sie ihn nur betrogen, weil sie ihn nicht ausstehen konnte. Und er war es leid, und sie bekam einen Nervenzusammenbruch, nachdem er sie allein in die Dachkammer gesperrt hat. Wie es vermutlich den meisten gehen würde.«

»Na gut«, sagte er, als die anderen wieder lachten. Er nahm ihre Reaktion zur Kenntnis, doch die Sorgenfalten zwischen seinen Augenbrauen gruben sich tiefer ein. »Das ist selbstverständlich ein zulässiger Interpretationsansatz, aber vergessen wir nicht, dass Jane ihm das sehr wohl vorhält. Und auch alles andere. Sie lässt ihn nicht so leicht davonkommen. Erst als er einen schweren Schicksalsschlag hinnehmen muss und sie finanziell unabhängig ist, finden sie als Gleichgestellte zusammen.«

»Ja, aber die ganze Beziehung liest sich doch wie Fan-Fiction«, sagte ich. »Sie, ein ganz gewöhnliches Mädchen, das einen gut aussehenden, stinkreichen Kerl dazu bringt, sie um ihrer selbst willen zu lieben, quasi ihr wahres Ich. Das ist doch Bullsh… Schwachsinn.«

»Okay.« Er wiegte den Kopf hin und her. »Aber wir könnten es auch als Kritik in bildlicher, metaphorischer Form lesen. Denn erst als er schwer verwundet wird und sein Haus niederbrennt, vergibt sie ihm. Und es ist einzig ihre Vergebung, die ihm die Absolution erteilt.«

»Womit hat er sich die Vergebung überhaupt verdient? Er ist ein Arsch.«

»Gute Frage«, meinte er. »Will jemand einen Versuch wagen?« Niemand sagte etwas. »Großartig. Okay. Was ist, wenn es bei der Vergebung weniger um ihn geht, sondern eher darum, dass Jane nicht mehr zulässt, dass er so viel Kontrolle über sie hat? Jemandem zu vergeben, ist ein machtvoller Akt.«

»Oder aber es bedeutet, dass die Person, die Macht über einen hat, ungeschoren mit dem davonkommt, was sie einem angetan hat.«

»Denkst du nicht, dass er sie aufrichtig liebt? Oder dass wir wenigstens glauben sollen, dass es so ist?«

»Keine Ahnung.« Ich zuckte mit den Schultern. »Ich verstehe bloß nicht, warum Sie ihn verteidigen.«

Das stellte ihn für eine Minute ruhig. »Gut«, sagte er schließlich. »Du bist also der Meinung, das Buch kann als weibliche Wunschvorstellung männlicher Begierde interpretiert werden.«

»Ja«, sagte ich, »sicher. Ich verstehe nur nicht, warum Sie denk… alle denken, es wäre so eine tolle Liebesgeschichte. Es ist nur Brontës feuchter Traum, einen scharfen Typen dazu zu kriegen, dass er durch die Hölle geht, nur um sie zu heiraten.«

Der Gong ertönte.

»Okay.« Drummond klatschte in die Hände. »Sieht aus, als würde das bis morgen als das letzte Wort zu diesem Thema so stehen bleiben.«

Ich stand auf, um mit den anderen das Zimmer zu verlassen, aber er sagte: »Wärst du so nett, noch eine Sekunde zu bleiben, Chuck?«

Er wartete, bis alle anderen weg waren, und schloss dann behutsam die Tür. Ich bebte, als er sich nah zu mir auf den Tisch setzte.

»Ist alles okay?«, fragte er.

»Klar«, sagte ich. »Warum nicht?«

»Hmm. Ich versuche ja, mit Mutmaßungen zurückhaltend

zu sein, wenn es um dich geht, aber du verwendest nicht oft die Worte *feuchter Traum* in einer Unterrichtsdiskussion.«

»Sorry«, sagte ich. »Wird nicht wieder vorkommen.«

»Das ist nicht ganz das, worauf ich hinauswollte«, meinte er.

Ich verschränkte die Arme vor der Brust. »Mir geht's gut.«

»Okay«, sagte er, obwohl er mir offensichtlich nicht glaubte. »Der Grund, warum ich dich gebeten habe, noch kurz dazubleiben, ist jedenfalls, dass ich dich um einen Gefallen bitten möchte.«

»Was für einen Gefallen?«

»Ich übernehme morgen Ms Anders' Studierzeit. Sie hat einen Termin bei Dr. Crowley, und falls es etwas länger dauern sollte, habe ich mich gefragt, ob es dir etwas ausmachen würde, die Unterrichtsdiskussion schon mal ohne mich anzufangen.«

»Ich?«, sagte ich. »Was … Warum?«

»Weil ich glaube, dass du das kannst. Es werden nur fünf, allerhöchstens zehn Minuten sein.«

»Ist das … erlaubt?«

»Hältst du es für wahrscheinlich, dass unser Literaturkurs Randale machen wird?«

»Wer weiß, was Frank in seiner Freizeit so alles ausheckt«, erwiderte ich.

Er lächelte. »Das wird alles gut laufen. Ich vertraue dir.«

Ich sah zu Boden. Es war tatsächlich so, dass er in den letzten paar Monaten im Grunde genommen aufgehört hatte, mich zu benoten. Ich bekam für so ziemlich alles eine Eins. Ich hatte mich in seinem Kurs schon immer gut geschlagen, aber uns war beiden klar, wie merkwürdig es jetzt wäre, wenn er mir plötzlich eine schlechtere Zensur gäbe. »Dann muss ich das Buch jetzt wohl wirklich lesen.«

»Wer braucht schon Schlaf, oder?«

»Kann ich Ihre Notizen haben?«

Er lachte. »Wie nett, dass du glaubst, ich hätte jemals Notizen.«

Ich guckte aus dem Fenster. Alles, was man sah, waren die Mauern des angrenzenden Gebäudes. Ich dachte an jenen Abend, als ich ihn gefragt hatte, ob er mich hübsch fand, als ich so nervös vor ihm gesessen hatte und mir so flau gewesen war. Und dann musste ich daran denken, wie er mir im Hotel gesagt hatte, ich wäre nichts Besonderes. Klar, dass ich ein finsteres Gesicht machte.

»Fühl dich zu nichts gedrängt«, sagte er. »Du hast sogar das Recht, mir zu sagen, dass ich dich mal kreuzweise kann.«

Ich sah ihm in die Augen. »Sie wissen, dass ich das nicht tun werde.«

Als Erstes war es in seinen Augen zu lesen – Schuldgefühle, dann Scham, dann Traurigkeit – und dann breitete es sich über sein ganzes Gesicht aus. Einen Moment lang genoss ich, dass ich ihn dazu gebracht hatte einzugestehen, dass ich doch eine gewisse Macht über ihn hatte.

»Ich weiß«, sagte er.

Ich sah weg und schämte mich, dass ich ihm so ein schlechtes Gewissen gemacht hatte. »Dann meinen Sie also, ich wäre eine gute Lehrerin.«

Er räusperte sich. »Wenn du das werden willst«, sagte er.

»Du siehst ja, dass es sich unheimlich lohnt.« Er deutete auf die bloßen Mauern aus Beton, auf die ich gerade hinausgesehen hatte.

»Ich dachte, Sie würden es bereuen.« Es machte mich nervös, wenn auch nur am Rande, auf etwas Bezug zu nehmen, worüber wir an jenem Abend gesprochen hatten.

Er schüttelte den Kopf. »Nein. Das stimmt nicht.«

»Sie müssen noch andere Gründe gehabt haben, neben dem … was Sie erwähnt haben.«

»Na ja«, sagte er, »das Geld natürlich. Die Anerkennung. Der Respekt. Die ungebändigte Macht.« Als ich nichts darauf antwortete, fügte er hinzu: »Das Cafeteria-Essen. Ich liebe viereckige Pizza.«

Ich sah wieder aus dem Fenster. »Und Kroketten?«

»Hab ich dir jemals erzählt, was wir über die Dinger rausgefunden haben?«

Ich schüttelte den Kopf.

»Die Kartoffelflocken bestehen zu zwanzig Prozent aus Lauge.«

Ich sah ihn an. »Nein!«

»Nein«, sagte er. »Aber sie haben zehn Gramm gesättigte Fettsäuren pro Portion, was vermutlich noch schlimmer ist.«

Ich senkte den Kopf, um mein Lächeln zu verbergen, aber er wusste, dass er mich hatte. Aus dem Augenwinkel konnte ich erkennen, wie eines seiner Grübchen sich vertiefte.

»Sie bringen mir jeden Tag etwas von unschätzbarem Wert bei«, sagte ich.

»Ich habe dir noch nichts beigebracht, was du nicht schon wusstest«, sagte er. »Und du weißt eine Menge.«

Ich betrachtete meine Beine, wie sie hin und her baumelten. »Nicht genug.«

Ich spürte, wie sein Blick auf mir ruhte. »Willst du wirklich wissen, warum ich unterrichte?«, fragte er.

»Warum?«

»Weil ich mich noch gut daran erinnern kann, wie es war«, sagte er.

Ich ließ wieder meine Beine baumeln und sie trafen seine ganz leicht. »Ich dachte, Sie hätten es gehasst?«

»Ja, habe ich auch.«

»Dann scheint es ja, als würde es super funktionieren«, sagte ich zu ihm, aber ich lachte dabei.

»Charlie«, sagte er. Ich sah auf. Da war es wieder, dieses süße, unerträgliche, flaue Gefühl, das mich immer überkam, wenn ich dachte, meine Empfindungen für ihn würden mich zerreißen. Es war, als würde man langsam den Lenker loslassen, während man mit dem Rad einen Hügel hinunterraste. Ein Gefühl wie dieses konnte man nicht aushalten. Es zerriss einen.

»Was?«, brachte ich schließlich heraus.

Wir sahen uns lange Zeit in die Augen, und ich dachte, dass er etwas sagen wollte – er sah aus, als würde ihm etwas auf der Zunge brennen –, aber dann meinte er nur: »Ich muss jetzt zu einer Besprechung.«

»Okay«, sagte ich.

»Also«, sagte er. Er stand auf und streckte seine Hände aus. »Komm schon. Hoch mit dir.«

Eine Sekunde lang war ich vor Überraschung wie erstarrt, dann streckte auch ich die Hände aus, und er zog mich hoch, obwohl ich eigentlich gar keine Hilfe benötigte. Seine Hände waren warm, meine verschwitzt. Er zog zu kräftig, und ich musste mich nach hinten lehnen, um nicht gegen ihn zu taumeln. Als ich das Gleichgewicht wiedergefunden hatte, legte er mir seine Hände auf die Schultern, als wolle er verhindern, dass ich auf ihn fiel.

»Siehst du?«, sagte er. »Es ist gar nicht so schwer.«

36

An meinem Geburtstag weckte mich mein Dad jedes Jahr damit, dass er mir Kuchen ans Bett brachte. Danach kam immer meine Mutter mit den Geschenken herein, und ich öffnete sie gleich an Ort und Stelle, während wir alle noch völlig zerzaust waren, sodass sich überall Krümel und Geschenkpapier verteilten.

An meinem achtzehnten Geburtstag wachte ich auf und alles war still. Ich lauschte auf das Klappern von Tellern oder das Plätschern von Wasser, doch alles, was ich hören konnte, war das Rauschen vereinzelter Autos, die draußen vorbeifuhren. Ich sah Frida an, die ein blaues Auge öffnete, mit ihrem Schwanz auf den Boden klopfte und dann seufzend ihr Auge wieder schloss.

»Versager«, sagte ich. Ich ließ mich zurück in die Kissen fallen und starrte an die Decke. »Das nervt.«

Frida gab ein Schnauben von sich, dann erhob sie sich und stupste mit ihrer feuchten Nase meinen Arm an.

»Komm, Frida-Maus«, sagte ich. »Schauen wir mal, was so wichtig ist, dass sie meinen Geburtstag vergessen haben.«

Ich spähte den Flur entlang. Das Schlafzimmer meiner Eltern befand sich ganz am Ende. Die Tür war geschlossen und der Korridor sah düster aus. Nur aus dem Bad, das wir uns teilten, fiel etwas Licht.

Normalerweise ließen meine Eltern die Tür immer einen Spaltbreit offen, damit Frida hineinkonnte, wenn sie wollte. Ich klopfte behutsam, aber es kam keine Antwort. Manchmal ging meine Mutter morgens laufen, aber wenn sie das machte, war sie um diese Zeit eigentlich schon unter der Dusche. Sie würde zu spät kommen, wenn sie nicht bald aufstand.

Ich beschloss, mich zu duschen und anzuziehen und abzuwarten, ob sie von selbst aufstanden, aber als ich wieder aus meinem Zimmer kam, war ihre Tür noch immer zu. Jetzt wurde ich langsam wütend: Nicht nur, dass sie meinen Geburtstag vergessen hatten, ich musste sie auch noch wecken, oder wie?

Ich klopfte erneut, nicht laut, denn ich wollte das Überraschungsmoment ausnutzen und ihnen die Meinung geigen. Am liebsten hätte ich so eine Partytröte gehabt, um sie damit aufzuwecken. Als ich die Tür einen Spalt aufmachte, konnte ich schweres Keuchen hören, aber es war nicht das tiefe, gleichmäßige Atmen des Schlafes. Dies hier hatte einen verdächtig abgehackten Stakkatorhythmus. In diesem Augenblick wusste ich, dass ich umkehren sollte, dass ich die Tür schließen sollte, aber ich tat es nicht. Ich ließ sie geräuschlos aufschwingen und sah meine Eltern auf dem Bett liegen, meine Mutter nackt, ihr Körper straff gespannt wie ein Seil, ihr Mund rot und feucht und leicht geöffnet, mein Vater mit dem Kopf in ihrem Schoß wie ein Hund, der begierig Wasser schlabberte. Ich empfand das irgendwie als demütigend für ihn.

»Oh«, entfuhr es mir, ehe ich es merkte.

Der Kopf meiner Mutter ruckte zu mir herum, und bevor sich der Schreck auf ihrem Gesicht abzeichnen konnte, sah ich die Spuren der Lust, ihre geröteten Wangen, ihre verwuschelten Haare, ihre Augen, die noch immer nicht ganz fokussiert waren und auf irgendeinen Punkt in der Ferne starrten, den ich nicht kannte.

»Charlotte«, sagte sie. Ihre Stimme klang belegt.

Ich machte kehrt und stolperte die Treppe hinunter, blieb nur kurz stehen, um mir meine Schlüssel zu schnappen – und dann schleuderte ich sie auf den Boden, nahm die Tasche meiner Mutter und kramte stattdessen ihre Schlüssel heraus. »Charlie, warte!«, hörte ich meinen Vater rufen.

»Bin spät dran!«, rief ich zurück. »Aber vielen Dank für das tolle Geburtstagsgeschenk!«

Ich rannte nach draußen und hoffte, dass sie mir vom Fenster aus nachsahen. Meine Mutter fuhr einen Audi, ein älteres Modell zwar, aber trotzdem rot und glänzend. Ich hatte ihn noch nie gefahren. Nun riss ich die Tür auf und glitt auf den Fahrersitz. Drinnen war alles picobello. Ich ließ mir Zeit, um den Sitz und die Spiegel einzustellen, dann saß ich da, bis ich aufgehört hatte zu zittern. Ich hatte gehofft, dass mein Vater mir hinterherrennen und mich anflehen würde, wieder ins Haus zu kommen, aber obwohl ich wartete und wartete, tauchte er nicht auf.

Am späten Vormittag hatte meine Mutter zweimal bei mir angerufen und mein Dad sich mehrmals per SMS entschuldigt und mir versprochen, dass sie es am Abend wiedergutmachen würden, aber ich ignorierte sie beide. Ich brannte darauf, Drummond zu sehen, und hoffte, dass er mich irgendwie aufmuntern würde, doch schon als ich sein Klassenzimmer betrat, konnte ich sehen, dass er mit seinen Gedanken ganz woanders war.

»Leute«, sagte er, nachdem wir Platz genommen hatten, »ihr dürft euch heute in Gruppen aufteilen und ein Gedicht analysieren. Ich muss mich noch auf eine Lehrerkonferenz vorbereiten, aber ich drehe in ein paar Minuten eine Runde, um zu sehen, ob ihr klarkommt.«

Er fing meinen Blick nicht auf, als er die Fotokopien austeilte – »Der Floh« von John Donne –, und sobald wir Gruppen gebildet hatten, machte er sich inmitten seiner Bücherstapel an die Arbeit. Nach etwa der Hälfte des Unterrichts kam Ms Anders herein, und sie unterhielten sich mehrere Minuten lang so leise miteinander, dass wir nichts verstehen konnten, lachten jedoch laut genug, dass wir es mitbekommen mussten. Je länger sie blieb, desto wütender wurde ich.

»Dieses Gedicht ist obszön«, sagte Asha.

»Nein, ist es nicht«, widersprach Dev.

»›Erst saugt er mich, jetzt saugt er dich/Und unser Blut – sieh, hier vermischt es sich.‹? Das ist widerlich.«

Dev verschränkte die Arme. »Mir gefällt's.«

»War ja klar«, meinte Asha.

»Harsche Worte«, sagte Dev.

Ich beobachtete aus dem Augenwinkel, wie Ms Anders

endlich ging und Drummond von Tisch zu Tisch lief, um zu überprüfen, wie wir vorankamen.

»Dir gefällt es, Dev?«, fragte ich.

»Ja, ich glaube schon«, sagte er. »Es ist irgendwie süß.«

»Spricht er nicht davon, dass es so ähnlich ist, wenn der Floh sie beide beißt, als hätten sie Sex miteinander?«

»Genau.« Dev nickte. Seine Augen huschten von seinem Pult zu mir und wieder zurück zur Tischplatte. »Aber er bringt damit zum Ausdruck, wie sehr er seine Freundin liebt.«

»Oder er will ihr irgendwie Schuldgefühle machen, damit sie endlich mit ihm schläft«, erwiderte ich.

»Na ja, äh, ich schätze mal, mit jemandem schlafen zu wollen, ist per se nichts Schlimmes«, sagte er. Er war jetzt feuerrot.

»Na, wie läuft's bei euch?«, fragte Drummond, als er sich hinter Asha stellte und mit seinem Füller auf ihren Stuhl tippte.

»Prima«, sagte Asha. »Wir finden es versaut.«

»Dev gefällt's«, warf ich mit beschwingter Stimme ein. Ich ignorierte Drummond und sah Dev direkt in die Augen.

Dev blickte auf. Als er merkte, dass ich ihn anlächelte, erwiderte er mein Lächeln und sah wieder auf die Tischplatte.

»Dann geht es eurer Meinung nach um Sex?«, fragte Drummond.

»Na klar«, sagte ich, den Blick noch immer auf Dev gerichtet. »Er meint, es wäre keine große Sache, und wundert sich, dass sie sich so ziert.«

»Also, für mich klingt er wie so einer, der sich erst ganz

artig mit einem verabredet und einen dann beim Date vergewaltigen will«, meinte Asha.

Drummond unterdrückte ein Grinsen. »Ich neige ein wenig dazu, Asha in diesem Punkt zuzustimmen.«

»Ich glaube, er mag sie einfach sehr«, beharrte Dev.

»Sehe ich genauso«, sagte ich. »Was ist falsch daran?« Ich erwiderte Devs Blick, bis er die Augen abwandte.

Als der Gong ertönte, sprang Dev sofort auf und verabschiedete sich von uns. Drummond trommelte mit seinem Stift auf den Tisch. Ich sah auf. Er runzelte die Stirn und formte mit den Lippen die Worte: »Alles okay?«

Ich nickte, dann stand ich hastig auf und ging. Auf dem Gang fing Lila mich ab.

»Hey«, sagte sie, und ich wirbelte aufgebracht herum, bereit, sie anzuschnauzen. »Ruhig Blut. Geht's dir gut?«

»Mir würde es besser gehen, wenn mich das nicht ständig alle fragen«, maulte ich.

Sie warf mir einen argwöhnischen Blick zu und sagte: »Okay. Sorry. Ich wollte eigentlich nur fragen, ob du nach der Schule gleich mit zu mir kommen willst. Du kannst beim Aufbauen helfen, wenn du magst.«

»Was … oh, die Party.«

»Du willst aber nicht bei deiner eigenen Geburtstagsfeier kneifen, oder?«

»Nein«, sagte ich. »Nein, das ist gut. Ja, ich komme direkt zu dir.«

»Gut«, sagte sie. »Sicher, dass mit dir alles in Ordnung ist?«

»Fantastisch.«

Lila wohnte in einer bewachten Siedlung, von uns aus den Hügel hinauf, in der eine repräsentative Villa neben der anderen stand – jede noch glanzvoller und prächtiger als die davor. Lilas Haus lag hingebreitet auf dem Hügel wie eine Katze in der Sonne. Als ich auf den Vorplatz einbog, rannte Lila nach draußen und sprang auf mich zu.

»Happy Birthday!«, rief sie. »Nettes Gefährt.«

»Oh ja.« Ich schlug die Tür zu. »Eine Leihgabe anlässlich meines Geburtstags.«

»Komm rein«, sagte sie. »Meine Eltern und meine Schwester habe ich rausgeworfen und wir sind schon am Aufbauen.«

Jason torkelte aus der Garage. »Chuck!«, brüllte er. »Alles verdammt Gute zum Geburtstag!«

Lila verdrehte die Augen. »Sorry. Er hat den Wodkavorrat geplündert. Nimm dich in Acht, er wird dann sehr anhänglich.«

Mit dem freudig erregten Ausdruck eines Hundes, der aus seinem Halsband geschlüpft ist, rannte er mit Galoppsprüngen auf uns zu. Als er näher kam, merkte ich, dass er überhaupt nicht abbremste, und machte mich auf was gefasst. Im nächsten Moment riss er mich in eine Umarmung und wirbelte mich herum. Ich musste lachen. Es fühlte sich gut an, mich von jemand anderem berühren zu lassen und so mit vollem Körpereinsatz umarmt zu werden.

»Jase«, sagte Lila, »schon mal drüber nachgedacht, dass Charlie vielleicht gar nicht wie eine Stoffpuppe herumgeschleudert werden möchte?«

Er hörte auf, mich im Kreis herumzuwirbeln, ließ mich jedoch nicht los. Ich entspannte mich in seinen Armen. Irgendetwas an seiner Männlichkeit und daran, wie bereitwillig er mich anfasste, erfüllte mich mit Glück.

»Stimmt das, Charlie?«, fragte er.

»Ich mache eine Ausnahme, weil ich Geburtstag habe«, sagte ich.

»Ach, dachte ich es mir doch«, rief er und küsste mich auf den Scheitel.

»Entschuldige«, sagte Lila. »Ich kann ihn nirgendshin mitnehmen.«

»Du magst es doch«, meinte ich.

»Ich toleriere es«, sagte sie, aber ihr Mund verzog sich zu einem Lächeln. Mir wurde bewusst, dass sie glücklich waren. Behutsam löste ich mich aus Jasons Umarmung.

»Dann habt ihr also Alkohol?«, fragte ich.

Lila hob eine Augenbraue. »Du willst was trinken?«

»Scheint, als wäre das heute der ideale Zeitpunkt, um damit anzufangen«, sagte ich.

Als die anderen eintrudelten, hatten Lila und Jason mir schon einen Drink namens Screwdriver verpasst, und wir tanzten ausgelassen im Wohnzimmer, bis wir verschwitzt und ganz rot im Gesicht waren und lachten. Alkohol war viel besser, als ich gedacht hatte: Er schmeckte zwar wie Lösungsmittel, aber beim Schlucken wurde einem heiß im Hals und die Wärme klang wie glühende Kohlen im Magen nach.

Ich wich nicht zurück, als Jason begann, Lila und mich anzutanzen und sich an uns zu reiben. Anfangs war es nur aus Spaß, aber je mehr sie tranken, desto weiter drifteten sie von mir weg und desto näher kamen sie sich. Zuerst versuchte ich, mich zwischen sie zu schieben und mitzumischen, aber als sie miteinander flüsterten und kicherten und sich küssten, sah ich lieber weg und zog mich in die riesige Küche zurück. Schwer atmend und rot angelaufen, wartete ich darauf, ob es ihnen auffallen würde.

Als das Haus sich immer mehr füllte, merkte ich, dass ich kaum jemanden von den Gäste kannte. Es waren hauptsächlich Jasons und Lilas Freunde, und obwohl mir vom Alkohol warm und lüstern zumute war, fragte ich mich angesichts der Menschenmenge doch, inwieweit es auf dieser Party überhaupt um mich ging. Ich wusste, dass Lila Asha und Dev eingeladen hatte, aber sie hatten ein Familienfest, und aus der Nummer kamen sie nicht raus. Sie hatte weder Katie noch Frank noch sonst jemandem aus unserem Literaturkurs Bescheid gegeben. Aber wem wollte ich etwas vormachen? Nicht mal mit denen war ich befreundet. Sie waren allenfalls *nett* zu mir – dieses nichtssagende, unverbindliche Wort. Lila war die Einzige, die ich hatte, und sie war bei ihm. Vom Rand des Zimmers aus beobachtete ich die pulsierende, zuckende Masse der Tanzenden und sah, dass Lila und Jason sich in eine Ecke verdrückt hatten und rummachten. Eine Sekunde lang loderte die Wärme in meinem Bauch zu heißem Zorn auf. Lila beugte sich an Jasons Ohr und flüsterte ihm etwas zu, woraufhin er die Augenbrauen hob und sie nickte. Sie nahm seine Hand und zog ihn den Gang entlang.

Ich wusste, ich sollte ihnen nicht folgen. Ich wusste, ich würde es nur bereuen. Aber ich tat es trotzdem und ging ihnen nach oben zu Lilas Schlafzimmer hinterher, aus dem ich erst Kichern und dann Stöhnen hören konnte, und dann rannte ich zurück nach unten. Ich schnappte mir das erste Getränk, das mir in die Quere kam – jemand hatte Pabst-Blue-Ribbon-Bier mitgebracht –, und stürzte es so schnell hinunter, wie ich konnte, was nicht wirklich schnell war. Als ich die Flasche geleert hatte, stellte ich mich wieder in eine Ecke des Wohnzimmers, sah all den tanzenden Leuten zu und dachte darüber nach, wie es wäre, wenn Drummond hier wäre. Dann befahl ich mir, damit aufzuhören. Er war nicht da, und er würde auch nicht kommen und irgendwie Anspruch auf mich erheben, und er würde niemals zu Ende bringen, was er in jener Nacht in dem Hotel angefangen hatte. Er war feige und ich war ihm scheißegal. Ich torkelte auf die Veranda. Am Pool knutschte ein Pärchen herum, aber ansonsten war niemand hier draußen. Bis auf Mike. Er stand zusammengesunken an einer Wand und starrte angestrengt auf sein Handy.

»Großartig«, sagte ich. »Du hast mir gerade noch gefehlt.« Allein und außerhalb der Schule wirkte er kleiner.

Er blickte auf. Ich war mir nicht sicher, was kommen würde, wenn er mich erkannte – Lachen vielleicht, oder Hohn –, aber er erschien mir eher verkrampft.

»Äh«, sagte er, »hi.«

Mir wurde plötzlich bewusst, dass es mir nicht mehr wichtig war, was er von mir hielt. Er konnte mir keine Angst machen. »Dir ist aber schon klar, dass das *meine* Geburtstagsparty ist, oder?«

»Ja.« Er hielt einen roten Plastikbecher in einer Hand und sah sich um, als wolle er ihn abstellen, könne aber keinen Platz dafür finden.

»Und warum bist du dann eingeladen?«

»Äh«, sagte er. Sein Gesicht verzog sich zu einem vorsichtigen Lächeln. Er sah aus wie ein Hund, der wusste, dass er etwas angestellt hatte. »Jason hat mich eingeladen, und Austin.«

»Austin?« Ich spürte, wie Wut in mir aufstieg. »Ist er da?«

»Nein, er ist schon gegangen. Meinte, die Party sei lahm.«

»Und du bist dageblieben? Ich dachte, du wärst sein Schatten.«

Er lachte. Schrill wie ein Ballon, der Luft verlor. »Nachts gibt's keine Schatten.«

Ich starrte ihn an. »Du hast einen Witz gemacht. Keinen sonderlich guten, aber immerhin.«

Seine Augenbrauen gingen nach oben, und er lächelte, als wäre es ihm peinlich.

»Warum kommst du zu meiner Party?«, fragte ich. »Wolltest du mich einfach nur quälen?«

»Nein«, sagte er und schüttelte bekräftigend den Kopf. Er umklammerte noch immer sein Getränk, wirkte jedoch zu nervös, um einen Schluck zu nehmen.

»Dir ist aber schon klar, dass du mich scheiße behandelt hast. Und zwar mehr als einmal.«

»Das war Austin.«

»Nein«, widersprach ich. »Du warst dabei und hast nichts dagegen unternommen. Wenn du möchtest, kann ich dir gerne auf die Sprünge helfen.«

Er warf mir einen Blick zu und sah dann hastig wieder weg. »Nicht nötig«, sagte er.

Das fühlte sich so gut an, dass ich weitermachte. »Seid ihr

euch dadurch irgendwie cool und männlich vorgekommen? Indem ihr mir das Gefühl vermittelt habt, ich wäre hässlich? Denkst du, ich wüsste nicht, wie ich aussehe?«

Er starrte zu Boden. »Ich finde dich nicht hässlich.«

»Lüg mich nicht an, jetzt wo ich dich in die Enge getrieben habe.«

Er blickte wieder zu mir hoch. »Ich finde dich nicht hässlich«, wiederholte er. Diesmal sagte er es langsam und sah dabei nicht weg.

»Äh«, sagte ich. »Das ist … Darum geht es eigentlich gar nicht.« Ich blickte auf den Pool. Das Pärchen war immer noch da und fabrizierte feuchte Schmatzgeräusche. »Igitt. Wer hat die denn eingeladen?«

Mike schüttelte den Kopf.

»Heute habe ich mich zum ersten Mal betrunken«, sagte ich. »Und ich muss sagen, es erweist sich echt als ziemlich gut.«

Der Song endete, und ein neuer dröhnte dermaßen laut aus den Lautsprechern, dass ich eine Sekunde lang vergaß, wo ich war. Ich stolperte gegen die Wand und mir wurde übel.

Mike beugte sich ganz nah an mein Ohr. »Geht's dir gut?«, fragte er.

»Alles bestens. Alles bestens.« Ich stöhnte, als sich mir der Magen hob. »Warum muss Musik immer so laut sein?«

»Komm«, sagte er. Er wollte mich am Arm nehmen, doch ich zog ihn weg. Er wartete eine Sekunde und berührte mich an der Schulter. Ich schüttelte ihn erneut ab, sah aber zu ihm auf und sagte: »Du kannst mich nach drinnen bringen, aber fass mich nicht wieder an, okay?«

Er nickte. »Wie du willst.«

Ich folgte ihm ins Haus und den Flur entlang durch das Gewühl bis zu einem der Gästezimmer im Erdgeschoss. Er schloss die Tür, und die Geräusche wurden leiser, gedämpft von dem dicken Teppich, all den langen Bahnen weicher Vorhänge und Laken und Stoff.

»Hier gibt's auch gleich ein Bad«, meinte er. »Falls du, ähm, es brauchst.«

»Ich weiß.« Ich ließ mich aufs Bett plumpsen. »Du kannst jetzt gehen.«

Er verharrte an der Wand, ging aber nicht.

»Wolltest du sonst noch irgendwas?«

»Nein«, sagte er. »Du siehst nur einfach so aus ... Du siehst aus, als müsstest du dich übergeben. Ich glaube, ich hole lieber Lila.«

»Die ist gerade beschäftigt und hat Sex mit deinem Kumpel.«

»Austin?« Er klang schockiert.

Ich lachte. »Reines Wunschdenken. Sie vögelt Jason. Im Grunde genommen wird heute jeder gevögelt bis auf mich.«

»Oh«, machte er.

»Ist das irgendwie komisch?«

»Nein«, sagte er und ließ den Kopf sinken. »Es heißt doch: im Zweifel für den Angeklagten. Könntest du das nicht auch mal einen Moment lang für mich gelten lassen?«

»Weshalb?«

»Keine Ahnung. Weil ich dich darum bitte?«

Ich ließ mich auf dem Bett nach hinten fallen. »Meine Schuhe tun mir weh.«

Er sah auf sie hinunter. »Echt?«

»Echt.«

Er zögerte. »Hast du … oder …?«

»Schon gut, ich mach das.« Ich setzte mich wieder auf, zog sie aus und dann stieg mir ein Schwall Übelkeit im Hals hoch. »Oh Gott.«

Er kam zu mir. »Bist du … Willst du einen Eimer oder so?«

Ich machte ihm mit einer Hand ein Zeichen wegzugehen und massierte mir mit der anderen die Stirn. »Mir geht's gut.«

Er kam noch etwas näher, und als ich ihn nicht wieder wegscheuchte, noch näher, bis er neben mir in die Hocke ging. Ich war zu sehr damit beschäftigt, meinen Magen zu beruhigen, um mich darum zu kümmern.

»Es … es tut mir echt leid«, sagte er. »Ich weiß nicht, was ich tun kann, damit du mir glaubst, aber es ist die Wahrheit.«

»Bitte mach das nicht«, flüsterte ich.

»Warum nicht?«

Ich schloss die Augen, damit ich ihn nicht ansehen musste. »Ich will kein Mitleid.« Das stimmte eigentlich gar nicht. Vielmehr war es so, dass ich nicht wollte, dass er wusste, dass ich Mitleid wollte.

»Ich sage das nicht aus Mitleid«, meinte er.

Ich öffnete die Augen und sah ihn durch das Gewirr meiner Haare an.

»Austin – wir haben uns in der Middle School kennengelernt. Ich war neu, und er war der einzige Freund, den ich hatte. Es gefiel mir, mit jemandem befreundet zu sein, der jede Menge Beachtung erhielt. Du kennst das ja. Und weißt du, er hat's auch nicht immer leicht gehabt. Er hatte ein paar …«

»Nein«, sagte ich. »Versuch bloß nicht, sein Benehmen zu rechtfertigen. Ich will nichts davon hören, dass sein Dad scheiße zu ihm ist oder so. Das entschuldigt nämlich gar nichts.«

»Okay«, sagte er.

»Ich werde ihn nicht bedauern. Und vergeben werde ich ihm auch nicht.«

»Es war nur so ein Gedanke.« Er fuhr sich mit den Händen durch die Haare. »Mann, du machst es einem echt nicht leicht.«

Mein Magen befand sich wieder dort, wo er sein sollte, und beruhigte sich langsam. Ich sah zu ihm hinunter. Er kauerte noch immer neben mir.

Ich seufzte. »Setz dich«, sagte ich. »Das kann doch nicht bequem sein.«

Er ließ sich im Schneidersitz auf den Teppich fallen, ohne mich anzusehen.

Ich lachte. »Ich meinte auf das Bett, du Idiot.«

Als er mein Lächeln sah, gingen seine Mundwinkel nach oben. »Bist du … Ich bin nicht …«

»Steh schon auf«, sagte ich.

Er rappelte sich ungeschickt hoch und seine Sneakers verfingen sich in den ausgefransten Säumen seiner Jeans. Das Bett sackte tiefer, als er sich daraufsetzte. Er war mir so nah, dass ich die Wärme spüren konnte, die von ihm ausging.

»Dann wolltest du also andeuten, dass ich mit Austin Mitleid haben sollte?«, fragte ich.

»Nein«, sagte er. »Ich wollte nur – keine Ahnung. Ich dachte, wenn ich es dir erklären könnte, dann wäre es …«

»Warum sollte *ich* mich bemühen, *ihn* zu verstehen?«, sagte ich. »Warum nicht umgekehrt?«

»Ich weiß es nicht, Charlie.« Es erstaunte mich, dass er mich mit meinem Namen ansprach. »Jedenfalls nervt es.«

»Und du bist mit ihm befreundet, weil dich sonst keiner leiden kann?«

Ich konnte sehen, dass ich ihn damit getroffen hatte. »Danke«, sagte er, »dass du mich darauf hinweist.«

»Entschuldige.«

Er schüttelte den Kopf. »Wie begründet man, warum man mit jemandem befreundet ist? Manchmal ist er witzig, und die Sachen sind aufregender mit ihm, und ich schätze mal, dass mir das … gefällt. Oder zumindest, dass es mir früher gefallen hat. Es tut mir nur … es tut mir leid, und ich finde nicht, dass du hässlich bist.«

Ich sah ihn an, bis er meinen Blick erwiderte. Er war jetzt näher – ich konnte einen Hauch von Bier in seinem Atem riechen.

»Achtzehn werden ist scheiße«, sagte ich. »Ich kann es nicht weiterempfehlen.«

Er lachte ein wenig. »Ich werde aufpassen, dass mir das nicht passiert.«

»Was haben die zwei am Pool überhaupt gemacht? Die haben sich angehört, als würden sie wissenschaftliche Experimente durchführen.«

Er grinste. »Ich schätze, das ist genau das, was man bei Partys so macht.«

»Mm«, sagte ich. »Weißt du, du solltest nicht so ein Feigling sein. Ansonsten bist du nämlich gar nicht so übel.«

Er lächelte schüchtern. Wurde er rot? Seine Augen waren blau, fiel mir auf. Strahlend blau.

»Keine Ahnung, ob das so ist«, sagte er, und ich küsste ihn.

Es dauerte nur eine Sekunde – lang genug, dass ich einen Eindruck von warmer Haut und Alkohol bekam – und dann zog er sich zurück. Einen Moment lang verschmolzen meine Gedanken zu einem paranoiden Strudel: Das war alles ein abgekartetes Spiel. Er hatte mir eine Falle gestellt. Gleich würde Austin hereinstürmen. Aber er wirkte erschrocken, ernsthaft erschrocken, und er schien in meinem Gesicht nachzuforschen, um zu sehen, ob ich lachte.

»Ich glaube, da liegt ein … ein Missverständnis vor«, stammelte er.

»Tut mir leid«, sagte ich. »Das war ein Fehler. Es ist nur …« Ich rutschte auf dem Bett zurück bis an die Wand und versuchte, auf der glatten Tagesdecke Halt zu finden.

»Ist schon okay«, sagte er. »Ich war nur total überrumpelt, äh …«

»Ich muss gehen. Es tut mir echt leid. Dieser Tag war …« Ich schlüpfte hastig in meine Schuhe, ohne die Bändel zuzubinden.

»Ich wollte nicht … Du muss nicht …«, sagte er.

»Danke, dass du zu meiner Party gekommen bist«, meinte ich und floh.

»Hey!«, hörte ich Lila rufen, als ich über den Rasen vor ihrem Haus rannte. Von innen konnte ich noch immer die Musik hören, verzerrt und leiernd und irgendwie schwermütig. »Charlie? Wo willst du hin?«

Ich zögerte, ehe ich mich umdrehte. Ich war noch zu weit vom Auto entfernt. Sie würde mich einholen, bevor ich davonbrausen konnte. »Ich muss … ich muss gehen.«

Barfuß joggte sie über den extrem kurz geschorenen Rasen, der von der automatischen Bewässerungsanlage nass war und im Licht der starken Außenstrahler glitzerte. »Willst du allen Ernstes schon gehen?«

»Ja«, sagte ich. »Und bitte keine Vorhaltungen.«

Sie sah mich perplex an. »Ich hatte nicht vor – ich habe mir nur Sorgen gemacht.«

»Alles bestens.«

»Okay«, sagte sie. »Und warum gehst du dann schon?«

»Zum einen hast du Austin und Mike eingeladen, obwohl ich dich ausdrücklich gebeten hatte, das nicht zu tun. Zum anderen warst du offensichtlich anderweitig« – ich taxierte sie auffällig von oben bis unten, damit sie es auch bemerkte: ihre zerzausten Haare, ihr zerknittertes Oberteil, ihre geschwollenen Lippen – »beschäftigt.«

Sie grinste ein wenig, als würde sie beim Gedanken daran lächeln. »Okay, schau mal, das war …«

»Du hast ihn gefickt, stimmt's?«

Bei dem Wort *ficken* machte sie ein Gesicht, als hätte sie in eine Zitrone gebissen. »Ich hab nicht … ja, aber …«

»An meinem Geburtstag.«

Sie runzelte die Stirn. »Was tut das jetzt zur Sache?«

»Auf meiner Party!«

»Okay«, sagte sie. »Das tut mir leid, aber …«

»Wie kannst du es wagen, an meinem Geburtstag Sex zu haben?« Ich sprach lauter als beabsichtigt und meine Stimme hallte über die stille Straße.

Lila lachte und versuchte sich dann zusammenzureißen, als sie merkte, wie aufgebracht ich war. »Wo ist denn da der Zusammenhang?«

»Es ist … Du darfst nicht …« Plötzlich hatte ich das Gefühl, ich müsste eine ganze Sturmflut Tränen zurückhalten.

»Bist du eifersüchtig, oder was?«

»Nein!«

Sie kam näher. »Du bist eifersüchtig«, sagte sie. Sie lachte wieder. »Ich fass es nicht.«

»Ja, genau, ich bin unglaublich eifersüchtig darauf, dass du Jason gebumst hast. Was für ein Vergnügen muss das gewesen sein für ungefähr vierzig Sekunden. Weißt du, Lila, wenn jemand wütend auf dich ist, dann muss das nicht zwangsläufig aus Eifersucht sein. Manchmal liegt es auch einfach daran, dass du so ein Arsch bist.«

Sie wich ein Stück zurück. »Harte Worte. Ich weiß ja, dass du nur Augen für bekloppte Literaturlehrer hast, aber …«

»Das stimmt nicht«, sagte ich.

»Echt nicht? Was hat er heute angehabt?«

»Es war ein …« Ich hielt inne. »Darum geht's nicht. Du trampelst absichtlich auf meinen Gefühlen rum.«

Sie runzelte die Stirn. »Du regst dich doch nur auf, weil er sich einen Dreck um dich schert, oder? Du meinst, er wäre dein einziger Schuss.«

Ich zuckte zusammen. »Bis er dir einen Korb gegeben hat, schienst du auch ziemlich auf ihn abzufahren. Außerdem wäre es mir immer noch lieber, dass er sich nichts aus mir macht, als mich von Jason ficken lassen zu müssen.«

» Zumindest fickt mich jemand.«

»Na dann«, sagte ich, »Glückwunsch, du Schlampe.«

Das Wort traf sie wie ein Schlag. Sie machte einen Schritt auf mich zu und senkte die Stimme. »Immer noch besser, als jemanden nur aus der Ferne auszumachen.«

»Fuck you«, flüsterte ich. »Wir sind fertig miteinander.«

37

So selbstverständlich, als wäre ich hier häufig zu Besuch, hielt ich vor seinem Wohnblock an, obwohl ich bislang nur ein einziges Mal daran vorbeigefahren war und mir dabei eingeredet hatte, ich würde nur einen landschaftlich reizvolleren Weg nach Hause nehmen. Die Straße selbst war schmal und führte kurvenreich durch den Wald, und das wuchtige, klotzige Gebäude wirkte fehl am Platz und bildete einen scharfen Kontrast zu den fedrigen grünen Bäumen. Die Mauern bestanden aus Beton wie unser Klassenzimmer, und ihre Farbe zeichnete sich im Grunde genommen dadurch aus, dass sie nicht vorhanden war. In regelmäßigen Abständen wurden die Wände von Strahlern erleuchtet, sodass die Lichtpfützen aussahen wie Augen mit müden grauen Flecken verschmierter Schminke darunter.

Ich wusste, in welcher Hausnummer er wohnte – 24 –, aber nicht, wo die sich befand. Die meisten Eingangstüren wirkten einladend, der Betonaußengang davor mit Fußmatten und Hängepflanzen verschönert, doch ein paar machten einen anonymen Eindruck. Seine Wohnung war eine von denen, die verwaist wirkten, und befand sich auf dem oberen Stockwerk einer Einheit, die insgesamt unbewohnt aussah, bis auf die Tatsache, dass neben den Türen Licht brannte. Immer zwei Stufen auf einmal nehmend, rannte ich die Treppe hinauf und klopfte keuchend an, ehe ich meine Meinung ändern konnte.

Es entstand eine entsetzlich lange Pause, und ich stellte mir vor, dass entweder überhaupt niemand aufmachen würde – er wäre ausgegangen, oder schlimmer noch, er hätte durch den Spion geguckt und kehrtgemacht, ohne ein verräterisches Geräusch zu verursachen – oder dass jemand Unbekanntes öffnen würde. Eine Babysitterin, an deren Beine sich Kinder klammerten, oder ein verärgerter Geschäftsmann mit einem zusammengefalteten Brief in der Hand und einer Lesebrille, die ihm schief um den Hals hing, oder eine junge Frau, die gerade einen Morgenmantel zuknotete und mich mit verwirrtem Gesicht betrachtete, ehe sie sich umdrehte, um zu sehen, ob ihr Liebhaber wusste, wer das da an der Tür war, und die grinste, als sie kapierte, dass es eine Schülerin von ihm war.

Doch als die Tür aufging, war *er* es. Er trug eine rot karierte Pyjamahose und ein altes graues T-Shirt, so eins, auf denen sonst immer in verwaschener Schrift ein Teamname mitsamt Logo aufgedruckt ist, nur dass auf diesem hier statt eines Mannschaftsnamens DICKENS EST 1812 geschrieben stand und darunter eine Liste von Buchtiteln folgte. Es spannte über seiner Brust, als wäre er zu groß dafür, und weniger, als wäre es ihm zu klein.

»Charlie«, sagte er. Diesmal klang er nicht gereizt. Und er sah auch nicht verärgert aus. »Ich dachte, du ...« Dann sah er mein Gesicht und auf seiner Stirn erschienen Sorgenfalten. »Was ist passiert?«

Ich wusste nicht, wo ich anfangen sollte. »Ich hab heute Geburtstag«, sagte ich schließlich. Meine Stimme brach und es klang absolut kläglich, wie ein Stöhnen. Als ich die Worte laut ausgesprochen hörte, öffneten sich bei mir alle Schleusen, und ich begann heftig zu schluchzen.

»Oh, Süße«, sagte er. Er kam ein, zwei Schritte über die Schwelle auf mich zu, und ich warf mich ihm entgegen, sodass wir mit einem Geräusch gegeneinanderprallten wie ein Ball, der in einen Baseballhandschuh klatscht. Manchmal umarmten andere einen zaghaft, als würden sie versuchen, einem den Eindruck von Berührung zu vermitteln, ohne einen wirklich anfassen zu müssen – homöopathische Nähe –, doch er war groß und breit und männlich und umschloss mich komplett. Ich ließ mich gegen ihn sinken und weinte. Seine Klamotten waren weich und sein Shirt roch nach Waschmittel. Mein Herz pochte so sehr, dass ich sicher war, er konnte es spüren. Ich hatte das Gefühl, mich aufzulösen. »Es ist okay«, murmelte er. Immer und immer wieder, bis die Worte jegliche Bedeutung verloren und ich einfach den gleichmäßigen Schwingungen seiner Stimme lauschte. Irgendwann ließen die Schluchzer nach, und ich drückte mich an ihn, weil ich ihn noch nicht loslassen wollte. Mein Gesicht fühlte sich feucht an seinem Hals an.

»Schönes Shirt«, sagte ich, als ich wieder sprechen konnte.

Er rückte behutsam ein Stück von mir ab und sah an sich hinunter. »Ach, das war ein Geschenk. Ich bekomme viele Geschenke zum Thema Literatur.«

Ich nickte und versuchte zu lächeln. »Tut mir leid, dass ich es vollgeschnieft habe.«

Er machte eine abwehrende Handbewegung. »Das passt eins a zu den Soßenflecken«, sagte er und wies auf die Tür. »Komm rein.«

Ich betrat sein Wohnzimmer, das bis auf einen Fernseher, ein Sofa und einen Couchtisch relativ spartanisch möbliert war. Auf dem Sofa lagen überall Bücher, die er einfach wegschob. Sie fielen auf den Boden und blieben aufgeschlagen liegen.

Im Zimmer war es dunkel, doch ich konnte erkennen, dass er sich mit der Deko nicht übernommen hatte. Alle Einrichtungsgegenstände waren funktional und sahen nach Selbstmontage aus – vielleicht Überbleibsel aus seiner Collegezeit. Das Einzige, was etwas persönlicher wirkte, so als hätte er sich damit Mühe gegeben, waren die Bücherregale, die sich schwer an die Wände lehnten. Die Regalbretter bogen sich unter ihrer Last.

Augenscheinlich hatte er gerade gearbeitet, als ich hereingeplatzt war. Im Hintergrund lief leise Musik und ein halb korrigierter Aufsatz lag aufgeschlagen auf dem Tisch. Er setzte sich dorthin, wo eben noch die Bücher gewesen waren, und ich setzte mich dorthin, wo eben noch er gesessen hatte.

»Was ist geschehen?«, fragte er.

»Ich … ich hatte einen schlechten Tag.«

»Fang mit dem Schlimmsten an«, sagte er.

»Meine Mom … nein … Lila …« Ich schluckte laut und dann lachte ich. »Sie … sie findet, ich …« Ich verstummte. Meine Hässlichkeit hatte immer wie ein Negativ existiert.

Durch die Abwesenheit von Komplimenten, das betretene Schweigen, die abschätzigen Blicke. Es laut auszusprechen, bedeutete einzugestehen, dass es der Wahrheit entsprach. »Sie sagte, ich wäre …« Ich zeigte auf mein Gesicht. »Diese ganze Situation ist mies.« Ich versuchte zu lachen, doch stattdessen kam eine Mischung aus Schluchzen und Schluckauf dabei heraus.

»Das tut mir leid«, sagte er. »Komm her.«

Ich schmiegte mich an ihn und er legte seine Arme um mich. Es fühlte sich so gut an, nachzugeben und ihn zu berühren, zu wissen, dass er mich berühren wollte. Ich fühlte mich warm und schwer, als wollten mir die Augen zufallen.

»Ich hab sie provoziert«, sagte ich. Es fiel mir leichter, es zuzugeben, wenn ich ihn dabei nicht ansah, jetzt da er sich auf meine Seite geschlagen hatte.

»Nichts, was du hättest sagen können, würde so etwas rechtfertigen.«

»Ich habe sie als Schlampe bezeichnet.«

Er schwieg einen Moment lang. »Das ist ganz schön hart.«

»Ich habe es nicht so gemeint.«

»Ich bin sicher, dass Lila es auch nicht so gemeint hat«, erwiderte er. So nah kam mir seine Stimme tiefer vor. Sie vibrierte mit der Resonanz einer Orgel in meinem Schädel.

»Du weißt aber, dass nichts von dem, was sie gesagt hat, stimmt, oder?«, fragte er nach einer Minute.

»Es stimmt.«

»Tut es nicht.« Er drehte mich um und legte seine Hände auf meine Arme, als wolle er sie festhalten. »Es ist nicht wahr.

Hast du nicht gemerkt, was du heute mit Dev angestellt hast?«

Ich sah ihn an. »Das ist Ihnen aufgefallen?«

»Ich habe Augen im Kopf.«

»Er zählt nicht.«

»Warum nicht?«

Ich antwortete nicht. Dann sagte ich: »Aber Sie … an diesem Abend im Klassenzimmer … da haben Sie mir auch gesagt, ich sei nicht hübsch.«

»Nein, das stimmt nicht.« Er schüttelte den Kopf. »Etwas Derartiges habe ich nie gesagt.«

Ich war so angespannt, dass mein Kinn bebte. »Sie haben aber auch nicht gesagt, dass ich hübsch wäre.«

Er stockte. »Das lag nicht daran, dass ich nicht wollte«, erklärte er schließlich. »Ich konnte nicht.«

»Sie konnten. Im Hotel haben Sie mir gesagt, Sie … Es hatte den Anschein, als hätten Sie mir gesagt … dass Sie Gefühle für mich hätten, aber Sie konnten nicht …«

»Ich war betrunken«, gab er zurück. »Ich hätte das alles niemals sagen sollen.«

Meine Zunge presste sich gegen meine Zähne. »Aber Sie haben es schon so gemeint.«

Er antwortete nicht.

»Bitte«, flüsterte ich.

Er wich meinem Blick aus. »Ich kann nicht.«

»Wieso nicht?«

Er schüttelte den Kopf.

»Sie finden mich hässlich«, sagte ich. »Genau wie Lila.« Ich spürte, wie mir ein Schluchzen in der Brust hochstieg.

»Oh, Charlie, nein!« Er umarmte mich wieder ganz fest, als würde er versuchen, mich zusammenzuhalten. Er roch nach Schweiß und Seife. Sein Herz schlug heftig.

»Ich bin abstoßend«, sagte ich in die heiße, feuchte Kuhle an seinem Hals.

»Bist du nicht.« Er presste seinen Mund gegen meine Schläfe, einmal und dann noch mal.

»Sie hassen mich.« Ich drängte mich an ihn, meine Wange an seine Wange, meinen Hals an seinen.

»Das tue ich nicht.« Er nahm meine Hand und schob seine Finger zwischen meine. Unsere Handflächen waren verschwitzt. Sein Herzschlag ging jetzt noch schneller.

Ich atmete scharf ein. »Sag es mir.«

»Ich kann nicht«, flüsterte er. Seine Lippen strichen über mein Ohr.

»Sag's mir«, wiederholte ich.

»Oh Gott.« Er stöhnte, fuhr mit seinem Mund meinen Kiefer entlang und zog mich enger an sich.

»Sag's mir«, verlangte ich.

»Nein.«

»Dann zeig es mir.«

Er küsste mich. Es fühlte sich an, als würden Wellen über mir zusammenschlagen, und ich konnte nichts anderes mehr hören. Es war das Gegenteil von dem, wie es mit Mike gewesen war. Es war intimer, als ich es mir vorgestellt hatte. Ich fühlte mich wie ein bloß liegender Nerv, als würde unser Kuss ihm meine Gedanken übermitteln und er wüsste jetzt, dass ich ihm ganz und gar gehörte. Seine Lippen waren spröde und warm und nachgiebig. Jetzt da ich ihn anfassen konnte, ließ ich meine Hände überallhin wandern: über seine Arme, um zu erforschen, wie sich seine Muskeln darunter wölbten wie die bewegte Oberfläche eines Sees, über die selbstsicheren Schultern, über seinen Rücken bis dorthin, wo sein Körper zur Mitte hin schmaler wurde. Ich war gierig, als wollte ich jeden Teil von ihm katalogisieren.

Mir war schwindelig vor Glück. Ich packte seine Hände und zog ihn näher zu mir und er ließ sich auf mich fallen.

»Du hast schöne Arme«, sagte ich.

Er schmunzelte ein wenig. Ich konnte seinen Atem an meinem Hals spüren, sein leises, tiefes Lachen. »Danke. Aber sagen die Kids heutzutage nicht *geile Muckis*?« Er küsste meinen Hals und dann meinen Unterkiefer. Als ich nichts erwiderte, stemmte er sich ein Stück weg und sah mich an. »Und?«

»Irgendwie bringst du mich durcheinander«, murmelte ich.

Er lachte. »Entschuldige. Diesmal drücke ich ein Auge zu.«

»Dann machst du das also nur für deine Top-Schüler?« Es war als Witz gemeint, doch einen Augenblick lang wirkte er verletzt, und sein Gesichtsausdruck flackerte wie ein Fernsehsignal bei atmosphärischen Störungen. Dann sagte er: »Nur für dich bislang. Eine einmalige Sache.«

»Gut. Ich hab mir schon Sorgen gemacht, ich wäre nur der traurige Ersatz für Frank.«

Er lachte. »Du bist ein wenig besessen von meinem vermeintlichen Techtelmechtel mit Frank.«

»Ich mag nun mal keine Konkurrenz«, sagte ich. »Außerdem flirtest du mit allen.«

»Ach wirklich?« Er begann wieder, mich zu küssen. »Mit wem denn zum Beispiel?«

»Mit dem ganzen Kurs.«

Er hielt inne und sah mich an. »Im Ernst?«

Ich merkte, dass ich ihn ablenkte. »Irgendwie schon.« Ich zog ihn zu mir runter, und er küsste mich, bevor er sich wieder hochstemmte. Ich musste daran denken, wie er sich am Schwimmbeckenrand hochgezogen hatte.

»Das ist nicht meine Absicht«, sagte er.

»Ich weiß«, erwiderte ich, obwohl das nicht stimmte. Ich wartete, bis er wieder zu mir herunterkam. »Warst du eifersüchtig, als ich mit Dev geflirtet habe?«

Er lachte. »Kein Kommentar.«

»Darf ich das als Ja verstehen?«

»Du darfst es so verstehen, dass ich mich dazu lieber nicht äußern möchte.«

Ich setzte mich auf und drückte ihn zurück aufs Sofa, sodass ich rittlings auf ihm saß. »Gib zu, dass du eifersüchtig warst.«

»Du lässt nicht locker, was?«, sagte er.

»War doch so, oder?«

Er seufzte, als wüsste er, dass es zwecklos war, es zu leugnen. »Du würdest nicht so nachbohren, wenn du nicht wüsstest, dass du recht hast.«

Ich lachte vor Freude. »Dann sag's doch.«

»Ja«, sagte er. »War ich.«

Ich hatte erwartet, überglücklich über sein Geständnis zu sein, doch stattdessen schämte ich mich plötzlich ein wenig für seine Schwäche. Ich beschloss, dass ich einfach nur mehr hören musste. Er beugte sich zu mir, aber ich lehnte mich zurück.

»Sag mir, dass du mich willst.«

»Seit wann bist du eine Dom?«, sagte er.

»Was ist eine Dom?«

»Egal. Charlie, ich will dich, okay? Wir befänden uns nicht in dieser speziellen Position hier, wenn es nicht so wäre.« Er streichelte meine Beine und kam näher, um mich wieder zu küssen.

»Das ist nicht das, was man an dieser Stelle sagt«, meinte ich.

Er lachte. »Was sollte ich denn an dieser Stelle sagen?«

»Das macht es kaputt, wenn ich es dir vorgeben muss.« Ich zögerte, und dann beugte ich mich zu ihm und ließ meine Lippen über seinen Unterkiefer gleiten. Kurz bevor ich seinen Mund berührte, hielt ich inne. »Sag es noch mal.«

Ich hatte Angst, er würde in Gelächter ausbrechen, doch stattdessen stockte ihm der Atem. »Ich will dich«, flüsterte er. »Charlie …«

Ich zitterte. »Sag mir, dass du nur mich willst und sonst niemanden«, verlangte ich.

»Nur dich.«

Ich atmete aus. »Sag mir, dass ich hübsch bin.«

Er sah mich an. Seine Augen waren so blau. »Du bist wunderschön«, sagte er.

Ich schluckte. Ich wollte es genießen, dass er es endlich laut ausgesprochen hatte, es wieder und wieder durchspielen, aber die Worte drangen nicht zu mir durch. Sie drifteten gegen eine Tür, die sich nicht öffnen wollte. Eine Sekunde lang sah er so schutzlos glücklich aus, dass er mir erbärmlich vorkam. War er wirklich so klein und vorhersehbar? Hatte ich ihn tatsächlich durchschaut? Ich dachte an ihn in unserem Klassenzimmer, wie er, den Kopf in den Händen vergraben, über etwas lachte.

»Was machst du für ein Gesicht?«

»Nichts«, sagte ich. »Komm her.« Ich packte sein Shirt und zog ihn zu mir. Wir küssten uns. Fast augenblicklich zogen sich meine Gedanken wie Wolken über mir zusammen und ich löste mich erneut. »Sag mir, dass du Höllenqualen gelitten hast.«

Er sah zu mir auf. »Höllenqualen erscheint mir jetzt ein bisschen ...«

Ich verengte die Augen.

»Schon gut, schon gut.« Er sah zur Seite. Ich konnte seinen Scheitel sehen, die dunklen Wurzeln, die aussahen wie die Plastik-Kopfhaut einer Puppe. Ich musste mich zusammennehmen, um nicht mit dem Finger darüberzufahren, einfach nur, weil ich es durfte. »Erinnerst du dich daran, wie du mich beim Rauchen erwischt hast?«

»Das war *ich*?«

Er sah zurück zu mir. »Mm.«

»War ich die existenzielle Krise?«

Er nickte.

»Der Bart? Die dunkel umschatteten Augen?«

»Manches davon kam auch einfach nur vom Unterrichten. Aber hauptsächlich, ja.«

Ich lehnte mich zurück und legte meine Hände auf seine Brust. »Warum hast du mir erst gesagt, dass du was für mich empfindest, und dann nichts in der Richtung unternommen?«

Er spielte am Kragen meines Shirts herum. »Du weißt, warum«, flüsterte er.

»Es war grausam, das zu tun und mich dann hängen zu lassen.« Ich sagte es in neckendem Tonfall, aber es war mein Ernst.

Er streichelte meine Wange. »Es tut mir leid. Kann ich es irgendwie wiedergutmachen?«

Das kam mir wie ein beeindruckend erwachsener Kommentar vor. Ich lächelte.

»Ja«, sagte ich.

Er küsste mich wieder, und es fühlte sich an, als käme die Sonne heraus. Wir küssten uns weiter und immer weiter, bis ich keinen Gedanken mehr fassen konnte, bis es nicht mehr genug war. Das Verlangen zerriss mich. Er drängte sich gegen mich wie ein Verdurstender und als wäre ich das Einzige, was diesen Durst stillen konnte.

Ich ließ meine Hände unter sein Shirt gleiten, tiefer und tiefer, bis ich den Saum erreichte. Einen Moment lang zögerte er. Er nahm meine Hände in seine, und ich dachte schon, er würde mich wegschieben. Doch dann zog er sein Shirt hoch, und ich half ihm, es über den Kopf zu streifen. Seine Haare standen ab wie ein Heiligenschein. Ich hatte seinen Körper aus der Ferne gesehen, aber von Nahem konnte ich die kleinen Falten an seinem Bauch ertasten und mit den Fingern die Adern an seinen Armen nachzeichnen. Hitze ging von ihm aus wie von einem Ofen.

Ich weiß nicht, wie lange wir uns küssten, aber es war

atemlos, wie von Sinnen. Ich kam mir vor wie ein Zug, der nicht bremsen konnte. Sein Dreitagebart rieb mein Kinn wund, doch ich spürte es kaum. Seine Hände glitten tiefer. Als er meine Taille erreichte, zögerte er und sah mich an. Ich nahm seine Hand und führte sie hinunter. Ich öffnete den Reißverschluss meiner Hose und schob seine Hand in meine Jeans, und er sagte: »Bist du dir sicher?«

Ich nickte. Langsam, ganz langsam ließ er seine Finger tiefer wandern und sah mir dabei in die Augen. Mich überkam wieder dieser Schmerz, als er mich berührte, ein warmer roter Punkt, der immer größer wurde wie das ferne Feuer der aufgehenden Sonne. Ich versuchte, näher an seinen Schoß heranzurutschen, ihn ebenfalls anzufassen, doch er schüttelte den Kopf, nahm mich am Handgelenk und verschränkte wieder unsere Finger.

Das Ziehen wurde stärker, bis meine Gedanken verschwammen. Ich legte meine andere Hand auf seine Brust, die sich beruhigend fest anfühlte. Auch er atmete schwer, und sein Gesicht war ernst – so ernst, dass ich schon lachen wollte.

Ich schloss die Augen und legte meine Stirn an seine. Dachte an ihn im Schwimmbecken, wie er geschmeidig durchs Wasser glitt, und auf der Wiese beim Hotel, wie er mir zulächelte, die Sonne im Rücken. Ich stemmte mich gegen ihn, als das Glühen heißer und röter wurde, und seine Finger bewegten sich gleichmäßig und sicher, und dann durchfuhr es mich wie eine plötzliche Sonnenexplosion, und ich konnte nur noch in Farben denken: gestochen scharfen, strahlenden Bildern, rot und grün und gelb, die sich ausdehnten und zusammenzogen.

Nach einer Minute kam ich wieder zu mir und schlug die Augen auf. Er sah mich an.

»Hat es dir gefallen?«, fragte er.

Ich lachte leise. »Das hat es. Gib mir nur einen Moment.« Ich legte meinen Kopf an seine Brust und schmiegte mich an ihn. Er streichelte meine Haare und küsste mir den Scheitel. Ich drückte mich enger an ihn und dann spürte ich etwas. Ich sah zu ihm auf, und er meinte: »Oh, das. Sorry.«

Ich merkte, wie sich mein Puls wieder beschleunigte. Das hatte *ich* getan – ich hatte ihn erregt. »Wenn du magst, kümmere ich mich darum«, sagte ich und versuchte, lasziv zu klingen.

»Nein, nein, nein«, sagte er. »Alles okay, echt. Entspann dich einfach.«

»Komm schon.« Ich rückte näher zu ihm und ließ meine Hand nach unten gleiten.

Er verlagerte unbehaglich das Gewicht und hielt meine Hand fest. »Im Ernst, es ist okay. Ich bin glücklich, wenn ich dich glücklich gemacht habe.«

Plötzlich hatte ich das Gefühl, ich müsste gleich losheulen. »Bitte«, sagte ich.

Sein Gesichtsausdruck änderte sich, als hätte er das Drängen in meiner Stimme wahrgenommen. Er nahm seine Hände von meinen. »Ich schätze mal, wenn es dir *so* wichtig ist …«

Ich lachte und blinzelte ein paarmal. »Ist es«, sagte ich.

Ich streckte wieder die Hand aus und wünschte, ich wüsste, was zu tun war. Meine Hand fummelte an seinen Klamotten herum. Ich saß so dicht bei ihm, dass ich nichts sehen konnte, und eine Sekunde lang kam es mir vor, als wären da Unmengen von Stoff, und ich wurde rot und dachte schon, er würde meine Hand nehmen und mich führen müssen. Dann hörte ich, wie ihm der Atem stockte.

»Fühlt sich das gut an?«, fragte ich und war mir ziemlich sicher, dass ich an der richtigen Stelle war.

»Nicht schlecht«, sagte er. Er klang außer Atem.

Ich zitterte und küsste ihn. Dann rückte ich ein Stück ab, damit ich erkennen konnte, was ich tat. Jetzt sah ich es. Unter dem Stoff sah er anders aus, als ich ihn mir vorgestellt hatte. Ich hatte gedacht, er würde wie in einem großen, stolzen Zelt hochstehen, aber der Stoff saß straff, und in einem bestimmten Winkel hätte ich einfach angenommen, da wäre nichts weiter als irgendeine Wölbung. Versuchsweise fuhr ich mit der Hand über die Knopfleiste.

»Oh Gott«, sagte er. Er atmete jetzt wieder schwer.

Voller Freude, dass ich solche Gefühle in ihm auslösen konnte, lachte ich und tastete mich weiter vor auf der Suche nach seinem Hosenbund.

»Willst du das wirklich?«, fragte er, während er mir zusah.

Ich blickte ihn an und fuhr mit der Hand über die Knopfleiste.

Er sog wieder die Luft ein. »Du hast überzeugende Argumente«, sagte er. Dann gingen seine Hände zu seiner Taille, und er zog die Pyjamahose hinunter, wobei das Gummiband hängen blieb. Ich lachte und half ihm. »Danke«, flüsterte er. Er küsste meinen Hals. »Das passiert immer.«

Ich hielt eine Sekunde inne – er sah viel größer aus unter seinen Boxershorts – und dachte an die anderen, die das für ihn gemacht hatten, die anderen Male, die er so etwas gesagt hatte, geflüstert und gelacht und Hälse geküsst hatte. *Rachel, Rachel, Rachel.*

»Du musst das nicht«, sagte er.

Ich schüttelte den Kopf. »Nein… Ich war nur, äh…«

»Alles, womit ich hier aufwarten könnte, würde mich mies klingen lassen«, meinte er.

Ich lächelte. »Ich war voller Bewunderung für deinen unglaublichen, ähm, Boxershorts-Geschmack.«

»Sei nicht zu beeindruckt, die gibt's im Fünferpack.«

Schließlich zog ich ganz langsam seine Boxershorts hinunter. Ich berührte ihn zaghaft. Er war warm und fest, aber nicht steinhart, wie ich es mir eigentlich vorgestellt hatte. Er sah auch nicht wütend aus oder alienmäßig. Er hatte ihn nicht rausgeholt, um sich von mir bedienen zu lassen. Der Anblick erregte mich – wie eine greifbare Manifestation seines Verlangens. Doch plötzlich musste ich an ihn in unserem Klassenzimmer denken, wie er Lila aufzog, und ein Schauer der Angst überlief mich.

Ich zögerte nur eine Sekunde, ehe ich ihn wieder küsste. Noch bevor ich mir sagen konnte, dass ich das nicht tun sollte, schälte ich mich aus meiner Jeans. Seine Hände waren unter meinem BH, zuerst vorsichtig tastend, dann mit mehr Zielstrebigkeit, je länger wir uns küssten. Er wusste genau, wo er mich anfassen musste. Ich rutschte näher und näher zu ihm, bis er gegen mich stieß und uns nur noch eine Lage Baumwolle voneinander trennte. Wir waren uns jetzt so nah, dass es zum Verzweifeln war. Ich begann, meinen Slip auszuziehen.

»Langsam«, sagte er mit rauer Stimme, was mich nur noch mehr erregte. »Bist du dir wirklich ganz sicher?«

»Du scheinst dir ziemlich sicher zu sein.«

Er lachte leise. »Das ist kein gutes Barometer. Ein bestimmter Teil von mir ist sich immer sicher.«

Ich wusste nicht, was ich mit dieser Aussage anfangen sollte, und versuchte, ihn wieder zu küssen, doch in letzter Sekunde drehte er sich weg. Ich lehnte mich zurück und sah ihn an. Angst stieg in mir hoch.

»Ich glaube nicht, dass …«

»Du willst mich nicht.«

»Charlie, natürlich will ich dich. Es hat so lange gedauert, bis ich mich in den Griff gekriegt habe, weil ich dich so sehr will. Aber es ist …« Er rieb sich mit den Händen übers Gesicht. »Verdammt noch mal, was tu ich da?«

»Lass uns einfach … Wir sind schon so weit gegangen«, sagte ich. »Warum machen wir nicht einfach weiter und um alles andere kümmern wir uns später?«

Ich hatte erwartet, dass er lachte, aber das tat er nicht. Ich lehnte mich an seinen Hals und küsste ihn sanft am Kiefer entlang bis zum Ohr. In der *Cosmo* hatte ich gelesen, Ohrläppchen wären erogene Zonen. Auf seinen Armen erschien eine Gänsehaut. Dann war die *Cosmo* also doch für was gut.

»Oh Gott«, sagte er mit einem heiseren Stöhnen und drehte sich zu mir und erwiderte hart meinen Kuss. Seine Hände glitten tiefer und tiefer und meine auch, und alles, was ich fühlen konnte, war, wie sehr ich ihn wollte. Ich musste es sagen. Es wurde immer größer in mir, bis ich das Gefühl hatte, es würde aus mir herausplatzen.

Ich beugte mich wieder zu seinem Ohr. »Sag mir, dass du mich liebst.«

Im selben Moment, da ich es ausgesprochen hatte, erstarrten wir beide. Ich wich zurück. Wir sahen uns ein paar Sekunden lang unverwandt an, und dann schlug er sich die Hände vors Gesicht und murmelte: »Oh Scheiße.«

»Es tut mir leid«, sagte ich. »Vergiss, was ich gesagt habe. Das war dumm.«

Er schwieg und gab nur diesen Laut zwischen einem Seufzen und einem Wimmern von sich, den ich zuvor so geliebt hatte.

Ich fühlte mich gedemütigt. »Es tut mir leid«, wiederholte ich sinnlos.

»Es liegt nicht an dir«, sagte er, doch er sah mich nicht an. »Ich kann's einfach nicht fassen, dass ich das getan habe.«

»Oh«, sagte ich. Ich rutschte von seinem Schoß und er hielt mich nicht zurück. Ich lehnte mich gegen ihn, doch er ging nicht darauf ein. War sein Körper eben noch warm und anschmiegsam gewesen, war er nun steif und abweisend.

»Alles okay?«, fragte ich, als er mehrere Minuten lang nichts gesagt hatte.

Er seufzte und nahm endlich die Hände von den Augen. Noch immer sah er mich nicht an. »Nicht wirklich.« Er zog seine Hose hoch und dann stand er auf und hob sein Shirt vom Boden auf. Er schlüpfte hinein und seine Haare standen wieder wie elektrisiert vom Kopf ab.

Schließlich sah er mich an – mein Shirt war hochgeschoben und meine Jeans auf den Boden geschleudert. Er hob sie auf und reichte sie mir. »Du solltest nach Hause gehen«, sagte er ruhig.

»Oh«, flüsterte ich wieder. Tränen nahmen mir die Sicht, sodass er ganz verzerrt und weit entfernt aussah.

Er ging im Zimmer umher und sammelte die Bücher ein, die er heruntergeworfen hatte, und merkte zuerst gar nicht, dass ich weinte. Als er es registrierte, sagte er: »Oh, Charlie, es tut mir leid«, und setzte sich zu mir aufs Sofa, woraufhin ich nur noch mehr weinen musste.

Er umarmte mich wieder, doch diesmal war kein Verlangen nach Sex dahinter. Trotzdem schlug mein Herz schneller. »So was hast du nicht verdient«, sagte er. »Ich bin so dumm. Es ist nicht deine Schuld, dass ich so dumm bin.«

»*Ich* war dumm«, sagte ich.

»Nein«, widersprach er. »Du bist nicht diejenige, die das bereuen muss.«

Ich hatte gedacht, ich könnte mich nicht noch schlechter fühlen. »Du bereust das?«

»Nein, nicht weil … Ich habe mich schlecht ausgedrückt. Wie soll ich das sagen?« Er legte seine Stirn an meine und ich seufzte. »Ich bereue nicht *dich*. Ich bereue, was ich dir angetan habe. Ich habe dich verletzt. Ich habe dein Vertrauen missbraucht. Ich habe eine Grenze überschritten. Und es wäre bei jedem eine Überschreitung gewesen, aber bei dir ganz besonders.«

Ich zuckte zusammen. Wenn es falsch war, dann war ich auch falsch. Alles, was ich getan und gedacht und gewollt hatte, war falsch. »Aber ich wollte dich auch«, sagte ich. »Schon das ganze Jahr.«

»Es lag in meiner Verantwortung, dass nichts passiert.«

Ich schüttelte den Kopf. »Das bedeutet gar nichts.«

»Doch«, sagte er.

»Ich weiß besser als du, was gut für mich ist.«

Er stieß einen langen Atemzug aus. »Normalerweise würde ich dir da nicht widersprechen. Es ist nur so, dass das hier …« Er schüttelte den Kopf.

Ich beugte mich wieder vor und er legte unwillkürlich seine Hand auf meinen Kopf und fuhr mir damit sanft durch die Haare und strich sie zurück. »Du hast was Besseres als mich verdient«, sagte er. »Dieser Abend im Klassenzimmer … ich hätte damals die Notbremse ziehen sollen, gleich am Anfang, weil ich wusste, wo es hinführen würde. Keine Ahnung, vielleicht war es da sowieso schon zu spät.« Er seufzte. »Hör dir das bloß an. Ich tu so, als wäre es etwas außerhalb von uns – von mir –, gewesen, das sich meiner Kontrolle entzieht. Ich dachte … Ich hab versucht, mir vorzumachen, dass es nicht schlimmer werden würde, dass ich es im Griff hätte, aber du warst so – ich hab dich einfach nicht aus dem Kopf gekriegt. Du kannst dir nicht vorstellen, was ich mir dafür alles für Ausreden ausgedacht habe.«

Ich hielt den Kopf gesenkt, damit ich ihm nicht in die Augen sehen musste. »Vielleicht war es auch deshalb so heftig, weil wir einfach zusammengehören.«

Seine Hand hielt in der Bewegung inne. Schließlich sagte er: »Ich wollte nur … Ich wollte dich schützen.« Er blickte hinunter auf die Bücher, die noch immer auf dem Boden verstreut lagen. »Ist schon komisch, was man sich für Geschichten einfallen lässt, um sich selbst einzureden, dass alles ganz anders ist.« Dann ließ er seine Hand sinken. »Ich bin kein guter Mensch«, sagte er leise.

Ich hatte Angst, er würde anfangen zu weinen. Manchmal hatte ich ihn mir verletzlich und weinend vorgestellt, aber nun, da es im Raum stand, wusste ich nicht, wie ich reagieren sollte. »Sag das nicht«, flüsterte ich. »Bitte sag das nicht.«

Er schwieg eine lange Zeit. »Warum musstest du auch so…«

Ich kam ihm näher, doch er wich zurück. »Sorry«, sagte ich.

Er schüttelte den Kopf. »Ich sollte nicht… Scheiße, ich mache es nur noch schlimmer. Was ich sagen will, ist, dass es letztlich keine Rolle spielt, was ich für dich empfinde. Ich muss hier der Erwachsene sein.«

»Ich bin auch erwachsen«, warf ich ein. »Theoretisch.«

»Trotzdem bin ich dein Lehrer.«

»Macht es das nicht irgendwie… heißer?«

Er lächelte traurig, sagte aber nichts. Eine längere Stille entstand.

»Sehe ich dich morgen?«, fragte ich schließlich.

Er stockte, dann nickte er. »Vermutlich.«

Ich sah zu Boden. »Du gehst weg.«

»Ich weiß es noch nicht«, sagte er. »Das ist die Wahrheit.«

Ich versuchte, den Druck zu ignorieren, der sich in meiner Brust bildete. »Okay.«

»Keine Ahnung, wie ich das geradebiegen soll«, sagte er.

»Brenn mit mir durch.« Ich versuchte zu lächeln, damit es wie ein Witz klang.

Er lächelte ebenfalls ein wenig. »Du wirst hervorragend ohne mich zurechtkommen«, sagte er. »In einem Jahr wird das hier nicht mehr als eine blamable Geschichte sein, die du deinem Freund erzählst, um ihn damit zum Lachen zu bringen. Wie du was mit dem Loser von einem Lehrer angefangen hast und er sich zum Idioten gemacht hat.«

»Nein, das werde ich ganz bestimmt nicht«, sagte ich.

Er sah mich einen Moment lang an. Dann meinte er: »Komm her, Charlie«, und ich umarmte ihn verzweifelt. Ich konnte mich nicht entspannen. Ich zitterte so sehr, dass er es spüren musste.

»Versprich mir, dass du klarkommst«, sagte er.

Ich nickte. Er küsste mich auf die Wange. Ich hoffte, es würde wieder von vorne losgehen, das verzweifelte Küssen, doch diesmal war es sanft und zärtlich. Dann rückte er von mir ab und stand auf und das war es. Ich wusste, dass es mir nicht mehr erlaubt war, ihn noch einmal anzufassen. Ich sah ihn an und dachte, wie eigenartig es war, dass ich ihn noch vor wenigen Minuten mit meinen Händen überall berührt hatte, und jetzt nicht einmal seine Schulter streifen durfte.

Sobald ich fertig war, stand ich auf.

»Nicht zu glauben, dass ich es hingekriegt habe, deinen Geburtstag noch beschissener zu machen«, sagte er. »Für so was habe ich anscheinend Talent.«

»Durch dich wurde er schöner«, sagte ich.

Er schüttelte den Kopf. »Ich wünschte, es wäre so.«

Zu Hause angekommen, stand ich im Badezimmer und sah in den Spiegel, bis ich mein Gesicht so lange betrachtet hatte, dass ich nicht mehr beurteilen konnte, ob ich attraktiv oder hässlich war. Es war, als würde man ein Wort ewig wiederholen, bis es nur noch eine willkürliche Aneinanderreihung von Buchstaben ohne jegliche Bedeutung war. Ich probte jeden

Gesichtsausdruck, der mir in den Sinn kam, aber keiner davon passte irgendwie.

»Du Schlampe«, sagte ich zu meinem Spiegelbild. »Du hast deinen Lehrer verführt.« Ich berührte mein Kinn, das von seinen Bartstoppeln kaugummirosa geworden war.

Es klopfte an der Tür. Widerwillig öffnete ich. Es war mein Dad.

»Hi«, sagte ich.

»Hi«, sagte er. »Wo warst du?«

Ich presste die Lippen aufeinander. »Hier und dort. Bist du böse auf mich?«

Er seufzte und rieb sich mit der Hand über den Bart. »Du hast den Wagen deiner Mom genommen. Und du hast …« Er beugte sich vor und sah mich aufmerksam an. »Hast du was getrunken?«

Ich errötete. »Ein bisschen.«

»Und bist heimgefahren?«

Ich errötete heftiger. »Ja.«

Er massierte sich die Stirn, als würde ich ihm körperliche Schmerzen bereiten. »Dir ist aber schon klar, dass du Glück gehabt hast, dass du niemanden überfahren hast.«

»Ich weiß«, sagte ich leise.

»Oder selbst ums Leben gekommen bist.«

Ich setzte mich auf den Klodeckel. »Ich weiß«, sagte ich wieder.

»Oder das Auto deiner Mom zu Schrott gefahren hast.«

»Es tut mir leid.«

»Und du wirst so was nie wieder machen«, sagte er. »Niemals.«

»Versprochen.« Ich hatte das Gefühl, jeden Moment wieder losheulen zu müssen. »Krieg ich jetzt Ärger?«

»Du bist achtzehn, Charlie«, sagte er. Er klang müde. »Ich werde dich nicht bestrafen.«

»Du bestrafst mich nicht?«

»Nein.«

»Warum nicht?«

Er legte den Kopf schief. »*Willst* du, dass ich dich bestrafe?«

Ich hielt inne, atmete tief ein, begann zu schluchzen und dann weinte ich wieder. Ich hatte das Geheule so satt. »Es tut mir leid, Daddy«, flüsterte ich.

»Oh, meine Große.« Er kniete sich vor mich hin und legte mir seine Hand aufs Knie. »Mir tut es auch leid wegen heute Morgen. Das muss traumatisch für dich gewesen sein.«

Halb lachte und halb heulte ich. »Du hast ja keine Ahnung.«

»Ich komme auch für die Therapie auf, wenn du magst«, sagte er.

»Mal sehen. Vielleicht nehme ich dich beim Wort.«

Er zog an der Klorolle, sodass sie sich abwickelte, weiter und immer weiter, bis das Klopapier wie ein Haufen Schlagsahne auf meinem Schoß lag und ich lachte, und dann tupfte er mir behutsam die Augen damit ab. »Komm«, sagte er. »Holen wir dir ein Stück Kuchen.«

38

Er erschien am nächsten Tag tatsächlich in der Schule. Ich sah ihn nicht an, deshalb konnte ich nicht sagen, ob er mich ebenfalls mied. Ich hatte überlegt blauzumachen – schließlich war es der Tag nach meinem Geburtstag und ich hatte ein Anrecht auf einen Kater –, aber ich hatte beschlossen, unter Beweis zu stellen, wie wenig er und Lila mir anhaben konnten.

»Äh, okay«, sagte er, nachdem der Gong geläutet hatte. »Wo waren wir vorgestern stehen geblieben?«

»Bei der Frage, ob *Überredung* im Vergleich zu *Stolz und Vorurteil* Mist ist«, sagte Asha.

»Ach ja, stimmt.« Er nickte. »Ich hatte da eine Passage, die ich laut vorlesen wollte, um zu sehen, ob ich dich – entschuldige das Wortspiel – überreden und überzeugen kann, Asha.« Er warf einen Blick über die Schulter auf sein Pult. »Aber ich scheine meine Ausgabe nicht da zu haben. Wo ist …?« Er stand auf, wobei sein Stuhl knarrte, und begann in seiner braunen Ledertasche herumzuwühlen. »Nicht da«, murmelte er. Mir kam der Stapel Bücher in den Sinn – die, die er überall verstreut hatte, damit ich mich neben ihn setzen konnte.

War es eines von denen gewesen? Er fuhr sich mit der Hand durch die Haare. »Darf ich mir von jemandem kurz eins borgen?«

Ich sah hinunter auf das Buch, das meine Mutter mir geschenkt hatte, und wünschte, ich hätte es verstecken können, aber jetzt war es zu spät. Zwischen all den zerfledderten Exemplaren, die die anderen hatten, stach es groß und bedeutend hervor.

Ich sah wieder auf. Mit hochgezogenen Augenbrauen musterte er mich zögernd, bis ich kaum merklich nickte.

Er kam langsam auf mich zu, als hätte er Angst, ich würde davonrennen, wenn er eine zu hastige Bewegung machte. »Danke, Charlie«, sagte er leise, als ich es ihm am Rand entgegenhielt, damit sich unsere Finger nicht berührten.

»Okay«, sagte er, als er zu seinem Stuhl zurückging. »Ich weiß, dass viele von euch der Meinung sind, Austen würde nur Gesellschaftskomödien schreiben, aber ich glaube, sie war selbstkritischer, als ihr ihr zugesteht. Erinnert ihr euch an die Stelle, wo Anne mit Captain Harville über das Wesen der Männer und der Frauen debattiert?«

Es gab zustimmendes Gemurmel.

»Also gut.« Er schlug behutsam mein Buch auf und drehte es dann um, um es zu bewundern. »Schöne Ausgabe«, sagte er, während er zu der entsprechenden Stelle blätterte und mit den Fingern über die Seiten fuhr. »Hier ist es. Captain Harville macht sich wieder mal wichtig, wie üblich, und sagt: ›Ich glaube, dass ich nie in meinem ganzen Leben ein Buch aufgeschlagen habe, in dem es nicht um die Unbeständigkeit der Frauen ging. Lieder und Sprichwörter – überall ist vom Wankelmut der Frau die Rede. Aber vielleicht werden Sie jetzt sagen, dass diese allesamt von Männern verfasst wurden.‹«

Ein paar von uns buhten, und Drummond lächelte, ohne den Kopf zu heben. »Sicher«, sagte er. »Okay, aber hört euch Annes Antwort an: ›Ja, ja, aber seien Sie so gut und verweisen Sie nicht auf Beispiele aus der Literatur. Die Männer haben uns gegenüber den Vorteil, ihre eigenen Geschichten zu erzählen. Sie haben eine viel bessere Ausbildung genossen, ihnen wurde die Feder geradezu in die Hand gelegt. Deshalb kann ich Bücher als Beweismittel nicht zulassen.‹«

Dieselben Schüler lachten. An diesem Tag waren alle bester Laune. Das Wochenende stand vor der Tür und keiner konnte still sitzen. Drummond sah mich an, und eine Sekunde lang fühlte ich mich so gnadenlos einsam, dass ich seinem Blick nicht standhalten konnte.

»Asha«, sagte er. »Was meinst du?«

»Ich glaube, dass Austen auf ihr eigenes Buch anspielt«, sagte Asha. »Sie *hat* ja ihre eigene Geschichte geschrieben. *Überredung* entkräftet dieses Argument.«

»Ich denke, da hast du nicht ganz unrecht.« Er stockte und starrte noch immer auf das Buch hinab, blätterte darin herum und legte dann seine Handfläche mit gespreizten Fingern auf das Cover. »In Ordnung«, sagte er schließlich, »genug geredet. Wer möchte gern den Film sehen?« Diesmal jubelten alle. »Frank, kannst du das Aufbauen übernehmen?«

Die Klasse begann zu schwatzen, als Frank aufstand. Nach einer Minute merkte ich, wie Drummond herüberkam. Er legte mir das Buch wieder hin. Wortlos. Ich legte meine Hand auf das Cover, dorthin, wo seine Finger es eben noch berührt hatten. Als ich den Kopf hob, ruhte sein Blick wieder auf mir. Wir sahen uns lange Zeit an, und dann sah ich hinunter auf das Buch und wusste, dass er nicht zurückkommen würde.

Am nächsten Tag verkündete Dr. Crowley, dass Mr Drummond wegen eines Notfalls in seiner Familie für den Rest des Schuljahrs ausfallen würde.

MAI

39

An einem Wochenende gesellte ich mich zu meiner Mutter ins Arbeitszimmer. Ich wusste nicht so recht, was ich von ihr wollte, aber ich hielt es nicht mehr aus, alleine in meinem Zimmer zu hocken und zu heulen.

»Charlie«, sagte sie, als sie mich sah. »Was machst du hier?«

Ich setzte mich auf das Sofa. »Kann ich nicht einfach nur so meine mich liebende Mutter besuchen?«

»Normalerweise tust du das nicht, nein.« Sie nahm ihre Lesebrille ab und faltete sie behutsam zusammen. »Was ist los?«

Ich holte zittrig Luft. »Du findest mich doch hübsch, oder?«

Sie stand auf und setzte sich neben mich. »Du bist sogar sehr hübsch, Liebling. Was wird das?«

»Ich …« Meine Stimme brach. »Findest du das wirklich, oder sagst du das nur, weil du musst?«

»Weil ich es finde«, erwiderte sie. »Ich meine, wenn du mich lassen würdest …«

Ich schüttelte den Kopf. »Nein, ohne Einschränkungen.«

»Tut mir leid«, sagte sie. »Du bist schön. Keine Einschränkungen.«

Ich sah weg. Ich glaubte ihr nicht. Sie war selbst schön und in der luxuriösen Position, anderen Komplimente zu machen, in dem Wissen, dass sie sie erwidern würden. Ich musste jedes Kompliment, das ich bekam, eifersüchtig bewachen und so lange darüber grübeln, bis ich es kaputt gemacht hatte.

»Was ist passiert?«, sagte sie.

»Nichts.«

»Dann stellst du mir also ohne besonderen Anlass solche Fragen?«

»Ja.«

Sie legte ihre Hand auf meine. »Ich werde nicht nachbohren, aber du sollst wissen, dass ich dich lieb habe, egal was passiert.«

»Auch wenn ich was richtig, richtig Schlimmes gemacht hätte?«

»Auch dann.«

»Sogar wenn ich Dads Wagen geschrottet hätte?«

»Du hast wa…?« Sie unterbrach sich, als sie sah, dass ich grinste. »Das war nicht witzig.«

»Sorry«, sagte ich. Ich stand auf und lief im Zimmer umher und fuhr mit den Fingern über ihre Bücher. »Hattest du in der Highschool einen Freund?«

»Ja. Es war nichts Ernstes, aber wir waren eine Weile zusammen.«

»Hast du mit ihm geschlafen?«

Sie machte ein erschrockenes Gesicht. »Äh, nein, hab ich nicht.«

»Also ja?«

Sie lächelte leicht. »Geht dich nichts an.«

»Die Zeiten, in denen du so getan hast, als hättest du niemals Sex gehabt, sind irgendwie vorbei.«

Ich konnte sehen, wie sie rot wurde. »Ja, ich habe mit meinem Freund geschlafen«, sagte sie. »Worauf willst du hinaus? Hast du mit jemandem geschlafen?«

»Nein«, erwiderte ich automatisch, obwohl ich sofort mit meinen Gedanken bei der Nacht mit ihm war, dem warmen, sicheren Gefühl zu wissen, wie sehr er mich begehrte. Ich war schon so lange solo, dass es mir schwerfiel, mich mir anders als jungfräulich vorzustellen.

»Bist du schwanger?«

»Nein! Hier geht es nicht um … Entschuldige, ich glaube, ich muss jetzt ins Bett.«

»Charlie«, sagte sie. »Bitte sprich mit mir.«

Ich setzte mich wieder. »Ich wünschte nur …« Ich musste mich zwingen, die Worte auszusprechen. »Ich wünschte nur, ich wäre schön.«

Ich wartete darauf, dass sie versuchte, mir das auszureden, aber sie tat es nicht.

Schließlich flüsterte sie: »Es ist nicht fair.«

Plötzlich weinte ich. Es fühlte sich besser an, dass sie es zugegeben hatte, statt mir wieder und wieder das Gegenteil zu versichern.

»Oh, mein Schatz«, sagte sie. »Ich wollte nicht …«

»Nein, das ist nicht … Das sind gute Tränen«, sagte ich. »Danke, dass du ehrlich zu mir warst. Und dafür, dass du mir nicht erzählst, dass man es auch nicht leichter hat, wenn man hübsch ist.«

Sie schwieg, während ich weinte. Dann sagte sie: »Wenn ich dich doch nur besser verstehen könnte.«

Wie gern hätte ich ihr gesagt, dass sie mich ja verstand, aber wir wusste beide, dass das nicht stimmte.

»Danke, dass du's versuchst«, sagte ich.

40

Lilas Mutter begrüßte mich immer mit einem Lächeln. Ich konnte nicht sagen, ob Lila ihr was von unserem Streit erzählt hatte. »Hallo, meine Liebe«, meinte sie. »Komm rein.«

»Hi«, sagte ich. »Ist sie da?«

Ihre Mutter wies die Treppe hinauf. »In ihrem Zimmer.«

»Danke«, sagte ich und ging in den ersten Stock. Lilas Tür stand offen und sie lag auf dem Bett. Aus ihren dicken Kopfhörern drang blecherne Musik.

Ich winkte, um mich bemerkbar zu machen, und sie sah herüber und schaltete widerstrebend ihre Musik aus.

»Hey«, sagte ich. Unser Streit fühlte sich so fern an, dass ich mich kaum mehr erinnern konnte, warum ich wütend auf sie gewesen war. Ich setzte mich auf ihr Bett.

»Ich dachte, wir wären fertig miteinander.« Ohne aufzusehen, spielte sie mit dem Kopfhörerkabel.

»Es ist was mit Drummond vorgefallen. Ich muss es jemandem erzählen, sonst werde ich noch verrückt.«

Sie blickte abrupt auf und sah dann wieder weg, als ihr klar wurde, dass sie soeben ihr Interesse verraten hatte. »Hab mir schon gedacht, dass vielleicht irgendwas war«, sagte sie.

»So idiotisch.«

Sie änderte ihre Position auf dem Bett und setzte sich auf. »Du oder er?«

»Beide. Glaubst du, dass sonst jemand was ahnt?«

Lila schüttelte den Kopf. »Nee. Ich meine, Gerüchte gibt es immer, aber über dich habe ich nichts gehört.«

»Nicht sonderlich schmeichelhaft«, sagte ich.

Sie lächelte, aber es sah müde aus. »Was ist denn passiert?«

»Du wirst mir nicht glauben.«

»Doch.«

Ich zögerte. »Wir haben fast miteinander geschlafen.«

»Motherfucker!« Sie schlug sich die Hand vor den Mund. »Sorry. Darauf war ich irgendwie nicht eingestellt.«

»Sag ich doch«, erwiderte ich. Wir fingen an zu kichern.

»Oh mein Gott, Charlie«, sagte sie und wirkte gleichermaßen entsetzt und entzückt. »Fang ganz von vorne an. Und lass ja nichts aus.«

Ich erzählte ihr alles. Als ich geendet hatte, lehnte sie sich an die Wand und sagte: »Ist es sehr daneben von mir, das voll scharf zu finden?« Sie lachte. »Du bist gerade feuerrot.«

Ich schubste sie. »Es ist ja auch total peinlich.«

»Nein, ganz und gar nicht«, widersprach sie. Sie seufzte. »Dieser ganze Bullshit über Feminismus, und dann holt er ihn, sobald sich die Gelegenheit bietet, bei seiner minderjährigen Schülerin raus.«

»Ich bin jetzt achtzehn«, stellte ich klar. »Und das musst du gerade sagen. Du hast versucht, ihn zu küssen.«

»Das ist Monate her«, sagte sie. »Inzwischen bin ich gereift. *Und*: Er hat mir eine Abfuhr erteilt.«

Ich schnaubte sanft. »Mir ist klar, dass er mir auch eine Abfuhr hätte erteilen sollen. Aber …«

»Ich mache dir keinen Vorwurf. Ich hätte es genauso gemacht.«

»Ich wette, nach Sex mit dir hätte er bestimmt nicht aus lauter Scham das Weite gesucht«, sagte ich.

»Charlie, nein. Das war feige von ihm. Aber es liegt nicht an dir.«

»Schon möglich«, sagte ich.

»Jedenfalls hast du einen erwachsenen Mann dazu gebracht, seinen Job für dich aufzugeben. Das nenne ich mal Macht.«

Ich schüttelte den Kopf. »Diese Art von Macht will ich gar nicht. Ich will etwas … keine Ahnung … etwas Beständigeres.«

Sie spielte wieder an dem Kabel des Kopfhörers herum. »Dann hast du also nichts von ihm gehört?«

»Nein«, sagte ich. »Nichts.«

»Könnte doch sein, dass er in dich verliebt ist, weißt du. Und sich vor Gram verzehrt.«

Mein Hals wurde eng. »Bestimmt nicht.«

Sie sah mich an, bohrte aber nicht weiter nach Einzelheiten. »Und, war er gut?«

Ich sah sie aus dem Augenwinkel an. »Ja.«

»Klar, aber besser als meine Zahnbürste?«

Ich lachte. »Na ja, vibriert hat er nicht.«

»Schade. Das müssen die Kerle noch hinkriegen.«

Wir schwiegen ein paar Minuten lang. Draußen hatte es angefangen zu regnen.

»Also, äh, ich muss dir auch was erzählen«, sagte Lila.

»Du hast mit Jason Schluss gemacht, oder?«

Sie lachte. »Nein, aber ... ich bin in Stanford angenommen. Was vermutlich auf dasselbe rausläuft.«

Ich starrte sie an. Dann registrierte ich, dass sie auf eine Reaktion von mir wartete. »Du verarschst mich! Das ist großartig!«, sagte ich. Ich war mir nicht sicher, ob sie wollte, dass ich sie umarmte, also legte ich ihr die Hand auf die Schulter. Sie bemerkte es, entzog sich aber nicht. »Wann hast du das erfahren?«

Sie versuchte, nicht zu lächeln. »Vor ein paar Wochen.«

»Oh.« Erst jetzt wurde mir bewusst, wie groß die Kluft war, die sich zwischen uns in der Kürze der Zeit aufgetan hatte: Sie feierte seit Wochen und ich hatte keinen Schimmer davon gehabt. Würde es von nun an so sein? »Glückwunsch. Chatham Valley wird zu Tode betrübt sein.«

Sie grinste. »Zur Sicherheit halte ich mir die Hintertür offen für den Fall, dass die Sache platzt.«

»Lila ...« Ich zog die Knie an die Brust und schlang meine Arme darum. »Es tut ...«

»Ich weiß«, sagte sie. »Mir auch.«

Ich lachte. Dann sagte ich: »Warum streiten wir uns eigentlich ständig wegen Typen?«

»Nicht immer«, wandte sie ein. »Manchmal haben wir uns auch wegen Asha in die Haare bekommen.«

»Stimmt. Weißt du, das liegt daran, dass man von Frauen immer erwartet, dass ...«

»Bitte keine feministischen Argumentationen, während du an den Titten immer noch vom Bart deines Literaturlehrers wundgescheuert bist.«

Mir fiel die Kinnlade in künstlicher Empörung herunter und ich schlug mit einem Kissen nach ihr. Sie lachte und zog mich an sich und ich wehrte mich nicht.

»Deine Brüste sind natürlich weich«, sagte ich. »Und bartscheuerfrei.«

»Ich schütze mich eben.«

»Ich hab dich vermisst.«

»Ich weiß.«

»Können wir uns bitte nie wieder streiten?«

»Wenn du nie wieder so danebenliegst.«

»Versprochen.«

41

Nachdem er weg war, wurde *Truth Bomb* im Wechsel von verschiedenen Vertretungslehrern betreut. Als Asha und ich eines Tages hereinkamen, saß Ms Anders hinter seinem Pult und wühlte in ihrer Tasche herum.

»Hi«, sagte ich. »Sind Sie heute an der Reihe?«

Erschrocken sah sie auf. Sie war noch immer nervös wie ein Vogel. »Oh, hi, Charlotte. Mir war nicht bewusst, dass du auch da sein würdest. Ja, heute bin wohl ich dran. Obwohl ich mich frage, warum dieser Zusatzkurz nicht einfach gecancelt wurde.«

»Liegt wahrscheinlich daran, dass das ganze Jahr noch keine Ausgabe erschienen ist.«

Ms Anders legte die Stirn in Falten. »Nicht eine einzige Ausgabe habt ihr publiziert?«

Asha setzte sich an einen Tisch und ich glitt neben sie. »Wir standen ganz dicht davor«, sagte sie, »und dann ist Drummond gegangen, und wir waren uns nicht sicher, was wir machen sollten.«

Die Falten in Ms Anders' Gesicht vertieften sich und schoben ihre Stirn wie eine Ziehharmonika zusammen. »Aber warum hattet ihr keine Ausgabe rausgebracht, bis …« Sie seufzte. »Aber ihr Kids habt ihn geliebt. Macht euch nichts draus. Wo stehen wir? Seid es nur ihr zwei?«

Dev und Frank erschienen in der Tür.

»Manchmal auch die beiden«, sagte ich, »wenn's was zu futtern gibt.«

Ms Anders hievte ihre Tasche auf Drummonds Pult. »Ich glaube, da drin könnten noch Pfefferminzdrops rumfliegen, wenn es so dringend ist.«

Mit hochgezogenen Augenbrauen sah Frank erst ihre Tasche und dann uns an. Asha zuckte die Achseln.

»Also gut«, sagte Ms Anders. »Dann machen wir mal weiter. Kann mir jemand zeigen, wie weit ihr seid?« Sie stand auf und ging zu den Computern hinüber.

Wir beobachteten sie eine Minute lang, und keiner rührte sich vom Fleck, bis Frank meinte: »Ich übernehme das. Ich steh auf schroffe Frauen.«

»Danke, Frank«, sagte ich, und er salutierte vor mir, als er abzog.

Ohne mich anzusehen, setzte Dev sich neben Asha.

»Richtet euch nicht allzu gemütlich ein«, meinte Ms Anders und reckte den Hals, um zu uns herüberzuspähen. »Ihr müsst uns in einer Minute helfen.«

»Okay«, sagte ich und wandte mich wieder an Asha. »Ich schaffe Trigonometrie nicht.«

Sie lachte. »Drummond fehlt mir fast.«

Ich zuckte zusammen. Ich sprach äußerst ungern über ihn, aber bei allen anderen ging es seit Wochen um nichts anderes.

»Also, ich vermisse ihn definitiv«, meinte Dev.

»Und *du* sowieso«, sagte Asha zu mir. »Ich glaube immer noch, dass er gefeuert wurde.«

»Warum sollten sie ihn feuern? Was hat er denn angestellt?«

»Er hat nie wirklich eine Ausgabe der Zeitung fertiggekriegt. Er war hoffnungslos selbstverliebt. Er hat uns nichts beigebracht, auf das wir nicht auch selbst gekommen wären …«

»Okay, okay«, sagte Dev. Er sah mich kurz an und dann wieder weg. »Leg dich bloß nicht mit Asha an.«

Ich lächelte Dev an. Seit meinem Geburtstag benahm er sich mir gegenüber anders, und ich wusste nicht, wie ich mich für mein Verhalten entschuldigen sollte.

»Ich dachte, du hättest dich mit ihm arrangiert«, sagte ich zu Asha.

»Na ja«, meinte sie, »wollen wir mal nicht übertreiben.«

»Sei doch froh«, sagte ich. »Wenn er nicht gegangen wäre, hättest du nichts, worüber du dich beschweren könntest.«

Asha lachte und schlug mir sanft auf die Hand. »Ich würde schon was finden.«

Ich blickte auf und merkte, dass Dev uns beobachtete. Als sich unsere Blicke trafen, sah er weg. Asha, der das nicht entging, sagte: »Ihn vermutlich.«

»Was?«, fragte ich.

»Ich würde mich über Dev beschweren.«

»Das machst du doch sowieso«, sagte Dev.

»Auch wieder wahr.« Sie nickte. »Auf dir liegt mein Hauptfokus.«

Er verdrehte die Augen in meine Richtung und ich grinste.

»Das habe ich gesehen«, sagte Asha.

»Solltest du auch«, sagte er.

Ich sah ihn an und diesmal wich er mir nicht aus. Asha beobachtete uns aufmerksam. Dann lächelte sie.

Als die anderen gingen, bat Ms Anders mich zu warten. Obwohl ich nicht glaubte, dass sie etwas über mich und Drummond wusste, war ich nervös, als sie die Tür schloss.

»Also, Charlotte«, sagte sie und schlug die Beine übereinander, als sie sich setzte. Ich registrierte eine Laufmasche in ihrer Strumpfhose, die sich schon über ihren halben Oberschenkel hinaufgeschoben hatte wie ein langer, skelettartiger Finger, der obszön unter ihrem Rock verschwand. Die Haut darunter war so weiß, dass sie fast blau wirkte. »Ich weiß, dass du und Tom … dass ihr euch gut verstanden habt.«

»Äh«, sagte ich.

»Entschuldige – Mr Drummond«, sagte sie. »Siehst du? Ich habe dazugelernt.«

»Kann sein«, sagte ich.

»Dann weißt du, was geschehen ist?«

Mir stockte der Atem. »Was?«

»Du weißt, warum er gegangen ist?«

»Ein familiärer Notfall?«, sagte ich.

»Nein, ich meine genauer.«

»Ich, ähm …« Plötzlich war ich mir sicher, dass sie Bescheid wusste und es mir aus der Nase ziehen wollte. »Nein, ich glaube nicht … Haben Sie denn was gehört?«

»Dr. Crowley meinte, seine Mutter sei krank. Aber wir sollen es nicht den Schülern sagen, also erzähl es bitte nicht weiter.«

»Ah«, sagte ich. Es dauerte einen Moment, bis sich mein Herzschlag wieder normalisiert hatte. »Okay, mach ich nicht.«

»Ich wollte nur, dass du es weißt, falls du dir Sorgen gemacht hast«, sagte sie.

»Oh. Danke.«

»Ich hab versucht, ihn zu kontaktieren, aber bei seinem Telefon geht nur die Mailbox ran«, fuhr sie fort. »Und eine Nachsendeadresse gibt es auch nicht.«

»Bestimmt geben sie Ihnen diese Information noch raus«, sagte ich.

»Da bin ich mir nicht so sicher.«

Als ich sie fragend ansah, meinte sie: »Sie stellen für nächstes Jahr jemand anderen für mich ein – unbefristet.«

»Oh«, sagte ich. »Das tut mir leid.«

Sie zuckte mit den schmalen Schultern. »Schon okay. Ich … ich hatte nur gedacht, ich könnte etwas länger bleiben, schätze ich.«

Ich wusste nicht, was ich sagen sollte. »Haben Sie denn irgendwelche Pläne?«

Sie schüttelte den Kopf. »Wir werden sehen, was kommt. Neues Spiel, neues Glück, was?«

»Ja.« Ich nickte. »Stimmt.«

Sie schwieg, fuhr sich mit der Hand über den Oberschenkel und blieb mit dem Fingernagel an der Laufmasche hängen. »Na toll«, sagte sie. »Laufe ich schon die ganze Zeit so rum?« Sie bedeckte die Laufmasche mit ihrer Hand. »Nur noch zwei Wochen, hm?«

»Jap«, sagte ich. »Dann sind wir frei.«

JUNI

42

Das Wetter am Tag unserer Abschlussfeier war klar und heiter, der Himmel so strahlend blau, dass er endlos wirkte.

Alle sahen unglaublich jung aus im Sonnenschein. Wie ich so dastand und Dr. Crowleys Rede lauschte, stieg eine alberne, sentimentale Woge der Liebe für sie alle in mir hoch. Als ich mein Abschlusszeugnis entgegennahm, hörte ich meine Eltern jubeln.

Gegen meinen Willen suchte ich die Tribüne ab, doch er war nicht gekommen. In gewisser Weise war ich erleichtert.

Als mir später einfiel, dass ich meine Jacke in meinem Schließfach gelassen hatte, und ich nach drinnen rannte, konnte ich es mir nicht verkneifen, einen letzten Blick in unser Literaturklassenzimmer zu werfen. Er hatte die Wände nie mit Postern oder Schaubildern dekoriert und der Raum hatte immer ein wenig kahl gewirkt. Aber jetzt war sein Pult leer. Die meisten seiner Sachen waren schon seit Wochen weg, doch ein paar Dinge hatte er dagelassen – zusätzliche Buchexemplare, alte Arbeitsblätter und überholte Lehrpläne – und jemand war vorbeigekommen und hatte auch die entrümpelt. Auf einmal begriff ich, dass er nicht in meinem

Jahrbuch unterschreiben würde – etwas, worüber ich vorher gelegentlich nachgedacht hatte, ehe das alles passiert war. Es erschien mir jetzt albern, dass ich mich so sehr darauf gefreut hatte, naiv von mir, mich mit so wenig zufriedenzugeben.

Als ich wieder auf den Flur trat, stand er vor mir. Er sah genauso aus wie immer und doch kam er mir irgendwie anders vor.

»Hi«, sagte ich und klang ruhiger, als ich mich fühlte. »Ich hatte nicht damit gerechnet, dass du kommen würdest.«

Er lächelte reumütig. »Ich war mir selbst nicht sicher. Aber …« Er zuckte die Achseln. »Es erschien mir nicht richtig, nicht dabei zu sein, wenn du dein Abschlusszeugnis bekommst.«

Ich nickte. »Na dann, danke, dass du gekommen bist. Es war ein schöner Tag.«

»Ihr habt alle toll ausgesehen da draußen«, sagte er. »Ihr habt ausgesehen wie die Zukunft.«

»Das sind wir wohl auch.«

»Ein erschreckender Gedanke irgendwie«, meinte er, »jetzt da ich ein Jahr mit Frank verbracht habe.«

Ich lächelte ein wenig. »Da ist was dran.«

»Weißt du, mir ist neulich aufgefallen, dass ich mich nie um dein Praktikum für den Sommer gekümmert habe.«

»Ach das.« Ich winkte ab. »Ehrlich gesagt … habe ich mir selbst eine Stelle gesucht.« Hatte ich zwar nicht, aber ich wusste, dass ich es konnte. Ich brauchte seine Hilfe nicht mehr. »Ähm, jedenfalls warten jetzt meine Eltern auf mich, also …«

»Oh«, sagte er. »Natürlich.«

»Aber es war schön, dich zu sehen. Also, mach's gut.« Ich wollte mich schon umdrehen, da hielt er mich am Arm fest.

»Charlie«, sagte er. Er sah mitgenommen aus. »Ich bin nur gekommen, weil ich … ich weiß, dass ich dir eine Erklärung schuldig bin. Und eine Entschuldigung, die so dermaßen groß ist, dass Worte dafür nicht ausreichen.«

»Ja, da hast du recht.« Meine Augen wurden feucht bei diesen Worten. Ich stockte und versuchte, mich zusammenzunehmen. »Du hast es nicht verdient, dass ich dir verzeihe«, sagte ich schließlich.

»Ich weiß.«

»Du hast nicht mal das Recht dazu, mich darum zu bitten.«

»Ich weiß«, sagte er wieder.

»Du hast auch kein Recht hierherzukommen.«

»Es tut mir leid«, sagte er.

Ich blickte ins Klassenzimmer, damit ich ihn nicht ansehen musste. »Was machst du überhaupt hier? Was willst du?«

Er verschränkte die Arme vor der Brust. »Ich musste mit eigenen Augen sehen, dass sie Sean tatsächlich ein Abschlusszeugnis geben.«

Ich versuchte, ein finsteres Gesicht zu machen, um nicht zu lachen, aber es wollte nicht so recht funktionieren. Ich sah zur Decke hinauf und dann wieder nach unten. »Warum bist du gegangen?«

»Ich musste«, sagte er. Er machte einen Schritt auf mich zu. »Wenn ich könnte, würde ich es ändern.«

Ich schüttelte den Kopf. »Ich will gar nicht, dass du was

änderst. Das steht dir nicht zu. *Ich* will entscheiden, wie es endet, okay? Es ist meine Geschichte. Und meine Entscheidung.«

»Okay«, sagte er leise.

Eine Minute lang standen wir schweigend da. Ich sah seine Hände an, seine Füße, seine Ohren, seinen Mund, seine Augen. Er kam mir auf einmal so durchschnittlich vor, einfach wie irgendein Typ, an dem ich auf der Straße vorbeilaufen könnte. Ich hätte mich niemals umgedreht, um ihm nachzusehen. Plötzlich tat er mir leid und die ganze Wut fiel von mir ab. Er war auch nur ein Mensch, ein ganz normaler Mensch. Nicht mehr und nicht weniger.

Ich wollte irgendetwas für ihn tun, aber mir fiel nur noch eine einzige Sache ein, die ich ihm geben konnte.

»Komm, spielen wir Zeitreise«, sagte ich schließlich. »Tun wir so, als hätten wir geheiratet. Auf einem Schloss in Deutschland.«

Eine Sekunde lang sah er verwirrt aus, dann sackten seine Mundwinkel nach unten und seine Augen wurden glasig. »Bist du sicher, dass … dass es das ist, was du willst?«

Ich nickte. Er wusste, wie es ging und was er sagen musste und dass ich wollte, dass er uns etwas vorlog. Er hatte es mir schließlich selbst beigebracht.

Er löste seine verschränkten Arme und räusperte sich. »Ich war dagegen, aber du hast dich durchgesetzt.«

»Das Essen war eine Katastrophe. Bratwurst.«

»Der DJ hat den ganzen Abend *Kraftwerk* gespielt.«

»Meine Eltern haben sich volllaufen lassen und auf der Tanzfläche rumgeknutscht.«

»Aber du hast gestrahlt«, sagte er. »Diesen Anblick würde ich nie vergessen.«

Mir stockte der Atem, aber ich machte weiter. »Du hast albern ausgesehen«, sagte ich. »Du hast darauf bestanden, eine Lederhose zu tragen.«

»Und diesen Trachtenhut«, ergänzte er. »Der sah *fesch* aus.« Er kam einen Schritt näher. »Es war ein *Tiroler Hut*, wenn man ganz genau sein will.«

»Und danach haben wir die Flitterwochen in Österreich verbracht.«

»Jeden Morgen wurden wir von Flügelhörnern geweckt.«

»Ziehharmonikas.«

»Auch recht.«

»Wir sind nach New York gezogen.«

»Wegen deiner Stelle bei der *Times*. Und meiner Gastprofessur an der Uni dort.«

»Wir haben abgelehnt, als sie dir eine Festanstellung angeboten haben. Wir wollten uns nicht so festnageln lassen.«

»Allerdings.« Er nickte. »Unsere Kinder haben die ganze Welt gesehen.«

»Sie haben sich gut gemacht. Stipendien für Oxford.«

»Sie hatten ja auch hervorragende Vorbilder«, sagte er. »Wir haben uns sehr geliebt.«

»Zweiundfünfzig Jahre verheiratet«, sagte ich. »Und ich hab kein einziges Mal in deiner Gegenwart gepupst.«

Er lachte. »Dasselbe kann ich von mir nicht behaupten.«

Ich küsste ihn. Als wir uns voneinander lösten, flüsterte er: »Auf Wiedersehen, Charlotte.«

Ich gab einen Laut zwischen einem Lachen und einem Schluchzen von mir. »Auf Wiedersehen, Tom«, sagte ich.

Dann war er weg.

Als ich nach draußen kam, musste ich meine Augen gegen die Sonne abschirmen, so hell schien sie.

Lila tauchte aus dem Nichts auf. »Hey«, sagte sie. »Alles in Ordnung mit dir?«

Ich nickte mit zitterndem Kinn. »Wird schon.«

Sie hakte sich bei mir ein. »Komm, Asha will Fotos schießen. Ich werde mit meinem besten Teufelsgruß posieren.« Sie demonstrierte ihn mir, weil sie wusste, dass sie mich damit zum Lachen bringen konnte, und so war es auch.

»Ich bin bereit«, sagte ich.

DANKSAGUNG

Zuallererst vielen Dank an Phoebe Yeh und David Dunton, meine Lektorin und meinen Agenten, ohne deren Begeisterung und Ermutigung dieses Buch für immer und ewig auf meinem Laptop geblieben wäre (beschwert euch also bei denen).

Phoebe, danke für dein brillantes Lektorat, durch das das Buch so sehr gewonnen hat, für deinen Einsatz (ich bin noch immer davon überzeugt, dass du nie schläfst) und deine unglaubliche, leidenschaftliche, dynamoartige Unterstützung für dieses Buch und auch meinereiner, die mir suspekt vorkämen, wenn sie nicht so aufrichtig wären. David, danke für deine Beharrlichkeit und deine Freundlichkeit und dafür, dass du meine permanenten Mails über Pizza ertragen hast. Eigentlich wollte ich mir irgendeinen Agenten suchen, der mir ganz sympathisch ist, und stattdessen habe ich einen gefunden, den ich verehre. Ich schulde dir noch immer ein Essen bei Hot Dog Johnny's (sogar jetzt noch), aber das wird erst eingelöst, wenn du mir die Nummer von Louis C.K. besorgst.

Vielen Dank auch an jene, die das hier gelesen haben, ehe

ich wusste, was ich damit anfangen sollte: Alice Swan (für deine Begeisterung, von der ich wusste, dass sie echt war, weil du nie lügst; und für deinen Rat, welches Wort ich in einer Schlüsselszene streichen sollte), Sung Woo (für die tollen Tipps bei der Strukturierung) und Harriet »baggy« Reuter »Hobsgobble« Hapgood (für Mails mit zwanzig Absätzen, haufenweise Bestärkung nach dem Motto: »WAS, SPINNEN DIE?«, für Teacher Gave Me the D, diverse lols und endlose Vorräte an angehängten gifs). Und vielen Dank an alle bei Random House, die dazu beigetragen haben, das Buch besser zu machen, als ich allein auf weiter Flur dazu in der Lage gewesen wäre: Rachel Weinick (ein Hoch auf Bridgewater Commons), Alison Kolani, Jennifer Black, Courtney Code, Jocelyn Lange und Alison Impey für ein (drittes) fantastisches Cover.

Mein Dank geht auch an Vicky und Lindsay, dafür dass sie mir nicht den Kopf abgerissen haben, an Nikki dafür, dass sie rundum großartig ist, an Gen und Zoe dafür, dass sie mein Geheimnis für sich behalten haben, an Bon für alles, an meine Familie im Allgemeinen für die viele Unterstützung und gelegentliches Schimpfen, an Dee für all die unfassbare Hilfe über die Jahre und (nicht) für die Geschichte über Liam Neeson, und an Mom – für deine Liebe und dafür, dass du so getan hast, als hättest du die Liebesszenen nicht gelesen.

Danke auch an alle, die bis hierhin gelesen haben, dafür, dass sie die ganzen Insiderwitze erduldet haben.

Und zu guter Letzt an John, der mein erster und bester Leser war, der über alles weint und mich mit viel gutem Zureden von mehr Klippen weggeholt hat, als ich zählen kann, der lieb und umsichtig und neugierig ist, der mich immer zum Lachen bringt, auch wenn ich es gar nicht will, und der keinen Hut tragen sollte, also HÖR LIEBER AUF DAMIT: Ich liebe dich.

DIE AUTORIN

Jessica Alcott lebt zusammen mit ihrem Mann und ihren zwei Katzen in England. Bevor sie anfing, selbst zu schreiben, arbeitete sie in einem Kinderbuchverlag. *Selbst wenn du mich belügst* ist ihr erster Roman.